Celina Weithaas

GÖTTER

Dämmerung

VERSCHWÖRUNG

Umschlaggestaltung und Design: Franziska Wirth

Illustrationen: Janett Weithaas

Verlag und Druck: tredition GmbH, Halenreie 40-44, 22359 Hamburg

ISBN Taschenbuch: 978-3-347-86853-3

ISBN e-Book: 978-3-347-86854-0

Bibliografische Information der Deutschen Nationalbibliothek: Die Deutsche Nationalbibliothek verzeichnet diese Publikation in der Deutschen Nationalbibliografie; detaillierte bibliografische Daten sind im Internet über http://dnb.dnb.de abrufbar.

Die Chroniken des Grauen Mannes

Phase I:

Die Poison-Trilogie:

Dark Poison (Oktober 2018)

Cold Poison (Januar 2019)

Dead Poison (September 2019)

Die Jahreszeitentrilogie:

Spring (31. Dezember 2019)

Fall (31. Dezember 2020)

Winter (31. Dezember 2021)

Phase II:

Die Märchendilogie:

Erzähl mir Märchen (05. November 2019)

Märchen für Dich (01. Mai 2020)

Die Mitternachtstrilogie:

Fünf Minuten vor Mitternacht (02. September 2020)

Zehn Sekunden vor Mitternacht (21. April. 2021)

Vor Mitternacht (13. Oktober 2021)

Die Dämonentrilogie:

Fürchte mich nicht (21. April 2022)

Vergiss mich nicht (02. September 2022)

Verlass mich nicht (01. Mai 2023)

Die Götterdämmerungstrilogie:

Götterdämmerung - Verschwörung (05. November 2023)

Götterdämmerung - Verlockung (01. Mai 2024)

Götterdämmerung - Verdammung (02. September 2024)

Die Ich-Bin-Trilogie:

Ich bin Du (21. April 2025)

Du bist Ich (13. Oktober 2025)

Wer ich bin (21. April 2026)

Phase III:

Die Geschichte des Grauen Mannes:

Die Geschichte des Grauen Mannes oder Komm mit mir nach Gestern (02. September 2026)

Chronicles of Kings and Queens:

Blutzoll (01. Mai 2027)

Blutangst (05. November 2027)

Blutrache (01. Mai 2028)

Blutdurst (02. September 2028)

Blutmond (21. April 2029)

Blut-Matt (13. Oktober 2029)

Phase IV:

Die Foscor-Trilogie:

Laufe (31. Dezember 2027)

Bleibe (31. Dezember 2028)

Vergesse (31. Dezember 2029)

Erinnere (31. Dezember 2030)

Verdamme (31. Dezember 2031)

Erwache (31. Dezember 2032)

Phase V:

Die Trilogie von Gottes Tod:

Von verblühender Unschuld (21. April 2030)

Von leidendem Verrat (02. September 2030)

Von verzweifelter Liebe (01. Mai. 2031)

Die Ewigkeitsdilogie:

Endlicher Triumph (13. Oktober 2031)

Triumphale Ewigkeit (01. Januar 2032)

Das Ende:

Nun, da es das Ende ist (31. Dezember 2032)

Für all jene, denen die Worte fehlen.

Dieses Buch wird aus der Perspektive einer wahnhaften Figur mit egozentrischen Zügen erzählt. Die Wahrheit der Figur sollte mit Vorsichtig genossen werden – und liegt schlussendlich immer im Auge des Betrachters.

Part I

Nacht ohne Morgen

Wenn die Messen gesungen sind, fahren wir in den Himmel oder die Hölle. Man vergräbt uns oder äschert die Leiche ein. Schlussendlich sind wir alle eines, ganz gleich ob betrauert oder vergessen: tot.

1

„Cameron Izaret."

Er stand aufrecht, die rotblonden Haare in der Stirn. Seine Augen waren von einem stechenden, durchbohrenden Grün, das mich aus dem Gleichgewicht brachte. Grün wie die ersten Blätter im Frühling. Grün wie die saftige Wiese nach dem klirrenden Winter.

Grün wie das reinste Leben.

Die Uniform des Sergeants saß schief. Der schwarze Streifen war zur Hälfte abgerissen und die Schuhe staubig. Cameron Izaret war der unkonventionellste Soldat, dem ich jemals begegnet war. Er hatte etwas an sich, eine Faszination, ein Charisma, das ich nicht näher zu beschreiben weiß.

Kaum, dass er den gefüllten Saal betrat, richteten sich alle Blicke auf ihn und den saloppen Soldaten neben sich. Den Soldaten ohne Dienstgrad mit polierten Schuhen und braunen, dichten Haaren, die so dunkel waren wie seine Augen. Cameron Izaret brauchte keine Worte, um jeden Anwesenden in seinen Bann zu ziehen. Erst sah ich sein Lächeln, dann hörte ich den weichen, umgarnenden Klang seiner Stimme.

Für einen Sekundenbruchteil schenkte er mir seine Aufmerksamkeit und der sichere Arm meines Ehemannes war vergessen. Bartolomeo Beterra ist ein eindrucksvoller Mann, hochgewachsen und charismatisch.

Cameron Izaret erinnerte an eine frische Frühlingsbrise. Er öffnet den Mund und die Sonne scheint in finsterster Nacht aufzugehen.

Neckisch schlug er die Fersen gegeneinander und salutierte scherzhaft. Warum ein Sergeant auf der Gästeliste des Banketts zwischen Staatschefs und Koryphäen stand und einen bedeutungslosen Soldaten mit sich brachte?

„Cameron Izaret?“ Carmen streicht sich mit den Fingern durch die dichte, dunkle, wallende Mähne. Ihre rot geschminkten Lippen scheinen zu leuchten. „Ich kenne seinen Namen nicht.“
Bis gestern war er für mich ebenfalls bedeutungslos. Ein Sergeant, ein Unteroffizier. Bartolomeo Beterras Ehefrau hätte keinen Gedanken an ihn verschwendet. Wäre er nicht auf diesem Bankett erschienen und hätte er mich nicht mit einem winzigen Seitenblick um den Finger gewickelt. Cameron Izaret wirkte nicht, als wäre er an diesem Tag erschienen, um Herzen zu erobern oder mächtige Männer zu beeindrucken. Er war einfach da, penetrant mysteriös, penetrant fehl am Platz. Penetrant charmant.
„Wer ist er?“, fragte ich Sir Beterra und streichelte ihm mit der Hand über den Unterarm. Sein Anzug war stählern geglättet, er selbst stilvoll gekleidet. Die schwarzen Haare schimmerten in dem Licht der Kristalllüster.
„Ein unbedeutender Sergeant“, sagte er abwesend.
Seine Aufmerksamkeit galt dem Gastgeber, der den Herren bedeutete, sich auf eine Zigarre oder zwei zurückzuziehen.
Benito Mussolini war gut genährt und kräftig gebaut. Sein kantiger Unterkiefer schenkte ihm selbst in dem überfüllten Saal einen unleugbaren Wiedererkennungswert. Die dunklen Augen waren mit stechender Intensität auf jeden Mann gerichtet, der sich ihm näherte. In regelmäßigen Abständen heftete er seine dunkle, kriechende Aufmerksamkeit auf mich. Ein Blick und mir stellten sich die Nackenhaare auf.
Mein Gatte steht dem unumstrittenen Führer unseres Landes nah. Zu nah. So nah, dass er sich häufiger in Benito Mussolinis Anwesen aufhält als in seinen eigenen. Ich friste meine Tage zwischen Büchern und gähnender Langeweile. Kein Kaffee, kein Tee vermochte die Leere zu stillen, die Sir Beterra in mir hinterließ. Eine schöne Frau solle einen

mächtigen Mann heiraten. Dass er ihr seine ungeteilte Aufmerksamkeit schenkt, ist fraglich.
Cameron Izaret erschien wie gerufen. Ich suchte ein Abenteuer. Der verzichtbare Sergeant könnte es mir verschaffen. Sobald der Krieg losbricht, wird Cameron Izaret fallen. Stirbt er nicht im Kampf, dann weil er mich verführte und dadurch meinen Gatten entehrte. Die Kugel durch die Hand des Feindes oder die meines Ehemannes, schlussendlich wird er bluten, das Donnern eines göttlichen, uns alle befreienden Krieges über sich.
„Der rotblonde Sergeant mit den staubigen Schuhen", sage ich.
Carmen verzieht den Mund und lehnt sich in ihrem Stuhl zurück. Die grün-goldenen Polster harmonieren mit ihrem burgunderroten Kleid. „Der ungepflegte Flegel?"
Ich nicke knapp.
„Beterra wird das nicht akzeptieren", gibt Carmen zu bedenken.
„Das muss er nicht. Wir befinden uns auf der Schwelle zu einem vernichtenden Krieg. Wen kümmert es, ob der Sergeant vor seinem Tod mehr gesehen hat, als nur die Unterwäsche seiner leichten Mädchen?"
Eine steile Falte gräbt sich zwischen Carmens Brauen. „Du könntest tief fallen, Sam."
Ich lecke mir über die Lippen und greife nach der Teetasse. „Mit dem neuen Jahrzehnt wird der neue Krieg kommen." Der Tee schmeckt süß, die Vanillenote legt sich rauchig auf meine Geschmacksknospen. „Monate. Sir Beterra wird zwischen seinen Zigarrensalons und Scotchs kaum bemerken, wenn ich den ein oder anderen Abend nicht in seinem kalten Bett verbringe."

„Er ist ein Sergeant“, zischt Carmen. „Ein Niemand! Du bist Teil der Familie Beterra geworden. Möchtest du das riskieren?“

Ich ersehne das Prickeln von Wagnissen. In Cameron Izaret werde ich nur eines finden: Leben. Der Niedergang kommt mit den knallenden Kanonen aus den Fabriken meines Gatten. Cameron Izaret wird seine gerechte Strafe ereilen und ich werde die Frau sein, die seinen Namen eines Tages auf der Liste in der Zeitung stehen sieht und sich kaum an das Gesicht mit den zarten Sommersprossen erinnern kann.

Ich riskiere nichts. Nichts als seinen Kopf.

2

„Du wirst das nicht tun.“ Entschieden schüttelt Carmen den Kopf. „Du wirst ihn nicht kontaktieren lassen, du wirst ihn nie wiedersehen, du wirst kein Wort mit ihm wechseln.“

Letzte Nacht haben Cameron Izaret und ich uns mehr geteilt als nur bedeutungslose Sätze. Mehr als nur intensive Blicke. Bartolomeo Beterra hat sein Versprechen gehalten, ehe er gemeinsam mit Mussolini den Raum verließ. Er machte Cameron und mich miteinander bekannt.
Cameron Izaret stand vor mir, nur einen Meter entfernt. In dieser Sekunde fielen mir seine zarten Sommersprossen auf, die sich über seinen Nasenrücken zogen und seine Wangen. Das breite, naive Lächeln, das von einer ungetrübten Lebensfreude sprach und die stechenden, leuchtenden Augen, die mir bis auf den Grund meiner Seele blickten. Unsicher trat er von einem Bein auf das andere, die Arme hinter dem Rücken verschränkt.
„Wie gesagt, Cameron Izaret“, sagte er und räusperte sich. „Also, ich meine, ich heiße Cameron, aber du darfst mich Cam nennen.“ Als er auflachte, bannte er mich. Jung und irritierend fröhlich wie aus dem Mund eines kleinen Kindes klang der Laut. Nervös leckte er sich über die Lippen. „Ich bin Cam.“ Er bot mir seine Hand an. Ich konnte sie nicht ergreifen. Grinsend beobachtete sein dunkelhaariger Freund uns, der so entspannt wirkte wie Cameron Izaret nervös. Beide sollten sich fehl am Platz fühlen. Ein Sergeant und ein namensloser Soldat hätten nicht zu diesem Bankett geladen werden dürfen. Ein Fehler? Ein Streich des Schicksals?
„Und du?“ Unsicher strich er sich mit dem Handrücken über die Stirn. „Muss ich dich wirklich Samantha Amaratha Luisa Vinadette Carolina Lirenetta Beterra nennen?“

„Samantha“, erwiderte ich, obwohl ich auf den Nachnamen meines Ehemannes bestehen sollte.
„Sam?“ Schief grinste er mich an.
Cameron Izaret gehörte nicht in diesen Raum. Niemanden wollte ich dringender bei mir wissen als diesen jungen Mann, dem ich nie zuvor begegnet bin.
„Sam“, stimmte ich gedehnt zu.
„Den Namen mag ich.“ Ratlos lachte Cameron Izaret – Cam – auf und strich sich mit dem Handrücken über den Nacken. „Ich hätte nicht erwartet, dass sich jemand mit mir unterhält. Sieh dich um.“ Ungeschickt deutete er in den Raum hinein. Unter Kristalllüstern konversierten gedämpft Damen in schimmernden Gewändern. Die Ehegatten sind in den Salon geflohen, die Gerüchte schwirren durch die Luft. „Und dann auch noch die Frau von dem führenden Waffenproduzenten Italiens und du bist so wunderschön und …“ Sein Soldat räusperte sich und Cameron Izaret stieg die Röte in die Wangen. Er wirkte unschuldig und irritierend.
„Ich plappere“, flüsterte Cameron Izaret heiser. „Das tu ich wohl, wenn ich überfordert bin und einer wunderschönen Frau gegenüberstehe.“ Er atmete tief ein und strich sich erneut über die Stirn. Kein Schweißtropfen stand ihm auf der Haut. „Du bist wunderschön“, wiederholte er.
Der Mann, der mir den Ehering an den Finger gesteckt hat, sprach diese Worte das letzte Mal zu unserer Verlobung. Komplimente heben das Herz und die Seele und ich stürzte mich in den Ozean aus Ehrfurcht, den ich in Camerons Augen fand.
„Ich sollte das nicht sagen“, sagte Cameron Izaret hastig, als ich schwieg. „Du bist verheiratet, das weiß ich. Ich sehe den Ring. Ein sehr schöner Ring! Ich mag den Stein. Ist der blau? Er hat so einen leichten Schimmer. Grün? Eher weiß, oder? Der war mit Sicherheit teuer. Sehr teuer.“

Das Herz donnerte mir in der Brust und pumpte das Blut heiß durch meine Venen. Ich sehnte mich danach, ihn zu berühren. Meine Fingerspitzen über die sommersprossige Haut seiner Wangen wandern zu lassen. Wir schienen das Zentrum aller Aufmerksamkeit zu werden. Der abgelegenste Winkel schützte uns vor jedermanns Blicken.
Cameron Izaret roch gut. Er duftete nach Wald und Freiheit.
„Der Ring ist hübsch“, pflichte ich ihm schließlich bei. „Er ist gleichzusetzen mit glänzenden Fesseln.“
„Fesseln?“ Als Cameron Izaret das nächste Mal lachte, verschluckte er sich an seinem Speichel. „Ich glaube nicht, dass dieser Ring dich zu irgendetwas zwingt.“
Er steht für jede Einschränkung und jede verlassene Stunde, die ich in dem kalten Bett auf Bartolomeo Beterra wartete – vergeblich.
„Ich könnte ihn ablegen.“
Die Röte auf seinen Wangen wurde intensiver. Sein Lachen klang bebend und fremd. „Das musst du wirklich nicht tun. Er steht dir. Das Blau harmoniert mit deinen Augen.“ Er räusperte sich. „Deine Augen sind wunderschön. Wie dunkles Karamell.“
Seine eigenen schimmerten mit einer Aufrichtigkeit, die ich nie zuvor in dem Gesicht eines Menschen gesehen habe. Treuselige Hunde, ja, sie bedachten ihren geliebten Besitzer gelegentlich mit diesem Blick. Menschen schützen ihre Seele mit Gewissenlosigkeit und einem schmalen Lächeln. Cameron Izaret lebte entweder fernab von meiner Realität oder fernab von dem Sein.
Sein Lächeln blieb mir in Erinnerung. Das weiche Strahlen in dem lebendigen Grün, das mich anzog wie das Licht die Motte. Seine Sommersprossen dehnten sich über den Wangenknochen und kitzelten seine Nase. Zwei verbargen sich an seiner Unterlippe und eine weitere am rechten Mundwinkel.

Ich betrachtete Cameron Izaret genauer als je einen Menschen zuvor, nahm jedes Detail seiner Anwesenheit und seines Körpers in mich auf, speicherte jede Falte in seiner Kleidung ab, jedes Blinzeln, jedes Lachen und jedes Wort. Ich war verzaubert und von Sinnen.
Die Anwesenheit seines besser gekleideten Freundes vergaß ich und die Stimmen der Damen verschwammen. Ich roch die Speisen und ich hörte die sanfte Melodie der Geigen.
Als Cameron Izaret sich räusperte, sah ich nichts als das lebendige Frühlingsgrün seiner Iriden und hörte nichts als seine weiche, unsichere Stimme. „Die Musiker spielen ein Lied“, sagte er zögerlich.
„Wir befinden uns auf einem Empfang“, erwiderte ich und meine Zunge fühlte sich taub an. „Da wird musiziert.“
Cameron Izaret räusperte sich erneut. „Wird da auch getanzt?“ Nervös trat er von einem Bein auf das andere.
„Für gewöhnlich. Allerdings befinden sich die Herren im Salon.“
Sein Kehlkopf hüpfte nervös, als Cameron Izaret schluckte. „Das ist vermutlich sehr unangebracht, aber würdest du mit mir tanzen?“
Seine Bitte überschritt die Grenze zu unangebracht. Er bat mich darum – mich duzend darum – mich den geifernden, tratschenden Hyänen in Perlenkette und Seide auszuliefern. Als er mir seine Hand anbot, brachte ich es nicht über mich, sie auszuschlagen.
Seine Haut fühlte sich warm an und ein wenig feucht. Er leckte sich nervös über die Lippen und seine Finger schmiegten sich an meine Hüfte. Der Stoff seiner Uniform war rau und kühl. Ich bildete mir ein, den Staub fühlen zu können. Hörte ich seinen Puls oder war es mein eigener?
Cameron Izaret war ein katastrophaler Tänzer. Ihm fehlte es an Taktgefühl und an Eleganz. Seine Berührungen, winzig

klein und verstohlen, nahmen mir die Sinne. Nie zuvor betrachtete ich einen Mann als das Zentrum meiner Welt. Cameron Izaret wurde zu dem Herzstück meiner Seele, als er mich schüchtern anlächelte, eine rotblonde Strähne in der Stirn. Sein Haar sollte kurzgeschoren sein, ein leichter Bart sollte ihm Autorität verleihen, die Uniform sollte sitzen.
Nichts davon war der Fall und während er mich ein verlegenes Stück näher an sich zog, glaubte ich, mich an eine Zeit zu erinnern, die hinter mir lag. Schwarz, undurchsichtig. Leben lagen zwischen dieser Vergangenheit und meiner Gegenwart. Diese Leben zuvor hätte ich Männern wie Cameron Izaret zu Füßen gelegen. Charismatischen, charmanten Gentleman, deren Uniform nicht sitzt und deren Familienname an Bedeutungslosigkeit nicht zu übertreffen ist. Männer, die niemand kennt, und die sich gerade deswegen an sich selbst erinnern.
„Ich sollte das nicht sagen“, flüsterte Cameron Izaret leise, als das Lied endete, „aber ich möchte noch einen Tanz mit dir. Wenn es in Ordnung für dich ist.“
Ein weiterer Tanz, ein neuer Tropfen Öl, der in das hämische Feuer gegossen wird. Wir würden das Gespött des Abends werden, während Bartolomeo Beterra Waffen verkaufte. Genügend, um eine weitere Villa an der Küste zu finanzieren und genügend, um eine tiefere Kerbe in die Geschichte zu schlagen.
Meine Kehle war wie zugeschnürt. Ich brachte kein Wort über die Lippen. Also nickte ich nur und das unsichere Wiegen begann von Neuem.

3

„Cameron Izaret ist ein Niemand!", ruft Carmen aus, als ich schweige. „Ein Niemand, hörst du? Du hast Beterra nicht geheiratet, du hast das anfängliche Gespött nicht ertragen, um dich jetzt von einem Unbekannten in ein tiefes Loch ziehen zu lassen."

„Ich werde ihn um kein weiteres Treffen bitten", sage ich.

Carmen spitzt die dunkelroten Lippen und ihre rehbraunen Augen werden schmal. „Weil es längst feststeht, oder? Du wirst dich davonschleichen und erzählst mir nur hiervon, damit ich dich decke. Damit ich einen Teil der Schuld auf mich nehme." Sie schüttelt vehement den Kopf. Die dichten, schwarzen Locken lösen sich aus ihren Haarbändern und umrahmen seidig ihr rundes Gesicht. „Das werde ich nicht tun. Ich werde mich nicht gegen Beterra stellen!"

„Das verlange ich nicht von dir." Erschöpft kneife ich mir mit Daumen und Zeigefinger in den Nasenrücken. Die gestrige Nacht war lang. „Ich brauche lediglich jemanden, mit dem ich über den Abend reden kann."

„Worüber?" Sie stützt aufgebracht die Ellbogen auf den Oberschenkeln ab. „Dass du deinen Ehemann, den Waffenproduzenten unseres Landes und engen Vertrauten unseres Staatsoberhaupts, gestern Nacht mit einem bedeutungslosen, dreckigen, naiven Sergeant betrogen hast? Einem Sergeant. Nicht einmal einem General, sondern einem Sergeant? Dem Niedrigsten des Niedrigen?"

Meine Antwort ist schlicht. „Ja."

Ungläubig vergräbt sie das Gesicht in den Händen. „Er ist ein Sergeant", zischt Carmen durch ihre schlanken Finger. „Ein Sergeant!"

Sie spuckt Camerons Titel aus wie eine Beleidigung. Und genau das ist es. Frauen wie wir sollten kein Wort mit Männern

wie ihm wechseln. Wir sollten sie nicht berühren und wir sollten sie nicht begehren. Carmen würde dieses Missgeschick nie passieren. Sie wurde erzogen mit dem Ideal des kühlen, adretten Herren im Anzug, ihre Finger auf den glatten Tasten eines Klaviers und ihre Lippen immer lächelnd, während sie Operetten trällerte.
Als ich klein war, träumte ich von dem Nachbarjungen, der nach jedem Fußballspiel schlammbesudelt Heim kam. Von seiner Stupsnase mit den zarten Sommersprossen, seinen unwirklich grünen Augen und von seinem groben Leinenhemd und den Stoffhosen, die nie ohne Löcher waren.
Die gediegenen Damen erklärten mir zur Verlobungsfeier mit gerümpfter Nase, dass eine junge Frau wie ich, eine Frau aus meinem Milieu, niemals vollends in diese Gesellschaft passen werde. Ich bestritt das.
Selbst Stunden später spüre ich Camerons Hand noch auf meiner Hüfte. Er berührte mich, als wäre ich das wertvollste Geschöpf auf Erden. Er betrachtete mich, als hätte er nie etwas Schöneres gesehen als mein Gesicht.
„Wann siehst du ihn wieder?“, fragt Carmen mich eisig.
„Sobald es passt.“ Heute Nacht. Das Abenteuer liegt in der Luft, die Gefahr. Die Möglichkeit, dass Beterra ausgerechnet am heutigen Abend Heim kommt und den Scotch in der Flasche einen Tag länger reifen lässt. Ein Sergeant ist verzichtbar.
Der sanfte Duft von Wald und Freiheit, der an Cameron haftete, war für mich binnen von Atemzügen zu einer betäubenden Droge geworden. Diese Affäre wird durch eine sirrende Kugel enden. Ich muss mich um die letzte Seite nicht sorgen. Unsere Geschichte wird durch Dritte beendet werden, bevor sie an Bedeutung gewinnt.
„Wann siehst du ihn wieder?“, wiederholt Carmen gefährlich leise. Das rote Kleid umfließt ihre schlanken Beine und steht

in einem krassen Kontrast zu den grünen Polstern. Die Locken wippen ungeduldig.
„Sobald es passt.“ Ich hebe eine Schulter. „Womöglich nie.“

Als unser fünfter Tanz endete, trat Cameron Izaret einen Schritt zurück. Seine Wangen waren dunkelrot und die Augen weit geöffnet. Beinahe als wollte er keine Sekunde verpassen, als wolle er jedes Detail in sich aufnehmen von den glühenden Lichtern bis hin zu dem auffrischenden Wind vor dem Gebäude. Der Sturm rüttelte an den Fenstern.
„Du bist wunderschön“, wiederholte Cameron Izaret zum unzähligsten Mal. „Sollte dein Mann nicht besser auf dich aufpassen?“
„Mein Mann weiß um seinen Status.“ Ich strich mir die dicken Haare aus dem Gesicht.
„Also“, Cameron Izaret lachte zittrig, „gibt er jedem die Kugel, der dich auch nur ansieht?“
Ich wünschte, dem wäre so. Tatsächlich belächelt er das Geifern seiner Freunde, macht mich mit zahlreichen Herren bekannt und kleidet mich in freizügigen Roben. Ein jeder Mann, der etwas auf sich hält, benötigt ein Souvenir. Ich bin seines. Das Schönste und Lebendigste und das einzig Angetraute. Dieser Status wiegt mich in Wohlstand und Gold und Silber. Dem ist es zu verdanken, dass Kaviar zu meinem Frühstücksei serviert wird und die exotischsten Früchte jederzeit erschwinglich sind. Der Ring an meinem Finger ermöglicht mir den Zugang in jedes Geschäft und öffnet mir alle Türen.
Liebe ließ Beterra mich seit Jahren nicht spüren. Ein Krieg wartet. Nichts bedeutet ihm mehr als Finanzen und Geschäfte. Am wenigsten sein Souvenir, das strahlend an seinem Arm glänzt und sich kichernd und leicht angetrunken unter die hohen Damen mischt.
„Mein Ehemann weiß seine Prioritäten bestens zu setzen.“

„Und du bist natürlich seine Erste. Weil du", Cam lachte nervös, „phantastisch bist."
„Du kennst mich nicht."
„Aber ich sehe dich", flüsterte Cameron Izaret.
Das entlockte mir ein Kichern. Die Röte in seinen Wangen nahm zu, leichte Falten gruben sich zwischen seine Brauen, aber er sah nicht fort. Erst belächelte ich seine Worte, dann gingen sie mir unter die Haut.
„Du siehst mich?", neckte ich ihn.
„Ich sehe dich", bestätigte Cameron leise. „Ich glaube, ich habe nie zuvor …" Er beendete den Satz nicht. Sein Blick huschte zu einer Person hinter mir. „David." Das entschuldigende Lächeln zerrte mich zurück in die Gegenwart. „Ich glaube, wir müssen los. Wir sind hier nur so reingestolpert, eigentlich haben wir keine echte Einladung bekommen. Nicht so richtig, verstehst du?"
Ich hätte ihn fragen sollen, wie er und der einfache Fußsoldat sich dennoch unter die Gesellschaft mischen konnten. Das Wissen, dass der Abschied nahte, stahl mir die Zunge. Wortlos nickte ich und entzog mich seiner federleichten Berührung.
„Es war mir eine Freude, Sam", sagte Cameron Izaret leise. „Ich wünschte, ich würde dich eines Tages wiedersehen."
„Selten werden Wünsche wahr", erwiderte ich. Camerons durchdringender, ratloser, naiver Blick tastete nach meinem Herzen und stahl es mir.
„Natürlich." Übereilt verneigte er sich zu tief vor mir. Die Jacke verrutschte ein Stück weiter und offenbarte ein schmutziges, dunkles Hemd. Es gehört nicht zu der Uniform. „Bitte entschuldige, dass ich deine Aufmerksamkeit – deine Zeit! – so lange in Anspruch genommen habe. Ich bin heute etwas von der Rolle." Gebeugt ging er rückwärts und wich meinem Blick aus. Seine Ohren leuchteten dunkelrot. „Es war nett mit

dir. Wirklich nett. David und ich, wir müssen gehen. Sonst kommen wir zu spät."
Wohin Cameron Izaret an diesem Abend eigentlich wollte, erfuhr ich nicht.
„Selten", wiederholte ich leise.
Er blickte sofort auf. „Selten?" Das schüchterne Lächeln ließ mich alles hinterfragen. Mein Leben, den Staat, die Pläne meines Ehemannes und des Staatschefs. Mein Gewissen.
„Selten ist nicht nie."
Diese kleine Feststellung ließ mich alle Vorsicht fahren lassen. „Morgen Nacht. Hier."
„Hier?"
„Hier", bestätigte ich. „Vor den Toren." Damit wandte ich ihm den Rücken zu und beendete die packendste Begegnung meines Lebens. Seine lebensgrün strahlenden Blicke verfolgten mich und erinnerten mich an Träume. An Träume und Hoffnungen, die zwischen Krieg und flimmernder Spannung dazu verdammt waren, einen qualvollen Tod zu finden.
Damen belächelten mich, ein zäher Sturm trieb Regen gegen die dicken Fensterscheiben, während seine Blitze die Nacht erleuchteten.
Beterra stand hochkonzentriert im Türrahmen. Seine gebündelte Aufmerksamkeit galt Mussolini. Sie waren einander zugewandt, die Köpfe nah beieinander. Seine Hand umfasste ein Glas gefüllt mit Scotch. Dass ich mich zu ihm gesellte, bemerkte er erst ewige Minuten und ein mich grüßendes Nicken des Staatschefs später.

4

Theatralisch lässt Carmen sich in ihren gepolsterten Stuhl zurücksinken. Der Rock ihres Kleides bauscht sich auf. „Das wird dich den Hals kosten. Mindestens aber den deines bedeutungslosen Soldaten."
„Womöglich." Carmen und ich wissen beide, dass sie Recht behalten wird.
Rückwärts sinke ich in meine Kissen. Der leichte Rock des Kleides entfaltet raschelnd seine Schwingen, um in einer weichen Wolke zurückzusinken. Die Sonne versucht die düsteren Schwaden der aufziehenden Katastrophen zu bannen. Ihr Lachen kann sich über das am Horizont lauernde Jammern nicht erheben. Um uns herum geht die Welt unter. Es ist nur eine Frage der Zeit, bis der Tsunami uns ergreift und die Kriegsschiffe hinausschwemmt auf die Meere, hin zu den Küsten der Feinde, die einmal Freunde waren.
Männer wie Cameron Izaret werden zuerst fallen. Eine rote Zielscheibe hat man ihnen mit dem Blut ihrer Opfer auf den Rücken gemalt und eine Kugel, vielleicht zwei werden direkt in das Schwarze treffen.
Cameron Izarets Augen besaßen das reinste und unberührteste Grün, das ich mir ausmalen konnte. Grün genug, damit ich löchrige Leinenhosen an ihm sah und fast glaubte, getrockneten Schlamm auf seinen Wangen berühren zu können. Cameron steht für das Leben. Für die Freiheit. Wenn die ersten Bomben die Nachtruhe zerfetzen, wird beides an Bedeutung verlieren. Heute noch allmächtig, werden wir morgen aus unseren Häusern getrieben werden, der vermeintlichen Sicherheit den Rücken kehren und blutend auf offener Straße zurückgelassen werden.
Mussolini und Beterra malen den Teufel an die Wand und ich reiche ihnen den Tee.

„Du kannst dich nicht mehr mit ihm treffen“, ruft Carmen aus. „Über eine bedeutungslose Begegnung wird jeder hinwegsehen. Du könnest behaupten, du wärst betrunken gewesen.“
Das Staatsoberhaupt selbst bat mich, die Herren allein zu lassen. Die momentanen Pläne seien nicht für die Ohren einer Dame bestimmt. Nachdem man mich fortschickte, trank ich. Viel. Ich trank, bis die Damen hinter vorgehaltener Hand tuschelten und mich mit strafenden Blicken bedachten. Ich trank, bis ich mich selbst nicht mehr spürte und mir Cameron Izarets Lächeln klarer als zuvor vor Augen stand.
Allein taumelte ich über die Schwelle von Beterras Heim, einen Diener zu meiner Linken, einen zu meiner Rechten. Ich strauchelte und der Schlamm haftete an den teuren Schuhen. Unter den besorgten Blicken des Mondes, der sich für gestohlene Momente zwischen dichte Sturmwolken schob, schnappte ich bei jedem Schritt kurzatmig nach Luft. Der Wind riss an meinem Haar und ich verlor mehr als nur eine kostbare Haarnadel. Saphire führten zu mir. Cameron folgte dem Pfad nicht. Beterra blieb an Mussolinis Seite. Das Bett fühlte sich eiskalt und gigantisch an, während das Unwetter vor den tiefen Fenstern tobte.
„Ich war betrunken“, antworte ich langsam. Über mir spannt sich die mit silbernem Stuck verzierte Decke. In einem satten Blau hat Beterra sie gehalten. Königsblau. „Du bringst mir die Sterne zum Greifen nah“, seufzte ich, als Beterra mich erstmals in sein Schlafzimmer führte. Heute verhöhnen sie mich.
„Das ist gut! Das ist sehr gut.“ Carmen erhebt sich, das rote Kleid schmiegt sich wie eine Blutlache um ihre schmale, grässlich bleiche Gestalt. Sie spitzt die Lippen und ihre dunkelbraunen Augen schimmern kalt wie Geschosse. „Sollte jemand dich nach dem gestrigen Abend fragen, ganz gleich, was geschehen ist, wirst du jedem erklären, dass du dich nicht

gut gefühlt hast. Dein Ehemann verbringt mehr Zeit mit unserem Staatsoberhaupt als dessen Geliebte! Niemand wird dir dein Verhalten verübeln."
Ich spüre, wie die Lügen sich zurechtlegen, ordnen, die folgenden Schachzüge sich planen. Wortlos lehne ich mich zu dem fragilen, hölzernen Tischchen zu meiner Rechten und öffne das oberste Fach. Goldene Ranken fließen in das schildpattbesetzte Holz, schlagen ihre Wurzeln hinein und bilden den Griff. Er schmiegt sich kühl gegen meine Haut. Auf dunklem Grund liegt ein Skatblatt. Ich ziehe es hervor, schließe das Tischlein und bedeute dem schweigsamen Diener an der Flügeltür zu diesem Raum, sich zu uns zu gesellen. Die Haare hat er sich kurz genug geschnitten, damit ich mir der Farbe nicht sicher sein kann. Pechschwarz lugt das vollständig zugeknöpfte Hemd unter der grauen Jacke des Militärs hervor. Die Schuhe hat er sich geputzt, bis sie blitzen und ich mich darin spiegeln kann.
„Auf ein Spiel", befehle ich ihm. Neurotisch zupft er seine Ärmel zurecht. Die Sonne fängt sich in den polierten Knöpfen der Uniform. Das Gold tanzt über den Karten. Ich mische sie, Carmen streicht sich entflohene Strähnen aus dem Gesicht.
Knapp nickt der Soldat und stellt sich den Stuhl mit dem grünen Polster an das Bett. Die weiße Decke bildet unsere Spielfläche. Als der Soldat die Jacke auf mein Deuten hin ablegt, streift der Ärmel mit dem roten Streifen unser unbeflecktes Feld. Ich greife nach dem festen Stoff und lege ihn hinter mich auf die Kissen. Die hochwertigen, fast samtigen Karten verteile ich, lege zwei verdeckt zur Seite, und betrachte mir meine eigenen mit mäßigem Interesse.
Zu meiner Rechten verzieht Carmen abschätzig den Mund, die Brauen leicht zusammengezogen. Der Soldat bleibt bewegungslos, seine Fingerspitzen liebkosen sein Blatt.

Beterra hat es eigens für mich anfertigen lassen. Ich solle meinen großen Leidenschaften nachkommen dürfen wie er seinen Bestimmungen. Auf dem Rücken trägt das Blatt stürzende Engel, gefasst in ein schimmerndes Gold, verziert mit einem düsteren, verdorbenen Grün. Es bildet einen charmanten Kontrast zu dem Glanz. Als ich darüberfahre, bilde ich mir ein, dass es an meinen Kuppen kleben bleibt wie schwerer, die Soldaten in den Tod ziehender Schlamm.
Die Berichte des ersten Krieges noch im Ohr, beobachte ich sehenden Auges, wie wir in ein weiteres Gewitter hineinsteuern. Der Lotse hat das Schiff verlassen und der Hochmut das Ruder übernommen. Was uns erwartet ist ein Totenschmaus.
Die Kreuzsieben sticht mir ins Auge, die Kreuzacht. Die Buben schmiegen sich an die Asse. Ich reize nicht.
Der Soldat wird zum Zug gebeten. Schwarz gespielt.
Der Soldat wird zum Zug gebeten. Schwarz gespielt.
Der Soldat wird zum Zug gebeten. Aus dem Schneider.
Die Vögel wirken unruhig an diesem malerischen Morgen. Rote Blätter segeln neben orangenen zu Boden. Am Horizont lauert der Winter. Und dahinter?
Die Gewissenlosigkeit.
„Ich habe dir schon einmal gesagt“, setzt Carmen an, „wenn du ein gutes Blatt hast und nicht reizt, dann spiele ich nie wieder mit dir.“
Ich klaube die Karten zusammen. Der König hält sein Zepter, die Dame neigt das Haupt. Der Bube auf meiner Hand feixt. Ich bedecke den Stapel mit dem Kreuzass.
Bilde ich es mir ein oder liegt dort zwischen Fichte und Esche eine meiner Haarnadeln? Der Saphir zwinkert mir zu. Ein ähnlicher blauer Schimmer findet sich in meinem Ehering. Camerons nervöses Plappern hat sich in mein Gedächtnis gebrannt. Sein unsicheres Lachen. Sein aufrichtiger Blick.

Wenn die Sonne untergeht, wird er ein bedeutungsloser Name sein. Ein Niemand. Ich werde ihn dazu machen.
Mein Kleid raschelt bei jeder noch so kleinen Bewegung. Der Stoff streift meine Waden. Die letzte Sommerwärme lockt mich vor die Tür.
Ich überreiche dem Soldaten seine Jacke und greife nach der Tagesdecke. Sie duftet nach Himbeeren und Wein. Unmengen von Wein. Wein, der mir aus dem Mundwinkel rann und sich kühl meine Kehle hinabstahl.
Die kühle Stimme meines Leibwächters ist die letzte Nuance der letzten Nacht, an die ich mich erinnere. „Ihr solltet Euch verabschieden."
Ich griff nach der Hand des mir wohlbekannten Soldaten und ließ mich aus dem herrschaftlichen Gebäude führen. Die korinthischen Säulen zogen einen Halbkreis um das Foyer. Schlangen krochen nebst Feigenblättern der Decke entgegen. Nie fühlte ich mich bedeutungsloser und kleiner. Man übergab mich zwei Dienern. Sie schafften mich Heim. Der Wind war abgeklungen für gestohlene Minuten. Der Boden klebte aufgeweicht an meinen Sohlen.
Summte ich ein Marschlied?
Der Mond blinzelte mir zu, ehe die dichten Wolken ihn verschlangen.
Bella Ciao.[1]

5

Beterra erscheint nicht. Carmen und ich essen zu zweit zu Mittag. Während ich meinen Ehemann an meine Seite sehne, genießt Carmen jede Minute, die sie den eigenen nicht zu Gesicht bekommt. „Er ist reich“, vertraute Carmen mir einst an, „aber einfältiger als eine kopflose Henne.“ Während Carmen lebt, um Intrigen zu spinnen.
Die Vorsuppe schmeckt salzig und süß zugleich. Die Zutaten weiß ich nicht zu benennen, das Garnelenfleisch liegt zart auf meiner Zunge.
„Hast du eine Ahnung, was vor sich geht?“, fragt Carmen mich, nachdem sie den halben Teller geleert hat.
Ich hebe eine Augenbraue. „Was genau meinst du?“
„Politisch. Alle wirken so angespannt. Du auch! Du würdest dich doch niemals auf einen Sergeant einlassen, wenn du nicht das Gefühl hättest, den Boden unter den Füßen zu verlieren.“
Wäre dieser Sergeant nicht Cameron, würde ich keinen zweiten Gedanken an ihn verschwenden. „Ende Mai dieses Jahres“, sage ich und betrachte die klare Brühe auf dem Silberlöffel konzentriert. Winzige Kräuterflocken schwimmen in dem salzig-süßen Wasser herum, weißes Garnelenfleisch.
Carmen verschluckt sich an ihrer Suppe. Aufgeregt beugt sie sich zu mir. „Er hat eingeschlagen, oder? Mussolini und Hitler haben einen Pakt geschlossen.“
Angespannt nicke ich. Die Diskussion zwischen Beterra und mir steht mir noch immer gestochen scharf vor Augen. Die Diskussion, die einen unsichtbaren Keil zwischen uns trieb, während die Kluft zwischen uns ins unermessliche wächst. Tag für Tag ein Stückchen mehr, ein Stückchen unüberwindbarer.

„Wenn er einschlägt", prophezeite ich Beterra, „wird das Krieg bedeuten. Wir werden erneut auf der Verliererseite stehen nur mit dem feinen Unterschied, dass wir uns den Siegern nicht unter den gleichen Vorwänden werden unterwerfen können wie letztes Mal. Dieses Mal haben wir offensichtlich aktiv teilgenommen. Wir haben um diesen Krieg gebettelt."

„Ein Krieg verlangt nach Waffen", sagte Beterra. „Italien wird profitieren."

So wie das letzte Mal? Zwischen Leid und Leichen?

Ich weiß nicht viel über meinen Vater. Er war wohl hochgewachsen und kränklich dürr. Meine Mutter lernte ihn in einer labilen Phase ihres Lebens kennen, liebte ihn für einen Monat und wurde Wochen später von ihm vergessen. Mein biologischer Vater starb wohl zwischen Bomben, Granaten und prasselnden Kugeln. Ich habe ihn nie kennengelernt. Meine Mutter spricht nicht von ihm. Ein einfacher Soldat war er, niedriger im Rang noch als Cameron Izaret. Er schilderte meiner Mutter die Situation an der Front nie in Briefen.

Das übernahmen andere. Sie sprachen von einem grausigen Alltag zwischen Hunger, Ratten und Verlust. Wenn ich finden konnte, was über den Krieg geschrieben wurde, las ich es Tag und Nacht.

Vor Monaten wandte ich mich mit meinen Bedenken an Beterra. An den bedeutendsten Waffenproduzenten meines Landes. Ich zitierte ihm Erfahrungen der Leidenden, auf ewig gebannt in gegilbtem Papier, während viele von ihnen längst tot waren. Ich wies ihn auf den winzigen Gewinn des letzten Krieges und die schmerzhaften Opfer hin.

„Wir sollten Hummer essen", sagte Beterra. Damit war diese Diskussion beendet. Die nie zu einer Diskussion geworden war.

Der neue Krieg lauert am Horizont. Mir und Beterra wird er Reichtum bringen.

Vorausgesetzt wir überleben ihn.
„Das sind großartige Neuigkeiten!“ Carmen bedeutet meinen Bediensteten, die Teller abzuräumen und durch den Hauptgang zu ersetzen. Ich werde keinen Bissen davon herunterbekommen. Beim letzten Mal war ich noch nicht geboren. Den letzten Krieg kenne ich nur vom Hören-Sagen.
Dieser hier wird mich mit aller Macht überrollen und wann immer ein Donner grollt, werde ich mich insgeheim fragen, ob die feindlichen Truppen inzwischen über uns fliegen. Wann ein Granatsplitter mir das Bein vom Körper reißen wird.
Mein Herz rast. Der kalte Schweiß bricht mir aus. Meine Muskeln zucken.
Karamellisierte Scholle auf Hummerschaum.
Ich rühre das Besteck nicht an und starre auf das weiße Porzellan. Ein zarter, goldener Rand rankt sich darum. Reichtum, der durch einen Krieg gewonnen wurde. Ein weiterer soll ihn mehren, bis jeder Millimeter der Teller vergoldet ist.
Mir steigt die Galle in den Mund und ich schlucke sie herunter. Wegen des Krieges zu bangen, lohnt sich erst, wenn der erste Schuss auf unserem Boden gefallen ist.
„Der Stahlpakt“, ich räuspere mich und weiche Carmens Blick aus, „wird unserem Land Macht bringen.“
„Macht? Du machst Witze, oder? Sag mir, dass du Witze machst.“
Ich schiebe den Teller von mir. Mein Magen hat sich zu einer glühenden Kugel verkrampft. Für Monate war es mir gelungen, den Krieg nur im Hinterkopf zu behalten und nicht in mein Bewusstsein vordringen zu lassen.
So kühl ich mich auch bemühe Camerons Schicksal zu betrachten, so tief trifft es mich. Ihm läuft die Zeit davon. Mir auch. Wir werden uns verbrennen. Cameron wird sterben. Ich werde ihn vergessen.

Und alles wird sein wie zuvor.
„Es ist die Untertreibung des Jahrtausends, wenn wir von Macht sprechen“, ruft Carmen aus. „Wir werden Land gewinnen. Wir werden zu der größten Macht der Welt werden! Stell dir nur vor, dass sich unsere Grenzen bald bis nach Afrika erstrecken. Oder nach Russland! Die Zaren sind Geschichte, du glaubst doch nicht allen Ernstes, dass ein Stalin dieses Land zum Sieg führen kann.“
„Stalin und Hitler haben vor kurzem auch einen Pakt schließen lassen“, murmle ich. „Stalins Reich ist unantastbar. Vorerst.“
„Vorerst.“ Carmens Augen strahlen. „Male dir das nur aus! Wir greifen die Ideale der alten Römer wieder auf. Wir schaffen es zu wachsen wie sie vor zehntausend Jahren!“
Vor weniger als zweitausend Jahren. Ich verbessere Carmen nicht. Ich schweige. Meine Finger kribbeln unangenehm.
In verschwommenen Zeilen erinnere ich mich an den Brief, den meine einstige Nachbarin mir zeigte. Es war der Letzte, den ihr Ehemann an sie richtete. Der Letzte, ehe er im Kampf starb. Ehrenvoll, wie man sagt. Jämmerlich, wie die ergraute Dame schluchzte, hungernd auf eine raue Krücke gestützt und die Ringe dunkel unter den Augen.
Der Schlamm, der sich hinter den Schützengräben bildete, war klebrig und tief. Aus Blut und Leichen, aus Sand und Ratten war er entstanden. Es zog einem die Schuhe aus, wenn man über Bretter watete, die von diesem Schlamm überzogen waren. Das widerfuhr den Glücklichen. Ihnen froren dann die Zehen ab.
Nach regnerischen Tagen rutschte der ein oder andere Soldat aus und kam er von dem befestigten Weg ab, stürzte direkt in diesen Sumpf aus Fäkalien und Tod. Dies widerfuhr den Unglücklichen.
Mein Herz raste fiebrig, als ich die folgenden Zeilen las.

„Wir gingen über die Bretter, die donnernden Kanonen hinter uns. Rechts von mir pfiff der Sergeant *und dann verstummte der Laut. Neben uns starrten uns große Augen an, von einem Jungen, fünfzehn mag er gewesen sein, der in dem Schlamm lag und um Atem japste. Langsam versank er. Als wir zurückkehrten, sahen wir nur noch seine blonden Haarspitzen. Seine Schreie waren kreischend laut."*
„Du solltest dich freuen! Weißt du, was für ein Geschäft das ist? Niemand wird davon profitieren wie du."
„Und du." Ich schlucke schwer. Ihr Ehemann produziert die Uniformen für das Militär. Wenn der Krieg kommt, wird man sie dringender brauchen denn je.
„Und ich!" Erfreut klatscht Carmen in ihre schlanken Hände. „Das bedeutet neuer Schmuck, neue Kleidung. Noch mehr Nächte in elitärster Gesellschaft. Kannst du dir die Bankette ausmalen, die unseren Ehemännern zu Ehren gegeben werden? Und diese Kleider. Ich sehe mich schon in mazedonischer Seide dahinschweben. Die Diamantohrringe! Oder ein Collier. Ganz aus Edelsteinen."
„Wir werden einen Traum leben", erwidere ich dumpf. Einen Albtraum, wenn unsere Armee versagt.
Der momentane Stand ist einfach. Die Sowjetunion und das Deutsche Reich mögen auf unserer Seite stehen – oder wir auf ihrer. Man mag Hitler verehren, aber einige werden sich nicht auf seine Seite schlagen. Die Alliierten werden sich erneut verbünden. Wenn die vereinigten Staaten von Amerika sich in das Treiben mischen, binden sie uns die Hände. Sie werden uns überrennen, in der Luft zerreißen, den deutschen Führer entzaubern und unsere Truppen entweder auf ihrem Boden oder unserem eigenen ausbluten lassen.
Und das alles nur, wenn Fortuna uns wohlgesonnen ist.
Beterra und Mussolini belächeln den Pakt zwischen dem Deutschen Reich und den Sowjets. Hitler werde Stalin

angreifen, sobald dieser seinen Zweck erfüllt hat und wir werden ihm zur Seite stehen.
Was die mächtigen Männer über die Reichtümer vergessen: Niemand war je dazu in der Lage, in Russland zu bestehen. Unsere Truppen werden kaum die ersten sein, die Eis und Einöde überwinden. Sie werden dem russischen Winter erliegen wie alle vor ihnen. Denn werden sie, erfroren und dezimiert, zurückkehren, die Kriegstreiber hinter sich, die unser Land in Scherben legen.
„Ich verehre die eiserne Faust des deutschen Führers", seufzt Carmen. „Wäre ich nicht verheiratet, ich läge ihm zu Füßen."
Wenn Hitler den Stalin-Pakt ignoriert, wird ihm auch das Abkommen zwischen Italien und Deutschland nicht heilig sein. Sind es nicht die vereinigten Staaten von Amerika oder Russland, wird unser heiligster Verbündeter selbst uns den Dolch in den Rücken treiben. Wir können nicht gewinnen.
Beterra teilt meine Bedenken nicht. Und blicke ich nun in Carmens Augen, erkenne ich nichts als blanke Euphorie. Sie sieht das Tageslicht am Horizont. Das Tageslicht, das sich als Feuersbrunst entpuppen wird, die unaufhaltsam auf uns zurollt.
„Seine Linie besorgt mich", gestehe ich.
Soeben schnitt Carmen in das weiße Fleisch des Fisches. Jetzt lässt sie das Messer sinken. „Man merkt, woher du kommst", sagt sie pikiert. „Du würdest das Geschäft deines Lebens nicht einmal erkennen, wenn man es dir unter die Nase reibt."
Das bestreite ich nicht.
„Dein Skrupel wird dir Beine stellen", sagte meine Mutter in einer ruhigen Minute, als die Hochzeitsglocken läuteten. Das Kleid war schwer, der Schmuck glitzerte. Ich glaubte, keine Skrupel mehr zu kennen.
Heute gestehe ich mir ein, dass sie Recht hatte.

6

Der Skrupel lässt mich den Krieg fürchten. Der Skrupel kühlt mein trotziges Gemüt.
Die Nacht bricht ein und ich sitze auf dem Ehebett. Cameron Izaret wird vor den Toren des Herrenhauses warten. Ich werde nicht erscheinen.
Angestrengt starre ich in die sternklare Nacht hinaus. Von hier aus erkenne ich den Berg, der sich einige hundert Meter von mir entfernt aufbaut. Dort unter dem hellen Silberlicht des Mondes erhebt sich das weiße Herrenhaus. Steht vor den verschlossenen, schmiedeeisernen Toren ein Sergeant mit gesenktem Kopf? Dämmert ihm, dass ich nicht erscheinen werde? Schmerzt es ihm in seinem weichen, naiven Herzen?
Das Grün seiner Augen jagt mich, als ich das Licht lösche und mich unter die weiche, weiße Decke schmiege.
Meine Entscheidung ist die Einzige, die ich vertreten kann.
Im Geiste wiederhole ich die letzten Momente, ehe Cameron Izaret den Saal verließ. Er neigte den Rücken, als hätte er nicht Minuten zuvor noch mit mir getanzt. Den Blick wandte er nicht ab. Die fiebrige Röte wollte nicht von seinen Wangen weichen. Seine Uniform war jämmerlich verrutscht, das Haar zerzaust und zu lang. Verirrte Strähnen streichelten ihm über die Stirn.
Er setzte einen Fuß schräg hinter den anderen, das linke Knie leicht nach innen gedreht, als hätte er sich vor langen Jahren eine fast vergessene Verletzung zugezogen. Doch während er diese unterwürfige Haltung eingenommen hatte, trotz seiner offensichtlichen Nervosität und seiner kindlichen Naivität, schien er aufrechter zu gehen als die überwiegende Zahl der Staatsoberhäupter.
Seine Lippen verzogen sich zu einem neckischen Lächeln und offenbarten die geraden, schneeweißen Schneidezähne. Zarte

Falten stahlen sich über seine Brauen, kleine Grübchen gruben sich in seine Wangen.
Das Grün seiner Augen stand über alledem. Das Grün, das Hoffnung verheißt. Das Grün, das für das Leben steht.
Das Abzeichen auf seiner Schulter verhöhnte mich.
Ich schalte das Licht wieder ein und starre hinaus in die Nacht. Bewegt sich ein Schemen von den Toren des Herrenhauses fort? Mein Herz krampft sich schmerzhaft zusammen. Es weint blutige Tränen. Worum trauere ich? Um mein seelenkaltes Abenteuer, das in dem sich aufbauenden Kugelhagel stirbt?
Um die Gefühle eines Mannes, den ich kaum kenne?
Um mein perfektes Leben, das träge und langsam stirbt, während der Ehemann, der vergisst, mich zu lieben, seinem engsten Geschäftspartner geifernd zu Füßen liegt?
Ich sehne mir Carmens sinnloses Geschwafel herbei. Ich wünsche mir Beterras schlanken, gestählten Körper an meine Seite.
Meine Kehle schnürt sich zusammen. Als ich die Augen schließe, habe ich nicht den silbernen Stuck vor Augen, sondern liebevoll zurechtgezupfte Stofftücher. Orange waren sie. Und rot. Aus einem fernen Winkel des Zimmers erklang die weiche Stimme einer Frau. Sie summte Schlaflieder und Liebeslieder, manchmal Wanderlieder. Auf dem Tisch brannten gezählte Kerzen, deren flackerndes Licht sich in meinem Baldachin fing. Strom hatten wir nicht. Wir brauchten ihn nicht. Die Kerzen gaben uns alle Wärme, die wir uns ersehnten.
„Singst du das andere Lied?“, bat ich die Frau in dem dicken Kleid mit der getupften Schürze gedämpft.
Ihr schmaler Rücken, von Leid und Arbeit gebeugt, richtete sich ein winziges Stückchen auf. Eine neue Melodie erklang, aber es war die Falsche. Sie ahnte es, ich schwieg, schmiegte mich tiefer in die Laken und versuchte den gespenstischen

Klang des Trauerliedes auszublenden. Die Kerzen flackerten höher. Aus dem anliegenden Raum, von unserem nur durch eine schmale Holzwand getrennt, erklang ein schweres Jammern. Haut schlug auf Haut, ein gedämpfter Schrei.
Sie stritten oft. Sie stritten und schrien, bis die Frau schluchzte und an Tränen ertrank.
Ich mochte ihren Sohn. Er war klein gewachsen und kränklich bleich. Seine Beine waren dürr wie Streichhölzer und einen Finger hatte er sich gebrochen und nie gerichtet. Jerome. Er hieß Jerome oder Giovan. Oder ganz anders?
Seine Augen waren so grün wie Camerons. Er stolperte häufig Heim, die Knie aufgeschürft und die fadenscheinige Hose ein Stück weiter zerrissen. Dreck klebte auf seinen Wangen und ich mochte es. Verwegen schien er mir und trotzig. Meine Kleinmädchenkleider wollte ich ablegen und gegen Hosen tauschen, wann immer er an mir vorbeiging und mit den Jahren wuchs die Faszination. Diese Anziehungskraft zwischen uns, die der ähnelt, die ich in der gestrigen Nacht empfand.
Irgendwann schmolz der Babyspeck von seinen Wangen und die Augen sanken tiefer in die Höhlen. Die Mangelernährung nagte an ihm wie auch an mir. Tiefe Falten gruben sich zwischen seine Brauen und der Trotz in seiner Haltung wuchs zu einer kühlen Abneigung gegenüber der Welt. Ich vermisste die kindliche Naivität seines Blickes. Das seltene, klare Lachen.
Als ich fortzog in Beterras hochherrschaftliches Anwesen ließ ich nicht nur meinen Unterschlupf, meinen einstigen sicheren Hafen zurück. Der Junge aus Kindheitstagen blieb dort, meine Mutter mit ihren weisen Worten ebenfalls. Mit ihren düsteren Prophezeiungen, die sich Stück für Stück erfüllen.
Ich wälze mich herum. Die silbernen Sterne, von Menschenhand geschaffen, blinken kalt auf mich hinab.

Cameron Izaret wird dort gewesen sein. Vor den Schmiedeeisernen Toren, so kalt wie die einbrechende Spätherbstnacht. Er wird dort gestanden haben, auf mich wartend, die Hände nervös hinter dem Rücken verschränkt. Vermutlich haben seine grünen Augen einen winzigen Funken des naiven Glanzes verloren.
Haben viele Frauen ihn vor dem heutigen Tag versetzt? Wurde sein Herz jemals gebrochen?
Ich schlinge die Arme um mich. Beterra wird heute Nacht ebenso wenig in diesem Schlafzimmer erscheinen wie ich vor dem Herrenhaus.
Carmen wird Daheim liegen, ein Buch lesen und von neuen Roben träumen. Von funkelndem Schmuck. Wen kümmern die Toten, wenn ihre Leichen vor uns in Gold aufgewogen werden.
Ich sollte es Carmen gleichtun. Beterra hat mir unzählige Romane zukommen lassen von Abenteuern und Romanzen. Von Glück und Tragik. Er wird mich am kommenden Wochenende in die Oper ausführen.
Für den unwahrscheinlichen Fall, dass er sich von seinem dunklen Ledersessel in einem verrauchten Zigarrensalon losschweißen kann. Geld setzt dem nach Macht Dürstendem die Krone auf und Beterra greift nach Caesars.
In der Oper könnte Carmen mir Gesellschaft leisten, wenn Beterra sie versäumt.
Oder ein Sergeant, den ich ohne zu zögern versetzt habe.
Elektra. Die Oper war Beterras Wahl. Fesselnd. Vibrierend. Tödlich.
Ein passender Trommelwirbel für die folgende Katastrophe. Kein Trotz hat mich im Haus gehalten, noch weniger Vernunft. Sondern blanke Angst. Furcht, die mich unter die Decken zwängt und fesselt. Ich glaube ein Ende vor Augen zu haben, dem ich mich nicht beugen will.

Lasse ich mich auf Cameron Izaret ein, verschulde ich seinen Tod. Ich würde zu einem Mitglied dieser Gesellschaft werden. Endlich wäre ich dort angelangt, wo niemand mich je gesehen hat. Ich würde unbekanntes Terrain betreten, Cameron Izarets Blut an meinen Händen. Was zählt sein Leben, wenn es mein Gewissen betäubt und mich zu genau der Frau macht, die Beterra an seiner Seite braucht? Die er sich wünscht. Rücksichtslos, schön, bescheiden, aber im Herzen trotzig arrogant und bis in die Tiefen ihres Wesens narzisstisch geblendet.
Ich würde zu einer Frau, die er bereit ist mit sich zu führen. Der er sein Herz schenken kann.
Dafür braucht es nur eine Winzigkeit, ein Opfer, das mir meine Seele stiehlt. Trägt es Camerons Namen, begrabe ich nicht nur ihn. Der kleine Junge mit den zerrissenen Hosen wird mit ihm sterben. Jede Nacht unter dem warmen Baldachin aus Tüchern, beleuchtet von flackernden Kerzen, wird sich in Luft auflösen. Mutters Samantha wird sich verlieren zwischen teurem Schmuck, elitären Veranstaltungen und niederschmetternder Verantwortung. Wie sie es mir prophezeite, während die Hochzeitsglocken läuteten. Während die Leichen, über die ich gegangen war, endlich Früchte trugen.
Es könnte so leicht sein. Einen Schritt hätte es gekostet, hinaus aus der Tür. Einen einzigen. Einen Wimpernschlag, der mein Gewissen verschenkt hätte.
Ich liege in diesem Bett und mir ist eiskalt. Schauer jagen mir die Wirbelsäule hinab und ich lösche ein letztes Mal das Licht. Sie werden kommen. Die bewaffneten Feinde, die mordlüsternen Rächer.
Ich glaube sie schon hören zu können. Wie jede Nacht. Meine Dämonen lauern in den Schatten. Die silbernen Sterne über mir senden eisige Strahlen aus. Kerzen sind erloschen, Kindheitsträume gestorben.

In dem Schrank mir gegenüber stapeln sich Bücher, die ich nie gelesen habe. Wozu sich in Traumwelten verlieren, wenn meine eigene in Flammen steht? Niederbrennt.
Und es niemand bemerkt.
Niemand außer Cameron Izaret, der nicht länger vor den verschlossenen Toren des Herrenhauses auf mich warten wird.

7

„Signora Beterra?“ Der Soldat salutiert vor mir, die Uniform perfekt, die Knöpfe aufdringlich glänzend. „Ein Sergeant bittet, Euch sprechen zu dürfen.“
Ich sitze augenblicklich aufrecht. Meine Ohren klingeln. Seitdem ich nicht erschien, Cameron allein vor verschlossenen, fremden Toren warten ließ, sind Wochen vergangen. Der Winter haucht seine Eiskristalle über das Land. Kein Schnee malt die Natur weich. Beterra nimmt das Wort „Krieg“ häufiger in den Mund. Er ist nur Daheim, um zu dinieren. Der neue Schmuck häuft sich und die verfallenen Opernkarten vergilben zwischen ungelesenen Seiten.
Ich habe wieder zu malen begonnen, die Entwürfe in dem flackernden Kaminfeuer zu Asche verbrannt und mich jeden Abend einsam in die Decken geschmiegt.
Carmen schwärmt von den deutschen Eroberungszügen.
In den letzten Wochen habe ich krampfhaft versucht, den Pflichten einer Dame nachzukommen. Zwischen Sahneküchlein und Delikatessen gelang es mir, die Vorzüge einer unbedeutenden Existenz zu verdrängen.
Nun wartet der Schlüssel zu gefährlichen Gedanken nur Meter von mir entfernt. Er wird nervös die Hände hinter dem Rücken ringen, den Kopf leicht gesenkt und die erdbeerblonden Haare in der Stirn. Vermutlich wird seine Uniform schief sitzen und die Schuhe werden nicht poliert sein.
Diese grünen Augen. Sie schleichen zurück in meine Erinnerung und lösen meine Zunge. „Lassen Sie ihn ein.“
Bilde ich es mir ein oder blinzelt der Soldat überrascht? „Ich führe ihn in den Salon.“
Angespannt nicke ich ihm zu. Meine Muskeln scheinen sich selbst zu verzehren. Das Herz pumpt geschmolzenen Stahl durch meine Venen, der in meine Lungen fließt und sie

stechend betäubt. Bis es unmöglich wird, auch nur einen Atemzug zu nehmen. Meine Schritte hallen betäubend laut wider. Die Füße nackt, normalerweise warm auf dem beheizten Marmorboden, frösteln.

Cameron Izaret und ich erreichen den Salon zeitgleich und der Soldat schließt schweigend die Türen hinter uns. Wir sind allein. Allein in meinem Heim. Die Ledersessel meines Mannes mit den hohen Lehnen sind mir bekannt wie die knisternden Flammen in dem trockenen Holz. Der sanfte Duft von Rauch schiebt sich durch die geschlossenen Glastüren des Kamins. Schwere, dunkelblaue Vorhänge wurden zurückgezogen und geben den Blick auf den angrenzenden Park frei. Über dem See liegt eine hauchzarte Eisschicht. Blüten ziehen sich über das kalte Wasser und letzte bunte Blätter taumeln zu Boden.

Unser Gärtner schneidet die Sträucher zurück und ich vergrabe die Zehen in dem weichen, dunkelroten Stoff des Teppichs.

Cameron trägt keine Uniform. Er hat einen dicken Mantel über seinem Arm liegen, die Kleidung in einem warmen Braun gehalten. Seine Winterstiefel reichen ihm knapp über die Knöchel und die Hose besteht aus schlichtem Leinenstoff. Sein dicker Pullover wirkt weich und ich möchte die Wange an seine Schulter schmiegen.

Die Röte auf Camerons Wangen, rührt sie von Nervosität oder Kälte? Das Strahlen in seinen grünen, naiv hoffnungsfrohen Augen erinnert mich an die Versprechungen, die ich mir selbst gemacht habe. Ich würde ein integraler Teil dieser Gesellschaft werden. Nur um einen guten Grund zu haben, ihn häufiger sehen zu dürfen. Den Jungen mit den zerrissenen Hosen und den schmutzigen Wangen, der zum Militär gegangen ist.

Die Nähte an seiner Kleidung mögen heute geschlossen sein, die Wangen glattrasiert und das Gesicht gewaschen. Er hat keine braunen Haare, keine qualvoll dunklen Augen, keinen leeren Blick. Schlussendlich ist er die gleiche Person. Er erinnert mich an Zuhause. An die Person, die ich sein wollte, als ich noch wusste, wer ich bin.

„Sam." Cameron verneigt sich ungeschickt und die Haare streifen seine Stirn. Er muss sie sich schneiden. Seine Schuhspitzen sind nur Millimeter von dem Saum des weichen Teppichs entfernt. Unsicher sieht er sich um. Was schüchtert Cameron eher ein? Die schiere Größe des Salons mit seinen zwei Kaminen? Die vier tiefen, zu dem uns umgebenen Park hindeutenden Fenster?

Die zwei runden Tische und der Pokertisch? Die zahlreichen Ledersessel?

Oder bin ich es, die ihn verunsichert, direkt vor dem größeren der beiden, von schmiedeeisernen Streben umgebenen Kaminen? Ich habe die zahlreichen am Boden liegenden Kissen selbst um eine schwarze Marmorplatte sortiert. Weiße Adern ziehen sich darüber und ein Stapel Skatkarten liegt daneben. Wann immer die dichten Wolken an meinen Nerven nagen, vergrabe ich mich hier zwischen Kissen und Decken.

Nun führe ich Cameron schweigend zu genau diesem Flecken. Ein Wort des Grußes bringe ich nicht über die Lippen. Nicht wirklich.

Erst, als ich neben dem flackernden Kamin sitze, mich in eine Wolldecke gehüllt und Cameron ebenfalls eine angeboten habe.

„Welchem Umstand verdanke ich deine Anwesenheit? Sie stößt mich vor den Kopf", gestehe ich leise. Meine Hände sind eiskalt.

Nervös lachend legt Cameron seinen Mantel hinter sich. Der warme, braune Stoff des Ärmels streift für einen Sekundenbruchteil mein Spielfeld. Zögernd schiebe ich ihn fort.
„Ich wollte mich entschuldigen.“ Cameron hält meinen Blick. Sein Kehlkopf hüpft, als er sich räuspert.
Überrascht lege ich den Kopf schief. „Entschuldigen?“
„Ja. Dafür, dass ich nicht gekommen bin.“
Blinzelnd sehe ich ihn an. Seine grünen Augen scheinen heller denn je zu leuchten.
„Wir waren verabredet“, sagt Cameron Izaret zögernd. „Vor sieben Wochen. Ich bin nicht erschienen, weil …“ Er stockt. „Die Gründe spielen momentan keine Rolle. Es tut mir nur leid, dass ich dich versetzt habe, Sam. Normalerweise tue ich sowas nie.“
Er holt tief Luft, als wolle er erneut zu reden beginnen. Das folgende Schweigen wiegt Tonnen schwerer.
„Du musst dich nicht entschuldigen“, erwidere ich mit tauber Zunge. „Ich war nicht dort.“
Ein unsicheres Lächeln zupft an seinen Mundwinkeln. Die Sommersprossen auf seiner Unterlippe fallen mir ins Auge. So zart. Weich. Ich möchte die dünne Haut an dieser Stelle berühren.
Mein Herz überschlägt sich. Ich schmiege mich tiefer in die Wolldecke und ziehe sie mir bis zum Kinn hinauf. Für Momente bin ich erneut ein kleines Kind. Für unbedeutende Wimpernschläge.
„Hast du Angst bekommen?“, neckt er mich, während ich in meinem Kokon verschwinde.
Eine Dame an Beterras Seite sollte unter keinen Umständen in Betracht ziehen, die Wahrheit zu sagen. Also denke ich nicht daran. Meine Zunge entscheidet für mich, ehe der erste Gedanke sich nur bilden kann.

„Ja“, wispere ich. „Für einen Moment hatte ich unsagbare Angst.“ In diesen Minuten. Vor sieben Wochen. Jede Stunde meines jungen Lebens in verfallenen Häusern in den dunkelsten Winkeln der Stadt.
„Ich auch.“ Cameron lacht. Das intensive Grün seiner Augen erstrahlt und zündet eine Kerze der Hoffnung in meinem Herzen. „Heute Morgen bin ich dann aufgewacht und da ist mir klargeworden: Ich habe nichts zu verlieren. Wovor sollte ich mich also fürchten?“
Davor, dass der am Horizont kauernde Krieg sich über die Grenzen zu unserem Land schleicht und ihn zuerst verzehrt. Ich bringe die Wahrheit nicht über die Lippen.
Das Feuer zerstört, was es zu fassen bekommt.

„Die Wahrheit ist“, Cameron Izaret lacht erneut und nun klingt es aufrichtig und ganz und gar nervös, „dass ich jede Sekunde der vergangenen Wochen an dich denken musste. An deine Stimme, an dein Lächeln. An alles von dir.“
Der Soldat ist Beterra unterstellt. Er wird vor den Türen patrouillieren. Sie wirken stabil und sind doch geräuschdurchlässig wie Vorhänge. Eine Bitte aus Beterras Mund und er wird jedes Wort erfahren, das zwischen Cameron und mir gefallen ist.
Je früher dieses Flämmchen erlischt, desto eher kehre ich zurück in meine Realität aus Gourmetspeisen und Diamanten. Desto flüchtiger wird Cameron mein Herz streifen. Desto bedeutungsloser klingt sein Name auf den Seiten der im Wind flatternden Zeitung.
„In einigen Situationen sollte man die Wahrheit für sich behalten.“ Ich klinge gefasst. Meine Seele bebt vor Furcht und Verlegenheit.
Cameron sollte den Blick abwenden. Er sollte die Decke von sich schieben, nach seinem Mantel greifen und den Raum verlassen. Um sein Leben rennen. Das sollte er.
Er bleibt ruhig und faltet die Hände in vibrierender Gelassenheit. „Ich weiß. Ich meine, es war mir bewusst, dass es klüger gewesen wäre, es dabei zu belassen. Wir haben getanzt und der Abend war nett.“ Als er sich mit dem Unterarm über die Stirn fährt, zittert er. „Aber, ich werde das Gefühl nicht los, dass es sozusagen, das mag seltsam klingen, aber dass es sozusagen“, er kratzt sich am Nacken, „Schicksal war.“
Ungläubig ziehe ich die Brauen in die Höhe. „Schicksal?“, wiederhole ich.
„Schicksal“, bestätigt Cameron zögernd. „Weil, ich wusste, es würde dämlich klingen, aber“, erneut sucht er meinen

Blick und die Klarheit darin bringt mich um den Verstand, „ich hätte nicht dort sein dürfen. Und gestern hätte ich nicht erfahren dürfen, wo Beterra lebt und du hättest nicht Daheim sein dürfen, schließlich befinden sich die hohen Herren momentan in bedeutsamen Verhandlungen. Soweit ich das mitbekommen habe."
„Die Herren", unterbreche ich Cameron unwirsch. Seine Gegenwart sinkt mit der gleichen intensiven Wärme in mich wie das Feuer über meine Haut streichelt. „Die Herren verschanzen sich allein bei Scotch und Zigarren in dunklen Räumen und beschließen das Schicksal der Welt."
Cameron rümpft die Nase. „Du magst das nicht." Es ist keine Frage.
„Ich hasse es!" Die Worte sind heraus, ehe ich mich zurückhalten kann. Meine mühsam aufrecht gehaltene, kühle Fassade bricht splitternd in sich zusammen und ich ziehe die Knie an die Brust. „Mein Ehemann zieht den Rauch von Zigarren mir vor und betrügt mich tagtäglich mit dem Mann, der über unser Land herrscht."
Der linke Mundwinkel von Camerons Lippen hebt sich. Seine Augen blitzen, als hätte ich einen guten Scherz gemacht, und er lehnt sich näher zu mir. „Wirklich klug scheint Beterra nicht zu sein."
Ich schlucke schwer. Man hört uns. Hegt der Soldat Bedenken, wird er jede Silbe an meinen Ehemann weitergeben. Wortgetreu.
Dieses gewöhnliche Leben, das Cameron mir mit seiner bloßen Gegenwart verspricht, habe ich einst fortgegeben. Ein weiteres Mal werde ich es durch den aufziehenden Krieg verlieren. In jedem Fall.
„Er ist ein brillanter Gentleman", erwidere ich distanziert und lehne mich fort von Cameron. „Du solltest gehen."
Ein Schatten huscht über sein Gesicht. „Das sollte ich."

Das darf er nicht.
Ich reiche ihm seinen Mantel und schmiege mich zeitgleich tiefer in die Decken.
„Du solltest mich begleiten." Ein Funken Hoffnung. Er springt in die Flamme über meiner Seele und nährt sie. Ich muss im Keim ersticken, was auch immer erblühen könnte.
„Du wirst zur Tür gebracht werden."
„Von dir?" Cameron rührt sich nicht. Ich schüttle den Kopf.
„Warum nicht?"
„Weil ich nicht an das Schicksal glaube."
„Ich auch nicht. Es wären nur wenige Schritte."
Und nur ein einziger mehr, um dieses Gebäude zu verlassen und nie zurückzukehren. Cameron ist ein Relikt aus vergangenen Zeiten. Ein Vers, der mich an mein liebstes Gedicht erinnert, das ich in summender Sicherheit gelesen und geliebt habe. Die Idee von ihm verwirrt mich. Cameron selbst verschwimmt wie jeder andere Soldat, der im Stechschritt bei der Parade über die Straßen marschiert.
„Bitte", flüstert Cameron. „Sam. Ich konnte an nichts anderes als dich mehr denken. Ich verliere den Verstand und ich möchte wissen, ob es das Schicksal womöglich doch gibt."
„Das Schicksal ist tot", sage ich.
„Vielleicht für die anderen. Aber für uns muss das nicht gelten. Einen Tag. Einen einzigen Tag, um mehr bitte ich dich nicht."
Ein Tag kann ein Leben verändern.
Mit leerem Blick starre ich in die dunkle Glut der Flammen und verstehe, wohin ich komme. Warum um den Heiligenschein kämpfen, wenn der Teufel mich längst geholt hat?
„Du solltest gehen", wiederhole ich.
Sekunden verstreichen im Nichts. Dann greift Cameron nach seinem Mantel. Ich folge ihm. Im Korridor küsst mich ein eisiger Windzug.

Das Feuer knistert.

Part II

Weltgericht

„Wenn diese verdammten Idioten nur Schluss machen wollten."
(Bernhard Schulz, 1945)

1

Cameron Izaret.
Er lehnt mit dem Rücken an der Wand, die Lider schläfrig gesenkt und die tanzenden Flammen des Kamins auf den Wangen. Seine Lippen sind ein winziges Stück geöffnet, die erdbeerblonden Haare drehen sich zu wilden, zarten Locken, die sein Gesicht umrahmen. Weich. Zerbrechlich.
Wunderschön. Ich möchte ihm mit den Fingerkuppen über den Unterkiefer fahren.
Stattdessen verknote ich die Beine zu einem Schneidersitz und schließe entspannt die Augen.
Die Hitze des Feuers sinkt in mich und lullt mich ein. Ein verträumtes Summen. Es entfloh nicht meinen Lippen.
Ich drehe den Kopf ein winziges Bisschen und spähe durch meine Wimpern. Cam betrachtet mich verträumt, der Blick verklärt. Ein kurzes Zaudern glaube ich zu erkennen, dann legt er einen Arm um meine Schulter. Ich zucke nicht zurück. Sein Lächeln wird wärmer denn je. Anziehender als je zuvor. Dabei sollte das unmöglich sein.
„Warum befindest du dich nicht bei den übrigen Soldaten?“, murmle ich und lehne meinen Kopf an seinen. Nähe. Nie zuvor bedeutete sie mir mehr. Nie zuvor senkte sie ihre Tentakeln tiefer in meine Adern, bettete sich unwiderruflicher auf mein Herz und bat mein Herz nie mit sanfteren Küssen, den nächsten festen Schlag zu tun.
„Urlaub“, sagt Cam leise. „Ich habe das Gefühl, dass bald irgendetwas Bedeutsames auf uns zukommt.“
Spitze Finger bohren sich in mein Innerstes. Krallen zerren an meinen Eingeweiden. „Wie kommst du darauf?“
Ein zögerndes Achselzucken. „Mussolini hat einen Pakt mit Hitler geschlossen und Hitler, er kommt mir beim besten Willen nicht wie ein Führer vor, der für den Frieden lebt.“

Ein eisiger Schauer durchläuft mich und ich drücke mich näher an Cameron. Auf dem kühlen Marmorkorridor wird der Soldat Patrouille laufen. Zwei Neue wurden über den letzten Monat hinzugezogen.
„Menschen wie wir verdienen den höchsten Schutz“, erklärte Beterra mir in einem flüchtigen Moment. In den wenigen Minuten, die er in seinem eigenen Anwesen verbrachte, ehe er zurück zu seinem eigentlichen Lebensinhalt eilte. „Ich möchte dich in Sicherheit wissen.“
Ein Zuspruch von Zuneigung oder ein Erinnern des Besitzes? Cameron fand zwischen meiner Zuneigung zu Beterra und meinem eisigen Pflichtbewusstsein einen winzigen Spalt, einen schmalen Schlitz in der festen Mauer aus Stahl und Eisen, schlängelte sich hindurch und griff nach meiner Hand, um mich aus der Gefangenschaft ins Freie zu ziehen. Er wurde zu meinem Pyramus und ich zu seiner Thisbe.[2]
Der Tod wird uns früh genug in seine Arme ziehen. Den einen eher als den anderen. Spätestens in den Tiefen des Höllenfeuers werden wir einander wiedersehen und verkennen.
Die Glut glüht tiefrot.
„Du erwartest einen Krieg?“, frage ich heiser.
Seine Finger streicheln über meine Schulter. „Sag du es mir. Dein Ehemann produziert die Waffen. Ist er in letzter Zeit sehr beschäftigt?“
Stumm drücke ich die Nase gegen seinen Hals. Mein Schweigen spricht Bände. Cameron versteht jeden Wimpernschlag davon.
„Wann?“
„Bald.“
„Wie bald?“
Flehend hebe ich den Blick. Das hoffnungsvolle, naive Grün seiner Augen wird welken, sobald der erste Schuss fällt.
„Cameron“, bettle ich.

„Cam."
„Cam." Ich streichle ihm über die Wange und er lehnt sich in meine sanfte Berührung.
„Wann?", wiederholt er leise. „Du weißt etwas."
„Und jede einzelne Information könnte uns beide den Kopf kosten."
„So wie unsere gestohlenen Nachmittage?"
Der drückende Schmerz zieht sich bis in das Mark meiner Knochen, glimmt dort und verwandelt sich in giftsprühende Säure, die mir die Muskeln verätzt und mich lähmt. Mühsam ringe ich um den nächsten Atemzug. „Der Krieg wird kommen", prophezeie ich ihm leise. „Italien will ihn."
„Italien wünscht sich Frieden."
„Die Soldaten rufen die alten Parolen."
„Die Soldaten rufen, was ihnen befohlen wird, zu skandieren. Eher vergisst ein Soldat seinen eigenen Namen, als nicht wunschgemäß zu handeln. Der höchste Gott ist der Gehorsam."
„Nach diesem Krieg", wispere ich, „wird niemand mehr an etwas glauben." Sitzt die letzte Niederlage unserer Elterngeneration nicht noch in den Knochen? Die Grausamkeiten werden erinnert, die verheilten Wunden aufgerissen. Wir liegen am Boden, kämpfen uns seit Jahren in die Knie und nun wollen Wahnsinn und Gier uns erneut bewaffnen. Um wessen Willen? Zu welchem Preis.
„Was weißt du?", fragt Cameron mich und das erste Mal in den gezählten Tagen, die ich nun mit ihm verbringe, wirkt er von Grund auf ernsthaft und besorgt. Beinahe als wäre er binnen von Atemzügen erwachsen geworden.
„Nicht viel", weiche ich ihm aus. „Beterra involviert mich kaum in seine Planung."
Cams Brauen rücken dicht genug zusammen, damit eine tiefe Falte sich über seine Nase gräbt. „Du bist seine Ehefrau."

„Ich bin seine Ehefrau“, bestätige ich. „Meine Aufgabe ist es, die Empfänge auszurichten und zu strahlen.“
„Was bekommst du dafür?“
Der Regen prasselt eisig gegen die tiefen Fenster. „Ein Dach über dem Kopf, Wohlstand. Man liest mir jeden Wunsch von den Augen ab.“ Der Winter verwehrt mir den wohlverdienten Schnee, der sich puderweiß auf die Erde legt und jeden Unrat tilgt. Der Magie über die Berge haucht und über die Seen und Meere schickt.
„Du wirkst nicht glücklich.“
„Ich bin zufrieden.“ Das entspricht der Wahrheit. In diesem Moment. Ich bin nicht allein. Das Feuer behütet uns und verzehrt Bruchteile meiner Bedenken. Würde die Zeit stocken und stolpern, in dieser Sekunde an ihrer Grausamkeit ersticken und endlich stillstehen, uns in diesem Atemzug behalten für alle Ewigkeit, ich würde ihr vor Erleichterung weinend die Füße küssen.
„Bist du wirklich zufrieden?“ Nervös leckt Cam sich über die Unterlippe. „Manchmal starrst du einfach so vor dich hin. Es ist fast, als würdest du nichts und niemanden mehr wahrnehmen außer dir selbst. Fast als würdest du dich selbst wegsperren.“
„Ich sperre mich nicht weg.“
„Sam.“ Seine Lippen verziehen sich zu einem anbetungswürdigen, schiefen Lächeln. Mein Herz stolpert und das Glück tupft goldene Funken in meine Blutbahnen. „Vor diesem Empfang habe ich dich nie zu Gesicht bekommen und das war nicht die erste hohe Veranstaltung, die ich versehentlich betreten habe.“ Versehentlich? „Ich meine“, Cam räuspert sich und diese weiche Röte huscht zurück in seine Wangen, „David und ich, wir mögen es, uns unter diese Leute zu mischen, die offensichtlich viel zu viel Geld haben und früher oder später zwischen Alkohol und Speisen eh den Überblick

verlieren.“ Der Unglauben zwingt mich zu einem blubbernden Lachen. Unsicher grinst Cameron mich an. „Du warst vor diesem Abend nie irgendwo zu sehen.“
„Natürlich nicht.“ Ich lache auf. „Bis zu diesem Anlass hat Beterra mich mit sich geführt.“
„Du durftest ihn zu den wichtigen Gesprächen begleiten?“
„Ja.“
Cam räuspert sich. „Was hat sich verändert?“
„Das weiß ich nicht.“ Nicht mit Sicherheit. Carmen hat Andeutungen gemacht. Diese, dass ihr Ehemann produziert und diese, dass mein eigener Gatte seine Finger bei allem im Spiel hat. Ich habe mich gegen den Krieg positioniert. Er sich für ihn ausgesprochen. Manchmal ist eine kleine Meinungsverschiedenheit Grund genug für misstrauisches Schweigen.
„Hat er dir denn nichts davon erzählt?“ Diesen Satz wiederholte Carmen binnen der letzten Wochen häufiger als ein „Guten Tag“ oder ein „Bis bald“.
Beterra schwieg mir gegenüber beharrlich. Über alles. Weil er versteht, dass der nächste Krieg sich unter keinen Umständen zu meinem Traum mausern wird? Nicht zwischen Reichtum, nicht zwischen Schmuck, nicht zwischen Konzerten, Büchern und Privilegien. Der Teufel trägt das Engelsgesicht, bis er den Gläubigen in seinen Fängen hält, die Würfel fallen und das Leben, das er versprochen hat, sich in Luft auflöst.
„Du willst diesen Krieg nicht.“ Camerons Worte sind keine Frage, sondern eine nüchterne Feststellung.
Achselzuckend ziehe ich die Knie an die Brust und mache mich klein. Rolle mich zusammen wie einst unter dem Baldachin aus orangefarbenen Tüchern zwischen Decken und Kissen.
„Du bist die Ehefrau des größten Waffenproduzenten unseres Landes!“, ruft Cam aus. „War dir wirklich nicht klar, dass genau das auf dich zukommen wird? Früher oder später erwacht

in jedem Menschen der Wunsch zur Eroberung. Jeder Mann braucht Land oder Geld, um glücklich zu sein."
„Auch du?"
Cam lacht leise. „Ich habe beschlossen, dass Erwachsensein nichts für mich ist. Ich halte mich raus, spiele Soldat, bis ich desertiere und mich dabei erschießen lasse. Wenn du ewig jung bleiben willst", unter meinen ungläubigen Blicken rümpft er verlegen die Nase, „dann muss dir klar sein, dass das Abenteuer hinter der nächsten Ecke lauert und dass man kopfüber in jedes Problem springen sollte. Nur um das Leben genießen zu können."
Impliziert das, einem reichen Mann die Ehefrau zu stehlen?
„Du wirst dich kein Leben lang gegen die Verantwortung des Lebens wehren können."
Sein neckisches Grinsen macht jede Antwort überflüssig. „Natürlich kann ich das, Sam! Ich spiele Soldat. Warum sollte das irgendwas an dem ändern, was ich bin?"
„Weil Soldaten Blut vergießen", wispere ich, „und Kinder niemanden umbringen. Das tun sie erst, wenn sie erwachsen werden und sich eine Uniform anlegen."
Die Flammen im Kamin flackern höher und ich bilde mir ein, dass sich Camerons Puls unter meinen Fingerspitzen beschleunigt. „Das Schlachtfeld wird nur ein weiterer Spielplatz sein", flüstert er.
„Glaubst du das wirklich?" Ich kann ihm nicht in die klaren, grünen Augen sehen.
„Kann ich denn irgendwas an der Zukunft ändern?" Er hebt ratlos eine Schulter, seine Fingerspitzen streicheln über meine Rippenbögen. „Ich bin nicht Gott. Aber ich kann aus meinem Leben das Beste machen. Ich kann nach dem Schönen im Katastrophalen suchen und solange mir das gelingt, wird schon alles gut."

Spätestens zwischen Gebrüll und Lärm, Rauschen und Rasseln wird Cameron nachgeben. Die Realität wird nach dem Kind in seinem Herzen greifen, es am Schopf hervorzerren, den Dolch heben und ihn dem unschuldigen Wesen durch den schlanken Körper jagen. Am Ende des Tages, am Ende des Krieges, wird nichts von Cameron Izaret übrig sein.
„Nichts wird gut“, wispere ich. Die Flammen lecken über die dünnen Glasscheiben, die uns von der Feuerstelle trennen.
Behutsam piekt er mir in die Hüfte. „Du hast Angst.“
„Ich will diesem Land nicht dabei zusehen, wie es sich dem Sieger eines sinnlosen Krieges ergeben muss.“
„Aber wir werden uns nicht ergeben.“ Cam sucht meinen Blick. Eine aufgeregte Röte hat sich auf seinen Wangen ausgebreitet. Sie ist irrational und verzückt. Diese Aufregung erwartet einen Krieg, der sie stehlen wird. Was bleibt uns danach? Staub? Asche?
Feuer?
Eine tote, orangeglühende Sonne, die eine verseuchte Welt beobachtet?
„Wir werden kämpfen“, sagt Cameron aufgeregt. „Wie unsere Eltern. Wir holen dem Land die Ehre zurück.“
„Du sagtest, du würdest den Krieg meiden.“
„Ich sagte, ich würde meinen Beruf meiden. Zumindest in den Momenten, die mir das noch möglich ist.“
„Der Krieg wird dich töten“, wispere ich.
Cams Grinsen steht für die Begeisterung eines kleinen Kindes. „Ich habe nie geplant, lange zu leben“, wiederholt er.
Und deswegen läuft er in das offene Messer? Deswegen will er sich in den knallenden Trubel von Kanonen und Kugeln werfen? Um dem Altern zu entgehen?
Oder der Wirklichkeit.
Mir ist schleierhaft, wie ein Mann wie Cameron Izaret ein Sergeant werden konnte. Man müsste ihn regelmäßig

auspeitschen, um seine Disziplin zu fördern. Doch Cameron darf beschlagene Knöpfe tragen, schmutzige Stiefel. Auf eine Weise, die ich nicht begreife, scheint er über den Regeln zu stehen. Wegen seines Lächelns oder seines umwerfenden Charmes?
„Es gibt nichts, wofür du bereit wärst, deine Meinung zu ändern?“, frage ich.
Der Regen prasselt in vollen Tropfen gegen die Fensterscheiben. Er scheint uns einzuengen und zeitgleich unsere Welt ins Unendliche zu dehnen. Ich will zwischen Decken und Kissen versinken, den Kuss des Feuers auf dem Gesicht, Camerons Körper an meinem. Für einen kleinen Moment träume ich mich fort. An einen friedlichen Ort. In ein Land, das nur den Frieden kennt und das sich nicht in blutigem Schlamm suhlen will.
Der Kamin scheint durch vier handgelenkdicke Kerzen ersetzt zu werden, deren Wachs träge hinabtaumelt, duftend. Wärme. Genuss. Sicherheit.
Ich schmiege mich unter eine Decke und es ist die meiner Kindheit. Die, mit der meine Mutter mich vor den bösen Geistern versteckte und die, die meine Tränen sah, wann immer mein Glück ins Wanken geriet, bröckelte und herabfallen wollte.
Nicht mehr Cam hält mich, sondern meine Mutter, leise summend.
Wenn ich ihren Rat befolgt hätte, wäre ich heute glücklicher? Womöglich trüge ich keinen daumendicken Saphir um den Hals – ein kalter Stein, der sich gegen meine Kehle schmiegt –, aber vielleicht wäre genau das der Preis gewesen. Für ein Leben, das ich mir wünsche. Wirklich, von ganzem Herzen. Eines, in dem ich um nichts fürchten muss und in dem ein Krieg mich donnernd überrascht, donnernd überkommt und

ich ihm im letzten Moment entfliehen kann. Ohne Teile meines Lebens einbüßen zu müssen.
„Warum sollte ich meine Meinung ändern?“, sagt Cam endlich. „Mein Leben ist toll. Als Sergeant habe ich einige Freiheiten. Der Krieg wird mich zum Helden erheben.“
„Solltest du überleben“, murmle ich.
„Sollte ich überleben“, pflichtet Cam mir bei. „Und selbst wenn nicht? Hinter jedem Schmerz wartet das nächste Glück.“
Glück im Tod? Worauf hofft er? Eine späte Erfüllung? Was auch immer nach diesem Leben kommt, es wird niemanden retten. Niemanden in den Himmel heben. Wir leben die beste Version von uns. Bis sie in Flammen aufgeht, wir uns vergessen, wir dem unterliegen, das sich Herrschaft und Glück des Staates nennt, bis wir für ihn zu Grunde gehen. Bis wir für ihn unser Spiegelbild ermorden.
Bis wir für ihn vergessen, wer wir sind, nur um die Erinnerung von Zufriedenheit zu verspüren. Den Machtgierenden zu liebe.
„Wir sollten lieben, was wir haben“, sage ich leise.
„Tun wir das nicht?“ Sein schiefes Lächeln zaubert meine Sonne im krachenden Gewitter hervor. Ich warte darauf, dass Blitze zucken, nur um diesem Augenblick die Finsternis zu geben, die ihm anhaften sollte. Sie bleiben aus und Cams Finger streifen meine Wange. Sie sind rau, kratzig, fest. Es sind nicht die Hände eines Mannes, der sich die Zigarren rollen lässt. Nicht die eines Mannes, der in einem geheizten Salon über das Schicksal Tausender entscheidet.
Cameron steht mit beiden Beinen fest auf dem Boden seiner Tatsachen. Irgendeine Spur hinterlässt das Leben auf ihm. Ich konnte sie nur noch nicht finden. Ein fragliches Geschenk?

„Du wirkst nicht so. Wenn du deinen Tod billigend hinnehmen würdest, wie sehr kannst du da an deinem Leben schon hängen?“
„Sehr.“ Das Grün seiner Augen. Es bringt mich um den Verstand. Es erinnert mich an viel mehr als nur an Hoffnung und Leben. Es versetzt mich zurück in sonnige Nachmittage auf weiten Wiesen, den Duft der Blumen in der Nase. Cam scheint alles Gute in sich zu vereinen. Beim Schein des Feuers im Herzen des Hauses meines Ehemanns beginne ich zu begreifen, was mich an Cameron von der ersten Sekunde an fasziniert hat. Nicht sein Charme. Nicht sein Charisma. Beides wissen die reichen, wohlgebildeten Herren geschickter einzusetzen als Dolch und Schwert.
Nicht einmal seine kindliche Naivität brachte mich um den Verstand.
Sondern dass Cameron genau das ausstrahlt: Dass er zu gut für diese Welt ist. Ein unerschütterlicher Optimist. Selbst der Tod weiß ihn nicht zu erschrecken. Cameron gehört nicht hierher. Menschen wie er, sie werden binnen der ersten Lebensjahre rettungslos zerschlagen.
Menschen wie er dürften nicht existieren.
Er nimmt den Arm von meiner Schulter und legt ihn sich um das angewinkelte, rechte Knie. Wir sprechen über Krieg und Tod. Er wirkt entspannter denn je. Als wäre er auf alles gefasst, was kommt. Ich will mir selbst Glauben machen, dass nichts und niemand ihn aus dem Konzept bringen kann und dass er selbst dann noch lacht, wenn mein Gatte ihn zu einem unfairen Duell herausfordert.
Was könnte das Schicksal schon bereithalten, um einen Mann wie Cameron Izaret zu brechen? Genügt ein Krieg?
„Du weißt nicht, was dich erwartet“, sage ich heiser. „Du verhältst dich, als wäre der kommende Krieg lediglich ein neues

Abenteuer, aber er ist viel mehr als das. Er könnte dich dein Leben kosten."
„Was interessiert mich mein Leben, wenn ich meine Identität behalte?" Glucksend streckt Cam die Hände dem Feuer entgegen. „Vielleicht werde ich um diese Zeit in einem Jahr tot sein. Na und?" Sein schiefes Lächeln zwingt mich in die Knie. „Bis dahin durfte ich die beste Zeit überhaupt erleben. Man hat mich freigestellt. Nun bin ich hier."
„Warum stellt man dich frei?"
„Weil ich den ganzen Kram schon kann!", ruft Cam aus. „Wenn ich schon eine Sache tue, dann bin ich richtig gut darin. Glaubst du, man hat mich wegen meines guten Aussehens zum Sergeant ernannt?" Der Schalk blitzt ihm in den Augen. Ich wittere eine Lücke, eine Lüge und schiebe sie von mir fort.
„Tatsächlich weiß ich mir nicht zu erklären, wie du zu einem Rang gekommen bist", wispere ich. Ein leises Geständnis, das ihm offenbart, wie genau ich ihn vom ersten Moment an beobachtet habe. Seinen Gang, seine Kleidung. Sogar die Art und Weise wie er sich ausdrückt. Nichts davon erinnert an einen Sergeant. Vielmehr an einen Jungen, der den Knauf einer Tür in der Hand hält, die ihn zu seinem nächsten unvergesslichen Erlebnis führt.
Cams Grinsen wird breiter. „Ich bin gut. Wenn es darum geht, die Fäden in den Händen zu halten, dann bin ich der Beste. Niemand kennt die Soldaten besser als ich, niemand absolviert die Prüfungen flinker. Ich bin gut." Von Bescheidenheit fehlt jede Spur. Hat er sie nicht nötig?
„Du wirkst nicht so."
„Du kennst mich nicht."
Langsam hebe ich den Blick und betrachte ihn. Das breite Lächeln, die entspannte Haltung. Dieses Ebenbild von Sorglosigkeit. „Aber ich sehe dich", wiederhole ich seine Worte. Ein

Satz, der Monate zurückliegt, gesprochen wurde in einem Bann, dem wir beide unwissend erlagen.
Eine zarte Falte stiehlt sich zwischen Cams Brauen. Ein Funken des lebendigen Grüns erlischt. „Vielleicht wirst du das eines Tages wirklich. Im Moment habe ich so das Gefühl, dass du die einzige Person bist, die du siehst." Er zögert. „Oder vielmehr, dass du die Person siehst, die du einmal warst."
„Du solltest dir nicht zu viel herausnehmen." Ein kleiner Schauer läuft mir über den Rücken. Wie viel würde ich dafür geben, zurückgehen zu können? Eine Welt hinter mir lassen zu dürfen, um die ich nie gebeten habe. Der Untergang wartet. Nichts und niemand wird es verstehen, mir diese Gewissheit zu nehmen. Sie brennt sich in mein Wesen, als würde ich die Zukunft bereits kennen.
Wenn die Erde sich nun endlich selbst vertilgt, werden Beterra und ich übrigbleiben, Dank Geld und Ignoranz über allem stehend, und als erste den Kopf verlieren, sobald die Sieger ihren Tribut fordern.
„Wieso?" Camerons Lächeln wird breiter. „Weil ich Recht habe?"
„Du kennst mich nicht", wiederhole ich Camerons eigenen Worte.
„Aber ich sehe dich wirklich. Ich könnte dich kennenlernen. Wenn du es zulässt."
Als er mich dieses Mal berührt, wirkt es fremd. Auf die willkommenste aller Weisen. Seine Nähe ergibt gerade genug Sinn, um sie nicht zu hinterfragen. Die Flammen tanzen vor meinen Augen, als ich den Kopf auf seine Schulter sinken lasse. Der Regen prasselt unaufhörlich. Der Duft der Asche steigt mir in die Nase. Ich inhaliere den Geruch und klammere mich an den reißenden Tauen meines sorgfältig platzierten Plans fest.

Ich würde einen reichen Mann heiraten. Er würde mir eine Stimme verleihen und sobald ich die Empfänge eröffne, werde ich endlich mehr sein als das Mädchen, das seinen Körper verkauft, um nicht zu verhungern.
Würde Cameron mich noch immer zu kennen glauben, wenn er meine Schattenseiten gesehen hätte? Erführe Beterra von den Traumata und kalten Gewissheiten, er würde mir den Ring vom Finger ziehen und mich von seinem Anwesen treiben lassen.
Manche Geheimnisse nimmt eine Dame mit sich in ihr Grab. Dieses gehört dazu. Niemand besitzt das Recht, durch die Abgründe meiner verdorbenen Seele zu stöbern.
„Eines Tages wird dich deine Liebe zum Sein den Kopf kosten“, prophezeie ich Cam. Ich weiß es so sicher wie meinen eigenen Namen. Manchmal kenne ich die Zukunft ohne sie gelebt zu haben.
„Dir auch. Ob du es nun magst oder nicht.“ Die Sommersprossen über seiner Nase scheinen zu tanzen. „Wir alle gehen doch auf das gleiche Ende zu. Warum verurteilst du mich dafür, dass ich alles, was kommt, mit offenen Armen empfange?“
Weil Cameron nicht weiß, wovon er schwärmt.

2

Cameron verlässt das Herrenhaus meines Mannes spät. Wie jeden Tag. Die Nacht hat die Sonne längst verschlungen, als er den Kragen seines Mantels hochschlägt und in den strömenden Regen hinausstapft. Er wirft keinen Blick zurück. Die Worte, die im Geheimen zwischen uns gefallen sind, bleiben unsere. Unser Geschenk an uns selbst.
Das Feuer ist erloschen, hat sich im dicken Holz selbst verzehrt. Der Salon wirkt kalt ohne Cameron. Belanglos. In der Ferne schlagen die Glocken Mitternacht. Ein einzelner, markerschütternder Gong. Würde ich einen Fuß vor die Tür setzen, mein Atem würde in weißen Wolken durch das spitze, erschlagende Wasser puffen. Mich fühlen lassen wie einen Ertrinkenden unter freiem Himmel?

In einer Nacht wie dieser, die Strickjacke fest um meinen Körper gewickelt, schlich ich vor Jahren durch die Stadt. Der Hunger nagte an mir und entzog meiner Mutter jede Kraft. Die Sterne standen schlecht für uns – damals, als die Uhr Mitternacht schlug, waren sie für einen jeden verschwunden. Dichte Wolken wälzten sich über mich hinweg und ich konnte nur hoffen, dass sie niemals versuchen, auf mich niederzusinken.
Jeder neue Tropfen grub sich ein Stück tiefer in das Gewebe meiner Jacke. Spinnennetzzarter Tau blieb perlend auf der kratzigen Wolle zurück. Meine Finger waren taub und jeder Schritt schien mir in den Knochen zu knirschen.
Mutters Keuchhusten hatte auch mich befallen, zerrte an meinen Lungen und schien mich durch meinen Hals auf die löchrige Straße spucken zu wollen.
In dieser Nacht, da war ich kleiner als ohnehin schon. Hatte ich das siebte Lebensjahr vollendet? Das Achte? Der Tod

lockte mich zu sich, mein Atem warf eisigen Nebel in die Höhe. Regen zerfetzte ihn. Ich hoffte auf Schnee und die reine Unschuld, die er pudrig zart über die Welt legen würde.
Kein Laut erklang. Kein Krächzen, kein Rascheln. Tief in der Nacht ruhten selbst die Fabriken, die Schlote hoch aufgerichtet, das zornige, schwere Atmen verklungen.
Die Sohlen meiner Schuhe waren über die vergangenen Wochen fadenscheinig geworden. Mit den Zehen ertastete ich eisigen Stein und nassen Kies. Das kalte Wasser schwamm um meine zuckenden Zehen. Ich leckte mir nervös über die Lippen, während das nächste Keuchen an meinem Körper zehrte.
Als ich das Haus verließ, da schwor ich meiner schlafenden Mutter, etwas zu finden, was es wieder gut macht. Was ihren Husten heilt? Den leeren Magen füllt?
Hoffnung gibt?
Doch des Nachts geschehen keine Wunder. Die Welt zeigt ihr grausigstes Gesicht und so schlich ich mit leeren Händen wieder Heim. Ich zitterte erbärmlich und meine Strickjacke wollte bei den klammen Temperaturen im Inneren unseres kleinen Zimmers nicht trocknen. Bis unter die Haut durchnässt, schmiegte ich mich in meine Kissen.
Am nächsten Morgen weckte mich eine Lungenentzündung.

Die letzte Ahnung von Camerons Nähe hängt in der Luft, als ich die Decken zusammenfalte und feinsäuberlich nebeneinander zu dem erloschenen Kamin lege. Das warme Leuchten der Glühbirne tilgt die Schatten. Niemand betritt den Salon. Niemand leistet mir Gesellschaft.
Mein Ehemann bleibt mir eine weitere Nacht fern.
Die Hügel erstrecken sich gen Osten. Das Gebirge versinkt in den schweren Wolken. Zuckt dort ein Blitz durch zerklüftete Schluchten?

Erschaudernd schlinge ich die Arme um mich. Glaubte ich tatsächlich, es würde besser? Hoffte ich, Beterra würde zurückkehren – für mich? Für seine Gattin, deren Lächeln bei Gesellschaften strahlt und im Stillen verzichtbar ist?
Gerüchte gehen zwischen Küche und Garten um. Sie wispern von einer anderen Frau. Beterra weiß, dass er mein Herz nicht brechen, nur meinen Stolz kränken kann. Er ist davon überzeugt, dass das Wertvollste ihn in den Armen einer fremden Frau erwartet. In den Armen eines leichten Mädchens?
Einer verdammten Hure.
Geld umgibt mich. Teurer Schmuck wird andere schlanke Hälse schmücken. Mir schenkt er Bücher, deren erste Seite ich nicht lese. Staub frisst sich zwischen verschiedene Ausgaben und lässt die Umschläge verblassen.
Theaterkarten verfallen. Opern finden ohne uns statt.
Meine Kleider wirken zu eng, die Schuhe zu hoch. Alles an diesem Gebäude schnürt mich ein, beginnend bei den achtsamen Wächtern meines Wohls bis hin zu den Speisen, zu aufwendig zubereitet, um sie guten Gewissens zu verzehren.
Wenn ich für ewig in diesem kleinen Raum geblieben wäre, kalt und klamm, aber sicher und behütet, wüsste ich, wer ich sein soll?
Dunkelheit stiehlt sich unter dem Türschlitz hindurch. Man löscht das Licht. Camerons Worte geistern mir durch den Sinn. Würde ich es zulassen, er könnte mich kennen. Riskieren wir beide nicht seit Wochen, seit Monaten Hals und Kragen? Was haben wir schon zu verlieren.
Schweigend tapse ich in den verdunkelten Korridor hinaus. Die gezählten Fenster deuten in die Nacht. Niemand setzt einen Fuß vor die Schwelle. Katzentatzen bleiben in den wohligen Verstecken und Vögel plustern in ihren Nestern das Gefieder auf.

Seitdem Cameron das Gebäude verlassen hat, sind gezählte Minuten vergangen.
Um mich herum versinkt das Haus in einen tiefen Schlaf. Ich schlüpfe in den dicken Mantel und in die gefütterten Stiefel. Eine unbarmherzige Nacht empfängt mich. Ich unterwerfe mich ihr, ziehe die Schultern hoch und versuche das eisige Prickeln von Tropfen, die mir in den Nacken fließen, zu ignorieren.
Mein Atem dampft und der kalte Wind haucht mir betäubende Küsse auf die Lippen.
Vor der Tür verharre ich. Was tue ich hier? Draußen, in der Kälte. Bin ich zu einer Frau geworden, die dem Scharlatan hinterherläuft? Wem bin ich im Begriff zu folgen?
Einem Jungen. Einem Kind, das den Krieg freudig erwartet und die Ernsthaftigkeit des Lebens verleugnet. Sollte man uns zusammen sehen, er würde jede Schuld auf meine Schultern laden. Mit Unrecht?
Wenn ich ihm heute folge, durch diese Nacht für ihn laufe, wird jede kommende Konsequenz nicht meine Schuld sein? Meine und die keines anderen.
Die Hölle wird ihre Schwingen für mich ausbreiten, wohlwissend, dass der Allmächtige mich aus dem Himmel stoßen will.
Ich mache einen zögernden Schritt zurück. Und wenn Beterra doch erscheint? Wenn er der Macht überdrüssig wird? Den vielen Mädchen, mit denen die Herren sich in rauchgeschwängerten Salons vergnügen?
Ich drehe den Knauf und husche zurück in die wohlige Sicherheit meines Heims. Beterras Heims, in dem ich zu Besuch sein darf.
Rasch hänge ich den Mantel zurück auf den Haken und stelle die Stiefel neben auf Hochglanz polierte Schuhe.

Ich fühle mich wie ein kleines Kind, das sich dem Befehl der Eltern widersetzt hat, als ich durch die Korridore husche. Das Ehezimmer betrete ich mit einem Herzen, schwer wie das einer Ehebrecherin.
In dem Zimmer neben meinem brennt Licht. Der Puls pocht mir in der Kehle. In aller Früh werde ich verlangen, dass man dem Sergeant von nun an jeden Zutritt verwehrt.
Er ist gefährlich, die Momente mit ihm herzerweichend. Cameron Izaret erweckt ermordete Gedanken wieder zum Leben. Er weckt mein Sehnen nach Dingen, die zweitrangig sind. Was zählt Liebe, wenn der wertvollste Schmuck um meinen Hals liegt? Um meine Handgelenke sich Platin schmiegt. Was kümmert mich Geborgenheit, wenn zwanzig Personen ausschließlich für mein Wohl verantwortlich sind? Mich umsorgen wie die Bienen ihre Königin?
Ich bin nicht bereit, das alles aufzugeben. Nicht die Wärme des Hauses, nicht den Luxus der köstlichen Speisen.
Nicht für einen Sergeant, der sterben wird, sobald die ersten Kugeln prasseln.
Ich ziehe mir die Decke bis unter das Kinn und sperre mich ein. Die Welt soll warten. Ich glaube das leise Klappern von Würfeln zu hören. Spielen die Teufel um meine Seele?
Ob Cameron in seinem eigenen Bett liegt, irgendwo in einer Kaserne, den Blick nachdenklich zur Decke gerichtet? Über ihm werden keine silbernen Sterne funkeln. Ihn erwartet nichts als betäubende Finsternis. Finsternis, die er verdient hat? In die ich ihn stoße?
Mit jedem neuen Tag, jedem neuen Gespräch scheinen wir unser Loch ein Stück tiefer zu graben. Sagt man uns eine Liaison nach, ist er des Todes. Niemals werde ich Cameron folgen. Nirgendwohin.
Seinem Leben zu liebe.

Ich bilde mir ein, dass die Eingangstür sich öffnet und schließt. Mitten in der Nacht.
Schweigsam wälze ich mich auf die Seite. Mein Blick bleibt an einer Enzyklopädie hängen. Beterra war davon überzeugt, der Einband würde mich erfreuen. Die Abbildungen im Inneren.
Ich wünsche mir nichts mehr als eine tröstliche Umarmung und ein gewispertes Versprechen von Nähe und Liebe.
Das Kissen drückt gegen mein Gesicht.
Nicht aus Beterras Mund. Beides möchte ich von jemand anderem haben. Jemandem, den ich von nun an meiden werde wie die Pest.
In Gedanken an Cameron Izaret beginnt mein Tag und endet er. Ich zerreiße das zarte Pflänzchen, das zwischen uns gedieh, in der Luft und begrabe es.
Schritte auf den Marmorstufen?
Angestrengt lausche ich in die tiefe Nacht hinaus. Die Kerze im angrenzenden Raum erlischt.
Leise quietschend rührt sich der Türknauf. Ich gebe vor zu schlafen. Kleidung raschelt, Regen prasselt, leise knarzend senkt sich die Matratze neben mir ab und nach verbrannter Vanille duftende Arme schlingen sich um meinen Körper. Arme an denen die Ahnung von Zedernholz und Tabak haftet. Ich rieche einen letzten Schatten seines teuren Parfums.
Bartolomeo Beterra vergräbt die Nase in meinen Locken. Sein Herz schlägt gegen meines.
Ich wage es nicht, mich zu rühren.
Er ist nach Hause gekommen.

Am Morgen bin ich allein. Ein verzweifelter Fiebertraum? Meine Haut ist glühend heiß. Mein Körper fühlt sich erschöpft an, jeder Muskel ächzt. Ein kratzendes Stechen kriecht durch meine Schläfen.

„Signora Beterra?“ Erschrocken zucke ich zusammen. Die plötzliche Bewegung hallt ohrenbetäubend laut in meinem Schädel wider. Ich habe ihn nicht kommen hören. Der Soldat trägt seine Uniform, die Orden stolz auf die Brust gesteckt. „Ihr habt Besuch.“
„Carmen?“, frage ich hoffnungsfroh, wohlwissend, dass sie bei Regen und Kälte niemals einen Schritt vor die Tür setzen würde.
„Sergeant Izaret.“ Ich kann keine Missbilligung in den Augen des Soldaten lesen und ahne dennoch, wie schwer sein Urteil wiegt.
„Richten Sie ihm aus, dass ich ihn nicht zu empfangen gedenke. Er sollte seinen Pflichten nachkommen wie ich den meinen.“ Diese unverhoffte Krankheit, die ersten Anzeichen einer Lungenentzündung, könnte mich vor schwerwiegenden Fehlern bewahren.
Der Soldat salutiert knapp vor mir, das Haar kurz, das Gesicht streng und ausdruckslos. „Signora Beterra.“
Ich entlasse ihn mit einem Nicken. Die Tür, gemacht aus schwerem Ebenholz, schließt mich ein. Der aus Silber geschmiedete Sternenhimmel scheint auf mich hinabzufallen.
Gedämpft erklingt ein verzerrtes Wortgefecht. Dann geht er. Diese Gewissheit jagt mir einen geschmiedeten, spitzen Dolch in die Brust. Bat Cameron mich gestern um mein Vertrauen, weise ich ihn heute zurück. Endgültig.
Unwiderruflich.
Ewiglich.
Ich kleide mich in erdrückender Stille an. Dicke, eisige Tränen kullern das Fensterglas hinab. Will ich nach Carmen schicken lassen?
Ein neues Buch liegt auf der Enzyklopädie, gebunden in einem burgunderroten Umschlag. Desinteressiert schlage ich die erste Seite auf. Ein Märchenbuch? Das schwache Lächeln,

das an meinen Lippen zupft, tut mir in der Seele weh. Er hat mir nie zugehört. Nicht wirklich. Sonst wüsste Beterra, dass ich nichts verabscheue wie ein Märchen von Rettung und Romantik. Auf einem wunderschönen Bild tanzt Aschenputtel mit ihrem Prinzen.

Ich habe mir von dem Bösen einen Ring anstecken lassen, um dem Morast dieses Landes zu entfliehen. Jedes Märchen von Glück und Seligkeit gleicht Hohn. Am heutigen Tag mehr noch als zuvor.

Die Schatulle auf dem Buch, länglich und aus fein bearbeitetem Holz, will ich nicht öffnen. Spreize ich alle Finger und lege ich die Hand flach darauf, decke ich die Hälfte der Fläche ab. Winzige Edelsteine wurden in einem Blumenkranz auf dem Kästchen eingelassen. Die schimmernden Farben, die Blütenblätter mit Stängeln verbinden und aus Dornen wehrhafte Rosen machen, weiß ich nicht zu benennen. Der Duft von blumigem, vollem Öl haftet daran.

Lieblos stoße ich das burgunderrote Buch zu Boden. Märchen sind tot. Ich selbst habe sie erdrosselt.

Unsanft schiebe ich den filigranen Haken beiseite und öffne das winzige Schloss der Schmuckschatulle. Mir entgleiten die Gesichtszüge.

Ein Diamantencollier, gefasst in Weißgold und breit wie zwei meiner Finger. Blüten ringen sich um die Fassung. Ein Schmuckstück wie dieses sollte keine Gattin tragen, kein gewöhnliches Mädchen. Es wurde für Königinnen geschmiedet. Für blonde Engel, deren Lächeln berechnend wie herzlich ist und deren Augenaufschlag einen jeden in seinen Bann zieht. Ich kann mir das Gewicht des Colliers kaum ausmalen. Oder einen Anlass, zu dem es angemessen sein könnte.

Je teurer der Schmuck desto untreuer der Mann.

Die alte Weisheit meiner Mutter hallt durch meine Erinnerung. Ich dränge sie zurück. Wie viele Frauen meine Mutter

wohl neben sich akzeptiert hätte, solange man ihr nur ein Schmuckstück wie dieses hier überreicht?
Eines, das mehr wert ist als eine halbe Stadt, als das halbe Land!
Ich bin geblendet von Diamanten und Weißgold. Von dem betörenden Duft des Rosenöls. Der kleine, weiße Zettel im Inneren des Schatullendeckels fällt mir erst auf, als ich versuche, die Kostbarkeit aus ihrer Truhe zu bergen.
„Begleite mich auf Mussolinis Empfang. Erweise Dich einer Göttin des Glücks würdig und werde eins mit ihr."
Die Schwäche scheint fortgeblasen, die Krankheit auch. Ich habe die richtige Entscheidung getroffen. Auf tausend Kriege könnten wir zusteuern. Wie könnte die Trägerin dieses Schmuckstücks nicht unsterblich sein? Zur Herrscherin über die Welt sollte man sie erheben! Die Diamanten, jeder davon ist so groß wie der Nagel meines kleinen Fingers.
Ein gotisches Silberkreuz drückt sich gegen meine Brüste. Ein Kreuz, das mich an den warmen Raum in einem verfallenen Haus erinnert und an eine Frau, die immer summte. Verteidigte ich den Rosenkranz nicht mit allem, was ich in mir trug, an dem Tag meiner Hochzeit? Ich verteidigte ihn vor meiner frommen Mutter.
„Heiratest du diesen Mann, bist du längst vom Glauben abgefallen." Ihr Urteil erweist sich als wahr.
Mit bebenden Fingern lege ich den Rosenkranz ab. Die dunklen Perlen aus Ebenholz schmiegen sich gegen meine Fingerkuppen. Der Duft nach Heimat scheint noch immer an der Kette zu haften, als ich sie um mein Handgelenk wickle. Meine Lippen öffnen sich. Ein letztes Gebet?
Keine Silbe will meiner Kehle entfliehen. Gott segnet und hütet nur die Guten. Ich lasse zu, dass man mein Schweigen erkauft. Ob an diesen Diamanten Blut klebt, kümmert mich

nicht. Ihr Funkeln könnte die Welt kaufen. Und das Herz einer wankenden Frau.
Der Sergeant könnte mir nicht einen dieser Diamanten erstehen. Was zählen romantische Gefühle schon, wenn es zum Wohlstand kommt?
Der Rosenkranz verschwindet in der kalten Schublade des Nachtschränkchens. Liebevoll kose ich die Schmiedekunst. Nur in einem Kulturhochstaat wie Italien könnte ein Kunstwerk wie dieses entstehen. Beinahe will ich glauben, dass Michelangelo und da Vinci gemeinsam an diesem Collier arbeiteten, ehe Raphael es veredelte.
Und so verkaufte ich meine Seele an einen Schmied?
An die Macht, erinnere ich mich. Immer nur an die Macht.
Erneut. Mutter behielt Recht. Eines Tages würde ich unter der Illusion des Stolzes fallen. Doch er zwingt mich nicht in die Knie. Er hebt mich auf neue Wolken. Wen kümmert das Verderben, wenn zuvor Hölle und Himmel applaudierten.
Dieses Collier werde ich tragen, wenn ich dem Führer unseres Staates gegenübertrete an der Seite eines berüchtigten Waffenproduzenten. Was kümmert mich hinter verschlossenen Türen begangener Betrug, wenn nur der engste Kreis darum weiß?
Ein zur Hälfte gefrorener Tropfen prallt gegen die kristallene, schimmernde Scheibe des Fensters. Scheint die Sonne, spiegelt sie sich darin und erweckt tausend Regenbögen zum Leben.
Ich greife nach einem Kleid, dessen Saum meine Waden umschmeichelt. Die Temperaturen sinken, während der Regen prasselt und ich mir in dem angrenzenden Raum ein kochend heißes Bad einlasse. Das Wasser duftet nach Rosen und Aprikosen. Der Wein wird eisgekühlt. Pflegemasken hat man mir bereitgelegt. Das Handtuch breite ich weich und flauschig neben der Wanne aus, ehe ich in das dampfende Bad steige.

Es kocht mein Blut und frittiert meine Nervenenden. Ich suche Wonne im Schmerz und gebe mich ihm mit geschlossenen Augen hin, die Haarspitzen über den Brüsten, leicht befeuchtet von dem heißen, duftenden Wasser.
Meine Hände greifen nach Kälte, während ich die Krankheit aus meinem Leib treibe. Die nach Aprikosen duftende Maske zieht in meine Haut ein und verfeinert die Poren. Sobald ich vor Mussolini trete, werde ich die Schönste im ganzen Land sein.
Der Schweiß wäscht den zarten, pflegenden Film von meiner Stirn und meinen Wangen. Alles Übriggebliebene reibe ich mit dem Handtuch fort, ehe ich mich in dieses hineinwickle und inmitten des neblig beschlagenen Raumes in meine Kleidung steige. Die Spiegel wenden den Blick ab, während ich Brust und Po bedecke. Die Rosen erröten, als ich mich in den Stoff des Kleides mit den kleinen, weißen Tupfen schmiege. Das Wasser säuselt mir eine Lobmelodie, sobald ich meine Zahnbürste säubere und zurück in das Schlafzimmer tapse, die Füße unschuldig nackt.
Sie verharren an Ort und Stelle.
Neben dem Collier, wertvoller als das halbe Land, steht Cameron Izaret, das erdbeerblonde Haar zerzaust von seinem Kopf abstehend.
Der metallische Geruch von Blut liegt in der Luft. Blut, das ihm an den Fingern klebt. Meine Augen zucken.
Der Fensterriegel steht halb offen. Wenige Regentropfen sind auf dem Holzfußboden zerschellt. Das Herz erstarrt mir in der Brust.
„Was tust du hier?" Meine Stimme klingt zu hoch. Im Mark erschüttert.
Mit seinem offenen, naiven Lächeln dreht Cameron sich zu mir um. „Der blöde Hauswächter wollte mich nicht zu dir

lassen.“ Er hebt eine Schulter. „Da dachte ich mir, ich komme auch anders zu dir. Wer braucht schon eine Tür.“
„Durch ein Fenster?“ Ich drohe an meinem Entsetzen zu ersticken.
Camerons Lachen klingt klar und unbesorgt wie das eines kleinen Kindes. Beinahe als hätte er nicht soeben eine Straftat begangen, die ihm den Kopf kosten könnte. „Durch die Tür ging es ja nicht. Ich wollte einfach den Tag mit dir verbringen, schätze ich.“
So wie den gestrigen? Und den davor? Und den davor? Man sollte Cameron wieder einberufen. Man sollte nicht auf ihn verzichten. So charmant sein Lächeln ist, es dürfte ihn niemals befähigen, sich über die Gesetze unseres Landes hinwegzusetzen.
Eines Landes, das ich heute Abend zu ehren gedenke.
„Das sieht aus, als hätte es ziemlich viel Asche gekostet.“ Cameron nickt auf das Collier. „Mit wie vielen Mädchen hat dein Ehemann dich betrogen?“
Ich zucke zusammen. „Er liebt es, mir Aufmerksamkeiten zukommen zu lassen.“
„Das hier ist keine Aufmerksamkeit.“ Cam lacht auf. Nicht leicht. Nicht kindlich. Angespannt. Als würde Cameron eine Wahrheit kennen, die sich mir noch nicht erschließt. „Das sieht aus, als hätte man die Schätze des Vatikans geraubt und zu einer Kette verarbeitet.“
„Collier“, berichtige ich ihn automatisch. Kein unbedachtes Wort sollte diese Kunst entehren.
Sein schiefes Lächeln wirkt zähneknirschend. „Sowas werde ich dir niemals geben können.“
„Ich weiß.“
Das *falsche* Lächeln bleibt. „Also?“ Cam neigt sich mit blitzenden Augen zu mir. „Wollen wir verschwinden, nur für ein paar Stunden?“

Und das Risiko in Kauf nehmen, den Empfang zu versäumen? Bedächtig schüttle ich den Kopf. „Es wäre besser, würdest du gehen."
Cameron lacht auf, als hätte ich einen Scherz gemacht. Wortlos wende ich mich dem Bett zu, schüttle die Decken auf und platziere die Kissen neu.
Stille hüllt uns ein. „Du meinst das ernst?", fragt Cameron nach einigen atemlosen Momenten.
„Was das zwischen uns auch sein mag, es wird nicht im Guten enden. Besser beenden wir es heute als zu spät."
„Dein Mann darf also mit jeder was haben und du darfst dich nicht einmal mit mir unterhalten?"
„Ich habe diese Entscheidung allein getroffen." Über meine Schulter hinweg werfe ich Cam einen tiefen Blick zu. „Das Einzige, was uns beide erwartet, sind Unglück und Tod." Ich weiß es sicher, als hätte ich die Zukunft bereits gelebt.
„Ein Abenteuer!"
„Eine junge Dame deines Milieus wird dein Nächstes zu schätzen wissen."
Camerons Schweigen ist so abrupt wie niederschmetternd. Ich würde das Collier einschmelzen, um es zu beenden.

3

Camerons grünen Augen, grün wie Leben und Hoffnung, scheinen an Glanz zu verlieren. Sein Lächeln fällt in sich zusammen und lässt ein schmerzverzerrtes Stirnrunzeln zurück. „Du möchtest mich wirklich nicht sehen", stellt er nüchtern fest. Mein Herz vibriert.
„Nein", sage ich und sobald ich dieses eine, kalte Wort ausspreche, begreife ich, dass es eine Lüge ist. „Ich möchte dich nicht sehen."
„Dein Ehemann und du", ein bitteres Lächeln verzieht Camerons Lippen, „ihr habt euch versöhnt."
„Womöglich widerstrebt es mir auch nur, Teil deines nächsten Abenteuers zu sein." Meine Stimmbänder pressen sich zusammen, verstümmeln sich selbst und aus der Glut der brennenden Schuld erwächst ein Wispern, kühl und kompromisslos wie der winterliche Nordwind.
„Also war ich dein Mittel zum Zweck."
„Du warst mein Licht in dunkler Zeit."
Camerons Lächeln nimmt eine eisige Note an. Jede Kindlichkeit, jede Unschuld verläuft sich in Wut und Bitternis. In einer Bitternis, die ich nie erwartet hätte an Cameron zu sehen. Ich bin der Grund für diesen Verfall. Schützend verschränke ich die Arme vor der Brust. Stürze ich mich in diese Träumerei, den Kopf wird es ihn kosten. Cameron sollte mir danken. Mich nicht verurteilen.
„So hell kann ich nicht geleuchtet haben", spuckt Cameron und macht einen Schritt zurück. Das Collier scheint unter meinen Fingern zu pulsieren und winzige Widerhaken in mein Blut zu schlagen. Es sät Hass und Hochmut. Ich kann nicht davon ablassen. Verkaufte ich meine Ideale nicht längst? Was hält mich davon ab die neuen, zart gewachsen

wie Frühlingsblumen im ersterbenden Winter, abzubrechen und auszuliefern?
„Niemand scheint heller als Beterra“, sage ich.
„Klar.“ Cameron weicht zurück bis zu dem Fenster, öffnet es und blickt hinaus in den kalten Regen des Morgens. Die Tropfen haften perlengleich an seinem dicken, langen Mantel. „Ich hoffe“, bringt Cameron bebend hervor, „dass die Verschwörungen des Krieges dich dorthin schicken, wo du hingehörst. In die Hölle.“
Das Grün seiner Augen scheint gedämpft und gewöhnlich. Die Hoffnung reckt einen letzten Finger in die Höhe, greift aus ihrem Grab und wird verschüttet.
„Cameron Izaret, es war mir eine zweifelhafte Freude, Ihre Bekanntschaft zu machen.“ Ich klinge ruhig. Gefasst. Mein Herz weint dicke, blutige Tränen, die mir das Gewissen verätzen wie die Zweifel am Tage meiner Trauung. Der burgunderrote Einband des Märchenbuchs fällt mir ins Auge. Ich bin nicht Aschenputtel, nicht Dornröschen, nicht Schneewittchen. Es braucht keinen Prinzen auf einem weißen Ross, um mich zu retten.
Cameron ist kreidebleich, als er mir den Rücken zuwendet. „Fahr zur Hölle, Sam.“
Und er brennt unsere wenigen kostbaren Erinnerungen nieder. Ich glaube zu spüren, wie er sich seinen eigenen Wünschen verschließt. Was zählen sie schon Minuten vor der Katastrophe?
Beterra führt mich an seiner Seite zu dem Empfang, weil die Würfel gefallen sind. Die Karten sind gelegt, der König ins Schach gesetzt. Von nun an bin ich machtlos. Diese eine Sache hätte ich halten können. Über dieses hatte ich Macht. Über diesen einen Mann, dessen Faszination zu mir ihn zum Tode verurteilt.

Der Mantel rauscht wie die Schwingen eines Raben, als er sich durch die Fensteröffnung schwingt. Erschrocken schwirrt eine Motte auf, die Flügel unruhig dunkelgrün schimmernd. Sie schmiegt sich an die Wand des Schlafzimmers, sucht Sicherheit und Wärme. Ich gewähre ihr Zuflucht und sperre die Kälte aus. Das Glas klirrt im Rahmen. Kurz darauf landet Cameron Izaret in einer makellosen Hocke zwischen Sträuchern und Gräsern. Er schlägt den Kragen auf. Mit hocherhobenem Kopf stolziert er durch den Garten des mächtigsten Waffenproduzenten meiner Welt.

Krachend öffnet sich die Tür und ich fahre zurück wie der ertappte Sünder. Die Motte in ihrem grünschimmernden Kleid scheint mit den Wänden zu verschmelzen. Mein Herz setzt einen Schlag aus.

Beterra trägt das schwarze Haar salopp, nicht gegelt, nicht frisch geschnitten. Unter seinen berechnenden, braunen Augen liegen tiefe Ringe. Zarte Falten graben sich um seine Mundwinkel und in seine Stirn.

In den letzten Tagen scheint er um Jahre gealtert zu sein.

„*Ma belle*, du bist wach."

Ich versinke in einem tiefen Knicks, den Kopf geneigt und ein kleines Lächeln auf den Lippen. Pflichtbewusst unterwerfe ich mich meinem eigenen Ehemann, während jede meiner Fasern sich dagegen sträubt. „Du bist zurück."

„Vorerst." Er bedeutet mir, mich zu erheben, und ich leiste seinem stummen Befehl Folge. Seine Finger schieben sich unter meine eigenen, sanft wie eine Sommerbrise. Seine Lippen streifen meine Haut, unwirklich wie ein Flügelschlag. „Deine Schönheit demütigt mich, Samantha."

Begann unsere Beziehung nicht mit einem ganz ähnlichen Satz, auf die gleiche Weise fasziniert und reserviert gesprochen? Unwillkürlich kommt mir Camerons offenes Strahlen

in den Sinn. Wie keines seiner Worte eine Drohung oder ein Geheimnis birgt.
Bis zum Schluss, als seine Augen dunkel wurden wie die des Mannes vor mir.
„*Grazie*." Eine gemurmelte Antwort, die von meinen tauben Lippen fällt. Momente zuvor sprang der Mann aus dem Fenster, den jeder – nicht zu Unrecht – zu meinem Liebhaber erklären würde. Nun stehe ich meinem Ehemann gegenüber, dessen Blick auf das Collier fällt.
„Imponiert es dir, *ma belle*?"
Ich bringe nur ein Nicken zustande.
„Ein geschichtsträchtiges Exemplar", sagt Beterra in unerschütterlich geheuchelter Bescheidenheit. Behutsam nimmt er die schmale Schatulle in beide Hände und wiegt sie, bis das Licht die Diamanten in eine verzehrende Glut verwandelt.
„Ich nahm an, du hättest es für diesen Anlass fertigen lassen."
„Erworben habe ich es für den heutigen Abend." Sein Lächeln trieft vor stillen Forderungen und verborgenen Tücken. „Ein Meister der Antike schuf es im Herzen Athens. Man sagt, die Diamanten seien von der Göttermutter selbst gesegnet und von Fortuna getragen worden. Das Collier habe die Göttin in sich aufgesaugt und jeder, der es trägt, wird eins mit ihr. Zu der persönlichen, mächtigen Marionette des Glücks."
Die alten Geschichten mögen schrecklich und grausam sein, aber die meisten von ihnen sind wahr.
Beterra fährt sich mit Mittel- und Ringfinger durch die Haare. „Es wird gemunkelt, dass in vergangenen Zeiten dieses Collier für das Schicksal selbst geschmiedet wurde, um es in Ketten zu legen." Er nimmt das Schmuckstück aus der Schatulle und legt es mir um den Hals. Die Last der Erwartungen einer gesamten Nation scheint mich zu würgen. Ich atme gleichmäßig weiter, das Herz in der Kehle pochend. „Der Legende nach wäre nur eine Königin in der Lage dazu, es ohne

Schmerzen zu tragen.“ Meine Knochen scheinen von innen heraus zu verglühen, mein Herz Blut zu pumpen, das nicht zu mir gehört. Schwarze und goldene Widerhaken scheinen sich in meinen Leib zu senken und mich mir selbst entreißen zu wollen. Ich begreife die Prüfung, als Bartolomeo Beterra mir tief in die Augen sieht. „Du wirst mir keine Schande sein“, schwört er und es ist ein Befehl.
Es juckt mich in den Fingern, nach dem dicken Goldband zu greifen und es mir vom Hals zu reißen. Es verbrennt Anstand und Gewissen. Nichts bleibt zurück als ein dürres Flackern, das zwischen krankhaftem Ehrgeiz und bitterem Glück schwankt.
„Welches Kleid werde ich tragen?“
„Eines, das dir ebenbürtig ist.“ Er klatscht zweimal in die Hände. Das entstehende Geräusch hallt eisig von den Silbersternen wider und geistert durch den Raum. Als die Tür sich öffnet, entflieht es nicht.
Der Soldat trägt auf seinen Unterarmen ein blutrotes Kleid. Es fließt in langen Bahnen zu Boden. Spitze zieht sich über den Rock und formt Ausschnitt und Ärmel. Rosen und Dornen. Das ebengleiche Motiv wie dieses, das sich prüfend um meine Kehle schlingt. Ich bin die geifernde Schlange zwischen den Kiefern des Kojoten.
„Es ist“ grausig „schön“, wispere ich.
„Meine Ehefrau wird nicht mehr und nicht weniger sein als die Königin an meiner Seite und eine Herrscherin über dieses Land.“ Seine Lippen verätzen erneut die Haut unter meinem Handgelenk. „Im nächsten Jahr um diese Zeit werden wir im Gold schwimmen.“
Das Atmen fällt mir schwer. Ich lese zwischen den Zeilen. Im nächsten Jahr um diese Zeit werden Tausende und Hunderttausende tot sein. Heute Nacht wird das Vorhaben im Geheimen besiegelt. Ich glaube die Kanonen donnern zu hören.

„Wir unterstützen Deutschland also erneut?"
Beterra nickt knapp. „Dieses Mal mit Leib und Seele. Adolf Hitler wird in der Lage sein die Welt zu unterwerfen. Wer nicht bei ihm steht, ist gegen ihn." Und wird vernichtet werden.
Früher oder später in jeder Hinsicht. Er wird uns zu Grunde richten lassen oder selbst zu Grunde richten. Ich glaube das Ende zu schmecken. Zu riechen. Zu fühlen.
Eine schüchterne Frage brennt mir auf der Zunge, die nicht für Beterra bestimmt ist. *„Würdest du mit mir fortlaufen?"* Weit weg, irgendwohin wo Krieg und Hass nicht mehr in unser Hirn kriechen. Wo Hoffnung mehr ist als nur eine Illusion und das Gute lebt, um zu stärken.
Der Garten liegt leer da. Cameron Izaret ist über alle Berge. Meine Wünsche hat er mitgenommen.
„Du wirst die richtige Entscheidung getroffen haben", sage ich stattdessen.
„Das habe ich." Beterra spricht mit einer Überzeugung, die von verblendeter Gier erzählt. „Dieses Schmuckstück ist erst der Anfang. Wir werden über dieser Welt stehen wie Götter, während die Unwürdigen niederbrennen."
Eine traurige Existenz muss es sein, zu leben, um zu vernichten.
Eine verzweifelte Existenz muss es sein, zu leben, um zu umgarnen.
Ich streiche mir das dichte, braune Haar über die Schulter. Die schweren Wellen liebkosen meinen Unterarm. „Wann werden wir aufbrechen?"
„Deine Zofen sollen ihr Bestes geben, *ma belle*. Zur frühen Abenddämmerung werden wir mit Stil erscheinen."
Stil, gezahlt mit den Schicksalen Unzähliger. Stil, gewoben um zu blenden.

Ich versinke erneut in einem tiefen Knicks. Die Motte schlägt mit ihren Flügeln und huscht zu dem Fensterglas hinüber. Das dunkle Grün schimmert in einem hypnotisierenden Licht und erregt Beterras Aufmerksamkeit. Er verzieht keine Miene. „Man entferne das Ungeziefer.“
Regungslos stehe ich daneben. Mit einer zusammengerollten Zeitung schlägt man auf den kleinen Körper ein. Spannungslos fällt er zu Boden. Die Wucht des Aufpralls hat der Motte einen Flügel ausgerissen. Einen Sergeant würde Beterra mit einer ähnlichen Entschlossenheit entfernen lassen.

Mit zwei Mädchen, keine fünfzehn Jahre alt, Töchter hoher Herren, lässt man mich allein. Sie striegeln mir das gekämmte Haar, sie waschen mir die saubere Haut.
Die Regenwolken weichen zurück und ein betörender Sonnenschein stiehlt sich durch dichte, dunkle Wolken. Regentropfen verwandeln sich in Kristalle und jeder davon scheint um einen Regenbogen herum gewachsen zu sein.
„Haben Sie davon gehört?“, bricht Camilla das bedrückte Schweigen. Die blonden Locken spielen um ihre kleine Stupsnase und die braunen Augen wirken verschlagen wie die einer erwachsenen, um Geld gierenden Frau.
„Sei still“, zischt Luise, die Stirn krausgezogen und die pechschwarzen Haare zu einem strengen Knoten gebändigt. Ihre Lippen sind von einem unwirklichen Rot und die langen Wimpern werfen Schatten über ihre gebräunten Wangen.
„Warum? Sie muss es doch wissen.“
„Den Teufel muss sie.“
Meine Pflicht wäre es, die Mädchen zurechtzuweisen. Schweigen umhüllt meine Zunge. Das Collier erwürgt mich. Eines Tages wird Mutters Prophezeiung sich bewahrheiten. An meinem Hochmut werde ich fallen.

Und das inmitten eines tobenden Krieges. Ich habe mich auf das Schlachtfeld begeben, bevor die Geldgier der edlen Herren es erspähte. Meine Seele weint bittere Tränen um ein kindliches Lachen und hoffnungsgrüne Augen. Sie schluchzt wie einst ich um ein Leben, gegen das ich mich vollsten Bewusstseins entschied.
„Die Bevölkerung plant einen Komplott", sagt Camilla hastig. Ich bleibe ewig ruhig. „Die Soldaten stellen geheime Räte auf und die Arbeiter in den Industrien …"
„Sei still!", fährt Luise Camilla über den Mund. „Sie ist nicht unsere Verbündete."
Meine Ohren rauschen. „Sie will diesen Krieg nicht", ruft Camilla fuchsteufelswild. „Sie weiß genauso gut wie wir alle, dass man nur einmal Glück hat. Einmal und nie wieder! Dieses Mal werden wir nur verlieren."
Aufgebracht zieht Camilla bei dem Flechten meiner Zöpfe an meinem Haar. Ich zucke zusammen. „Entschuldigen Sie bitte", murmelt sie.
Die Motte liegt tot am Boden. Der ausgerissene Flügel regt sich in einem unsichtbaren Windstoß.
In Sicherheit ... nimmermehr.
Meine Kehle schnürt sich zu. Tränen brennen sich in meinen Brustkorb und von dort aus in meine Augen. Ich kann kaum noch einen Atemzug nehmen. Eine Revolte?
Sie wird niedergeschlagen werden, ehe der Krieg beginnt. *Bella Ciao.* Nicht mehr, nicht weniger.
Verbrannt und verdorben.
Meine Pflicht wird es sein, den Aufstand im Keim zu ersticken. Durch nur ein einziges Wort.
Kam es zu Camerons freier Zeit, zu den vielen Stunden, die er unter den übrigen Soldaten fristen sollte, blieb er vage. Ich beginne den Grund zu begreifen. Streikt der Sergeant, streikt

seine Einheit mit. Bittere Galle füllt meinen Mund. Angestrengt schlucke ich sie hinunter. Wer streikt, wird gehängt.
„Es wird bald beginnen“, flüstert Camilla hastig. Mit versteinerter Miene schließt Luise die Knöpfe meines bluttriefenden Kleides. Sollte eine Bombe jeden Anwesenden um mich herum zerfetzen, keinen Tropfen könnte man auf diesem Stoff ausmachen.
„Ihr sprecht von einer Verschwörung“, bringe ich über die Lippen. „Von einer Verschwörung um Leib und Leben meines Ehemanns und eurer Väter.“
„Es ist aufregend“, sagt Camilla aufgekratzt. „Das Volk erhebt sich.“
„Das Volk ist dein Knecht“, erwidere ich.
„Es wird seine Muskeln spielen lassen und den diktatorischen Staat niederbrennen.“
„Und was kommt dann?“, frage ich dumpf. Camilla befestigt die Zöpfe kunstvoll auf meinem Hinterkopf. „Das Chaos?“
„Die Gerechtigkeit“, murmelt Luise. „Zumindest versprechen sie das.“
„Wie Robespierre Gleichheit, Freiheit, Brüderlichkeit versprach“, sage ich. „Schlussendlich enthauptete er Tausende und fiel der Guillotine selbst zum Opfer.“
Der Wind rüttelt an den Fensterläden. „Er war auch ein Franzose. Franzosen haben Revolutionen nie verstanden“, schnaubt Camilla. „Bei uns wird es besser werden. Überlegen Sie nur, wie viele Leben gerettet werden könnten! Auch das Ihres geheimen Liebhabers.“
„Ich weiß nicht, wovon ihr sprecht.“
Die beiden Mädchen tauschen einen Blick und verfallen in ein haltloses Kichern. Ich stehe in einem Kleid, gewoben aus dem Blut Unschuldiger, und streiche die spitzenbedeckten Röcke glatt. Der Stoff duftet nach Rosen.

Das Collier sticht mit seinen Krallen in meinen ungeschützten Hals.
„Natürlich wissen Sie das nicht“, sagt Luise gönnerhaft.
„Vielleicht gehört der Sergeant mit den grünen Augen wirklich nicht zu ihr.“ Errötend kichert Camilla und tritt hinter mich. Mit flinken Fingern schließt sie winzigen Knopf um winzigen Knopf. „Ob er mich wollen würde?“
„Dich? Eher nimmt er eine Kuh“, schnaubt Luise. Feine Pinselstriche zaubern mir ein neues Gesicht. Ein makelloseres.
„Zwischen dem Sergeant und mir besteht keine romantische Verbindung“, sage ich nüchtern. Eine unumstößliche Wahrheit?
Camilla grinst mich schief an. „Das ist doch egal. Wenn Sie uns verraten, verraten wir Sie.“
„Es gibt nichts zu verraten.“
„Beterra glaubt eher seinem Stiefel als Ihnen“, sagt Luise mit in die Höhe gezogenen Brauen.
„Beterra vergnügt sich jede Nacht mit einer neuen Frau“, erwidere ich ausdruckslos.
„Nur einer?“ Camillas Grinsen ist teuflisch. „Sie, Signora, könnten in unserer Mitte viel bewegen.“
„Eure Väter werden zuerst fallen.“
„Unsere Väter bringen wir in Sicherheit.“
„Wenn das alle feinen Damen tun, gegen wen bleibt es dann noch zu revoltieren?“, frage ich spitz.
Das Rot, das Luise auf meine Lippen aufträgt, ist das Gleiche, aus dem mein Kleid gemacht wurde. Eine grausame Königin. Ich werde ein Zeichen sein. Für Unterdrückung und den Beginn eines verzehrenden Krieges.
Wäre Cameron mit mir fortgelaufen?
„Gegen all die dreckigen Verbrecher, die sich durch uns die Taschen vollstopfen.“
„Die Industriellen“, sagt Camilla.

„Die spitzfingrigen Handwerker“, ergänzt Luise.
„Die gierigen Ehefrauen.“ Beide sehen mich an, während sie ihre Arbeit fortführen. In diese Kreise gehört nur, wer hineingeboren wurde. Alle anderen dürfen auf ein Gnadenbrot hoffen – und werden doch nur metallene Schellen erhalten, die man ihnen um die Fußknöchel bindet. Narrenglöckchen.
Zu dem Tag meiner Hochzeit trug ich ein Kleid weißer als Schnee. Das Haar hatte man mir kunstvoll hochgesteckt und die Farben, die auf meinem Gesicht lagen, schienen reiner als alle, die die Natur hervorbringen kann. Ich fühlte mich befleckt und schmutzig. Mein Herz schlug für die Heimat, nun schickte ich es fort. Einem Leben in Saus und Braus zuliebe?
„Dieser Mann nimmt dich nicht, weil er dich liebt“, wiederholte meine Mutter. Die dichten, schwarzen Locken kräuselten sich um ihr Gesicht und ihre farblosen Lippen wirkten verhärmt und von Enttäuschung gezeichnet.
„Ich heirate ihn auch nicht aus Liebe“, erwiderte ich. „Schworen wir uns nicht mehr zu sein als Existenzen am Rande der Gesellschaft?“
„Dafür willst du deine Seele verkaufen?“ Ihre dunklen Augen schienen tiefer als die dunkle See. Mysteriöser als das Rauschen der Wellen.
„Ich habe dir versprochen“, sagte ich, „dass du eines Tages haben könntest, was du wolltest.“
„Eine Tochter, auf die ich stolz sein kann?“ Ihre leisen Worte schnitten mir ins Herz.
„Um uns herum sterben sie wie die Fliegen. Krankheit, Hunger, Hinrichtungen.“ Ich zuckte wegwerfend die Schultern. „Ich löse die Karte in ein anderes Leben. In ein besseres.“
„Für dich“, sagte Mutter.
„Und für dich.“ Mein Lächeln war aufrichtig. Als ich ihr die Hand reichte, ergriff sie meine Finger nicht. Die Leere schien an meinen Muskeln zu zerren und eine Verzweiflung in

meinem Inneren zu säen, die mich von diesem Tag an nicht mehr loslassen wollte.
„Dort, wo du hingehst, dorthin werde ich dir nicht folgen, Samantha. Ich habe dich mehr gelehrt als das.“
Aber nichts anderes als Gold zählt in einer Welt, regiert von Geld.
„Ich werde dich stolz machen“, schwor ich ihr.
Meine Mutter schüttelte den Kopf. Eine winzige Geste, zart wie das Zittern einer geöffneten Blüte. Sie warf Steine in mein gläsernes Kartenhaus und mein fragiles Konstrukt brach krachend in sich zusammen.
„Gehst du heute, verbanne ich dich“, sprach ich eine leere Drohung.
„Du wirst mich nicht verbannen müssen“, sagte sie, die dunklen Haare ein Chaos. Ich blickte auf ihr schlichtes Kleid und die hohen, alten Stiefel. Ich betrachtete ihre Frisur genauer – den gewöhnlichen Pferdeschwanz ungekämmt – und ihre schmutzigen Finger. Meine Mutter war nicht gekommen, um mir zu gratulieren. Sie erschien in der Hoffnung, mich vor meinem markerschütterndsten Fehler zu bewahren. Sie ging in dem Wissen, ihre Tochter an den schönen Schein verloren zu haben.
Ich vermisse ihre Weisheit. Sie hätte mir den rechten Weg weisen können.
Sie hätte mich zurück nach Haus geführt, während ich mich allein nur weiter und weiter im Morast verlaufe.
„Ihr solltet eure Zungen hüten“, sage ich leise und nehme Luise den feinen Pinsel aus der Hand, mit dem sie mir den Lidstrich zieht. „Ihr seid entlassen.“
Camilla und Luise kichern. „Wie kommen Sie darauf, dass Sie uns wegschicken können?“
Sie fordern mich heraus. Sie wiegen sich in Sicherheit. Zwischen Cameron und mir ist kein Kuss gefallen, keine zärtliche

Berührung. Ich werde mit der Überzeugungskraft einer Unschuldigen vor die Kläger treten können.
Kühl klatsche ich in die Hände. Zweimal. Der Soldat öffnet, steif in seiner Haltung und eisig im Schritt. „Geleiten Sie die Mädchen hinaus und informieren Sie Beterra um eine geplante Revolte.“ Ich sehe den beiden fest in die zuckenden Augen, während ich meine Röcke ausbreite. „Einen Aufstand sollten wir in Zeiten wie diesen im Keim ersticken.“
Der Soldat salutiert.
„Sie schläft mit dem Sergeant!“, kreischt Camilla, als der Soldat ihr bedeutet, das Zimmer zu verlassen.
„Meine Gattin ist mir treu wie eh und je.“ Dass Beterra auf dem Stuhl im Korridor sitzt, den Ellbogen auf die hölzerne Lehne gestützt und den Blick in Richtung seines treusten Wächters gerichtet, bemerke ich erst, als seine tiefe, bestimmte Stimme erklingt.
„Sie ist eine Betrügerin!“, keift Luise. „Eine Lügnerin! Wir würden niemals eine Entscheidung treffen, die dem Land schadet. Sie hingegen …“
„Sie hingegen wird in diesem Hause weiterhin ein und ausgehen“, unterbricht Beterra Luise harsch. „Man geleite sie hinaus.“
Das Herz schlägt mir in der Kehle, als der Soldat persönlich die beiden Zofen aus dem Gebäude führt. Kaum haben sie unser Sichtfeld verlassen, erhebt Beterra sich, glättet die Weste und strafft die Schultern. „Dein Anblick macht Königinnen vergessen, *ma belle*“, sagt er.
Ich verneige mich vor ihm. „Es wird mir eine Ehre sein, dich begleiten zu dürfen.“
Sein linker Mundwinkel hebt sich. Wir tanzen um des Feuers Glut, immer so nah heran, dass die Flammen nach uns greifen ohne uns zu verzehren. „Am heutigen Abend wird das Gemüt erhitzt sein. Es wird eine Göttin des Glücks brauchen, um die

Wogen zu glätten“, prophezeit Beterra und haucht mir einen winzigen Kuss auf den Handrücken. Zart wie ein Flügelschlag.

Er schließt die Türen und mein Blick fällt auf die tote Motte. Der unsichtbare Windzug trägt die Flügel weiter fort. „Wir haben eine Revolution zu verhindern.“

Ich nicke knapp. Ja. Und wenn es vor Gericht geht wird in erster Reihe der Angeklagten ein Sergeant stehen, der auf unerklärliche Weise dem Dienst entgehen kann, wann immer es ihm beliebt.

4

Tosende Musik, militärisch donnernd, empfängt uns. Beterra hält mich nah bei sich, angetan in Wrack und Fliege, während wir in das strahlende Gold eines tobenden Festes treten. In unserem Rücken geht die Sonne unter.
Mussolini selbst steht in der Tür und neigt seinen Rücken. „Signor und Signora Beterra." Sein herzliches Lächeln jagt mir tausend eisige Schauer die Wirbelsäule hinab.
„Signor Mussolini", murmle ich und versinke in einem tiefen Knicks. Der blutrote Rock wallt um meine Beine, bauscht sich auf und scheint einen Blutsee um mich zu schaffen.
„Samantha, wunderschön wie eh und je." Er küsst meine Fingerknöchel. Seine Lippen fühlen sich gleichermaßen heiß und kalt an. Nie fror ich mehr in einem beheizten Gebäude.
Nie stand ich schneller. Stocksteif. Mein Herz setzt aus, das Collier schnürt mir die Luft ab.
Hinter Mussolini tritt Cameron Izaret hervor, das erdbeerblonde Haar gekämmt und gegelt, die Lippen zu seinem unschuldigen Lächeln verzogen. „Bartolomeo Beterra." Galant und auf eine charmante Weise elegant verneigt Cameron sich vor meinem Ehemann. Die Knöpfe seiner Uniform wurden poliert, die Schuhe ebenfalls. Er trägt eine neue Uhr. Goldene Stränge ziehen sich durch das silberne Armband. Der Zeiger schiebt sich gemächlich über das schimmernde Ziffernblatt.
Jeder Muskel in meinem Rücken verkrampft sich. Verraten und verkauft.
„Du bist spät."
„Nur heute." Mein Ehemann klopft Cameron Izaret auf den Rücken. Lippen, die stets starr gehalten werden, verziehen sich zu einem breiten Lächeln. „Dein Aufzug scheint mir fast schon akzeptabel."

„Die Damen lieben mich zu jeder Zeit.“ Cameron zwinkert mir zu. Ich weiß mich nicht zu rühren. Wir stehen auf der Schwelle, die brennende Sonne hinter uns, die duftenden Speisen bereits aufgereiht.
Verrat. Er überrollt mich wie der Schrecken, als Beterra am Morgen unser Schlafzimmer betrat. Seine frühlingsgrünen Augen scheinen von einem unschuldigen Gift getränkt, das mir um ein Haar den letzten Anstand geraubt hätte. Camerons Lippen haben meine nie berührt. Kein einziges Geheimnis habe ich ihm anvertraut.
Dennoch, mein Herz rast, als hielte Cameron sein gesamtes Arsenal auf mich gerichtet.
„Ihr seid einander bekannt?“ Meine Stimme klingt beunruhigend entspannt. Das Collier erwürgt meine Träume.
Ein stechender Stolz stiehlt sich in Mussolinis Augen. Er legt einen Arm um Cameron Izarets Schultern. „Mein Neffe.“
Der Neffe des Staatsoberhauptes eines auf den Abgrund zurasenden Landes suchte einen Weg in meine Seele. Weniger Vernunft, mehr Träumereien und er hätte mich in seinen Fängen gewusst.
„Er ist ein äußerst intelligenter, junger Mann, *ma belle*“, erklärt mein Ehemann, einen Arm um meine Hüfte geschlungen. Ich fühle mich ausgeliefert, die Gazelle zwischen hungrigen Löwen. Seltene Bewunderung spiegelt sich auf Beterras Gesicht wider. „Er scheint zu jeder Zeit die Fäden in der Hand zu halten.“
„Das klingt nach dem passenden Sergeanten für die vorderste Front“, erwidere ich glatt und knickse ein weiteres Mal vor Mussolini. Den jungen Mann, der um ein Haar mein Herz berührt hätte, ignoriere ich, bis mir das Blut in den Ohren rauscht und ich meinen eigenen Atem nicht mehr spüre. „Wenn die Herren mich entschuldigen würden.“ Behutsam löse ich mich aus dem Arm meines Ehemanns, den Kopf

gehoben wie die Königin eines gefallenen Reiches. Der Rock rauscht und bauscht, das Gold brennt sich unbarmherzig gegen meine Kehle. Ich tauche ab zwischen Lug und Trug. Krachend schließen sich die Türen des hochherrschaftlichen Herrenhauses auf einem Berg über dem Meer.
Die Damen tragen glänzenden Schmuck und wallende Kleider. Keine von ihnen badet in dem gleichen verblendeten Schimmer wie ich.
Ich suche bekannte Gesichter. Sie schwimmen in einem unbedeutendem Farbschema an mir vorbei. Meine eigenen Schritte verdränge ich, das Lächeln erwidere ich mechanisch. Ich glaube, Camerons klares, kindlich unschuldiges Lachen zu hören.
Der Teufel wohnt dem Reinsten inne.
Gott schuf aus dem verdorbenen Verlogenen den Menschen.
Möge der Himmel die Hölle mit Gnade füllen.
Das Blut prickelt mir in den Adern. Die Beine möchte ich in die Hand nehmen und überstürzt dieses Gebäude verlassen. Blutige Schlieren versinken am Horizont.
Das Kleid scheint das Leben aus mir zu ziehen, das Collier mich anzuprangern. Es wurde für eine unumstrittene Königin geschmiedet. Für das Schicksal selbst?
Die alten Geschichten mögen schrecklich und grausam sein, aber die meisten von ihnen sind wahr.
Unsichtbare Zähne graben sich in mein Fleisch. Sie reißen an meinen Sehnen, an meinen Sinnen und machen mich zu einem Sklaven meiner eigenen Schwäche.
Camerons Augen sind nicht grün wie Hoffnung und Leben. Verlieh ihnen nicht das eisige Blau um die Pupille herum den übernatürlichen Glanz? Cameron verdrehte mir den Kopf, ich verweigerte mich dem, schlug ihn zurück, gewann die Schlacht – und verlor sie doch von der ersten Sekunde an.

Die Wirren meiner Ängste verzehren mich. Die Zähne eines unsichtbaren Monsters reißen mir das Fleisch von den Knochen und ich will wimmernd in mich zusammensinken.
Der Duft verschiedenster Speisen liegt in der Luft. Man wird mich an Beterras Seite erwarten.
Ich stoße die Türen zu einem dunklen, weiten Korridor auf. Krachend fallen sie hinter mir ins Schloss und schließen mich ein. Flimmernde Finsternis. Niemand entzündete Kerzen. Die Glühbirnen sind erloschen. Meine Füße tasten über das weiche Material eines hochpreisigen Teppichs und ich will flehend in die Knie gehen.
„Eines Tages wirst du dir wünschen, in der Vergangenheit leben zu dürfen“, prophezeite Mutter mir.
Heute ist der Tag gekommen.
Ich warf einen letzten Blick in den Spiegel, ehe der Wagen vorfuhr und Beterra mich mit steifem Rücken und gewölbter Brust aus dem hochherrschaftlichen Herrenhaus zwischen Bergen und Meer führte. Mein Haar wirkte stumpf gegenüber dem überwältigenden, übermenschlichen Glanz von Kleid und Kette. Ich ging darin unter. Nichts, was ich heute trage, wurde für ein Mädchen geschaffen, das im Schlamm spielte. Nichts davon wurde für eine Frau gemacht, die zwischen Gier und Skrupellosigkeit ihr zweifelhaftes Glück sucht.
Ich kann das nicht tragen. Nichts davon. Ich gehöre hier nicht her. Eine Dame dieses Milieus hätte ihren Fehler erkannt. Sie hätte einen einzigen Blick gebraucht, um zu ahnen, dass Cameron Izaret kein einfacher Junge von der Straße ist. Zwei Sekunden vielleicht, um eine zweifelhafte Ähnlichkeit zu Mussolini zu erkennen und ihren eigenen gesellschaftlichen Aufstieg auf Camerons Rücken zu planen.
Ich bin ein winziges Nichts, ein Niemand, und wenn meine Zofen mich an den Pranger führen wollen, werden sie Erfolg haben.

Bade ich nicht längst in meinem eigenen Blut?
Der unwillkürliche, irrationale Schmerz von zerrissenem Fleisch und sich verstümmelnden Sehnen blendet mich. Fahrig suchen meine Finger den Verschluss des Colliers.
Atemloses Keuchen.
Ich rieche die Vanille von der Tafel, verbrannt und bitter, und ich erahne den Tabak der Zigarren. Nie zuvor war ich verlorener. Nie zuvor war ich weiter entfernt von einer Lösung zu einem Problem, das ich nicht in Worte zu fassen weiß.
Tränen brennen mir in den Augen. Heiß. Kalt. Prickelnd.
Lass mich gehen!
„Du wirst früher oder später den Verstand verlieren", prophezeite Mutter. „Du wurdest nicht für diese Menschen und ihre Welt geboren."
„Wofür dann?", rief ich aufgebracht. „Für ein Moloch?"
„Für die wahren Menschen!"
„Durch unser aller Adern fließt Blut. Wir sind uns in allem ähnlich und vor Gott alle gleich."
Zwischen Schatten und zerrender Kälte bekomme ich das Collier zu fassen und schleudere es von mir. Funkelt es selbst noch in der Dunkelheit? Ich suche den Rosenkranz um meinen Hals und finde ihn doch nicht. Wenn ich ihn jemals ablege, bin ich des Wahnsinns.
Das winzige, gotische Kreuz ruht verlassen in einer weit entfernten Schublade. Nicht einen Tag verschmähte ich den Rosenkranz.
Hochmut kommt vor dem Fall.
Ich knie am Boden und meine Finger graben sich bis zur Besinnungslosigkeit in den weichen Teppich.
Vor Gottes Auge mögen wir alle gleich sein, alle Menschen, die leben, lieben und lodern. Gott spielt zwischen Mächtigen keine Rolle. Untersteht ihnen nicht die gesamte Welt? Zumindest aber ihre eigene, kleine, beschränkte, die nicht über die

Landesgrenze hinausgeht? Eigentlich schon an dem Brett vor dem Kopf scheitert.
Ich spüre mein eigenes Herz nicht mehr. Verlerne ich das Atmen?
Hol mich Heim, Mama.
Das Collier sucht und findet Licht in absoluter Dunkelheit. In seinen Diamanten strahlt ein winziger, roter Punkt. Ein Vorbote der Hölle?
Ich erschauere. Schicken sie die ersten Dämonen aus, mich zu verführen?
Ich will mich ihnen unterwerfen und ihnen gleichzeitig die Stirn bieten.
Was ich wünsche, ist nicht von Belang.
Die vage Frage, warum man mich nicht zurück in den Festsaal zerrt, bildet sich, als sich robuste, schwarze Stiefel in mein Sichtfeld schieben. Augenblicklich sitze ich aufrecht. Knisternd durchbricht das Licht einer Glühbirne die Dunkelheit und wirft ihren Kegel auf einen jungen, hochgewachsenen Mann. Dunkelbraune Strähnen fallen ihm feinsäuberlich geschnitten in die Stirn. Das Grau-Braun seiner Augen hypnotisiert mich. Es erinnert an Heimat und Sicherheit. Er wirkt nicht unschuldig, nicht mysteriös, nicht ausgenommen attraktiv. Der Mann vor mir bleibt durch seine absolute Durchschnittlichkeit und eine klirrende Ausstrahlung in Erinnerung.
Er steht vor mir, bewegungslos. Kein Lächeln verzieht seine Lippen, keine Falte gräbt sich zwischen seine Brauen. Er ist einfach nur da und ich eingesperrt zwischen meinen Sünden und meiner Verzweiflung.
Dass Cameron nichts weiter ist als ein weiterer Trick, eine neue Illusion – ich hätte es wissen müssen. Wann reichte man mir je die Hand? Schlussendlich wandelt jeder Segen sich in

einen Fluch. Weil ich nach den Sternen greife, während meine Füße sich nicht von dem sicheren Boden lösen wollen?
Der junge Mann trägt einen Trenchcoat, grau wie finsterste Gewitterwolken. Seine Stiefel gehen in eine makellose, schwarze Hose über, die unter der Jacke verschwindet. Eine Hand hat er in einer Tasche verstaut, die andere hält eine dicke Zigarre.
Bedächtig atmet der Mann aus. Die milchige Nebelwolke breitet sich über meinem Kopf aus und sinkt quälend langsam nieder. Hüllt mich ein in ihren weichen Geruch.
„Was verschafft mir die Ehre?“, fragt der Mann.
Wäre er ein Priester, würde ich ihm meine Sünden klagen. Er wirkt wie ein Diplomat, der eher die Welt in Flammen hüllt als den Nächsten vor dem Tod zu bewahren.
Meine Lippen sind von Angst und Verzweiflung versiegelt. Ich sitze vor ihm inmitten eines Kleides, gewoben aus dem Blut unschuldiger Tränen, das Collier von mir geschleudert und dunkle Striemen auf den Armen. Meine Nägel haben Schrammen in helle Haut gegraben. Verschwinden muss ich. Mich in Luft auflösen, bevor ich mir und Beterra diese Blöße gebe. *Seine Königin brach in sich zusammen. Wird sie das Königreich mit sich in den Abgrund reißen?*
Ging ich nicht den sicheren Pfad? Der Stein des Weges wandelt sich zu Staub, der mir den Boden unter den Füßen raubt. Der weiche Teppich scheint sich in meine Fingerkuppen zu graben. Die Angst reißt mich in Stücke.
„Bringen Sie mich fort von hier“, wispere ich. „Was auch immer Sie wünschen, ich gebe es Ihnen. Nur bitte, bringen Sie mich fort von diesem Ort.“ Von Kälte und Korruption.
Von einem Flecken, an den ich nicht gehöre.
„Wir liegen beide in Ketten, mein Kind“, sagt der junge Mann. Aus seiner Stimme sprechen Jahrhunderte Erfahrung,

die er unmöglich besitzen kann. Er ist noch ein halbes Kind. Fünfundzwanzig? Jünger?
Keine Unschuldsfalten graben sich in seine Stirn. Sie ist von einer emotionalen Gleichgültigkeit geschliffen worden, die mich ähnlich erschreckt wie Beterras Kalkulation – oder Camerons Hang zur perfekten Lüge. Zu einer Lüge, die ich geglaubt habe, bevor ich sie hinterfragen konnte.
„Bitte", wispere ich. Ein Flehen verließ nie zuvor meine Lippen mit einer ähnlichen Intensität. Bin ich gefallen? Gestolpert über Hochmut und Zorn?
Über den Wunsch einer glänzenden Welt, der von Bescheidenheit geleitet sein sollte. Nicht von Habgier.
„Ich würde dir helfen", sagt der Mann. Er geht nicht vor mir in die Hocke. Weil ich mich ihm aus freien Stücken unterwerfe und er in seiner fraglichen Macht badet? „Das würde ich, aber die Zeit legte mich in Ketten. Befreie mich und ich befreie dich."
Das Collier schimmert wenige Meter von mir entfernt. Es kommt mir vor, als wäre ich in einem spiegelglatten See versunken. Niemand sucht nach mir. Niemand will mich bergen. Der Verrat klopft an die Tür.
Cameron hätte mich nicht belügen dürfen.
Ich hätte ihm keinen Glauben schenken dürfen.
Verblendeter Hochmut.
Ein tiefer Fall.
Möge Gott vergeben.
„Bitte", flehe ich. Dass ich kurz davorstehe zu betteln, ist mir gleichgültig. Wenn diese Demütigung mir die Freiheit schenkt und die Möglichkeit, mich ein weiteres Mal an der Weggabelung für den rechten Weg entscheiden zu dürfen, die Hände hackte ich mir ab.
„Ich bin gebunden", wiederholt der junge Mann.

„Sie stehen hier vor mir. Sie stehen!“ Meine Stimme überschlägt sich. „Sie sollen mir weder meine Sünden vergeben noch für meine Entscheidungen geradestehen. Ich bitte Sie um nichts, als mich fortzubringen!“
Das Lächeln, das seine schmalen Lippen hebt, lehrt mich das Fürchten. „Wie heißt du, mein Kind?“
„Bringen Sie mich fort von hier!“
„Wie ist dein Name?“
Wimmernd presse ich die Stirn auf den weichen Teppich. Das Kleid schnürt mich ein. Die Knöpfe brennen winzige Punkte auf meine sich krümmende Wirbelsäule. Ich hätte gehen sollen, als ich noch konnte. Hier lügen selbst die Heiligen.
Selbst diejenigen, die mir für einen flüchtigen Moment Hoffnung in mein Leben schenken. Cameron war ein Silberstreif am Horizont. Ihn fortzuschicken, war meine Entscheidung. Dass er sich als Schlange in meinen Decken entpuppt, überfordert mich. Tanze ich nicht seit meiner Verlobung auf Messers Schneide? Cameron zog mich an sich. Nicht, um mich zu verzaubern und von diesem Drahtseil zu retten. Er griff nach meiner Hand, um mich an das Ende der Klippe zu führen und mich hinabzustoßen.
„Bringen Sie mich fort!“, kreische ich. Hört man meine Stimme durch die dicke Holztür? Stehen die Damen erst still und brechen dann in verhaltenes Kichern aus?
Hüsteln die Herren verlegen in ihre Fäuste, ehe sie ihre Gespräche fortführen?
„In die Vergangenheit?“ Der junge Mann lächelt mich verschmitzt an. „Das ist es doch, worum du bittest, nicht wahr?“
Ich flehe mit Herz und Seele um Freiheit. Um eine Möglichkeit die richtige Wahl zu treffen. Nicht verblendet, nicht verzweifelt. Ich angle nach einer Katharsis und bekomme die nächste Sünde zu fassen. Das Unglück strömt mit den

Schatten auf mich zu. Ich will mich auflösen. Für immer und immer.
Mit diesem Collier entschied ich mich gegen Cameron. Dieses Collier führt mir vor Augen, wer ich niemals sein werde. Wem auch immer es eines Tages vergönnt sein wird, dieses weißgoldene Geschmeide aufrecht tragen zu können, werde ich neiderfüllt hassen. Weil ich es dringender wollte, als diese Person.
Weil mir diese Privilegien nicht mit meiner Geburt vermacht wurden, sondern durch eine strategisch kluge, herzenskalte Eheschließung.
„Bitte“, wiederhole ich.
„Bitte erlöse mich von meinem Leid?“, fragt der Mann. Leise knistert sein Trenchcoat. „Brutus“, stellt er sich vor und das dunkle Braun seiner Iriden scheint zu einem gespenstischen Grau zu verschwimmen. „Nenn mich Brutus oder Benjamin, Dante oder Capatio, Echnaton oder Moreen. Ich werde dir zu jeder Zeit zur Seite stehen, wenn du mir einen bescheidenen Wunsch erfüllst.“
Niemand weiß meine Einsamkeit zu tilgen. Niemand, der mich nicht vor einem Höllenfeuer mit einem Unschuldslächeln betrachtet und mir das Leben verspricht.
„Versprich mir das Leben deines Erstgeborenen und ich leite für dich die Götterdämmerung ein. Ich werde dir bei deiner Verschwörung zur Seite stehen und ich werde dein Wegweiser sein in den Wirren deiner Entscheidungen.“ Sein Lächeln jagt mir tausend Schauer über den Rücken. „Du musst nur einschlagen.“
Jeder Handel bringt uns dem Teufel ein Stückchen näher.
Hält er mich nicht längst in seinen Fängen? Ich befehle der Erinnerung an meine Mutter zu schweigen.
„Wir befinden uns in keinem Märchen“, flüstere ich heiser. „Ich bin kein verkauftes Mädchen, das Stroh zu Gold spinnt.“

„Und ich kein Kobold.“ Das Glühen in seinen Augen lehrt mich Furcht wie nichts zuvor. Dieser Mann mag kaum älter sein als ich. Er mag gekleidet sein wie ein einfacher Bürger und sein Lächeln mag glatt sein wie das eines leeren Geistes. Ich kannte Angst nie unmittelbarer. Denn in seinen Augen sehe ich eine Geschichte, die noch nicht begonnen hat. Hält er mein Schicksal in den Händen?
Während ich vor ihm knie, gewinne ich den reinen Glauben an Gott, den Mutter in mir vermisste. In der Aura des Mannes vor mir schimmert unvorstellbare Macht, in seiner geöffneten, mir dargebotenen Hand ruht Luzifer.
„Du wirst mich dem Richter vorführen.“ Ich klinge heiser. Der Entschluss ist gefasst.
„Die Richter werden dich spätestens zum Ende deiner Jahre hin erwarten“, verhöhnt mich der Mann und nimmt einen weiteren Zug von seiner Zigarre. Vanille und Tabak. „Das Jüngste Gericht empfängt Damen wie dich mit offenen Armen.“
„Um mich in die Hölle zu stoßen.“
„Um dich zu verdammen“, pflichtet er mir bei. „Deine hilflose Wut sollte sich nicht gegen die Lebenden richten.“
Sie sind es, die dort auf mich warten. Ihr Lächeln ging mir unter die Haut.
Liebe ich Cameron Izaret?
Nicht im Mindesten. Aber er beleidigte mich auf niederschmetterndste Weise. Er führte mir meine eigene Schwäche vor Augen und Beterra setzte dem die Krone auf. Hat sein Halsband mich nicht überstürzt eine Entscheidung fällen lassen?
Ob sie nun recht war oder nicht.
Ob ich nun gezwungen war oder nicht.
Ob es nun wahr war oder nicht.

„Ich bin hier gefangen“, flüstert Brutus und sucht meinen Blick. Das Braun seiner Iriden erinnert mich an das eines sterbenden Baumes im Winter. „Die Zeit selbst strafte mich für Präferenzen, die ich nicht kontrollieren konnte.“
Lasse ich mich mit einem Irrsinnigen ein? Einem Mörder? Falle ich einem weiteren Trick zum Opfer?
„Welche Präferenz?“, frage ich dumpf.
„Das Chaos. Wie könnte jemand der Zeit sein Herz schenken, wenn es längst verloren ist?“
„Sie klingen von Sinnen.“
„Ich bin dein Brutus.“
Zu viele Namen, die alle bedeutungslos durch meinen Kopf schwirren. „Wie heißen Sie wirklich?“, frage ich leise.
Seine Mundwinkel heben sich ein winziges Stück. Das Lächeln raubt ihm den letzten Fetzen Menschlichkeit. „Moreen.“
Mühsam kämpfe ich mich auf die Knie. Das Kleid will mich niederziehen. Das Collier wage ich nicht erneut zu berühren. Beterra wird es nicht akzeptieren, sollte ich dieses Kunstwerk verlieren. Er verehrt das Schöne wie das Tödliche. Geht beides unmittelbar miteinander einher?
„Ich werde Ihnen nicht die Gelegenheit geben, mich zu verraten.“
„Du willst an deinen Sünden zu Grund gehen?“
Ich zittere und zucke an Ort und Stelle. Der Rosenkranz. Er ist fort. Ich habe ihn abgelegt und fühle mich nackt.
Gott liebt einen jeden wie er ist. Einen Schritt über die Kirchenschwelle braucht es, bebende Überwindung, um mich reinzuwaschen. Die Türen stehen mir immer offen. Daran erinnerte Mutter mich. Selbst jene, die von dem Pfad der Tugend abweichen, heißt der Herr willkommen.
Wankend kämpfe ich mich auf die Beine. Die Straße hinab steht eine Kirche, schneeweiß und schlank. Jede volle Stunde,

ganz gleich ob am Tage oder in der Nacht, läuten ihre Glocken.
„Der Herr wird mir vergeben."
„Der Herr webt in dich den dreifachen Fluch!"[3]
„Er kennt Gnade", wispere ich.
„Das eigene Kind würde er zwischen Abfällen verrotten lassen."
Wir alle sind seine Kinder. Der Irrsinnige wie der Verzweifelte. Der Erfolgreiche wie der Erfolgsarme. Der Glaube an den Herren führte Mutter durch die finstersten Phasen ihres Lebens. Mein kindliches Flehen an ihn, schenkte Mutter ihre Lebenskraft zurück.
Mühsam greife ich nach dem Collier. Es wiegt schwer. Die Tonnen an Gold und Diamanten, geschmiedet in ein schmales Band, fesseln mich an ein Leben, das ich auf diese Weise nie wollte.
Aus welchem Grund bricht das Gewitter sich heute Bahn? Hier? An diesem Ort?
„Ein einfacher Mensch", sagt Moreen und klingt gefasst wie erbost, „sollte dieses Collier nicht wagen in die Hand zu nehmen. Es wurde für etwas Größeres geschmiedet. Das Glück wird jeden aussaugen, der es wagt, das Collier umzulegen."
Beterras kleine Geschichte machte mir Angst. Der Irrsinn in Moreens klaren, verschleierten Augen treibt mich rückwärts. Ich bin Wild im Scheinwerferlicht seines Blicks, während ich davonlaufe.
„Niemand Geringeres als das Schicksal darf es tragen!", ruft er mir nach. Der Korridor scheint sich ewig zu erstrecken. „Nur einer Königin über diese und jede weitere Welt hält es keinen Spiegel vor. Du bist schwach, Samantha Beterra. Du wirst eines grausigen Todes sterben, schlägst du nicht ein. Gott schützt niemanden! Er wird weben in dich den dreifachen Fluch."

Ich drücke die Klinke nach unten. Knarzend und quietschend klemmt das Schloss.
„Der Spieler, der Sohn und das ewige Streben."
Ich stemme die Schulter gegen das Holz. Das Collier schlägt gegen die Tür.
„Nicht hiervon wurde für dich geschaffen, Samantha. Je früher du deinen Platz erkennst, desto eher werden dir Flügel wachsen."
Ich stolpere in die gediegen konversierende Gesellschaft. Keinen Blick werfe ich nach links, keinen nach rechts. Ich durchquere geradewegs die Eingangshalle.
Als ich hinaustrete, spannt der Nachthimmel sich über mir auf. Weiße Sterne blitzen eisig hinab. Mein Atem dampft schneeweiß von meinen Lippen.
In der Ferne schlagen die Glocken. Singen mit Gottes Stimme. Ich eile die weiten Stufen der perlweißen Treppe hinab. Das Gewitter. Es ging von dem Mann aus wie ein finsterer Impuls. Als vereinte er alles Düstere in sich, um wahrhaft mächtig zu werden.
Ein ohrenbetäubender Knall lässt mich mitten in der Bewegung verharren. Ich bin von Sinnen. Wahnvorstellungen zerrten mich einst vor mein eigenes Gericht. Damals war ich klein und dürr, halb verhungert und fiebrig. Ich sah Dinge, die es nie gab und die nie auf mich warten würden. Heute erneut?
Mussolinis Herrenhaus steht in Flammen. Kreischen erklingt. Fensterglas liegt verstreut und kristallen auf den Straßen. Links von mir brennen die Bäume, zu meiner Rechten verdorren die Ähren auf den Feldern.
Blinzelnd drehe ich mich um und eile weiter. Nichts hiervon ist real.
Das Donnern von schweren Triebwerken über mir. Der Himmel ist klar.
Der Horizont verschlang die Sonne.

5

Der Duft von Weihrauch und Myrrhe umgibt mich. Die heilige Stille sinkt mir in die Seele.

Meine Beine führen mich nicht zu den kunstvoll gefertigten Beichtstühlen, die sich in Nischen verbergen und darauf warten, dass man ihnen sein Leid klagt. Der Messias hängt an seinem Kreuz, die Füße übereinander und einen Nagel hindurchgejagt, der sich in sein Fleisch bohrte und mit jeder verstreichenden Stunde die Schmerzen in neue Höhen trieb.

Der Sohn des Herren erbrachte Opfer wie ich selbst. Werde ich ebenso politisch niedergehen wie er?

Seine Arme sind ausgebreitet, als umarmte er die Welt. Oder als böte er sich ihr ein letztes Mal dar? Das Blut fließt ihm aus den Händen, tropft ihm zu Füßen in winzige Gefäße. Auf dem Gemälde des rechten Flügels des Altars würfeln die Wachen um sein Hab und Gut.

Ein ans Kreuz geschlagenes Opferlamm.

Will man fliegen, fällt man, sobald die Sonne ihre Strahlen ausschickt. Jesus kämpfte gegen Giganten und verlor.

Ich stolpere vor ihm über meine eigenen Füße und falle in die Knie. „Herr“, wispere ich, „vergib mir, denn ich habe gesündigt.“ Das glänzende Collier fällt aus meinen plötzlich schlaffen Fingern. Die Diamanten fangen das Licht der entzündeten Kerzen. Sie allein spenden Wärme in diesem regnerischen, kalten Winter, der sich ewig zu ziehen scheint.

Meine aufwändige Flechtfrisur löst sich und einige Locken umrahmen kitzelnd mein Gesicht. Nadeln, spitz wie Dolche, klimpern eine verlorene Melodie auf dem Boden.

Niemand antwortet mir, niemand reagiert, während der weite, dunkelrote Rock sich um mich bauscht wie ein wallender Blutsee und mir die letzte Kraft aus dem Körper zieht. „Ich sehnte mich nach einer Macht, die meinem Leben Sinn und

Richtung geben könnte“, spreche ich in die flackernde Stille hinein, nur unterbrochen von einsamen Windböen, die an den Kirchentoren rütteln. Das brennende Gebäude, die vertrockneten Ähren haben sich in mein Gedächtnis gebrannt. *Nichts davon ist wahr. Nichts davon ist geschehen. Prunkbauten sind für die Ewigkeit.*

Eine einsame Träne scheint sich die Wange des Gekreuzigten hinabzuwinden. Bei genauerem Hinsehen ist das Wunder nicht mehr als ein flackernder Schattenpunkt, der sich im Licht verliert.

„Nun, da ich diese Macht in den Händen zu halten scheine, weiß ich sie nicht zu tragen. Ich fühle mich“, mein Herz stolpert und stockt, „zu der Dunkelheit hingezogen. Niemand weiß besser als du, welche Wege ich wählte, um heute hier stehen zu dürfen. Niemand außer dir ahnt, über wie viele Leichen ich bereit war zu gehen.“

Denn Gift vermischt sich schneller mit Wasser als mein Gewissen, zornestrunken, zur Besinnung kommen kann.

„Doch nun“, er straft mich nicht mit Blicken, „will ich weniger. Ich will mehr durch dieses Weniger. Ich suche nach einer emotionalen Erfüllung. Nach einer Kleinigkeit, nach einer Möglichkeit …“ Der Gedankengang verflüchtigt sich. Ich reibe mir mit dem Daumen über die Stirn. „Ich will doch nichts als Möglichkeiten. So viele wie das Land groß ist. Ich glaubte, dass, wenn ich an der Seite eines der mächtigsten Männer meiner Welt stehe, ich diese Macht erhalte.“ Stattdessen war ich nie hilfloser. „Warum hast du mir kein Zeichen gegeben?“ Meine Kehle verlässt ein gequältes Wimmern. „Warum hast du mich von dem Pfad der Tugend weichen lassen? Du hast mir Glauben gemacht, das Glück könnte hier auf mich warten.“ Vage deute ich auf den Innenraum der Kirche. Dabei meine ich einen anderen Ort. Ich zeige jede Eingangshalle, jeden Salon, jedes Schlafzimmer, das ich

betreten habe, geblendet von Glanz und Gloria. „Warum hast du mich keines Besseren belehrt?“
Ich erhalte keine Antwort. Die Stille verzehrt mich. Das Collier schimmert vor mir mit penetranter Fröhlichkeit.
„Es gab eine einzige Sache, um die ich dich gebeten habe, und das war Glück. Und was gibst du mir? Wozu verurteilst du mich?“
Das Schweigen zermürbt mich. Ich bin ein Gerstenkorn in der Mühle, der Stein wälzt darauf zu. *Ich bin verloren, du bist verloren. Du bist Ich.*
Wer bin Ich?
Verzweifelt vergrabe ich das Gesicht in den Händen. Mein Herz stolpert und mein Innerstes verzehrt sich in einer brodelnden Glut selbst.
„Du hast mir die letzte Hoffnung in dieses Leben genommen, indem du mir Cameron Izaret geschickt hast.“ Es braucht keine romantischen Gefühle ihm gegenüber, um mich zu kränken. Er führte mich vor. Das genügt. Er ließ mich hoffen. Das gehört verdammt. Wäre er doch nur ein einfacher Sergeant. Die Kugel würde ich ihm eigenhändig durch die Stirn jagen.
„Cameron Izaret!“ Ich rufe seinen Namen aus, als wäre er von Bedeutung. Als würde es irgendetwas ändern, wenn ich ihn häufiger fluche, häufiger brülle. Häufiger verzerre. „Du schickst mir einen Mann, der mich an all das erinnert, was ich zurückgelassen habe. Einen Mann, der mich an das kleine Mädchen erinnert, das in verblendeter Glückseligkeit im Schlamm gespielt hat. Du machst mich erneut zu diesem kleinen, nichts wissenden Kind!“
Gott liebt alle seine Kinder gleich. Hängt sein Mächtigstes nicht gekreuzigt vor mir? Wo war Gott, als man seinem Sohn nach dem Leben trachtete? Wo war er, als man auf ein Wunder hoffte? Was tat er, als die Hölle losbrach und die

Kavallerie und Kanonen sich über die Erde wälzten. Ein reinigendes Stahlgewitter. Was hat es schon gereinigt? Die Bevölkerung?
„Gott, warum hast du mich verlassen?“, flüstere ich in die Nacht hinein. „Warum gibst du mir kein Zeichen?“ Die Kerzen flackern. „Warum verdammst du mich zu diesem Leben? Der Schmuck erwürgt mich, die Kleider überfordern mich, die Damen hassen mich. Ich bin ein Spatz zwischen Schwänen.“ Gekrönt zwar, aber unbedeutend. Beterra führte mich nicht nur vor, er testete mich. Und er servierte mir die Prüfung, nunmehr abgeschlossen und bestanden, auf dem Silbertablett. Hätte ich mich auf den Sergeant eingelassen, nicht sein Kopf wäre gerollt, sondern meiner. Cameron hätte das billigend hingenommen.
Der Unschuldigste von allen entpuppte sich als gnadenlosester Lügner. *Ich wünschte nur, ich wünschte aus ganzer Seele, ich wünsche bei Gott und bei dem Glück und bei dem Schicksal und bei jeder Ungewissheit, dass nicht nur ich eines Tages meine gerechte Strafe erhalte.* Sie sollen leiden, wie ich es tue. Sie sollen erniedrigt werden wie ich. Und wenn man mir die Möglichkeit gibt, sie alle zu entthronen, ich würde sie ergreifen.
Koste es, was es wolle. Koste es die letzten Flocken meines Gewissens, koste es die letzten, verkohlten Reste meiner Seele.
Was habe ich schon noch zu verlieren?
„Gib mir ein Zeichen“, flehe ich. „Gib mir irgendetwas, woran ich mich festhalten kann.“
Die schiere Leere der Kirche überwältigt mich. Das Altartuch zuckt im Wind und gespenstische Schatten huschen die Buntglasfenster hinauf. Von Moses erzählen sie. Von Abel und Kain. Von Adam und Eva und von Jesus Geburt. Fehler und Verleugnung reihen sich neben Verrat und Verdammung ein.

Hier gehöre ich hin. In die Mitte dieser verherrlichten Verbrecher, die die Macht mehr liebten als sich selbst.
Eine Frau zu diesen Tagen, die von Herrschaft träumt? Selbst mit bescheideneren Wünschen würde man sie niedertreten. Frau hat nichts zu wollen. Nichts als die Liebe ihres Ehemannes. Nicht einmal die erhalte ich. Ein Test. Ein weiterer.
Mit dem einzigen Instrument, das mich zu verletzen mag – der Erinnerung an meine Vergangenheit.
Ich blicke in das ausdruckslose Gesicht des Erlösers. Ob er sich groß fühlte, angekommen an dem Tiefpunkt seines Wirkens, eine Dornenkrone tragend, die ihn erniedrigen und verhöhnen sollte, während er dem Tod ins Antlitz sah?
Jesus ist für unser aller Sünden gestorben. Warum fällt es mir dann so leicht, neue zu begehen? Schickte Gott einen neuen Sohn auf diese Erde, der für die Verdorbenen einstehen soll? In diesen Zeiten zwischen Tod und Verderben bräuchte es eine Armee von Barmherzigen, um uns ahnen zu lassen, was das Herz hier alles birgt.
Mühsam kämpfe ich mich auf die Beine.
Gott würde sein eigenes Kind zwischen Abfällen verrotten lassen.
Gott ließ seinen eigenen Sohn an das Kreuz schlagen. Sein Fleisch und Blut. Seine Menschwerdung.
Gott ist gestorben.
„Danke“, flüstere ich und erinnere mich an die dargebotene Hand des Teufels. „Ich danke dir, dass du mir zugehört hast.“
Dass du mich ignoriert hast. Mutter glaubt an seine Güte. Ich verliere jede Hoffnung. Gott ist tot.
Er wird niemals zurückkehren.
Er war nie hier.
Der Rock zittert mit mir. Das Weißgold des Colliers, diese einzigartige Schmiedekunst, schneidet tief in mein Fleisch.

Am Ende wird alles gut. Und wenn es nicht gut wird, sind wir längst über unser vorherbestimmtes Ende hinausgeschossen.
Ich hätte damals sterben sollen, geborgen zwischen Kerzenflackern und warmen Decken. Dahingerafft von einer röchelnden und zerreißenden Lungenentzündung.
Meine Geschichte, mein fragwürdiges, verdorbenes Märchen war auserzählt, als Beterra und ich uns das Ja-Wort gaben. Das hier, jede Sekunde hiervon, war für niemanden bestimmt. Nicht einmal für mich selbst.
Die Schuhe sind zu hoch, um gut darin laufen zu können. Ziehe ich sie aus, unterkühle ich meine Füße.
Ich ziehe die Schultern hoch, um mich vor der ausgesperrten Kälte zu schützen. Irgendwo hier, verborgen in den Schatten, lauert ein Priester. Jedes meiner Worte sog er in sich auf. Um sie gegen mich zu verwenden? Gottes Diener können nicht mehr von Gnade verstehen als der Herr selbst. Der Herr, der uns allen den Rücken zukehrte.
Das Beißen ist zurück. Die unsichtbaren Zähne, die sich in mein Fleisch graben und es mir von dem lebenden, geschwächten Körper ziehen. Ein hungriges, unsichtbares Monster.
Ich reiße weitere Nadeln aus meinem Haar. Es wallt hinab in einem weichen, wärmenden Wasserfall. Die schmiedeeiserne Klinke schmiegt sich in meine Hand, als ich die Tür aufstoße.
Die Windböe überrumpelt mich. Der Schatten vor mir, der die Hand nach Gottes Toren ausstreckte, treibt mir die Schwärze in das Blickfeld.
Das erdbeerblonde Haar steht ihm wild vom Kopf ab und irgendwie ist es ihm auf dem gepflasterten Weg hierher gelungen, seine vor wenigen Minuten noch polierten Schuhe zu ruinieren.
Cameron Izarets Lächeln wirkt mager. Die Hände verstaut er in den Taschen seiner Uniform.

„Samantha“, sagt er, „was tust du hier?“
„Gehen.“
„Oder beichten?“
Ich schweige.
„Das war es, was ich tun wollte“, vertraut Cameron mir an und ich glaube ihm kein Wort. Die Prüfung, hat sie gerade erst begonnen?
Die Nacht lockt mich mit funkelnden Sternen.
„Wir sollten beide dorthin gehen, wo wir hingehören.“
„Und wo ist das, Sam?“, fragt er mich.
Ich starre nur nach oben und suche zwischen den Sternen nach einer Antwort, die mir niemand zu geben weiß. „Nach Hause.“
„Und wo ist das?“
Seine weichen, grünen Augen scheinen meine tiefsten und dunkelsten Wünsche hervorzulocken. Sie erinnern mich erneut an ein winziges Zimmer. Die Decke mag durchgehangen, die Kerzen geflackert und die feuchte Kälte sich durch jeden Spalt gedrängt haben. Nirgends war ich mehr Zuhause. Dort sperrte die Welt sich selbst aus. Es gab kein Säbelklappern und kein Intrigieren. Die einzige Finsternis beschwor die Nacht herauf und selbst die wurde gelöscht von knisternden Kerzen.
„Sie sollten gehen, Cameron“, sage ich kühl. Wenn er Gottes Zeichen ist, wohin will der Herr mich bringen? Direkt in das Herz der Hölle? Möchte er mir vor Augen führen, dass für mich keine Rettung kommen wird? Dass ich längst unrettbar verloren bin und ein gnädiges Ausstrecken der Hand in meine Richtung, mich nur tiefer im Morast versinken lassen würde.
„Warum bist du direkt zur nächsten Kirche geflohen, Sam?“, fragt er. Als Cameron mich wie aus Gewohnheit zu berühren versucht, weiche ich zurück. Der Atem der kälteflimmernden Nacht jagt mir tausend Schauer über den Leib. „Ich bin

derjenige, der seine Sünden beichten sollte, nicht du. Du hast nichts Falsches getan."
Mein Herz erinnert mich an wankende Momente. An schwache Sekunden. Mein Wunsch mich von ihm fortführen zu lassen, war Sünde genug. Wenn man so weit geht wie ich, wenn man für einen Funken Macht so viele Leichen zurücklässt wie ich, grenzt ein Zaudern an ein Verhöhnen der Verstorbenen.
„Sie sollten Heim gehen", wiederhole ich.
„Und du?" Sein Lächeln wirkt gequält. „Was tust du? Dich in der Dunkelheit verstecken, bis der Tod dich findet? Das Kleid ist zu dünn für diese Temperaturen. Dein Collier leitet die Kälte."
„Wenn ich sterbe, sollte dir das doch nur recht sein." Die Worte sind heraus, ehe ich sie überdenken kann. „Wollten du und dein angeblicher Onkel mich nicht direkt in den Tod führen? Mich anprangern? Lächerlich machen?"
„Bartolomeo Beterra wollte dich testen. Das ist alles."
„Und du warst bereitwillig der Lockvogel?" Seine Augen scheinen selbst in der Dunkelheit noch zu leuchten. Sie erinnern mich auf absurdeste Weise an die Diamanten in dem Collier. Cameron wurde nicht für mich geschaffen. „Sie haben Recht, Cameron. Nicht ich sollte um Vergebung betteln, sondern Sie."
Er hebt beinahe entschuldigend eine Schulter. „Ich habe dir gesagt, dass ich das Abenteuer suche."
„Um jeden Preis?"
„Sind wir da wirklich so verschieden?" Zarte Schleierwolken schieben sich über die Sterne. Hinter uns läuten die Kirchenglocken. Ich bilde mir ein, hinter den kunstvollen Buntglasfenstern die Kerzen flackern zu sehen. Als streifte der Heilige Geist durch das Gewölbe und entzöge den Schatten ihre Bedrohlichkeit. „Komm schon, Sam, ich weiß es." Camerons Lippen beben. „Ich weiß, was du tust. Was du alles auf dich

genommen hast, um die Frau an Beterras Seite und Teil dieser Gesellschaft zu werden."

Mein Herz steht still. „Den Teufel tust du", wispere ich.

Eine zarte Falte gräbt sich in seine Stirn. Cameron Izaret mag nicht älter als dreiundzwanzig sein. Damit wäre er jünger als ich. Kaum, aber genug, um die fehlende Erfahrung in jedem seiner Worte erahnen zu können. „Du wirst dich nicht an sie erinnern, weil sie für dich genauso unwichtig war wie all die anderen schönen, reich geschmückten Damen, die deinen Weg gekreuzt haben", sagt er, „aber Amilia Izaret war meine kleine Schwester. Das Mädchen mit den rotblonden Locken und dem Engelslächeln."

Die junge Frau, die violette Kleider trug, die ihre Figur umschmeichelten und nie dicker zu sein schienen als ein durchscheinendes Tuch. Sie summte stets eine kleine Melodie, meist von Liebe, Glück und Freiheit. Das Haar trug sie untypischerweise in einem Zopf, der schlicht war wie der eines einfachen Mädchens. Ihre Hände waren klein und zart. Sie spielte die Harfe mit einer frommen Hingabe, die jedem Beobachter unter die Haut ging, und war meinem heutigen Ehemann versprochen worden.

Sie trank Tee, der nach Lavendel duftete, und als ich ihr Nelkenöl hineinträufelte, dessen Geschmack ich mit fremden Tinkturen neutralisierte, besiegelte ich ihr Schicksal. Täglich eine hohe Dosis zerfraß ihre Leber. Erst hörte sie auf zu essen und übergab sich, obwohl sie nichts mehr im Bauch hatte. Von Tag zu Tag wurde sie blasser und dünner, zerkratzte sich die Arme. Ihre Haut färbte sich gelb und ihre Augen auch. Das Blut rann ihr täglich mehrmals wässrig aus der Nase.

Als der Arzt die richtige Diagnose stellte, war es zu spät.

Jeden Monat lege ich Nelken auf ihr Grab.

„Ich schwor mir", flüstert Cameron gepresst, „dass, sollte ich jemals die Person finden, die sie umgebracht hat, ich sie töten würde.“ Und hier stehe ich nun. Seine Wunscherfüllung scheint näher denn je. Die Falten zwischen Camerons Brauen vertiefen sich. „Ursprünglich wollte ich dir das Gleiche antun, was du mit ihr gemacht hast. Es war Nelkenöl, oder? Du hast es ihr in den Tee geträufelt.“

„Ratten riechen Gift“, flüstere ich. Keinen einzigen Tee, den Cameron mir aufbrühte, trank ich. Den Grund für diese Regung begriff ich nicht. Nun steht mir die Wahrheit glasklar vor Augen. Unbewusst habe ich ihn wahrgenommen zwischen Kräutern und Honig. Diesen unverwechselbaren, durchdringenden Geruch von Nelken.

„Scheint so.“ Cameron räuspert sich. „Dann wollte ich dich anderweitig an den Pranger führen. Wenn Beterras Frau ihn betrügt, wird er sie kaum ungeschoren davonkommenlassen.“

„Es war ihm gleichgültig“, murmle ich.

„Nein.“ Cameron schüttelt heftig den Kopf und zupft nervös an dem Saum seiner Uniform. „Du hast dir nichts zu Schulden kommen lassen. Völlig egal wie viel Mühe ich mir gegeben habe.“

Weil ein tiefer Fall einen Kuss nicht wert gewesen wäre.

„Warum hast du nicht gelogen?“

„Habe ich“, sagt Cameron brüsk. „Ich habe mir die wildesten Geschichten ausgedacht und ich habe es gehasst! Aber der Soldat, der vor den Türen in eurem Haus auf und ab geht, hat uns nie aus den Augen gelassen und konnte jede meiner Behauptungen widerlegen. Beterra glaubt ihm mehr als mir. Dabei habe ich einen Pakt mit dem Glück geschlossen, nicht er.“

„Weil Bartolomeo weiß, dass Amilia deine Schwester war.“

Weil Beterra mich nie zur Frau genommen hätte, wenn er nicht wüsste, was ich bin. War es nicht meine Skrupellosigkeit, die ihn faszinierte? Mein Willen?

„Auch“, gibt Cameron zu. „Aber in erster Linie bewundert er dich dafür. Genau wie mein Onkel. Für deine Willensstärke.“

Es war keine Willensstärke, die mich jede Konkurrentin begraben ließ. Verzweiflung heißt das bitterböse Zauberwort. Verzweiflung und Verdammung.
„Jeder Soldat trägt eine Waffe bei sich", sage ich nüchtern. „Wir befinden uns außerhalb der Kirche. Du könntest deine Rache hier und heute einfordern."
„Könnte ich." Cameron zögert. Seine Finger fahren rascher über den Saum seiner Uniform. „Du kannst mir glauben, dass ich mir oft ausgemalt habe, die gesichtslose Mörderin meiner kleinen Schwester kaltzumachen. Aber ich bin nicht den weiten Weg durch die Kälte gelaufen, um den gleichen Fehler zu begehen wie du, Sam. Ich bin nicht du."
Nein, das ist er nicht. Ich hätte nicht gezögert. Einen geschickten Weg hätte ich gefunden, ihn aus dem Weg zu räumen. Nie hätte ich einen zweiten Gedanken an den Jungen mit den grünen Augen verschwendet. Verbrachte ich nicht die zahlreichen Nachmittage mit ihm, um ihn schlussendlich an die Waffe meines Mannes auszuliefern?
Cameron atmet tief durch. Sein Blick schweift zu einem Punkt hinter mir. Dem Kirchentor? „Wir sollten zurückgehen. Man fragt sich bestimmt schon, wo wir abgeblieben sind." Sein bitteres Lächeln hat nichts Naives, nichts Unschuldiges an sich. Seine Maske ist gefallen und offenbart eine neue Facette. Eine, die tiefer geht als jede vorherige. Eine, die mich mehr in ihren Bann zieht und eine, die mich das Fürchten auf die schönste Weise lehrt. „Wir wollen die Gerüchteküche nicht zum Brodeln bringen."
„Das tut sie längst", sage ich nüchtern. „Brodeln." Die spitzzüngigen Worte meiner Zofen klingen nach.
„Wir müssen kein Öl ins Feuer gießen."
Ich bin kopflos verschwunden, nachdem man mir Cameron als Mussolinis Neffen vorstellte. Er verließ das Herrenhaus, um sich von seinen Sünden reinzuwaschen.

„Das haben wir längst.“
Cameron zieht eine Braue in die Höhe. „Also? Was jetzt? Du willst um jeden Preis dem Empfang fernbleiben?“
Schweigend nicke ich. Seine Beichte lockert mein Gewissen, von dem ich nicht wusste, dass es beißt. Diesen Mann werde ich nicht mehr verderben. Er ist intrigant genug. Niemand könnte ihm das Wasser reichen. Niemand außer mir und ein paar weniger Männer, die den Untergang unseres Staates planen. Blind und unwissend.
„Uns erwartet ein Höllenspiel“, wispere ich.
Er zieht eine Braue in die Höhe. „Das muss es nicht.“
Ich schließe die Augen und atme tief ein. Lausche in mich hinein. Das Chaos wohne mir inne, beschuldigte meine Mutter mich einst. Ich würde es verbreiten wie eine widerwärtige, die Erde beschmutzende Pest. Wenn ich nicht abließe von meinen Fehlern, mich nicht reinigte, das Böse würde Oberhand nehmen und mich in die endlose Grausamkeit führen. Genau dort bin ich angelangt. Für die Gräber zu vieler Mädchen und Damen bestelle ich monatlich Blumen.
Was wiegt schon eine weitere Seele, die ich vom Pfad der Tugend führe.
„Wohin möchtest du gehen?“, frage ich Cameron mit einem koketten Lächeln, als ich die Augen wieder öffne. Er wirkt auf der Hut. Doch hinter seiner Vorsicht blitzt diese Abenteuerlust. Dieser Wahnsinn, der auch mich befallen hat. Wenn sie uns finden, könnten wir mit unserem Leben bezahlen.
Was zählt das schon? Gott hat uns verlassen. Womöglich hätte er Cameron erhört. Einst. Bevor er zu einem Meister der Täuschung wurde. Womöglich.
Vielleicht hätte Gott Cameron auch mit Gleichgültigkeit gestraft. Tat Cameron Izaret nicht alles in seiner Macht Stehende, um die Mörderin seiner Schwester als bald wie möglich vor das Jüngste Gericht zu führen?

Sünder sind wir gleichermaßen. Finstere Gestalten in einer bebenden Nation.

Es wird kommen. Der Krieg. Das Verschwinden. Das Verdammen.

Die Verschwörung, von der sie alle wispern, hat längst begonnen. Nicht nur unter feinen Herren und kichernden Damen. Sondern hier. An dieser Stelle. Zwischen Cameron und mir. Wenn wir miteinander fertig sind, wird von den Menschen, die um uns herum leben, nichts mehr übrig sein als ein ausgebranntes Wrack. Wir sind eine Bombe, die bereit ist, in die Luft zu gehen.

Zwei Partikel, deren Berührung genügt, um einen Teil unserer Welt zu zersprengen.

Mit einem vor Charme triefenden Lächeln bietet Cameron mir seine Hand an. Satan scheint darin zu sitzen, die Teufelshörnchen gespitzt und das Feixen von Sünden erstrahlend.

„Ich wüsste einen Ort", sagt Cam, „und ich schwöre dir, dass alles, was dort passiert, zwischen uns bleiben wird."

Weil einer von uns beiden am Ende dieser Nacht seine Zunge verloren haben wird?

Bedächtig hebe ich meine eigene Hand. Die Kälte zwängt sich zwischen unsere Fingerspitzen und treibt sie auf natürlichste Weise aufeinander zu. Ich schlage ein.

Mit einem Rauschen bauscht eine heftige Windböe über uns hinweg und durch jeden Spalt im Gemäuer der Kirche. Heulend erlöschen die Kerzen. Der Mond verbirgt das bleiche Gesicht hinter dichten Wolken.

Die Hölle sperrt ihre Tore auf. Wir haben nichts mehr zu verlieren. Der Glauben wird uns nicht retten.

6

Das Adrenalin pumpt durch meine Adern wie die aufregendste aller Drogen. Cameron umfasst meine Hand fest und unsere Füße trommeln unregelmäßig hektisch auf das Kopfsteinpflaster. Der Himmel ist zugezogen. Auf der Erhöhung hinter uns wird ein rauschendes Fest gefeiert. Ich sah es niederbrennen. Der Prunkpalast verharrte an Ort und Stelle. Keine Feuerzunge hat ihn je berührt.

Wir sehen einander nicht an, steuern blind Seite an Seite auf unseren persönlichen Abgrund zu. Welcher Hass muss Cameron treiben, welche Verzweiflung mich? Löste man die Herzen aus unserer Brust, die Abgründe der menschlichen Wesen würden sich vor einem auftun. Ob, so gequält und gegeißelt es ist, durch mein Herz noch Blut pumpt? Oder ist es längst erstarrt?

Ich frage Cameron nicht, wohin er mich bringt. Schlussendlich zählen weder Ort noch Zeit. Ich rase auf die Finsternis zu. Beterra wird mich verurteilen, sobald ich Heim kehre. Wählte er mich nicht, weil ich ihm gleich bin? Ebenso verdorben, ebenso rücksichtslos?

Meine Abneigung gegen den kommenden Krieg ist ihm ein Dorn im Auge. Meine Flucht vor dem Gewicht der Welt wird ihn mich verschmähen lassen. Er hätte es wissen müssen. Jeder Teufel kennt seine Grenze. Seinen letzten Rest Gewissen, der umso schmerzhafter drückt und zerrt und verurteilt.

Was mir bleibt, ist die Flucht. Nur für eine Nacht. Nur für einen Moment. Eine Flucht ohne Wiederkehr? Cameron könnte sich meiner erbarmen und mir eine Kugel durch den Schädel jagen. Er könnte seiner eigenen Schwäche erliegen. Seinem brodelnden Hass, der ihn zu dem unschuldigsten Mann auf Erden machte.

Cameron führt mich durch verlassene, mir fremde Straßen. Der Atem pfeift mir in den Lungen und entflieht weiß dampfend meinen Lippen. Die Knöchel stechen in den hohen Schuhen und die Knie knirschen, wann immer ich auf das Pflaster trete, mit dem Absatz abrutsche und meinen Fall rücksichtslos abfange.
Die Häuser werden weniger, die Zivilisation weicht dichtstehenden Zedern und schließlich einem in undurchdringbare Schatten gehüllten Weg. Meine Muskeln zucken und spannen. Der Ort für einen perfekten Mord. Ich folge Cameron wie ein blauäugiges Lämmchen. Wer würde mich vermissen? Wen würde mein Ende berühren?
Selbst der Herr schenkt mir als Zeichen Hohn. Worauf hofft der Allmächtige? Dass Cameron mich zu bekehren weiß?
Der Sergeant ist nicht besser als ich. Er sucht das Gute und findet das Übel und verkauft es als Zufriedenheit. Sein Zorn mir gegenüber wird unersättlich wachsen. Womöglich weiß mein fließendes Blut ihn zu besänftigen.
Womöglich mein erstarrender Körper und meine Augen, die sich langsam schwarz färben.
Als wir endlich verharren, kann ich die Hand nicht mehr vor Augen erkennen. Die vereinzelten Straßenlaternen liegen weit hinter uns und das letzte Rumoren einer ruhenden Stadt wurde von dicht an dicht stehenden Bäumen geschluckt. Meine Absätze sind bei jedem Schritt ein Stück tiefer in den weichen Waldboden gesunken. Liebte ich mein Leben, wäre mir bei jedem undefinierbaren Knacken der Schrecken durch Mark und Bein gefahren.
Doch die Ruhe umhüllt mich und als wir hier stehen bleiben, irgendwo im Nirgendwo, den Duft von Zedern und Kiefern und Wald in der Nase, fürchte ich mich nicht. Die Würfel sind gefallen. So oder so. Die Asse mögen auf meiner Hand gelegen haben. Aber es gab mehr als vier. Ich wurde geführt von

Beterra. Und Beterra von Mussolini. Ein bedeutungsloses Instrument dieses Staates.
In wenigen Monaten sei der Krieg vorüber, sagte Beterra. Wenn wir einsteigen, werden wir nur das Zünglein auf der Waage sein und die Lorbeeren einsammeln.
Niemals. Nicht heute, nicht morgen. Nimmermehr.
Kein Krieg ist jemals rasch vorüber. Das reinigende Stahlgewitter vor fünfundzwanzig Jahren? Es zog sich nicht über Wochen. Nicht über wenige Monate. Nach vier Jahren war es vorüber und forderte grausamer Opfer als je ein Krieg zuvor. Das Gas ließ die Soldaten die Lungen herauswürgen. Die Artillerie beschoss auf den entscheidenden Metern die eigenen Männer.
Wer nicht erschossen wurde, versank im Dreck, und wer überlebte, wird von den erinnerten Grausamkeiten verfolgt.
Beterra begreift den Kern des Krieges nicht. Einmal betreten, verlässt man ihn nie mehr. Er steuert an Mussolinis Seite auf ein Ungetüm zu, das wir nicht zu zähmen wissen. Es wird uns in Sekundenschnelle unterwerfen und zurück bleiben Blut und Knochen und weinende Witwen in ihren Häusern.
Wenn ich verschwinde, bevor das Donnern losbricht, wäre das so schlimm? Dieses Mal wüsste kein Augusterlebnis[4] die Grauen weich zu malen. Wir würden am Anfang dem Ende ins Angesicht blicken und vorgeben, es sei gütig. Dabei erkennen wir alle die gleichen unüberwindbaren Abgründe.
„Du hast keine Angst“, stellt Cameron fest. Sein Atem kommt stoßweise.
„Wovor sollte ich mich fürchten?“ Knarzend neigen sich die Bäume um uns herum im Wind. „Vor dem Tod?“ Ich schüttle den Kopf und lasse Cameron Izarets Hand los. „Er könnte mir das Leben ersparen.“

„Ohne Frage.“ Räuspernd fährt Cameron sich mit dem Handrücken über die Stirn. „Ich habe dich nicht hierhergebracht, um dich zu töten.“
Das muss er nicht. Die Kälte wird diesen Dienst für ihn übernehmen. Ich fühle sie überall. Sie betäubt meine Beine und meine Arme und meinen Bauch. Ich gebe mich ihr hin. Ist sie nicht das schönste Geschöpf von allen? Malt den Dreck weiß und setzt ihm eine kristallene Krone auf.
„Ich möchte dir etwas zeigen, Sam. Einen ganz besonderen Ort.“
Zwischen Bäumen? Das Zittern meiner Muskeln nimmt zu. Ein verzweifeltes Aufbäumen meines Körpers, mich zu wärmen.
Stumm nicke ich. Cameron zögert. „Ich habe da sehr, sehr lange niemanden mehr hingebracht“, gesteht er. „Es fühlt sich seltsam an.“
Ein sonderbarer Tonfall. Er will mir Schuldgefühle einhauchen. Nicht heute.
Camerons schweres Schlucken hallt durch die plötzliche Stille des Waldes.
„Komm, weiter. Es ist kalt.“
Ich folge ihm blind. Ein letzter Fingerzeig Gottes? Ich beuge mich dem. Wenn er mich heute in mein Ende führt, dann akzeptiere ich das. Wünschte ich dieses Zeichen nicht selbst? Gott gibt mir, was ich verlangte. Auf seine Weise. Auf die weiseste von allen.
Cameron huscht einen unbefestigten Weg entlang, den nur er kennt. Hier und da drückt er Zweige weit genug zur Seite, damit ich ihm folgen kann. Mein Rock verfängt sich in Dornensträuchern und reißt. Ich lasse blutige Fetzen einer schicksalhaften Nacht zurück. Zahle den Blutzoll?
Die Locken kitzeln mein taubes Gesicht, als wir erneut stehen bleiben. In der Dunkelheit meine ich ausmachen zu können,

wie Cameron sich leicht zu mir dreht. Dann ertönt ein quietschendes Knarzen und er zieht mich vorwärts. Ich folge ihm. Meine Füße verursachen seltsame Geräusche auf hölzernem Boden. Wir haben eine einsame Hütte im Wald betreten. Nie war die Welt stiller.
Cameron bewegt sich durch den Raum, als kenne er ihn auswendig. Als hätte er ihn erbaut. Das scharfe Zischen eines Streichholzes bannt meine Aufmerksamkeit. Orange und lichterloh flackert eine einzelne Feuerzunge gen Decke und erleuchtet das Zimmer. Wie groß mag es sein? Halb so groß wie Beterras Schlafzimmer? Das Bett passt gerade so längs neben die schmale Kommode an seinem Fußende. Eine weiße Porzellantänzerin hat die Arme in die Höhe gehoben und das Bein gekrümmt. Sie befindet sich in einer wirbelnden, übereifrigen Drehung. Das Fenster hinter ihr ist beschlagen von Staub und Winteratem. Allein webte eine Spinne ihr Netz hinein und verstarb ebenso unbeachtet, wie sie lebte. Die kleinen Beinchen haben sich krampfhaft um den abgemagerten Körper gekrümmt. Zu meiner rechten stehen zwei Ohrensessel, darauf liegen verstaubte Decken. Der kleine Tisch zu meiner Linken, mit den liebevoll angeordneten, drei Stühlen darum, beherbergt auf einer Staubdecke ein Skatblatt. Das Kreuzass liegt oben und wird unmittelbar von der Kerze bestrahlt, die Cameron vorsichtig entzündet.
Dieser winzige Raum inmitten eines abgeschiedenen Waldes erinnert mich mehr an Heimat als jedes Geschenk aus Beterras Hand es vermag.
Um das Bett wurden Tücher gehangen. Sie halten die Kälte draußen und die Wärme drinnen. Der Staub drückt satte Bäuche in sie. Auf der Kommode, die Tänzerin flankierend, stehen fleckige Bilderrahmen. Selbst in dem dämmrigen Kerzenlicht erkenne ich das überaus schöne, überaus unschuldige

Mädchen, dem ich das Leben nahm. Eine von vielen. Aber ich erinnere sie, als wäre es gestern gewesen.
Cameron, davon bin ich überzeugt, vermisst sie jeden Tag ein Stückchen mehr.
Hätte ich sie nicht getötet, hätte das Leben an Beterras Seite sie dahingerafft. Nichts ist kostbar genug, um aufzuwiegen, was man für ihn aufgibt.
Ein lavendelfarbenes Halstuch liegt gefaltet auf dem Bett. Wir beide wissen, wem es gehört hat.
Der zerrissene Stoff meines Kleides kratzt an meinen Beinen. Das schwere Collier lege ich auf den Tisch. Wie hypnotisiert bewege ich mich auf das Tuch zu. Ob es noch nach ihr duftet? Nach ihrem lebensfrohen Wesen?
Cameron rührt sich keinen Zentimeter, während ich es in die Hand nehme und bedächtig betrachte. Winzige Flecken ziehen sich über den gleichmäßigen Farbton. Dunkel sind sie und von einer beunruhigenden Intensität. Sie haben sich unwiderruflich in das Gewebe gegraben. So oft man auch darüber reibt, man wird sie nicht tilgen können.
„Hier hast du sie das letzte Mal lebend gesehen", sage ich und war mir nie einer Sache sicherer.
Cam hebt eine Schulter. „Hier habe ich sie in den Armen gehalten, als sie gestorben ist, ja. Das hier war ihr liebster Platz auf der ganzen Welt."
„Du begehst einen Verrat an ihr, wenn du ihre Mörderin an diesen Ort führst."
Kurz schweigt Cameron. „Womöglich", sagt er schließlich, „erweise ich ihr auch einen großen Dienst."
„Indem du mich hier sterben lässt wie ich sie?"
„Nein." Cameron zögert und das Grün seiner Augen wird von den Kerzenflammen auf neue, beunruhigendere Weise entfacht. Es wirkt weicher. Tiefer. Unmittelbarer. „Ich bin nicht wie du, Samantha", sagt er leise, „und ich möchte niemals wie

du werden.“ Also bestraft er mich auf andere Weise. Er konfrontiert mich mit meinem Gewissen und ich will ihn dafür hassen. Vergeblich.
Kraftlos sinke ich auf die weiche Matratze des Bettes. Hier ist das Mädchen gestorben, dem ich schweigend Nelkenöl in den Tee träufelte. Tag um Tag, Nacht um Nacht. Ihre treue Dienerin war ich, nur um eines Tages die Aufmerksamkeit des Mannes erhaschen zu können, dem man sie versprochen hatte. Wusste Amilia es? Ahnte sie, dass ich den Tod in ihren Körper pflanzte? Rührten daher ihre tiefen Blicke, wann immer sie mir die Tasse aus den Händen nahm und trank?
Verschwommen erinnere ich mich an ihre Worte, da waren die Augen längst gelb und ihre Nase blutete regelmäßig. Jede Kraft war aus ihren Muskeln gewichen und ihre schönen Kurven waren der Übelkeit zur Last gefallen. „Eines Tages wirst du mir das Heilmittel in den Tee mischen. Ich weiß, dass du das tun wirst, Sammy. Du bist eine gute Seele.“
Ich erhöhte die Dosis. Und nun halten Kälte und Herz mich an Ort und Stelle.
Schwer schluckend schließe ich die Augen und atme tief ein. „Du verstehst Grausamkeit besser als die meisten Menschen“, sage ich.
Camerons Lächeln wirkt wehmütig. „Wirklich?“ Er setzt sich zu mir und zieht ein Knie an die Brust. Zerreißt es ihm nicht das Herz, diesen Ort erneut zu betreten? „Als kleiner Junge“, vertraut er mir leise an, „da wollte ich Priester werden und die Menschen bekehren.“
„Was hat dich davon abgebracht?“, frage ich leise.
Sein gequältes Lächeln vertieft sich und sein Blick, so ruhig, so rein geht er mir unter die Haut. „Was wohl?“ Er rollt die Augen. „Natürlich eine Frau.“
Meine Lippen formen ein tonloses „Oh“.

„Ich habe mich Hals über Kopf in sie verliebt. Sie war unglaublich. Ich habe vor ihr und nach ihr nie wieder jemanden getroffen, der mich so tief beeindruckt hat. Sie war wie eine Göttin. Eine Idee der Vollkommenheit. Um sie herum schien die Zeit still zu stehen."
„Sie hat dein Herz gebrochen?" Ruhelos streichle ich über das Tuch. Der Stoff schmiegt sich weich gegen meine Kuppen. Ich erinnere mich daran. An alles von Amilia. Ihr kristallklares Lachen, ihr herzliches Lächeln, ihren zurückhaltenden, aber intensiven Duft. Ihre rotblonden Locken. Die Wahrheit hätte mir wie Schuppen von den Augen fallen müssen, sobald ich Cameron das erste Mal sah.
Eine Wahrheit, die ein Teil von mir nicht erkennen wollte.
„Naja", unruhig zuckt Cameron die Schultern und wirft mir ein schiefes Grinsen zu, „sie hat nie mit mir gesprochen. Aria Karasaki war nicht unbedingt die Art Frau, die kleine, sechzehnjährige Jungs übermäßig anziehend findet."
Der Name ist mir unbekannt. Aria Karasaki hat nie um Beterras Liebe gebuhlt. Um seine Aufmerksamkeit geworben. Für mich ist sie nicht von Bedeutung.
Camerons ratloses Lachen erinnert mich an einen anderen jungen Mann. An einen, der hustend zu Boden ging und selbst zu seiner Beerdigung noch zerrissene, schlammbespritzte Hosen trug. „Diese erste, dumme Liebe. Irgendwann vergisst man sie." Wie kommt es, dass wir in den vergangenen Monaten nahezu jeden Tag miteinander verbrachten, dieses Thema jedoch nie anschnitten?
Unter Camerons prüfenden Blicken umklammere ich das Tuch fester. Moreens Angebot geistert mir durch den Sinn. Er könne mir alle meine Entscheidungen erneut vor Augen führen und mir sagen, an welchem Punkt ich falsch abgebogen bin.

Dieser war es. Der erste Mord. Der Tag an dem ich Amilias Dosis erhöhte und ihr Schicksal damit besiegelte. Sie glaubte bis zuletzt an mich. Sie vertraute bis in die letzte Sekunde in meine Seele. Dass ich sie verschenkte mit dem Entschluss, mich um jeden Preis aus dem Loch namens Existenz zu heben, sie hätte das erkennen müssen.

Es braucht keinen Irrsinnigen, in Korridoren gesperrten Mann, um mir diese Wahrheit in die Augäpfel zu brennen.

„Wie hieß deine erste, große Liebe?“, fragt Cameron mich mit einem verschmitzten Lächeln. „Und jetzt sag nicht Beterra.“

„Ich habe seinen Namen vergessen“, gestehe ich. Die Wahrheit?

„Du hast seinen Namen vergessen?“ Ungläubig lacht Cameron auf. „Wie kann man den Namen der Person vergessen, an die man das erste Mal sein Herz verschenkt hat?“

Indem man sein Herz erdolchte und es auf dem Weg zum Friedhof verlor. Wo es zurückgeblieben ist? Vielleicht in meiner alten Heimat, vielleicht in dem Schlafzimmer eines mächtigen Herren, dessen Gunst mich der Elite näher brachte.

„Er spielt keine Rolle“, sage ich. Das hat er nie. Mit Sicherheit ist er inzwischen ebenso tot wie der Junge mit der zerrissenen, schlammbesudelten Hose. Mit Sicherheit blicken seine grünen Augen nicht mehr klar wie eh und je in den Himmel hinauf und selbst wenn er noch lebt, werden Armut und Krankheit ihn zu einem Menschen geformt haben, in dessen Körper Bitternis vorherrscht.

„Warum nicht? Hat er dich nicht zu der Person gemacht, die du heute bist?“

„Hat Aria Karasaki dich zu der Person geformt, die heute bei mir sitzt?“

„Ich bin kein Priester geworden“, sagt Cameron brüsk.

„Lebenslange Enthaltsamkeit hätte dir nicht gestanden.“ Das entspricht der Wahrheit. Cameron mag naiv wirken, rein, selten kindlich, aber in keiner Sekunde fromm. Ganz im Gegenteil. Der Schalk sitzt ihm im Nacken und dahinter ein Verstand, der mich beunruhigt. Ich weiß ihn nicht einzuschätzen, den jungen Mann vor mir mit den erdbeerblonden Haaren und den weichen Lippen. Den Sergeant, der mich in finsterster Nacht in das Herz des dunkelsten Waldes führte.
„Natürlich hätte sie das!“ Cameron setzt sich aufrecht hin. Eine steile Falte gräbt sich zwischen seine Brauen. „Du kanntest mich nicht als kleinen Jungen. Ich war immer der erste, der in die Kirche hineingestürmt ist und dem Priester hing ich an den Lippen. Ich habe die Bibel nicht nur einmal gelesen oder zweimal. Sondern fünfmal!“
„Welch fesselnde Lektüre du dir doch zu Gemüte geführt hast.“
„Darin werden die besten Geschichten erzählt.“
„Von Mord und Todschlag, Vergewaltigung und Verrat“, pflichte ich ihm bei. „Was die Bibel uns lehrt, ist, dass Grausamkeit das Leben formt wie Güte, und öffnet man sein Herz für die Menschen, werden sie es einem mit einem Stich zwischen die Schulterblätter danken.“
„Du bist melodramatisch.“
„Hast du die Bibel tatsächlich gelesen oder dir nur aus ihr erzählen lassen von verklärten Gottesfürchtigen?“
Cameron rollt die Augen und schiebt sich die Stiefel von den Füßen. Meine eigenen schmerzen. Wenn ich nun die Schuhe ausziehe, werden meine Zehen abbrechen?
„Der Punkt ist, dass du mich erst seit wenigen Monaten kennst und das nicht einmal richtig.“
„Diese Tatsache habe nicht ich verschuldet.“
„Du hättest besser zuhören können.“

„Wenn du von deiner Aufregung für den kommenden Krieg berichtest?“ Augenrollend lehne ich mich zurück und bringe die Kraft auf, das Tuch fortzulegen. „Du hast Recht. Ich hätte es kommen sehen müssen, dass du mit dem rücksichtslosesten Kriegstreiber unseres Staates den Tee teilst.“
„Ohne deinen Ehemann hätte Mussolini keine Waffen“, gibt Cameron zu Bedenken.
Ich schweige. Was gibt es dazu noch zu sagen? Nichts und wieder nichts.
„Brachtest du mich her, um mir einen Spiegel vorzuhalten?“, frage ich nach einigen seltsamen Momenten. Der Wind nimmt das Toben wieder auf und rüttelt an der kleinen Hütte. Keinen Kamin hat sie. Kein Badezimmer. Nur diesen Raum und von dem Bettchen aus blickt man geradewegs auf die Tür. Ich ziehe sie den Bildern am Fußende vor. Ob hinter beflecktem Glas Cameron und Amilia Seite an Seite abgebildet wurden? Bruder und Schwester, zumindest auf greifbarer Erinnerung bis in alle Ewigkeit vereint.
Cameron verzieht das Gesicht, bestreitet meine These aber nicht. „Wenn du das so sagst, klingt es schon ziemlich blöd.“
Weil es funktioniert?
Ahnungen von Amilias Duft hängen in der Luft wie Schattengespinste. Ich hoffe halb, behaupten zu können, Reue zu empfinden. Hätte ich das Mädchen doch gerettet, wäre ich ihrem Glauben in mich doch nachgekommen.
Betrachte ich meine Gefühle bei Kerzenschein, ist unleugbar, dass es mich nicht schmerzt. Nicht wirklich. Weder ihr Tod noch Camerons Verlust. Beides war notwendig und beides war und bin ich bereit zu akzeptieren.
Dadurch stehe ich dort, wo ich heute bin.
Jeder bringt Opfer für den Glanz, den er eines Tages innezuhaben gedenkt. Meine waren unbegreiflicher als die vieler anderer. Unbegreiflicher und dringender notwendig. Wenn man

von der Gosse auf den Thron klettern will, muss man sich die Hände schmutzig machen. Eine Wahrheit, die es nicht zu leugnen lohnt.
„Es ist nur so, Sam, ich habe dich in den letzten Wochen und Monaten kennengelernt.“ Er sucht meinen Blick. Ich weiche ihm aus. Der flackernde Schein der Kerze erinnert mich an die Kirche. „Und du bist nicht die grausame Frau, die ich erwartet habe zu treffen. Du bist verzweifelt und das verstehe ich. Ich könnte dir helfen, einen Weg aus diesem ganzen Irrsinn zu finden. Wenn du es zulässt, dann könnte ich es gut machen.“
Bald werden die Kanonen knallen. „Gut“ gibt es nicht mehr.
„Du solltest das tun, was jeder an deiner Stelle tun würde“, sage ich nüchtern.
Sein halbes Lächeln wirkt bitter und um Jahrzehnte älter, als ich Cameron zugetraut hätte. „Dich töten?“
Sachte schüttle ich den Kopf. „Mich vergessen.“
Cameron räuspert sich. Seine Finger huschen über das gemachte Bett. Unser Gewicht presst Falten in die glatt ausgebreitete Tagesdecke. Die staubigen Tücher hinter uns fangen die fadenscheinige Wärme der Kerze auf. Mit dürren Spindelfingern greift sie nach uns, fasst durch uns hindurch und tastet ins Nichts. Welches Herz schlägt schon noch in meiner Brust?
„Amilia und ich haben eine Abmachung getroffen“, sagt Cameron leise. „Wir wollen niemals vergessen.“
„Und jetzt, da sie tot ist“, wispere ich mit tauben Lippen, den Blick fest auf die Tür vor mir geheftet, die bei jedem Windstoß im Rahmen bebt, „hältst du dich weiterhin an allem Schmerzhaften fest? Sie hat euer Versprechen betrogen. Warm hältst du dich daran?“
Camerons Antwort ist so einfach wie erschütternd. „Warum nicht?“

Das junge Grün seiner Augen. Die winzigen Lachfältchen um seine Mundwinkel herum. Die zarten Sommersprossen über seiner Nase und seinen Wangen. Die zwei auf seiner Unterlippe.
Die Kerze hat nicht die gleiche schützende Wirkung wie mein höllisches Kaminfeuer. Es braucht keine Engelsschwingen, die sich über mich legen, damit ich zurück auf den rechten Weg finde.
Schaudernd lege ich den Kopf auf Camerons Schulter ab und er schlingt die Arme um meinen Körper, als wäre es das Natürlichste der Welt. Als würde er nicht die Frau halten, die für ihren sozialen Aufstieg seine Schwester opferte.
„Du solltest mich zur Hölle wünschen."
„Vielleicht mache ich das ja." Camerons schiefes Lächeln lässt mich ahnen, wie schön die andere Seite der Medaille glänzt. „Weißt du, Sam, das Leben ist nicht lang genug, um Menschen zu hassen. Wir sollten ihnen vergeben."
Womöglich wäre aus Cameron doch ein guter Priester geworden. Ein besserer als aus vielen, die in frommer Enthaltsamkeit leben.
In den zuckenden Schatten, geworfen von einer einzelnen Kerzenflamme, die vom Tischlein aus kämpft, um den Raum zu erhellen, tanzt eine Ballerine aus Porzellan. Ich nicke in deren Richtung. „Hat sie Amilia gehört?"
Cameron gibt einen bestätigenden Laut von sich. „Das hier war unser Unterschlupf an dunklen Tagen", erklärt er mir. „Wann immer wir nicht wussten, wo wir hinsollen, sind wir einfach weggerannt. Irgendwohin, an irgendeinen Platz auf dieser Welt, an dem wir uns verstecken können."
„Und jetzt verrätst du diesen Platz, indem du mich hierherführst?"
Cameron zögert. Er sucht meinen Blick, die Finger nervös über meine Hüfte huschend. „Als du gesagt hast, wir sollten

nach Hause gehen“, sagt er langsam, „da hat es sich nicht so angefühlt, als wüsstest du, wo das ist. Für dich ist, meine ich.“ Scheu schaut er wie ein Reh. „Das hier ist ein Zuhause.“
„Deines. Amilias.“
„Es könnte auch deines werden, Sam. Womöglich wäre es besser für dich, wenn“, ein vielsagendes Schweigen, „du demnächst seltener daheim wärst.“
Damit er mich tiefer in sein schicksalhaftes Spinnennetz weben kann? Es kommt mir vor, als befestigte Cameron mit jedem bedächtigen Wort, jedem entschuldigenden Lächeln einen zarten Faden an meinem Handgelenk. Sie verzwirbeln sich zu einem Seil, das meine Gliedmaßen führt wie die einer Marionette. Stets nach seinem Willen.
„Ich sollte zurück nach Hause gehen.“ Der winzige Raum meiner Kindheit blitzt vor meinem inneren Auge auf.
Cameron seufzt schwer. „Wenn es das ist, was du dir wünschst.“
Ist es das? Niemals. Ich möchte in meine Kinderschuhe schlüpfen und mich unter meinem Kinderbettchen verstecken. Dort will ich bleiben, bis der Krieg über uns hinweggewälzt ist. Ein reinigendes Stahlgewitter scheiterte einmal an dem Stolz der Nationen. Im Winter, im Frühjahr, haben wir keinen August.
Beterra sieht das Geld, ich das Ende.
Und Cameron? Bis heute glaubte ich, er lechzt dem Abenteuer entgegen. Nun aber? Mit dem Wissen, dass Mussolini ein enger Blutsverwandter Camerons ist? Heute weiß ich nichts mehr über ihn und glaube nichts mehr. Ahnungslos sitze ich in dem Mausoleum einer Frau, deren Leben ich gekostet habe.
Bittere Tränen brennen mir in den Augen. Ich habe kein Recht dazu, sie zu weinen.

Wenn der Krieg über diese Welt hereinbricht, über Italien, mein Metropol, dann wird nichts mehr bleiben. Keine Heimat. Für niemanden mehr.
Wenn ich Cameron vertrauen könnte, ich würde schluchzend die Arme um Camerons Hals schlingen. Aber er ist gnädig wie Beterra.
Und Männer wie diese lieben die Tücken. Wäre es anders, hätten sie kein Auge auf mich geworfen, sondern auf ein braves Mädchen, das ihnen Tischtücher bestickt, jeden Wunsch von den Lippen abliest und devot den Blick abwendet, wann immer ein Streit heranbraust.
Ein quietschender Windhauch presst sich unter der Tür hindurch. Das flackernde Licht erlischt und verbannt uns in flimmernde Finsternis. Ohrenbetäubend laut geht unser Atem. Cameron nimmt den Arm von meiner Schulter und steht auf. Dielen knarzen. Winde pfeifen. Zweige kratzen an dem winzigen, beschlagenen Fenster. Der zerfetzte Saum meines Kleides kratzt meine Waden.
Niemals fühlte ich mich einsamer.

7

Zischend erwacht die Kerze zum Leben. Cameron wölbt eine Hand um die tanzende Flamme und trägt das Licht zu mir ans Bett.
„Windig“, erklärt er mir mit einem schiefen Grinsen. Die erdbeerblonden Haare stehen ihm wirr vom Kopf ab, die Sommersprossen tanzen ihm auf der Nase. Ich fühle mich seltsam. Befangen und verfahren, während ich die Knie an die Brust ziehe und mit den schmutzigen Sohlen den sauberen Bettbezug beflecke.
„Das ist alles, was du dazu sagst?“ Die Kehle hat sich mir zugeschnürt.
Sein schiefes Lächeln erlischt. „Was sollte ich sonst sagen?“
Viel. So viel, dass ich es nicht mehr in Worte zu fassen weiß. Schweigend schlinge ich die Arme um meine Beine und bette das Kinn auf den Knien. Winzig bin ich wie seit Jahren nicht mehr. Ich will schrumpfen und die Zeit zurückdrehen.
„Vermisst du sie?“ Die Frage bildete sich in den dunkelsten Abgründen meines Herzens und kämpfte sich durch Qual und Leiden an die Oberfläche. Mit ihr kommen Tränen, die ich mir schwor, niemals zu weinen. In meiner Position sollte ich vor Glück strahlen. Was bleibt, ist die Bitterkeit über verlorene Freiheiten und Möglichkeiten.
„Amilia?“ Kurz zaudert Cameron, dann neigt er sich vor, um die Kerze vor der Tänzerin zu platzieren. Die Flamme flackert, der Wind heult. Hier bin ich in Sicherheit. Scheu weiche ich seinem nachdenklichen Blick aus. „Immer. In jeder Sekunde, zu der ich frei denken kann. Ich vermisse sie, seitdem der Allmächtige sie zu sich gerufen hat.“ Bedeutungsschwanger sieht er mich an. „Durch deine Hand.“
Ich widerspreche nicht. Amilia war ein gutes Mädchen. Zu gut, um an der Seite Beterras zu sein und zu gut, um ihrer

boshaften Zofe das Handwerk zu legen. Die Melodien, die sie summte, geistern mir noch heute durch den Kopf, und das Lächeln auf ihren Lippen erinnert mich noch immer an gebrochene Sicherheit. „Amilia wird in den Himmel gestiegen sein“, flüstere ich.
„Glaubst du, dass du in die Hölle kommst?“ Jeder unbewusste Wimpernschlag gleicht einem Dolchstoß mitten in mein Gewissen.
„Sie hat für mich den qualvollsten Sektor reserviert.“
„Warum denkst du das?“
Ich starre auf das fleckige Holz. Warum ich das denke? Weil Blut an meinen Händen klebt. Tückisches Blut. Unschuldiges Blut. *Ein endlicher Triumph.*
„Deine Schwester ist tot“, sage ich nüchtern, „gestorben durch meine Hand.“
„Du fühlst dich schuldig. Das genügt Gott.“
Meine Zunge fühlt sich taub an. „Gott ist nicht länger.“
„Gott wird immer sein“, berichtigt Cameron mich mit einem nachlässigen Lächeln. „Er gibt uns jeden Tag ein winziges Bisschen mehr, obwohl wir es nicht merken. Wenn er fort wäre, dann gäbe es nichts mehr.“
„Gott ist ein Hirngespinst“, murmle ich. Er verließ uns, als Mutter jammerte und betete. Er vergaß uns, als der Hunger meine Muskeln angriff und das Fleisch von Mutters Knochen schmolz. Er verhöhnte uns, als wir drohten einer keuchenden, zerfressenden Lungenkrankheit zu erliegen.
„Gott ist das, wozu wir ihn machen“, sagt Cameron im Brustton der Überzeugung. „Amilia hat mir erklärt, dass er für jeden das ist, was er am dringendsten braucht. Wenn du Hoffnung suchst, wird er für dich Hoffnung sein, und wenn du einen Menschen brauchst, der dich leitet, dann wird er in Fleisch und Blut erscheinen.“
Eine grauenvolle Lüge. „Ein nettes Ammenmärchen.“

Cameron zieht ebenfalls die Knie an die Brust. „Woran glaubst du denn?“, fragt er mich nach kurzem Zögern.
Früher hätte ich „an mich“ geantwortet. Heute ist der Glauben ein Wort geworden, das höhnend über mir hängt und mich an all das erinnert, was ich verloren habe, als ich alles erhielt.
„An nichts“, flüstere ich. „An gar nichts mehr.“
Er zögert erneut. „Hast du mal an etwas geglaubt? Vor heute?“
Ich schüttle den Kopf. Die Fotos in den beschlagenen Rahmen bannen meine Aufmerksamkeit.
Ein neckisches Grinsen stiehlt sich auf Camerons weichen Lippen. „Aber du hast ‚mehr‘ gesagt.“
„Willst du mich nun dem Jüngsten Gericht vorführen?“
Camerons leises Lachen scheint den eisig kalten Sturm zu besänftigen. „Heute nicht. Das liegt nicht in meiner Hand.“
Die winzige Kerzenflamme malt Schreckgestalten an die Wand. Sie zucken wie im letzten Lebenskampf, heulen wie in grausamer Verzweiflung.
„Du glaubst wirklich daran“, flüstere ich. „An Gott.“
„An irgendetwas muss ich glauben.“ Als ich den Mut aufbringe, Cameron in die Augen zu sehen, scheinen sie grüner denn je. Tiefer. Weicher. Unmittelbarer. „Und Mussolini wird nicht mein sicherer Hafen sein.“ Der Camerons bedingungsloses Vertrauen zu welchem Zeitpunkt verspielte? Als er Amilia nicht vor dem Gifttod bewahrte?
„Er führt dich in den Krieg, den du dir wünschst. In dein neues Abenteuer.“
„Was ist schon ein Abenteuer ohne Glückseligkeit?“
„Ein Abenteuer.“ Eines, das wirklich zählt. Eines, das sich organisch in das Leben fügt wie die Gallenblase in den Körper.
„Ich will diesen Krieg nicht unbedingt“, murmelt Cameron. Die Kerze malt weiche Kreise auf Camerons einzigartig

schönes Gesicht. „Klar, wenn er kommt, dann beschwere ich mich nicht. Auf dem Schlachtfeld könnte ich mich wirklich beweisen und meine Familie stolz machen.“
„Die Abzeichen auf deinen Schultern sollten genügen.“
Sein Augenrollen weckt ein leichtes Zwicken in meinem Bauch, das ich nicht zu definieren weiß. „Ich bin ein Sergeant, Samantha. Kein General.“
„Mehr als ein einfacher Fußsoldat.“
„Der erste, der das Leben auf dem Feld verliert.“ Er verlagert das Gewicht und stützt sich mit den Ellbogen auf seinen Oberschenkeln ab. Die hellen Haare fallen ihm zerzaust in die Stirn. „Ich bin nicht dumm, Sam. Ich weiß ziemlich genau, was mich erwartet, wenn der Krieg losbricht. Aber was habe ich schon zu verlieren?“
Was hat er getan, um mit leeren Händen in einem leeren Raum zu stehen – ungehört?
Camerons unbehagliches Lachen hallt durch die winzige Hütte. Der Wind scheint sich unter die Dielen zu stemmen, um sie herauszubrechen.
„Das klingt nach einem ausgeprägten Todeswunsch“, murmle ich gegen meine Knie. Der zerfetzte Saum liebkost meine Beine. Dornen und Zweige haben die Spitze zerrissen. Rosenblätter, feinstes Kunsthandwerk, hängen lose an einem einzelnen Faden. Wunderschöne Einsamkeit.
„Ich will nicht sterben!“, ruft Cameron brüsk aus. Seine intensiven Augen jagen mich. „Der Tod, was kann er mir schon bieten? Ich suche nur nach irgendeiner Sache, die Sinn ergibt. Verstehst du das?“
„Nein.“ Die Wahrheit. Wie könnte ein Krieg eine Seele jemals erfüllen? Wie könnte das Sterben Tausender je Sinn ergeben?
„Naja.“ Cameron räuspert sich und wendet sich mir leicht zu. Ein spindelzarter Faden scheint zwischen uns gesponnen zu

werden, kostbar, wertvoll. Wunderschön. Ich will ihn festhalten.
Greife ich danach, zerreißt er. Als Cameron sich ein Lächeln abringt, dehnen sich die Sommersprossen auf seiner Unterlippe. „Wenn ich für unser Land kämpfe, dann tue ich etwas Gutes."
„Wenn du tötest."
„Hast du nicht genau das Gleiche getan? Meine Opfer wären zumindest schuldig."
„Weil man sie einberufen hat? Weil sie um ihr Leben kämpfen?"
„Weil sie gegen mich sind."
Und das genügt, einen Menschen zum Tode zu verurteilen?
Cameron vergräbt beide Hände in den wirren Haaren. „Das ist Unsinn", murmelt er. „Ich weiß auch nicht. Ich suche nur nach irgendeinem Sinn. Nach irgendetwas, das mir eine Bedeutung gibt. Ich bin Mussolinis Neffe irgendeines Grades und das war es. Irgendein Junge, der Soldat spielt."
„Du leidest darunter, in seinem Schatten zu stehen?"
„Ich leide nicht. Nicht im Mindesten." Aufgewühlt beißt Cameron sich auf die Unterlippe. „Ich denke nur, dass es mehr geben muss als das hier. Als dieses ewige Warten und Hoffen und Nichtstun."
Eine fesselnde Ratlosigkeit überkommt mich. Das ist es, was mich in den Wahnsinn treibt. Die festgetretenen Wege. Die vorhergesagte Zukunft. Dieses ewig Gleiche. Ein Krieg wird nichts daran ändern. Womöglich werden Pfade aufgewühlt und verschüttet, aber keine neuen gemacht. Cameron und ich, wir beide sind zu unbedeutend und schwach, als dass wir ganze Straßen durch das Chaos einer Welt legen könnten, die in Schutt und Asche liegt.
„Glaubst du das nicht auch?" Die bebende Hoffnung in Camerons Stimme bohrt sich mit scharfer Klinge in meine

Brust. „Glaubst du nicht, dass es da noch mehr geben muss als Empfänge und geheime Absprachen?"
„Eine Revolution", antworte ich nüchtern.
Camerons Brauen schießen in die Höhe. „Du willst eine Revolution lostreten? Na dann viel Glück."
„Nicht ich." Cameron ist vielschichtig wie ein Damaszener Messer. Er umgarnt mich und plant meinen Tod, ohne dass ich einen Hintergedanken erahnen könnte.
„Also ich?" Das ungläubige Lachen wirkt aufgesetzt und klingt nicht nach ihm. Das Herz dahinter fehlt. Ich habe ihn ertappt. Wir wissen es beide. Cameron streckt die Beine aus und lehnt sich zurück. „Keine Revolution", sagt er. „Ich will Mussolini nicht stürzen und Beterra auch nicht."
„Also? Wozu das Ganze? Du befürwortest den Krieg, du liebst den Staat."
„Um etwas zu bewegen", sagt Cameron aufgeregt. „Um zu rebellieren."
„Ein Rebell ohne Grund?"
„Besser als ein Rebell ohne Stimme." Sein Lächeln wird breiter. „Irgendwann wird es Sinn ergeben. Davon bin ich überzeugt."
„Grund genug blind um sich zu schießen?"
Cameron seufzt schwer. Ich erschaudere, als er sich leicht zu mir neigt. „Ist deine Ehe Grund genug gewesen, meine Schwester und viele weitere Frauen zu töten?"
Manchmal heiligt das Mittel den Zweck. Und manchmal hofft man genau darauf, wohlwissend, dass man ewig Ungerechtigkeit tun wird.
„Vielleicht habe ich auch einfach nur Angst", seufzt Cameron, als ich schweige. „Das Ende kommt und wir haben nichts getan außer zu üben und zu drohen."
„Du könntest dich letztendlich doch noch in Gottes Dienst stellen."

„Könnte ich.“ Abrupt steht Cameron auf und greift nach der Kerze. Das Feuerhaar wird von dem sanften Luftzug gekämmt. „Will ich aber nicht.“
„Warum nicht?“ In den Mauern einer Kirche wäre er sicher und behütet. Von Gott selbst.
Cameron betrachtet mich lange. Intensiv genug, damit die Nervosität mich zu verzehren droht. Das Grün seiner Augen strahlt heller denn je.
„Ich glaube, dass es ein Zeichen war, dass ich Aria begegnet bin. Vor einigen Jahren, verstehst du?“
Die Worte eines Irrsinnigen, der sein Herz an eine Frau verschenkte, die es nicht einmal bemerkte. Ihn nie wahrnahm.
„Ich will keinen Fehler machen. Nicht mehr so wirklich.“
Wer einen Fehltritt vermeidet, wird dazu verdammt.
„Ein Sergeant stirbt zuerst“, erinnere ich ihn.
„Das wäre ein kurzes, gutes Leben mir wert.“ Sein breites Lächeln sticht mir unter die Haut. „Du erinnerst mich an Aria. Sehr sogar. Sie und ich, wir haben nie miteinander gesprochen, aber …“
„Wenn ihr kein einziges Wort miteinander gewechselt habt, wie solltest du zwischen ihr und mir Ähnlichkeiten ausmachen können?“
Cameron steht auf und trägt die Kerze zurück an den kleinen Tisch. „Du und sie, ihr betrachtet die Menschen um euch herum mit der gleichen Intensität. So als glaubt ihr, ihr könnt euch über jeden Menschen stellen.“
„Ich bin nicht Aria.“
„Nein. Das bist du nicht. Du hast ein Herz.“
Ungläubig sehe ich ihn an. Hier verabschiedete Cameron seine Schwester aus dem Leben, eine Schwester, die ich tötete, um ihren Platz einzunehmen – und spricht mir ein Gewissen zu. Ihr Tod war langwierig und qualvoll.

„Du kennst mich nicht“, wiederhole ich den Vorwurf, den ich ihm bei unserer ersten Begegnung machte.
„Aber das könnte ich“, sagt Cameron bedächtig. „Wenn du mich lassen würdest.“
„Welchen Grund gäbe es dafür?“ Ich fühle mich, als führte er mich an Fäden. „Warum sollte ich dich in mein Herz lassen? In mein Leben.“
„Um eine Schuld zu begleichen.“
Und mit einem Mal verstehe ich, warum er mich hierhergebracht hat. Cameron ergibt Sinn. Nicht bei Licht betrachtet, sondern wenn die Schatten der Ungewissheit sich um ihn legen.
„Ich fühle mich nicht schuldig.“
„Die Schuld zerfrisst dich.“
„Du hast keine Ahnung, wovon du sprichst“, sage ich und halte das lügentriefende Gesicht so aufrecht wie möglich.
„Ich kenne Menschen. Man könnte sagen, das Glück lässt sie mich klarer sehen als je zuvor.“
Bleibt das seine einzige Antwort? Die Stille erstickt mich, treibt mich von dem Bett und quer durch den kleinen Raum.
„Wenn du Menschen so gut kennst, wie du glaubst, sollten wir gehen.“
„Weil du dorthin möchtest, wo du dich momentan zuhause fühlen sollst?“
„Wo ich zuhause bin.“
„Du bist nirgendwo zuhause“, sagt Cameron heftig. „Du bist ein Geist, Samantha, und kein reicher Ehemann und kein schönes Kleid weiß darüber hinwegzutäuschen.“
„Und du könntest das ändern?“
Er hebt die Schultern. „Keine Ahnung. Gib mir eine Chance.“
„Warum solltest du mich retten wollen?“, schleudere ich ihm entgegen. „Amilia starb qualvoll durch meine Hand. Ich habe sie umgebracht, um den Mann heiraten zu können, dem sie

versprochen wurde. Ich habe ihr Vertrauen in mich bis zur letzten Sekunde betrogen.“
Ein Funken entzündet sich in Camerons Augen, der mir unter die Haut geht. Prickelnd. Flimmernd. „Ich habe mich jahrelang gefragt, warum ich Aria nie angesprochen habe. Sie hätte alles für mich sein können.“
Ein kalter Schauer schleicht mir die Wirbelsäule hinab und entzündet einen giftigen Funken unter meinem rasenden Herzen.
„Wir bekommen zweite Chancen, um alte Fehler zu tilgen.“
„Wir bekommen keine zweiten Chancen“, sage ich. „Niemals. Man prüft uns nur immer und immer wieder am gleichen Gegenstand.“
„Du bist die pessimistischste Person, die ich kenne“, wirft Cameron mir vor. Eine tiefe Falte hat sich zwischen seine Brauen gegraben.
Das Leben hat mich Wahrheiten gelehrt, um die ich nie gebeten habe. Camerons Gegenwart macht mich seelenkrank. Glich die Wahrheit stets einer wärmenden Decke, scheint sie mir heute mit spitzen Nägeln unter die Haut zu stechen.
„Bring mich raus aus diesem Wald“, verlange ich.
Cameron schweigt. Einen erschütternden Moment lang hänge ich in der Schwebe und fürchte seine Antwort. Er hebt herausfordernd das Kinn, ein düsteres Funkeln in den Augen. Ein düsteres Funkeln, das sich zu einem neckischen Grinsen verjüngt. Lächelnd streckt er die Hand nach mir aus. „Was, wenn nicht?“
„Dann werde ich zwischen Bäumen sterben. Wie deine Schwester.“
„Das wäre auf irgendeine kranke Weise gerecht“, sagt Cameron nach flackernden, flimmernden Sekunden. Sein schiefes Grinsen sollte mich das Fürchten lehren. Es zupft an meinen Mundwinkeln. „Aber ich heiße weder Aria noch Samantha.“

„Will bedeuten?“
„Ich töte Menschen nur, wenn sie auf mich zielen.“ Mit einer erschütternden Sanftheit flicht Cameron seine Finger durch meine. „Vergebung. Das lernen wir alle, oder?“
„Deswegen beginnst du eine Revolution?“
Cameron zuckt die Achseln. Es hätte mir Tage, Wochen, Monate zuvor aufgehen müssen. Er ist der widersprüchlichste Mensch aller Zeiten. Das macht ihn gefährlich. Das macht ihn menschlich. Auf die bittersüßeste Weise von allen.
„Ich mag es, die Fäden in der Hand zu halten.“
„Illusionen sind tödlich.“
Cameron neigt sich über die Kerze und pustet sie aus. Das Licht erlischt. Die Stille der Nacht wird unterbrochen vom pfeifenden Wind und Tieren, die sich tief und tiefer im Unterholz verkriechen. Ich will ihnen folgen.
Fahrig greife ich nach dem Collier. Es wiegt schwer. Zu schwer. Führt es mir jede meiner Sünden vor Augen?
Camerons Blick fällt auf das Schmuckstück. „Wenn du willst, nehme ich es.“ Warum sollte er mich bestehlen?
Ich überreiche ihm diese Last mit Leichtigkeit. Er lässt das Collier, wertvoller als alles, was ein Mensch besitzen sollte, in seiner Tasche verschwinden. „Gut. Jetzt, da du das nicht mehr tragen musst, lass uns gehen.“
Kurz zaudere ich. Wenn er es behält, wenn Beterra es erfährt, wird mein Ehemann mir vorwerfen, ihn betrogen zu haben? Mit einem Sergeant.
Jeden Vorwurf nehme ich auf mich, solange ich dieses Collier nie wieder als Kette um den Hals tragen muss. Nie fesselte mich ein Gegenstand oder eine Erinnerung schmerzlicher an die Vergangenheit als dieses Collier. Es hält mich gefangen und lässt mich nicht mehr gehen. Solange es meine Haut berührt, gefriert die Hölle.

Ich vergesse zu atmen, zu denken, zu sein. Weil nichts anderes eine Rolle spielt als dieser Schmerz, der geweckt wird durch ein zartes, fein gearbeitetes, daumenbreites Band aus Weißgold und Diamanten um meine Kehle. Eine Königin, die über der Welt steht, müsste man sein, um dieses Schmuckstück hocherhobenen Hauptes tragen zu können. Sitzt nur ein Funken Zweifel in einer Seele, dieses Collier findet ihn, entzündet ihn und entsendet ihn auf einen zerstörerischen Feldzug, der nichts von seiner Trägerin zurücklässt.
„Macht es dir nichts aus?“, wispere ich in die Finsternis hinein.
„Was? Die Dunkelheit?“
„Das Collier.“ Ein geflüstertes Armutszeugnis.
„Es ist ziemlich wertvoll“, sagt Cameron zögernd. Seine Hand umfasst meine eigene sicher und warm. Ich kenne ihn nicht. Nicht wirklich, schon in der nächsten Sekunde könnte sich jedes Wissen um ihn zerstreuen. Mein Leben und meine Sicherheit vertraue ich ihm an.
Weil ich nichts mehr zu verlieren habe?
Camerons Atem geht ruhig, als er die Tür der kleinen Hütte öffnet und wieder schließt. Kreischend schlingt sich der Wind um das winzige Gebäude und versucht es mit eiserner Faust zu zertrümmern. Es bleibt aufrecht und tapfer. Das Dach scheint sich unter der Kraft, der ewigen Wucht und der unendlichen Grausamkeit der Naturgewalten zu neigen. Ich höre es schnaufen und jammern.
Cameron führt mich fort von seinem sicheren Fort. Die Nacht presst ihre kalten Hände auf meinen Körper und scheint jeden meiner Muskeln gefrieren zu lassen. Die Zweige von dornigen Sträuchern pressen ihre Klauen in mein Fleisch und behalten einen Fetzen meines Kleides als Tribut zurück. Ein Blinder könnte den Weg zu Camerons Hütte finden, verborgen in den Tiefen des Waldes. Freiwillig oder nicht, ich führe

einen jeden dorthin. Selbst wenn ich nichts Frevelhaftes tun will, bleibt eine Blutspur zurück.
„So ehrlich haben wir noch nie miteinander gesprochen“, sagt Cameron leichthin. Die Zweige knacken unter unseren Füßen und die Absätze scheinen gegen meinen bloßen Knochen zu drücken. Könnte ich Schmerz beschreiben, würde ich ihn in dieser Taubheit des Winters tatsächlich registrieren, bittere Tränen würde ich vergießen.
Die laue Wärme von Camerons Haut auf meiner führt mich voran.
„Du bist ein gewiefterer Lügner als ich.“ Eine nüchterne Feststellung, die ausdruckslos meine Lippen verlässt.
Cameron gluckst leise. „Du glaubst das wirklich, oder?“
Was ich glaube, spielt keine Rolle. „Bring mich zurück nach Hause“, bitte ich ihn erneut. Das Collier hat mein tiefst Verborgenes nach außen gekehrt. Diese winzige Hütte hielt mir einen unwillkommenen Spiegel vor. Wenn ich könnte, ich würde fliehen. Vor allem. Wenn man es mir ermöglichen würde, meine Vergangenheit vergäße ich. Mehr noch, ich würde zurückreisen und sie neu schreiben. Fiel die Entscheidung nicht in der regnerischen Winternacht, die ich barfuß durch die Finsternis irrte, verzweifelt auf der Suche nach Nahrung, Medizin, Rettung?
Ich tapste zurück nach Hause, die Beine taub und die Arme auch. Die Lungenentzündung hätte mir um ein Haar den Todesstoß versetzt. Wäre ich länger durch die Nacht geirrt, hätte ich an dem spiegelglatten Mondsee verharrt, stünde ich heute nicht hier. Ich wäre von keinem bedeutenden Empfang überstürzt geflohen.
Eine andere Einsamkeit würde mich gefangen halten. Eine bessere.
Unser Atem steigt weiß zum Himmel auf. Nebel, der über den schlanken Schleierwolken schwebt, die sich über den

Waldboden wälzen. Stechende Tropfen taumeln von nackten Zweigen und rinnen mir den Nacken hinab. Himmelstränen, die in mein Dekolleté fallen.
„Du kennst mich nicht“, beharre ich. Ein stoisches Mantra. Ich weiß nicht, warum ich es spreche.
„Das ist deine größte Hoffnung, oder?“, sagt Cameron. „Weil, ich denke, dass ich dich sehr wohl kenne. Du bist wie Aria.“
Ohne der jungen Frau je begegnet zu sein, widerstrebt es jeder meiner Fasern, mit ihr gleichgesetzt zu werden. Wenn ich Cameron ihretwegen fasziniere, befinden wir uns dann nicht in einem neuen Teufelskreis?
„Ich nehme dich wahr“, spreche ich den offensichtlichsten Unterschied aus.
„Weil ich dich dazu gezwungen habe.“
„Weil deine bloße Anwesenheit meine Aufmerksamkeit fesselte.“ Diese winzige, verwundbare Wahrheit perlt von meinen Lippen wie ein gut behütetes Geheimnis. Eines, das ich Cameron nicht hätte anvertrauen dürfen. Oder ihm darlegen muss?
Selbst in der Dunkelheit erahne ich, wie Cameron mir das Gesicht zuwendet. Seine Augen blitzen. Das Grün wirkt satter, tiefer, nächtlicher. Es verliert keine Facette seines übernatürlichen Glanzes. „Komm schon, Samantha, du hättest kein Wort mit mir gewechselt, wenn Beterra nicht mit Mussolini eine hätte paffen wollen.“
„Als er uns einander vorstellte, kam mein Ehemann meiner Bitte nach.“
Ich höre, wie Cameron geräuschvoll einatmet, zweifelsohne, um zu widersprechen. Die folgende Stille ist umso abrupter.
„Vielleicht hast du dich auch einfach nur an mich erinnert“, schlägt Cameron vor. „Irgendein Teil von dir ist mir bereits begegnet.“

Während Amilias qualvoller Hinrichtung? Ich kann mich nicht erinnern, auch nur ein männliches Wesen an ihrer Seite gesehen zu haben. Weder Vater noch Bruder. Sie war einem mächtigen Waffenmogul versprochen worden. Sie brauchte keinen Männerbesuch mehr. Nicht bis zum Schluss. Eine Ärztin diagnostizierte ihr Dahinsiechen und eine Ärztin schloss ihr die Augen das letzte Mal. So zumindest glaubte ich.

Die letzte Woche verbrachte ich weit von Amilia entfernt. Es hätte kein Mittel gegeben, was sie noch retten konnte, und auf mich wartete ein Politiker, der meinem Charme verfallen war. Während sie dem Tod in die Arme glitt, schickte ich einen weiteren Teil meiner Seele fort. Schlussendlich ging nur ich durch die Hölle. Sie durfte auf das Paradies hoffen. Ein Ende, das ich mit meinem Entschluss, in Gold und Seide beerdigt zu werden, in Brand setzte.

„Vielleicht“, sage ich. Alles würde ich behaupten, wenn dadurch die furchtbare Wahrheit dort bliebe, wo sie hingehört – vergraben unter Gewissen und Skrupellosigkeit in dem hintersten Winkel meines verdorbenen Herzens.

Ich bat Beterra nicht, mich Cameron vorzustellen, weil ich ihn kannte. Sondern weil Cameron für mich Hoffnung verkörperte wie kein Zweiter. Cameron bedeutete Freiheit für mich. Möglichkeiten. Ein Entfliehen aus finstersten Gepflogenheiten. Nicht weil seine Kleidung verschmutzt war. Nicht weil er sich auf eine andere Weise aufrecht hielt als jeder andere Sergeant, den ich kannte. Sondern seinetwegen. Wegen seines kleinen Lächelns. Wegen seines perlenden Lachens, kräftig und lebendig zugleich, das durch den Saal hüpfte und die überhebliche Gerüchteküche für einen Wimpernschlag erstarren ließ.

Erneut wirft Cameron mir einen Blick zu. Erneut warte ich darauf, dass er ein Wort sagt.

Er beschleunigt seine Schritte. „Ist dir auch so kalt?“ Seine Stimme vibriert vor Anspannung.
„Ich spüre meinen Körper nicht mehr.“
„Dann sollten wir schleunigst hier raus.“
Gerade als ich mir sicher werde, dass der Wald uns Beine stellt und ein eigenes Labyrinth schafft, stolpern wir hinaus in die Freiheit.
In der Ferne flackert eine einsame Straßenlaterne und schickt ihr Licht wie ein Leuchtfeuer in unsere Richtung. Die unbefestigte Straße windet sich zwischen gepflegten Häusern entlang. Die Gärten sind in der unerwarteten Winterkälte erstarrt. Zypressen erfroren neben weißen Kieselwegen und Rosen strecken hilflos ihre zarten Zweige in Richtung der wärmespeichernden Gebäudemauern. Olivenbäume spähen ratlos über Zäune. Ich klammere mich an Cameron fest. Meine Beine bewegen sich von allein. Meine Muskeln gehorchen mir nicht mehr.
Ich sehne mich nach der Wärme des flackernden Kamins und meinen weichen Decken.
Cameron führt mich nicht zurück zu Mussolinis Empfang, sondern weiter, immer weiter, die Hügel hinauf, an malerischen Gärten vorbei. Der schwache Geruch von Oliven hängt in der Luft. Ich bilde mir ein, die Trauben des Herbstes riechen zu können, die vor Monaten abgeerntet worden sind.
Erst vor den Toren des Herrenhauses meines Gatten brechen wir unser erstarrtes Schweigen. Mit einem schiefen Grinsen übergibt Cameron mir das Collier. Kaum berührt es meine Haut, glaube ich zu spüren, wie mein Innerstes von einer Glut verzehrt wird, gegen die ich nicht ankomme. Es braucht meinen gesamten Willen, es fest zu halten.
„Diese Kette ist wirklich schön“, sagt Cameron, als würde er ihre düstere Faszination nicht für einen Moment wahrnehmen. „Gemacht für eine Königin.“

„Also mich?“, frage ich und klinge meilenweit entfernt.
Winzige Falten stehlen sich auf Camerons Nase. Seine Sommersprossen tanzen amüsiert über seine Wangen. „Du bist eine großartige Frau, Sam, aber keine Königin. Das weißt du selbst.“
Ich sollte gekränkt sein. Erschöpft von Kälte und Erinnerungen recke ich das Kinn in die Höhe. „Warum glaubst du das?“
Er hebt eine Schulter. „Du verbringst einen prestigeträchtigen Abend lieber in einer kleinen Hütte im Wald mit mir als mit dieser Kette um den Hals in der Gesellschaft deines Ehemannes.“ Sein breites Lächeln erinnert mich an den Jungen, der sich zweifelsohne in Camerons Kern verbirgt. Wie durch ein Wunder verschont von Gram und Bitternis. „He, Sam.“ Er neigt sich nah zu mir. Nah genug, damit ich seinen heißen Atem auf meiner Wange spüre und jeden noch so winzigen Tupfen in seinen Iriden erkennen kann. Jedes Blau, jedes Grün, jede Schattierung dazwischen. „Was sollen nur die Leute denken?“
Wenn man an der Spitze steht, ist man entweder fähig, die Last zu tragen – oder sie wiegt zu schwer. Ich bin nicht Atlas. Meine Schultern wurden nicht gemacht, die Welt zu heben. Der Krieg wird kommen. Der Sergeant vor mir wird nächstes Jahr um diese Zeit tot sein. Sucht er schon das nächste Abenteuer?
„Möchtest du mich nach drinnen begleiten?“, frage ich.
Sein Grinsen wächst. „Ich dachte, du möchtest meine Gegenwart künftig lieber meiden.“
„Ich nahm an, ich sei die Frau, die Beterra in mir sieht.“
Lachend hebt Cameron die Schultern. Das Geräusch fließt durch mich wie eine besänftigende Melodie, die mich an einen Ort jenseits von Richtig und Falsch trägt. „Woher willst du denn wissen, zu wem Beterra dich macht?“

Ich deute auf mein zerrissenes Kleid, das Collier um meine bläulichen Finger geschlungen.
Räuspernd reibt Cameron sich mit dem Handrücken über die Nase. „Das ist ein Argument.“ Ich widerspreche dem nicht.
„Wenn ich jetzt *Ja* sage, dann wird das für keinen von uns beiden gut ausgehen.“
„Ich dachte, du suchst das Abenteuer“, säusle ich und lehne mich zu ihm. „Genau das erwartet dich, wenn du mit mir gemeinsam durch diese Türen gehst. Und sei es nur für eine Nacht.“ Ahnen wir beide, was ich Cameron anbiete? Er verschränkt die Arme vor seiner Brust. Unsicherheit blitzt in seinen klaren Augen auf und er macht einen kleinen Schritt rückwärts.
„Du bist nicht bei dir“, sagt er leise. „Es wäre nicht gerecht.“
„Was? Mein Angebot anzunehmen?“ Ich spreche nicht mehr nur davon, dass er mit mir diese Schwelle überquert. Ich bin zu weit gegangen, an jedem Tag meines Lebens. Warum sollte ich heute dazu übergehen zurückzurudern?
Wie gut das Amt des Priesters Cameron gestanden hätte, begreife ich, als er einen weiteren Schritt rückwärts macht. Nicht einen Atemzug lang streift sein Blick mein Dekolleté. Er bleibt fest auf mein Gesicht geheftet. Nervös leckt er sich über die Lippen, tiefe Falten in die Stirn gegraben. Seine Hände beben. Nicht vor Kälte?
Seine Füße tasten ratlos über den feinen Marmorstein vor Beterras Haustür.
„Ich bin nicht diese Art Mann“, sagt er unsicher. Weil wir beide vergessen, wo wir die Grenze zwischen Übel und Vergehen ziehen sollten? „Du solltest wissen, dass ich niemals eine wankelmütige Frau auf diese Weise ausnutzen würde.“
„Selbst wenn sie dich darum bittet?“
Cameron zieht Parallelen zwischen Aria und mir und wer auch immer Aria sein mag, sie bewegte ihn dazu, sich von

dem Amt des Priesters abzuwenden. Ohne je ein Wort mit dieser Frau gewechselt zu haben, verliebte er sich auf unvernünftigste Weise in sie. Wie schwer kann es sein, einen verliebten Mann in die Wärme eines sicheren Hauses zu locken? Dazu noch in einer Nacht, die der Ehemann das Schlafzimmer nicht betreten wird?
„Das bist nicht du, Sam“, flüstert er.
„Du kennst mich nicht.“
„Doch. Doch, ich kenne dich, und ich weiß, dass du das hier nicht bist. Du bittest nicht willkürlich irgendwen in dein Bett.“
„Wer spricht von Willkür?“
„Ich.“ Cameron strafft die Schultern. „Die heutige Nacht war mir eine Freude, Samantha. Ich hoffe, dass wir das bald wiederholen können.“
Nur wenn meine Verzweiflung in neue Höhen steigt und jede Vorsichtig, jedes Wollen, jedes Hoffen erneut ertränkt.
Die Ablehnung spricht aus jeder von Camerons Regungen. Das eisige Nein schmerzt mich mehr als jeder Schlag, jeder Tritt. Ich schlucke meinen Stolz hinunter und lasse ihn gehen. Ich hätte ihn haben können. Eine Minute länger, ein Bitten mehr. Wir wissen es beide.
Wir lassen es beide nicht darauf ankommen.
Steif knickse ich vor ihm, die verfrorenen Zehen wund in den hohen Schuhen. „Sergeant Izaret, es war mir eine Ehre.“
Sein Lächeln erlischt. Nervös wischt sich Cameron mit dem Zeigefinger über die Stirn. „Sam.“ Als er seine Hand erneut unter meine schiebt, beginnt das Prickeln in meinem Herzen. Die erdbeerblonden Haare fallen ihm in die Stirn. Ich möchte sie fortwischen und das Gesicht an seiner Schulter vergraben. Ob seine Küsse so süß schmecken, wie er mir glauben macht?

Er drückt meine Hand. Ein einziges Mal. Dann lässt er sie los. Das schiefe Grinsen kehrt zurück. „Eines Tages wirst du es mir danken“, prophezeit er mir.
Wortlos öffne ich die Tür, husche hindurch und schließe sie hinter mir. Das Einzige was ich Cameron gedankt hätte, wäre ein Kuss gewesen. Nur ein winziger auf meine Kehle oder Schulter. Einer, der mir bewiesen hätte, dass ich ihn kenne. Dass ich ihn einzuschätzen weiß. Dass er funktioniert wie jeder Mann, der Macht genießt und in Ansehen badet.
Durch das kleine Fenster neben der Eingangstür beobachte ich, wie Cameron mit hoch aufgerichtetem Haupt den weitläufigen Vorgarten durchquert. Einzelne Laternen weisen ihm seinen Weg. Sie werfen ähnliche Schatten wie die Kerze im Herzen des Waldes.
Womöglich glaubt Cameron mich zu kennen.
Nach dem heutigen Tage mache ich mir andersherum keine Illusionen mehr. Cameron Izaret ist ein Phänomen, ob nun mit polierten Schuhen oder verstaubten. Ich sehne mich danach, seine Sprache zu lernen, um jede seiner Seiten entziffern zu können.
Stattdessen lösche ich das Licht in der Eingangshalle und husche im Schutz der Dunkelheit die Stufen der breiten Treppe hinauf. Sie führt mich in das erste Stockwerk und von dort aus leitet mich der Korridor. Es ist spät. Wie erwartet patrouilliert kein Soldat. Kein Dienstmädchen verbirgt sich kichernd in einem Winkel. Wenn ich Cameron mit mir in den großen Salon geführt hätte, niemand hätte je davon erfahren.
Die letzten Haarnadeln zerre ich aus meiner mühevoll kreierten Steckfrisur. Sie fallen klirrend zu Boden. Ich mache keine Anstalten, sie aufzuheben.
Das Collier werfe ich auf ein kleines Tischchen im Korridor. Selbst durch die dichten Wolken scheint der Mond sich in den großzügigen Diamanten zu fangen. Das Kleid reiße ich mir

vom Leib, kaum dass ich das Schlafzimmer betrete. Mit Katzentatzen gleitet es von meiner Haut. Ich werfe es fort wie das sündhaft teure Collier. Nackt krieche ich unter die federleichte, wolkenzarte Decke und vergrabe das Gesicht in meinem Kissen. Es scheint nach Wind und Winter zu duften. Nach Wald.

Verhöhnt mich das Schicksal?

Woher die Tränen kommen, verstehe ich nicht. Sie schnüren mir die Kehle zu und schließen winzige Fäustchen um mein Innerstes. Brennend wie Feuer drängen sie sich aus meinen Augen und sinken in den weichen Stoff des Kissens.

Ich sehne mich nach Liebe. Nach Geborgenheit. Wäre Cameron nur mit in dieses Haus gekommen. Hätte ich ihn wirklich versucht zu verführen? Mit jeder verstreichenden Sekunde glaube ich weniger daran. Wimmernd und reuevoll hätte ich mich an ihn geschmiegt und gebetet, dass Beterra nicht vor dem Mittag zurückkehrt.

In der Ferne schlagen Glocken. Krachend öffnet sich die Eingangstür. Ich wickle mich tiefer in die Decke und sperre die Tränen aus. Als Beterra das Schlafzimmer betritt, geht mein Atem gleichmäßig. Ich habe mich zusammengekrümmt wie ein Embryo im Mutterleib. Das Haar hängt mir ins Gesicht. Es duftet nach Kälte und Wind. Nach Wald.

Raschelnd entkleidet Beterra sich. Als er in das Bett kriecht, macht er keine Anstalten, mich zu berühren. Die distanzierte Abscheu existiert beidseitig. Seit der Hochzeitsnacht vermied ich jeden engeren Körperkontakt mit ihm. Er versuchte nie, meine Abwehr zu brechen. Für Prestige leben wir. Für Prestige lieben wir.

Nur weil wir uns ein Bett teilen, bedeutet das nicht, dass es die Person neben uns ist, zu der wir Heim kommen möchten.

8

Die aufgetragenen Speisen überfordern das Auge. Betörend wabern die Düfte durch die Luft. Die dunklen Haare habe ich mir zu einem dicken Pferdeschwanz gebunden. Er zieht an meiner Kopfhaut. Den Schmerz heiße ich Willkommen.
„Du wirkst erschöpft, *ma belle.*“ Beterra schenkt mir ein seltenes, schmales Lächeln. Niemals würde er seinen eisernen Anstand vergessen. Unter anderen Umständen, wenn ich mir mehr erhofft hätte als Macht und Wohlstand und für seine Hand nicht über Leichen gegangen wäre, könnte ich ihn lieben? Er ist ein überaus attraktiver Mann mit seinen dunklen Haaren, stets angemessen frisiert. Seine beinahe schwarzen Augen scheinen in jedermanns Seele blicken zu können und seine Lippen sind geschwungen, als hätte ein alter Meister sie in sein Gesicht gemeißelt. Seine langen Wimpern haben noch jede Frau um den Verstand gebracht und seine markanten Wangenknochen beeindrucken die Welt.
Die Würfel fallen rasch. Nein. Niemals. Denn einen Mann wie ihn wird keine Frau jemals allein haben. Nicht zwischen Alkohol, Attraktivität und Gier.
Beterra selbst zieht mir den Stuhl vor und bedeutet mir, Platz zu nehmen. Stets ein Sklave der Etikette.
„Die letzte Nacht hat ihren Tribut gefordert.“
„Weil du dem Empfang fernbliebst?“ Seine stechenden, unmenschlich kalkulierenden Blicke durchbohren mich wie Kugeln aus dem Lauf einer Beretta.
„Ich verließ ihn vorzeitig.“
„Unmittelbar“, argumentiert Beterra. Ich widerspreche ihm nicht. „Mein großzügiges Geschenk an dich, *ma belle*, musste ich auf einer Kommode im Korridor finden. Dein Kleid ist zerfetzt, als hätten wilde Wölfe ihre Fänge in den Stoff gegraben. Wirst du dich erklären?“

Tausend Begründungen gäbe es bis hin zur Wahrheit. Ich schlage sie alle aus. Vernunft wird zu einem abstrakten Begriff. Ich schicke ihn hinfort.
„Sergeant Izaret bemühte sich, mich gegen meinen Willen zu berühren."
Kontrolliert hebt Beterra eine Braue. „Sergeant Izaret verließ den Empfang nicht."
„Er verbrachte einige Stunden mit mir."
„Er verließ die Eingangshalle, um Damenbesuch zu empfangen." Milde lächelt Beterra mich an. „Ich verstehe deinen Zorn, *ma belle*. Er trieb ein Spiel mit dir und womöglich bin ich selbst nicht ganz unschuldig an diesem Umstand, aber Sergeant Izaret hätte keinen Grund, dir nah sein zu wollen."
„Das klingt nach einem naiven Irrglauben", erwidere ich heftig und bedeute dem Diener, mir den Teller zu füllen. Ei und Speck platziert er auf der Porzellanplatte nebst Trauben und Ananas. Feine Brotscheiben reicht er mir gesondert. Das Glas wird mir mit frischem, duftendem Orangensaft gefüllt.
„Sergeant Izaret ist glücklich verheiratet, *ma belle*." Beterras milde Antwort trifft mich mitten ins Herz. Angestrengt kämpfe ich gegen eine herzerschütternde Fassungslosigkeit an, die mich zu überrollen droht. „Ich sehe keinen Grund, aus dem er diese Ehe gefährden sollte."
Meine Ohren klingeln. Was ich empfinde? Ich weiß es nicht mehr. „Du glaubst einem einfachen Soldaten mehr als mir?"
Eine zarte Falte gräbt sich zwischen Beterras Brauen. „Wir steuern auf einen Krieg zu und es ist mir bekannt, dass du diese Entscheidung nicht gutheißt. Indem du dich bemühst, mich aus dem Konzept zu bringen, versuchst du, mich in eine Position zu zwingen, in der ich getroffene Entscheidungen überdenke."
„Womöglich", bringe ich über taube Lippen, „versuche ich auch nur, einen Funken Emotionen in dir hervorzurufen. Aber

vermutlich könnte ich tausendmal öfter noch mit deinem liebsten Wachtmeister das Bett teilen, es würde dich nicht kümmern!“
Die Stille ist abrupt. Beterra legt sein Besteck furchtbar kontrolliert auf dem Rand seines Tellers ab. Ist es möglich? Das Schwarz seiner Augen scheint sich zu vertiefen und die Kälte in seinem Blick zu gefrieren.
„Erkläre diese Aussage genauer, Samantha“, verlangt er mit der Autorität eines Mannes, dem niemand jemals einen Wunsch abschlägt. Falls doch, rollen Köpfe.
Schweigend spieße ich ein Stück Ananas auf und schiebe es mir in den Mund.
„Samantha.“ Die Drohung in seiner Stimme sollte mir durch Mark und Bein gehen.
Herausfordernd recke ich das Kinn. „Was ich auch sage, du wirst es mir nicht glauben.“
„Versuch es.“
„Erklärtest du mir nicht soeben, dass Sergeant Izaret unter keinen Umständen hätte versuchen können, sich an mir zu vergehen?“
Beterras Kiefermuskulatur arbeitet. „Ich werde ihn hierher beordern lassen und seine Version der Geschichte zu hören verlangen.“
„Er wird lügen!“, rufe ich aus. „So wie er es immer tut. Er verhält sich wie ein Junge aus der Gosse.“
„Eine Frau wie du wird aus Erfahrung zu diesem Ergebnis kommen“, schleudert Beterra mir entgegen. Augenblicklich versinke ich in drückendem Schweigen.
„Was unterstellst du mir?“ Mit erschreckend ruhiger Hand greife ich nach dem Glas und nehme einen Schluck. Der Saft schmeckt samtig und süß.
„Dass du die Sitten der Armen nie völlig abgelegt hast.“
„Sitten welcher Art?“

„Hurerei?“
Mir entgleiten die Gesichtszüge. „Also ist es dir gestattet, vier Mädchen in einer Nacht zu haben, aber wenn ich Vergnügen suche, verurteilst du mich?“
Der Zorn scheint sich glühend langsam in Beterras Gebaren zu fressen. Ich bin in Habachtstellung, während ich mit meinem Frühstück fortfahre.
„Du gibst dich mit einem einfachen Soldaten zufrieden!“
„Und du dich mit Prostituierten. Was ist nun verwerflicher?“
„Du bist eine Frau, Samantha Beterra. Bei Licht betrachtet, bist du *meine* Frau und hast meinen Anweisungen allein zu folgen. Gestatte ich dir den Umgang mit Männern, denen du keine ewige Treue versprachst, dann nicht, um dich auf billige Weise mit ihnen zu vergnügen. Was sollen die Leute denken?“
Der Kern der Diskussion, der jede meiner Bedenken zerstreut. Alle meine Hoffnungen. Es ging nie um mich. Nicht wirklich. Andererseits hätte Beterra nicht um meine Hand angehalten. Er kennt die Liste meiner Verfehlungen so gut wie ich selbst.
„Dass keine mächtige Ehe, die nicht auf Vertrauen basiert, jemals glücklich sein könnte“, sage ich kühl. „Du triffst Entscheidungen über meinen Kopf hinweg.“
„Du bist nicht fähig, die lukrativen Fakten nüchtern zu betrachten.“
„Aber du?“ Ungläubig lache ich auf. Die Trauben sind spritzig süß wie eh und je. Die saure Note im Nachgang weckt meine Lebensgeister. „Du siehst das Geld und die Entscheidung ist gefällt.“
„Schlussendlich steht der Gewinn im Mittelpunkt.“
„Der Gewinn hält dir dein Bett nicht warm!“ Nicht wirklich. Nicht mit Herz und Seele.

Beterra stürzt seinen Kaffee herunter und steht steif auf. „Man wird dich in deinen Flügel des Hauses geleiten. Ich verbitte mir jeden Versuch einer Kontaktaufnahme."
„Weil du dann einsehen müsstest, dass du einen Fehler begangen hast, Bartolomeo?" Der Krieg wird uns alle umbringen. Ihn, Cameron, mich. Mussolini als ersten und gleichzeitig letzten. Das Zeitalter, das nach dem Krieg anbricht, wird ein anderes sein – und nicht zwangsläufig besser.
„Dass diese Eheschließung unkalkulierbar war, begriff ich bereits während unserer Flitterwochen."
„Die du ohne mich in deinem Arbeitszimmer verbracht hast", werfe ich ihm vor.
„Weil du in dieser schwachen Form deiner selbst niemals von Belang für mich sein wirst, Samantha. Eine Königin müsste in dir hausen, um dich begehrenswert zu machen."
„Schwach?" Ich lache auf, kalt wie Beterras Blicke, die mich in die Knie zwingen wollen – erfolglos. „Weil ich dir die Stirn biete?"
„Weil du nicht begreifst, wann es genug ist."
„Womöglich solltest du mir demonstrieren, wie weit ich gehen darf. Womöglich solltest du die Scheidung einreichen und mich erneut zu einem Nichts verbannen."
„Damit du das nächste Leben in einen Scherbenhaufen verwandelst?"
Beterras kalter Vorwurf klingt nach. Ich beiße von dem Weißbrot ab, dabei hat sich mein Magen längst zu einem übelkeitserregenden Knoten verkrampft.
„Dieses Gespräch ist beendet", sage ich.
„Ich habe dieses Gespräch bereits vor Minuten für beendet erklärt. Du solltest deine Schritte weise wählen, Samantha." Beterra tritt neben mich und baut sich über mir auf. Eine düstere Wand. „Bei dem kommenden Krieg solltest du auf der richtigen Seite stehen."

„Auf der des Verlierers?“ Ich schiebe den Stuhl selbst zurück und trete vor Beterra. Er überragt mich um wenige Zentimeter. Mein hilfloser Zorn lässt sie dahinschmelzen. „Wir werden in einem Krieg kämpfen, der nicht kalkulierbar ist. Hitler greift nicht nur Frankreich an, sondern die gesamte Welt. Sobald die Amerikaner sich einschalten, bricht die Hölle los. Und wenn der Pakt mit der Sowjetunion platzt? Wer braucht schon hochentwickelte Waffen, wenn man die Welt mit der schieren Masse der Bevölkerung begraben kann.“
„Die Russen“, sagt Beterra leise, „sind Feiglinge. Den letzten Krieg beendeten sie trotz deutlicher Verluste vorzeitig.“
„Peter der Erste, Katharina die Große“, erinnere ich Beterra nur an zwei Namen, „waren in der Lage, die halbe Welt zu unterwerfen. Peter der Erste war der Alexander der Große Russlands. Katharina der Friedrich der Zweite Russlands. Napoleon scheiterte an diesem Land, Hitler wird es ebenso ergehen.“
„Aus diesem Grund koaliert er mit Stalin.“
„Er ist wahnsinnig!“, rufe ich aus. „Hast du dem selbsternannten Führer je in die Augen gesehen? Er ist völlig von Sinnen.“
„Wie meine Gattin?“
Ich presse die Lippen fest aufeinander. Soll der Teufel ihn doch holen. Solange man Beterra an das andere Ende der Hölle verfrachtet, soll es mich nicht kümmern. „Erinnere dich an meine Worte. Der Krieg wird nicht nach zwei, drei Monaten durch uns entschieden werden. Er wird brodeln und er wird uns mit sich in den Abgrund reißen. Dein guter Freund Mussolini wird den Kopf verlieren.“
„Langsam frage ich mich“, sagt Beterra leise, „ob die Gerüchte nicht doch der Wahrheit entsprechen.“ Er greift nach meinen Händen und zwingt mich an Ort und Stelle zu verharren. „Man munkelt, du würdest dich wie ein Maulwurf durch

meine Kreise graben und einen nach dem anderen gegen Mussolini aufbringen. Eine Verschwörung, die uns womöglich nicht in den Krieg ziehen lässt, uns jedoch das Gesicht kostet."

„Das hat Italien eingebüßt, nachdem wir für Sizilien im ersten Weltkrieg die Fronten wechselten. War es nicht dein Vater, der an dieser Entscheidung mitwirkte?"

Die Ohrfeige knallt wie ein Schuss und brennt sich prickelnd von meiner Wange hinauf in meine Schläfen. Für einen Wimpernschlaf sind meine Kiefer taub.

„Ich sollte das vorlaute Mundwerk aus dir herausprügeln", zischt Beterra.

„Tu es, wenn du dich traust." Ich werde nicht zurückweichen. Nicht heute, nicht morgen. Niemals. Nicht in tausend Jahren.

„Komm, tu es schon. Prügle mich zu Tode. Häng dein Armutszeugnis aus und zeige es der ganzen Welt!"

Die nächste Ohrfeige, die meinen Kopf zur Seite schleudert. Es kümmert mich nicht. Das erste Mal seit Jahren wecke ich mehr in Beterra als Gleichgültigkeit. Sein brodelnder Zorn lässt mich lebendig fühlen. Ein Teil meines toten Empfindens erwacht zum Leben. Ich kehre zurück zu einer Facette meines verstorbenen Wesens, als ich ihn herausfordere. Mit jedem Blick, jedem Wort, jeder Rührung.

„Nur ein Wahnsinniger würde dich besitzen wollen", bringt Beterra zwischen zusammengebissenen Zähnen hervor.

„Und nur ein Mann mit Todeswunsch vertraut auf das Urteil eines größenwahnsinnigen Staatschefs."

Die nächste Ohrfeige. Ich spüre meine Wangen nicht mehr. Der Wunsch, endlich wieder mehr zu fühlen als gelindes Bedauern, treibt mich tiefer in das Chaos. Ich glaube zu wissen, wie ich meine Fesseln sprengen kann. Einen Sprung braucht es. Einen Satz aus den Tiefen des verblendeten Wohlstands.

Langsam lässt Beterra seine Hand sinken und verstaut sie in seiner Hosentasche. „Schweigst du über diese Entgleisung, soll dich jeder haben, der verrückt genug ist, dich zu begehren.“ Beterras erschütternde Sachlichkeit schlägt die Türen zu, die sich zu öffnen schienen, und verriegeln sie. Die Gleichgültigkeit kehrt zurück. Ich schmecke Galle. Nicht einmal im Zorn würde er mich aus seinem grausamen Gefängnis aus Gold und Diamanten entlassen.
„Geh mir aus den Augen.“
Ein schlichter Befehl. Einer, der mich zu einer neuen Form der Perspektivlosigkeit verdammt. Beterra wird nicht um mich kämpfen. Mich nicht bekämpfen. Nicht einmal das.
Ich hebe trotzig das Kinn. „Du wirst mich nicht fortsperren können“, bestreite ich das Offensichtliche.
„Das werde ich.“ Eine bittersüße Genugtuung steht in seinen sonst so gleichgültigen Augen. „Du weißt um meine Macht am besten.“
Es gelingt mir nicht, zu widersprechen. Mein hilfloser Zorn entfacht mit neuer Intensität. Ich will auf Beterra einschlagen, die Tasse zerbrechen und ihm einen spitzen Splitter durch die Halsschlagader jagen.
Stattdessen wirble ich auf dem Absatz herum. Man öffnet mir ungefragt die Türen, man geleitet mich durch lange Korridore. Die Sonne scheint. Ich spüre ihre Hitze nicht und das Licht wird nebensächlich. Ich befinde mich auf meinem eigenen Kriegszug gegen mich selbst. Jeden, der sich anbietet, werde ich mit mir in den Abgrund reißen, welchen Namen er auch tragen mag.
Meine Schritte hallen überlaut von den Wänden wider. Ich will sie niederreißen und Beterra einem jeden, der nach ihm fragt, auf dem Silbertablett servieren. Nicht einmal von diesen Fesseln konnte er mich befreien. Dabei hätte er die Macht

dazu besessen – und er weiß es. Ehe er mich begnadigt, richtet er sich selbst.
Meinen Flügel des Gebäudes zu betreten, fühlt sich fremd an. Eine zarte Staubschicht hat sich wie Schnee auf die Oberflächen der Möbelstücke gelegt. Der braune Flügel steht auf seiner kleinen Empore, unangetastet seit Monaten. Über dem Hocker wurde ein weißes Tuch ausgebreitet. Tagebücher stecken zwischen Lexika und dahinter verbergen sich wenige Romane von verbrannten Wundern und einst grandiosen Ideen. Zwischen ihren Seiten habe ich ungehörte Kriegsberichte versteckt, die in diesem Haus nicht einmal Gott interessieren.
Das Bett wurde gemacht und eine Tagesdecke darüber ausgebreitet, blutrot wie mein gestriges Kleid. Hierher zurückzukehren, es fühlt sich an, als sperrte man mich in ein Loch, zu dem man den Schlüssel wegwirft.
Die Türen des Schrankes stehen offen und geben den Blick frei auf leere Kleiderstangen. Wenn ich die Schubladen herausziehe, werde ich das finden, was ich trug, ehe ich den glühenden Thron erklomm. Hosen, manche zerrissen, manche befleckt. Shirts aus Baumwolle, die niemals zu warm waren und nie zu kalt. Unterwäsche, die auf meiner Haut schabte und mich gleichzeitig sicherer fühlen ließ als jeder weiche Fetzen.
In Beterras Schublade ruht mein Rosenkranz. Legte ich ihn nur ein weiteres Mal an, es würde sich anfühlen wie ein Verrat an meinem Glauben.
Ich bin ein zum Leben erwachtes Gespenst, das durch seine alten Gefilde geistert. Ratlos berühre ich das geschlossene Buch auf dem Esstisch. Shakespeares Sturm. Meine Fingerspitzen liebkosen den harten Einband, ohne ihn tatsächlich zu spüren.

Ich reiße die Fenster auf und lade die Kälte des anbrechenden Mittags ein. Die Sonne kitzelt mich mit ihren zarten Goldstrahlen. Sie dringt ein in meine Haut und versucht, mein erstarrtes Fleisch zu wärmen. Der Winter hebt über Nacht gefallenen staubigen Schnee und zieht ihn hinaus in den frierenden Garten. Das Buch bleibt an Ort und Stelle, Berichte rühre ich nicht an, geliebte Kleidung lasse ich in Schubladen verrotten. Zu groß scheint das Bett und zu weich. Mit den zahlreichen Decken weiß ich nichts anzufangen. Sie liegen dort und scheinen mich zu verhöhnen. Die Kissen bilden einen schützenden Berg. Doch der leiseste Windhauch wüsste sie zu durchdringen. Wie könnte ich jemals hoffen, hinter ihnen Sicherheit zu finden.

Das Herz schlägt mir träge in der Brust. Ans Messer hätte ich Cameron geliefert. Wenn ich mich nur für einen flüchtigen Moment hätte lebendig fühlen dürfen.

Es juckt mich in den Füßen, dieses Gebäude hinter mir zu lassen und nach Jahren des Lügens und Betrügens um Vergebung zu winseln. Nicht vor Gott, nicht vor den Gegangenen. Vor der einzigen Person, für die ich gestorben bin. Auf die Knie würde ich sinken, die Hände flehend auf den Boden pressen und mich auf jede erdenkliche Weise erniedrigen. Das alles nur für ein Wort der Vergebung aus Mutters Mund. Wann immer das Gewissen an mir nagte, rief ich nach Carmen. Sie erschien oder auch nicht, doch allein das Wissen, dass sie womöglich in der Tür stehen könnte, hob meine Stimmung. Denke ich heute daran, mit ihr in diesem Raum zu sitzen, wird mir speiübel. Das Blut scheint mir in den Adern zu stocken und kribbelnd in den Fingerspitzen zu versiegen.

Der Wind kämmt mein Haar. Nicht liebevoll, nicht zärtlich. Erbost. Scheltet er mich?

Als die Verzweiflung mich das letzte Mal auf diese Weise verzehrte, war ich jung. Die Sonne hatte mir noch nicht die letzten Sommersprossen von den Wangen getrieben und die dunklen Haare kräuselten sich, als hätte ich die Hände auf einen Viehzaun gelegt. Meine Füße passten noch in Kinderschuhe. Ich saß allein auf einem weiten Feld. Der Duft des Getreides tränkte die Luft, satt und hungrig, während die dunklen Ären sich in dem goldenen Sonnenlicht wiegten. Mir war fürchterlich heiß und das Feld wusste keinen Schutz zu bieten vor dem gnadenlosen Sommer.

Was ich dort suchte, fernab meiner Heimat? Die Zeit hat diesen Erinnerungsfetzen gefressen. Nichts schien davor zu kommen, nichts danach. Ginge es nach diesem Ausschnitt aus der Vergangenheit, hätte ich nie wieder einen Fuß in mein Elternhaus gesetzt.

Ich weiß, dass ich meine Mutter suchte, die Tränen bereits in den Augen stehend, und als ein junges Paar meinen Weg kreuzte, kämpfte ich mich auf die Beine und rannte auf die beiden zu.

Das pechschwarze Haar der jungen Frau schien jedes Licht zu ersticken. Ein Schimmern, so schüchtern es auch war, erlosch, ehe es eine dicke Strähne berühren konnte. Damals ängstigte mich ihre porzellanweiße Haut. Hell genug, um Schnee gleichzukommen. Die Lippen waren von einem weichen Rosa und während sie ging, entfloh kein einziges Geräusch der Umgebung. Der Mann neben ihr lief mit gesenktem Kopf, das dunkle Haar wirr abstehend. Er schien von Sinnen. Gebannt.

Sie näherten sich mir und ich versank tiefer zwischen Ähren und Stroh. Die Frau sprach kein Wort, der Atem des Mannes, angestrengt und schwer, hallte ohrenbetäubend laut über die Felder.

Meine Verzweiflung wuchs mit jedem Schritt, den die beiden taten. Es wirkte, als schnitten sie mich von der Welt ab. Und als ich blinzelte, nur für einen Sekundenbruchteil, waren sie

verschwunden. Beinahe wie Schattengestalten. Hektisch blickte ich mich um, jederzeit ein Unglück erwartend.
Die beiden jungen Menschen blieben verschollen und die Angst, die sich durch meine Adern fraß, säte das Gift einer unerbittlichen Verfolgungsjagd. Selten fühlte ich mich hilfloser. Selten war meine Furcht unbegründeter.
Nie empfand ich auf die gleiche Weise bis zum heutigen Tag. Dabei verschwindet kein Paar vor meinen Augen. Keine unwirkliche Schönheit kreuzt meinen Weg. Ich befinde mich lediglich in meinem persönlichen freien Fall. Einen, den ich eingeleitet habe, einen, um den ich flehte.
Einen, den ich nicht erwartet habe.
Schwer atmend schließe ich die Augen und kämpfe diese irrationale Angst nieder. Man verstößt mich. Man schickt mich fort. Wohin sollte ich gehen?
Meine eigene Stimme hallt mir in den Ohren. Meine verlogenen Vorwürfe. Sollte Cameron Izaret meinetwegen Leid zustoßen, wie könnte ich mir das verzeihen?
Wie lebt er mit dem Wissen, seine Liebste mit mir zu betrügen?
Mein Atem stockt. Der Kern des Problems fällt mir wie Schuppen von den Augen. Die Übelkeit schnürt mir die Kehle zu. Die gestrige Nacht diente nicht dem, mir näher zu kommen. Darum ging es keine Sekunde lang. Cameron hielt mir einen Spiegel vor – erfolgreich. Er wiegte mich in Sicherheit, bis ich mich selbst erniedrigte – erfolgreich.
Cameron Izaret ist der erste Mann, der mich in die Knie zwang. Ohne, dass ich es bemerkte.
Fröstelnd schlinge ich die Arme um meinen Oberkörper. Gott schickte mir kein Zeichen, er sandte mir eine Strafe. Hielt ich mich für die Frau, die jeden Faden führt? Cameron knüpft mich an meinen Irrglauben und lenkt mich wie eine Marionette.

Ich spiele nicht mit dem Feuer, nicht mit dem Tod. Sondern mit meinem Spiegelbild.
Der Neffe Mussolinis, verheiratet, charmant. Augen so grün wie eine satte Sommerwiese. Das Lächeln eines Unschuldslammes. Dem Glück zugetan.
Ich hätte es besser wissen müssen.
Cameron scheint in meinen Kopf gegriffen zu haben. Das Haus im Wald sollte mich nicht an vergangene Gräuel erinnern. Es diente ihm als Mittel, um in mich zu blicken. Und jede meiner Seiten zu lesen. Ehe er sie in Flammen aufgehen lässt?
Wie wahrscheinlich ist es, dass ich mich der einzigen Person, die ich Gott gewollt fürchten muss, selbst ausgeliefert habe?
Die Hysterie schwappt nach oben wie in einem geschlossenen Glas. Schüttelt man es, sprengt der Inhalt irgendwann das Gefäß. Risse scheinen sich über meine Haut zu ziehen. Unsichtbare Ungetüme graben ihre Zähne in mein Fleisch.
Ich bleibe regungslos sitzen und starre aus dem geöffneten Fenster. Der Winterwind weiß mir nichts mehr anzuhaben.
Hier stehe ich. An der Spitze der Gesellschaft. Der Weg hierher war steinig. Jeder, der mich einsperren wollte in Bildern fremder Möglichkeiten, liegt wimmernd am Boden. Und ich kann die Luft hier oben nicht ertragen. Sehne mich zurück in schützende Umarmungen. Sanfte Küsse. Wärmende Kerzen.
Das unsichtbare Monstrum zieht mir mit schwarzen und goldenen Fäden die Haut vom Fleisch. Ausdruckslos starre ich auf meine Arme. Keine Veränderung. Der Schmerz bleibt. Er frisst sich bis in meinen Brustkorb hinein. Die Tränen fließen. Ich schmecke das Salz.
Wie konnte ich mich der Illusion hingeben, dass es am Ende des Weges Gold regnet? Die meisten Menschen werden doch nur mit Pech übergossen.

9

„Hast du den Verstand verloren?“ Türen krachen und reißen mich aus meinem unruhigen Dösen. Die Tränen sind mir auf den Wangen getrocknet und eine nagende Winterkälte huscht pfeifend durch den Raum. Den Staub hat sie mitgenommen. Der Sprühregen hat wieder eingesetzt, ohne dass ich es gemerkt habe. Winzige Tropfen perlen über den Holzfußboden. „Du erzählst Beterra, ich hätte versucht, dich anzufassen? Bist du geisteskrank?“

Ausdruckslos wende ich den Kopf. Verspannte Muskeln zerren an meinen Wirbeln und ich sinke tiefer in die weichen Kissen zurück. Mit bebenden Fingern ziehe ich mir die golden bestickte Decke über den zusammengekrümmten Körper. Hätte ich mein wärmendes Kinderbett doch nie verlassen. Behütet war es und sicher. Geschützt vor Gott und Teufel. Von Mutters Lippen floss die Melodie meines Schlafliedes und die Kerzen knisterten mich in den Schlaf. Die Tücher an der Wand dufteten nach Sicherheit und Geborgenheit und kein Hunger vermochte es, in mein weiches Fort zu kriechen.

„Lügen erfordern Gegenlügen.“

„Lügen sind was für Feiglinge“, spuckt Cameron und stapft auf mich zu. Er trägt Alltagskleidung. Das erste Mal. Die Jeans steht ihm ebenso wie der dicke, dunkelgrüne Wollpullover. Er unterstreicht Camerons intensiven Augen. Nun zornesfunkelnd. „Hast du eine Ahnung, was mich diese Behauptung kosten könnte?“

„Deine Ehe?“

Cameron stockt. Eine steile Falte gräbt sich zwischen seine Brauen. Resolut verschränkt er die Arme vor der Brust. Windrauschen zerzaust ihm das dichte, erdbeerblonde Haar.

„Welche Ehe?“

„Die, von der mein Ehemann mir berichtete.“

Eine beunruhigende Leere erfüllt mich. Beterra stieß mich nicht nur zurück in den Kerker, aus dem ich versuchte zu entfliehen. Er baute einen Käfig darum und warf die Schlüssel weg. Dieser winzige Teil, der noch von dem Mädchen existiert, das es einst gab, sitzt wimmernd und flehend auf kaltem, nassem Boden. Diese Facette meines alten Wesens kämpft gegen eine versagende Lunge an. Ich sehe zu. Was habe ich schon noch zu verlieren? Was bedeutet schon dieses Mädchen, wenn ich mich doch längst von ihm losgesagt habe? Beinahe *möchte ich in diesen Käfig hinabsteigen und sie eigenhändig von ihrem Leid befreien. Ich bin des stillen Wartens auf ein erträgliches Leben müde geworden.*
Eines, das mir jede meiner Sünden, jedes meiner Vergehen, jeden meiner Fehler vor Augen führt.
Ohne meine Erlaubnis abzuwarten, setzt Cameron sich neben mich auf mein Bett. „Ich bin nicht verheiratet." Die Aufrichtigkeit scheint in sein Gesicht geschrieben. Wie könnte ich einem Marionettenspieler wie ihm jemals Glauben schenken? „Außerdem, selbst wenn, dann wäre das noch lange kein Grund, mich ans Messer zu liefern. Was ist in dich gefahren?" Verstoßen, verschmäht, verloren. Hämisches Gelächter schallt durch meinen Kopf. Cameron und ich sind allein. Dennoch ist es, als stünden die hohen Damen der dekadenten Gesellschaft direkt neben uns.
„Samantha? Hast du über deine ganzen dämlichen Entscheidungen das Sprechen verlernt?" Cameron schien nie eine zornige Person zu sein. Nun lehrt er mich das Gegenteil. „Du hast deinem Ehemann erzählt, ich hätte versucht, dich unsittlich zu berühren! Er hat mich mit einer geladenen Knarre begrüßt." Hätte Beterra nur ein einziges Mal Mut bewiesen und abgedrückt. „Um ein Haar hätte er mich umgebracht. Wäre ich nicht Mussolinis Neffe, er hätte mir einfach diese Kugel

durch den Schädel gejagt. Einfach so. Weil du ihn belogen hast!"
„Eine Hand wäscht die andere", wispere ich. Meine Arme müssten längst zerrissen vor mir liegen. Das Gelächter scheint von einer unsichtbaren Hand lauter gestellt zu werden. Wenn es nur schweigen würde! *Das Kribbeln, das Kreischen.* Ich möchte mich von der Welt abschneiden und niemals zurückkehren. *Setzt man der falschen Frau die Krone auf, zerbricht sie unter der Last.*
„Eine Hand …" Cameron verschluckt sich an den Worten. „Bist du geisteskrank?", wiederholt er. Protestierend quietscht das Bett, als er aufspringt und geräuschvoll die Fenster schließt. „Was habe ich bitte getan, was meinen Tod rechtfertigen würde? Nicht einmal Auge um Auge würde hier Sinn ergeben. Du bist total irre!"
Der Krieg naht. Ich glaube ihn donnern zu hören. Wenn er kommt, dann sterben wir. *Nichts wird er übriglassen. Nichts von diesem Haus, nichts von den Menschen in diesen Räumen.* Ich glaube inmitten schwelender Trümmer zu liegen. Das, was ich spüre, es ist realer als die Wirklichkeit.
Fingernägel. Es ist kein Monster, das mir die Haut von den Knochen zieht. Ein Mensch.
Cameron stapft zu mir zurück, sich die Nasenwurzel mit Zeigefinger und Daumen massierend. „Was ist bei dir nur schiefgelaufen? Drehen alle Frauen an der Seite von mächtigen Männern so durch wie du?"
Nur die, die ihre Hilflosigkeit nicht länger ertragen können. Ich war davon überzeugt, dass ich Beterra leiten könnte, sobald die Zeit reif ist. Sobald ich ihm ewige Treue versprochen habe.
Wie konnte ich vergessen, dass Liebe ein verzerrendes Leitmotiv ist? Nur Liebe. Kein Gelöbnis.

„Sam, rede mit mir! Was ist los?“ Camerons Finger sind eiskalt. Beide Hände an meinen Wangen blickt er mich an. Grün wie die Hoffnung. Grün wie die frühlingshafte Wiese.
Grün wie die Augen eines Jungen, der ungelenk die Stufen einer Mietskaserne hinunterstolperte, sich die Knie aufschlug und keine Miene verzog. Seine Lippen sehen weich aus.
Das Kratzen und Gackern bleibt. Ein Wunder, dass ich Cameron darüber hinweg wahrnehme. Verkrampft rolle ich die Zehen ein. Wann verschlechterte mein Zustand sich so rapide?
Das Collier schnürte mir die Luft ab.
„Sam?“ Die Falte zwischen Camerons Brauen vertieft sich. Seine Hände wandern zu meinen Schultern und schütteln mich. Wenn ich die Augen schließe, in welche Abgründe werde ich blicken müssen? Heiß kitzelnde Tränen.
Zu viel gegeben. Zu hoch verspielt.
Fürchte nicht den Tod, fürchte die Wahrheit.
„Sam, hörst du mich?“
Der Junge war anders. Auf jede Weise. Wenn er weinte, dann still. Wenn er spielte, dann allein. Die roten Locken standen ihm von klein an wild vom Kopf ab. Man neckte ihn, er erinnere an einen Waldgeist.
Selten erhaschte ich einen Blick auf den Jungen, der vor dem Morgengrauen aus dem Haus ging und erst nach dem Sonnenuntergang zurückkehrte. Er arbeitete den ganzen Tag. Immer. Wir wechselten nie ein Wort.
Nicht einmal als er von der Treppe fiel. Mit einem scheuen Lächeln in meine Richtung richtete er sich auf und hastete davon.
Der Kloß in meinem Hals erstickt mich, als ich ruckartig aufsehe. In grüne Augen, die leuchten wie eigene Sterne. Rotes Haar, das an Intensität verloren hat. Sommersprossen, die sich ausgedünnt haben und noch immer über den Nasenrücken tanzen.

Er kannte mich?
Zumindest begreife ich nun, warum ich bei Ei und Speck den überwältigenden Drang verspürte, Cameron Izaret ans Messer zu liefern.
„Sam, du machst mir Angst."
„Du bist ein Lügner." Ein heiseres Wispern, das ich selbst nicht verstehe.
Gequält hebt Cameron einen Mundwinkel. „Warum? Weil du deinem ungeliebten Ehemann mehr glaubst als mir?"
Weil ich suche und nicht finde. Weil ich an einem seidenen Faden hänge und spüre, wie er von Sekunde zu Sekunde dünner wird, um mich auf einen mit Tatsachen gepflasterten Boden abzustellen, der mich bis ins Mark verbrennen würde.
„Wie heißt sie?", wispere ich. Die junge Frau, die er an seinem Arm führte, als ich ihn das letzte Mal sah.
Cameron räuspert sich. „Ich war nie verheiratet, Sam, und ich bin es noch immer nicht."
„Wie hieß sie?"
„Sam, da gibt es nichts für dich zu wissen." Nur ein Lügner verbarrikadiert sich hinter leeren Worten. Camerons lange Wimpern beben.
„Ihr Name."
Ein abgrundtiefes Seufzen. „Aria."
Mein Kopf zuckt herum. Die gleiche Frau, die ihn nie wahrnahm? Die er nie zu beeindrucken wusste? Die Angst erwacht aufs Neue, dieses Mal intensiver. Sie stößt Kichern und Kratzen fort und verlangt meine ungeteilte Aufmerksamkeit. Mit verkrampften Muskeln mache ich mich noch kleiner. Ein Lügner, der die Wahrheit sagt, während er die Realität verwirrt.
„Wir sind nicht verheiratet", sagt Cameron hastig. „Nicht einmal ein winziges bisschen. Sie war nur vorbeigekommen, weil sie jemanden sucht. Damals. Du weißt wann."

Ja. Ich weiß wann. Obwohl alles aus meiner Vergangenheit verschwimmt, bis es nichts mehr gibt. *Kein mich mehr, kein Damals*.
Ich habe das Sprechen verlernt. Die Samantha in ihrem Käfig scheint mit den Schatten zu verschmelzen. So sieht es also aus? So ist es, wenn der Geist nun endlich stirbt und eine funktionierende, gehorsame Hülle zurücklässt, die den Krieg nicht fürchtet. Sondern verlangt.
„Moreen“, fährt Cameron unruhig fort. Seine Hände berühren meinen Rücken. Ich will ihm so dringend nah sein, wie ich ihn aus diesem Gebäude, aus diesem Land verbannen will. „Er muss ein Bekannter von ihr sein. Sie sagte, er läge in Ketten.“
Die dunklen, durchdringenden Augen haben sich in mein Gedächtnis gebrannt. Sein raschelnder Trenchcoat. Die schweren, schwarzen Stiefel. *Nenn mich Brutus oder Benjamin, Dante oder Capatio, Echnaton oder Moreen.* Heilige Mutter Gottes.
„Um ihn zu verhöhnen?“, frage ich heiser.
Cameron schüttelt leicht den Kopf. „Um ihn zu befreien. Was sie damit auch meint.“ Mir stellen sich alle Nackenhärchen auf. *Hab Erbarmen.* Der Geruch von verbrannter Vanille scheint in der Luft zu liegen und sich mit Tabak zu vermischen.
„Sie lässt den Teufel auf die Welt los.“ Was vor meinen Augen aufblitzt, begreife ich nicht. *Weder die tieforange Sonne, unnatürlich gedämpft noch das rauschende Ballkleid, dessen Saum von Schnee schwer ist. Das Kichern kehrt zurück und klingt wahnsinniger denn je.*
Cameron stockt. Seine Hände verharren auf meinem Rücken. „Was meinst du damit?“
Alles begann mit einem Collier. Alles endet mit einem Mann? Mir stellen sich die Nackenhaare auf. Ich kann nicht greifen,

was ich höre und was ich sehe, aber diese eine Sache, sie steht mir gestochen scharf vor Augen. Alles endet. Mit *diesem* Mann. Von dem die hilflose Macht abstrahlte wie von mir meine Verzweiflung. *Die Hölle brodelt unter uns.* Wenn Moreen stirbt, wird sie ihn ausspucken aus Angst, an seinem skrupellosen Wahnsinn zugrunde zu gehen.
„Wenn Aria Moreen befreit, dann …“ Ich weiß meine Sorge nicht in Worte zu fassen. Diese dunkle Ahnung. Mancher gehört fortgesperrt und ein Mann, der mich an einen verdorbenen Messias erinnert, dürfte unter keinen Umständen existieren.
Gott müsste ihn in den Trümmern eines Irrglaubens dahinsiechen lassen.
Das laute Rasseln und Krachen von Maschinen liegt in der Luft. Der schwere Gestank nach Öl betäubt meine Sinne. Das Kichern bleibt. Endlicher Triumph.
„Samantha, was ist los mit dir?“ Cameron neigt sich näher zu mir. Seine erdbeerblonden Haare fangen die wenigen Sonnenstrahlen ein und erstrahlen in einem hellen Heiligenschein.
Gott tötete seinen eigenen Sohn. Diese Aura, die mich an die Gruft einer Kirche erinnert. Braune Augen, langsam ergrauend. Wie Stein. Das Collier … Ich bete zu dem Allmächtigen, dass er nur ein Vergehen an mir verübte: Dieses, mir einen Spiegel vorzuhalten. Mein Kopf droht zu platzen. Er pulsiert. Er zerspringt.
Camerons Lippen bewegen sich. Kein Laut dringt an mein Ohr. Ich bin hypnotisiert. Von Sinnen.
„Du hast grüne Augen“, glaube ich ihn sagen zu hören. „Das ist mir noch nie aufgefallen.“ Er neigt sich näher zu mir.
Hektisch schüttle ich den Kopf, um den dumpfen Schleier zu vertreiben. „Braun“, verbessere ich ihn. So braun, dass sie schwarz und in finsteren Nächten tiefblau wirken.

„Grün", beharrt Cam. „Samantha, ist alles in Ordnung mit dir?"
Die Hölle soll warten. Bring es mir zurück! Führ mich aus dieser Finsternis. Sei nur hier. Sei nur ... bleib nur ...
„*Moreen wird das Chaos heraufbeschwören*", bringe ich über taube Lippen.
„Moreen ist ein Freund von Aria", sagt Cameron langsam. Die Falten zwischen seinen Brauen graben sich noch tiefer. „Du klingst seltsam, Sam."
Weil ich mich selbst nicht mehr höre. Meine Gedanken … reißen … wie Stricke. Mein Fokus richtet sich auf Cam. Auf sein Gesicht, das ich nie mit dieser Intensität betrachtete. Wunderschön. Eine Närrin müsste ich sein, ihn gehen zu lassen. *Wen sollte er schon lieben, wenn nicht mich. Wen sollte er wollen? Keine Frau wüsste ihm den Kopf zu verdrehen – außer mir.*
Sein Mund bewegt sich. Ich bin taub, gefangen in meinem eigenen Kopf. In diesem Loch, zu dem man einen Käfig fand, dessen Schlüssel man einschmolz. Ich verschwimme mit den Schatten. Ich verliere einen Kampf, den ich nie bewusst begonnen habe.
Das Collier. Ein Geschenk des Schicksals. Schicksal, Glück. Es wurde gemacht, um das Glück in Ketten zu legen. Nur eine Königin könnte es tragen. Ich bin keine Königin.
Bilder flackern, flimmern, strahlen. Während ich mich näher zu Cameron neige, verschwimmt meine Sicht.
Sie ist graziös und einzigartig. Das lange, blonde Haar reicht ihr bis zu der Mitte des Rückens, die smaragdgrünen Augen strahlen heller als das unbezahlbare Schmuckstück um ihre Kehle. Ihr Kleid ruht perlmuttfarben um sie herum. Der große Ring an ihrer Hand spricht von unsäglichem Reichtum. Die rosa Lippen öffnen sich für einen tiefen Atemzug und die

junge Frau hebt probeweise eine Braue. Perfekt geschminkt. Perfekt geboren.
Ihr Anblick bricht wie ein vom Stein getroffener Spiegel. Cameron und mich trennen kaum noch Zentimeter. Seine Pupillen verengen sich. Was er auch sagt, ich verstehe kein Wort.
Die Ballerina aus Porzellan scheint zum Leben erwacht zu sein. Das zierliche Mädchen dreht sich auf Scherben, Pirouette um Pirouette. Blut sprüht von ihren heilenden Fußsohlen. Die grauen Augen wirken zu groß für das kleine Gesicht. Die blonden Locken wurden zu einem festen Knoten gebändigt. Tiefe Schnitte ziehen sich über jeden Flecken freier Haut. Als sie den Kopf hebt, lehrt sie mich das Fürchten.
Nur eine Göttin wäre gemacht, das Collier zu tragen. Darin zu wohnen.
Ich wünschte nur, ich könnte sie sehen. Ich wünschte, ich würde begreifen, ehe die Schatten mich verzehren.
Ehe Camerons Lippen meine berühren. Er rührt sich nicht mehr. Wie erstarrt sitzt er an Ort und Stelle. Hypnotisiert. Fasziniert. Ich möchte die Finger über seine Wangen gleiten lassen. Meine Muskeln gehorchen fremden Befehlen. Was auch immer hier geschieht, ist nicht mein Schicksal. Was auch immer drückend durch meine Venen pumpt, wurde nicht für mich gemacht.
Ich erstarre in meinem winzigen Käfig, der weiter und weiter fortzugleiten scheint. Mühsam zwänge ich eine ferne Erinnerung zurück in meinen Schädel.

„Welchen Grund hätten Sie, meine Tochter zu heiraten?“ Mutter stand steif vor Beterra, das Kinn trotzig gehoben und die schwarzen Haare zu einem dicken Knoten gebunden. Alter und Erschöpfung haben Falten in ihren Körper gefressen,

die sich mit jeder verstreichenden, sorgenvollen Minute zu vertiefen schienen.
Beterra schritt gelassen den Raum auf und ab. „Sie werden verstehen, dass ein Mann wie ich das Glück auf seiner Seite braucht."
„Meine Tochter ist eher Unglück als Glück."
„Sie ist eine starke Frau, das genügt."

Ich sitze mit Kinderschuhchen in meinem Bett, die langen, dunklen Haare zu Zöpfen geflochten. Nur das flackernde Licht der Kerzen erhellte den winzigen Raum. „Warum haben wir nur nie Glück?", jammerte ich und streckte die Ärmchen nach der dürren Gestalt meiner Mutter aus.
Sorgenfalten verzerrten ihr Gesicht und nur mühevoll hoben sich die Mundwinkel. „Das Glück und das Schicksal haben sich vor Urzeiten gegenseitig in den Abgrund gezogen. Der Mensch muss seine Sache selbst in die Hand nehmen."

Die Teile des ungeheuersten Puzzles von allen fügen sich gemächlich zusammen. Die alten Geschichten mögen schrecklich und grausam sein, aber die meisten von ihnen sind wahr. Man behauptet, das Glück selbst hätte das Collier getragen. Es sei für das Glück angefertigt worden. Um es in Ketten zu legen. Glück und Schicksal zogen sich gegenseitig in den Abgrund.
Beterra sieht sich lieber erniedrigt, als mich aus den Toren seines Heims zu entlassen.
Die Wut Moreens kam nicht von irgendwo. Er kannte mich. Nicht mich. Das Etwas, das Beterra in Gold eingesperrt in meinen Körper pflanzte.
Nicht ich möchte mich verschwinden sehen. Nicht ich möchte Cameron in den Tod stürzen sehen.

Aber ich möchte ihn küssen. Dringender noch als den nächsten Atemzug zu nehmen.
„Sam“, glaube ich ihn sagen zu hören, „du machst mir Angst.“
Alte Geister müssen ausgetrieben werden, ehe man sie mit neuen ersetzt. Diese Verzweiflung wuchs nicht wahllos. Alles ergibt einen Sinn. Alles und noch viel mehr.
Die Bilder, die aufblitzen, als hätte ich sie bereits gesehen. Die Momente, die sich zukünftig anfühlen und nicht zu mir gehören. Gott sandte mir keine Strafe. Er schickte mir meine Rettung.
Nicht ich fühlte mich lebendig, als mein Mund giftgetränkte Pfeile abfeuerte, jedes Wort ein neuer Stich. Eine starke Frau genügt in meinem Körper. Sie muss nicht zwingend ich sein.
Ruckartig lehne ich mich vor, überbrücke bedeutungsleere Zentimeter, und presse meine Lippen auf Camerons. Er zuckt zurück. Ich taste in die Hitze hinein. In die Wärme seiner Lippen, in die Nervosität seines Herzens.
Ich war nie ein Mensch, der gelernt hat, zu teilen. Am wenigsten meinen eigenen Geist, meinen eigenen Verstand.
Der Parasit soll die Person befallen, für die er gemacht wurde. Meinen Namen trägt sie nicht. Meinen Namen wird sie niemals tragen.
Camerons Finger graben sich in mein Haar. Das Kichern verstummt. Die alten Geschichten mögen schrecklich sein und grausam, aber die meisten von ihnen sind wahr. Sie sind real. Wahr und real und greifbar bis zum Schluss. Will man sie bekämpfen, muss man sie berühren. Man muss sie akzeptieren.
Ein leises Kichern. *„Bartolomeo wird dir das nicht danken“, seufzt eine fremde Stimme, weich wie Samt. „Ti amo, ma belle.“*

Ich bekomme wieder Luft. Keuchend fahre ich zurück und starre in Camerons geweiteten, atemlosen Augen. „Was“, er räuspert sich, den Zeigefinger auf seiner Unterlippe ruhend, „war das?“

Die Ketten um den Käfig sind gesprengt. Ich finde den Weg hinaus. *Wir werden das Zünglein auf der Waage sein? Nimmermehr.*

Ich wische mir mit dem Handrücken über den prickelnden Mund. Camerons Herzschlag scheint über meiner Brust zu pochen. Er wirkt verwirrt wie ich selbst. Die ratlose Wut zwischen uns ist verpufft und hat etwas anderem Platz gemacht. Etwas Bedrohlicherem.

„Sam?“ Die Falten zwischen Camerons Brauen scheinen sich bis in seinen Schädel zu graben. „Hast du mich unter Drogen gesetzt?“ Er sieht mich an, als starrte er dem Teufel ins Gesicht.

„Meine Augen sind nicht mehr grün.“ Eine nüchterne Feststellung, die Camerons Schrecken erklären würde.

Er bestreitet das nicht. „Warum?“ Ein einziges Wort, trotzig hervorgebracht, während er die Arme vor der Brust verschränkt, das mich an den Pranger stellt. Wie könnte ich ihm ein Detail erklären, das ich selbst nicht begreife? „Warum, Samantha?“

Das Herz donnert mir ohrenbetäubend laut in der Brust. „Es geht immer um das nächste Abenteuer“, flüstere ich. „Das ist alles, was zählt.“

„Dafür würdest du Menschen umbringen?“

„Du solltest nicht überrascht sein. Deine Schwester habe ich schon auf dem Gewissen.“ Dieses eine Mal muss ich Cameron nicht entlassen. Er springt auf die Füße und greift nach seinem Mantel.

„Was ist nur falsch bei dir?“, flüstert er. „Was denkst du dir nur, Samantha?“

Dass mein Ehemann mich nicht nur als Trophäe hielt, sondern als eine Hülle für ein höheres Wesen. Womöglich ist es der Wahnsinn, der sich quälend langsam in meinen Körper frisst, womöglich die unmögliche Wahrheit.

„Bitte verriegle die Tür, sobald du gehst“, sage ich. „Und wirf den Schlüssel weg.“ Wo könnte ich mich Beterras Macht besser entziehen als eingesperrt in seinem eigenen Haus?

Langsam schüttelt Cameron den Kopf. Seine Lippen wirken röter als zuvor. Für einen Wimpernschlag ertappe ich mich dabei, wie ich wünschte, den Kuss wiederholen zu können. Und ihn zu spüren. „Du bist doch völlig durchgedreht. Vielleicht hast du Recht. Vielleicht kenne ich dich wirklich nicht.“ Cameron entfernt sich langsam von mir, bedächtig als wäre ich eine Löwin auf dem Sprung. „Du bist nicht wie Aria. Du bist genauso krank wie Fortuna. Wie jede dieser Frauen hier.“ Dieser Frauen hier. In den elitären Kreisen der Mächtigen und Schönen.

„Aria gedenkt den Teufel aus seinem Gefängnis zu befreien“, wiederhole ich.

„Ja und?“ Cameron reißt die Hände in die Höhe und der Mantel rutscht ihm aus den Händen. „Wen kümmert es? Was geht uns das an? Hier wird in wenigen Monaten ein Krieg losbrechen, der viel mehr zerstören wird als ein einzelner, durchgeknallter Mann. Außerdem“, mit einem kräftigen Zug drapiert Cameron den Mantel neu über seinem Arm, „bist du doch mindestens genauso krank wie Moreen. Du hast versucht, mich von deinem Ehemann umbringen zu lassen. Indem du gelogen hast. Was habe ich dir getan, was das rechtfertigen würde? Ist es, weil ich dich gestern Abend nicht küssen wollte?“

Fröstelnd schlinge ich die Arme um meinen Oberkörper und schmiege mich tiefer in den Kissenberg. Cameron liefert

mich an ein unsichtbares Messer. „Du hast mir vergeben." Das genügt.
Cameron lacht ungläubig auf, die Augen grün und strahlend wie Sterne. In ihnen ruht ein Leben, das an Intensität nicht zu übertreffen ist. Eine Güte, die einem Priester eher steht als einem Sergeant. „Keine Sorge, das wird mir nicht noch einmal passieren." Seine Schritte hallen unbarmherzig laut über den dunklen Holzfußboden. „Nur um das klarzustellen, Samantha: Näherst du dich mir noch einmal, dann erschieße *ich dich*."
Langsam schüttle ich den Kopf. „Wenn ich noch einmal auf diese Weise den Verstand verliere, flehe ich dich darum auf Knien an." Wir verhandeln das mögliche Ende meines Lebens wie einen obskuren Friedensvertrag.
Unter Camerons Augen liegen tiefe Schatten. Er murmelt Worte, die ich nicht verstehe. Irgendwo zwischen Vergehen und Gnade wartet das große Nichts. Mich hängte man an den Fußknöcheln daran auf, bis ich bemerkte, dass es kein Entrinnen gibt.
„Was auch immer dich geritten hat, ich hoffe, so bald kommt es nicht wieder", sagt Cameron. Angespannt nicke ich. Ja. Wer weiß, wenn ich nicht in Hoffnung und Leben blicke, vielleicht lasse ich das nächste Mal alle Stricke reißen. Sollte es ein nächstes Mal geben.
Unbewegt beobachte ich, wie er mein Zimmer durchquert, getaucht in strahlendes Sonnenlicht, und die Tür aufreißt. Der Schlund des verdunkelten Korridors erwartet ihn.
„Cameron?" Sein Name fällt von meinen Lippen, ehe ich es mir verbieten kann. Mit in die Höhe gezogenen Brauen dreht er sich zu mir um. „Danke." Für die winzige, vage Erinnerung an ein Leben vor meinem selbstgewählten Gewissenstod.
Er verharrt lange. Weil er nach der Bedeutung dieses einen Wortes sucht? Weil er den Inhalt versteht? Schließlich

räuspert er sich und schlüpft in den dicken Mantel. Der dunkelgrüne Rollkragen seines Pullovers späht hervor. „Keine Ursache.“ Sein schwaches Lächeln erinnert mich an verlorene Träume. „Ich meine das ernst, Sam. Sei noch einmal so durchgedreht wie in den letzten Minuten und ich verpasse dir den Gnadenschuss.“

„Ich würde ihn willkommen heißen.“

Camerons Lächeln bricht zäh in sich zusammen. „Ja. Genau das ist es, was mir Sorgen macht.“

Als er geht, dreht sich der Schlüssel nicht im Schloss. Er wird auch nicht gezogen. Cameron lässt das Tor zu Beterra sperrangelweit geöffnet. Eine gerechte Strafe? Ich will aufspringen und ihm folgen. Nirgends verberge ich mich besser vor Beterra als in seinem eigenen Haus. Grenzt es an Irrsinn? An Hysterie?

Ich bin fest davon überzeugt, dass Beterra die Wahrheit kannte, noch während ich die Lügen vor ihm ausbreitete. Unter normalen Umständen hätte mein erlogenes Geständnis mich das Leben gekostet. Und wenn mich nicht, dann zumindest den treuen Wachsoldaten und Cameron. Solange Beterra jedoch das erhält, was er einzig und allein wünschte … Eine Seelenpuppe für ein glitzerndes Collier … Ich verliere den Verstand. Langsam und träge und zäh, aber stetig.

Die Leere in meinem Herzen dehnt sich aus. Wenn die Stimme in meinen Kopf zurückkehrt, zerreiße ich sie. *Wir wissen es beide.*

Das panische Herzflattern bleibt. Wenn die Stimme zurückkehrt, werde ich nichts gegen sie ausrichten können. Wenn sie tatsächlich zu dem Glück gehören sollte, einem unmenschlichen Phänomen, das vor Urzeiten von dem Schicksal erdolcht wurde, erwartet mich der Geistestod.

Die Kälte gräbt ihre winzigen Zähnchen in meine Zehen. Das Nagen an Armen und Beinen kehrt zurück. Schwer atmend

blende ich den bekannten Schmerz aus. Deckt die Hysterie mich zu, bin ich hilflos.
Lieber hilflos als mir selbst gestohlen?

10

Der Nachmittag wird durch ein schüchternes Klopfen eingeläutet. Angespannt sitze ich auf dem fragilen Stuhl, Shakespeares Sturm aufgeschlagen und einen Finger besitzergreifend zwischen den Seiten. Mein Nacken prickelt. Cameron? Schwer schluckend stehe ich auf. Carmen? Vor meinem inneren Auge geistert eine markerschütternde Panik. Wenn Beterra dort steht, das Collier in den Händen, wie könnte ich mich verweigern, es zu tragen? Aus welchem Grund?
Die Klinke quietscht leise, als ich sie betätige und einlasse, wer mich in meiner selbstgewählten Haft stört. Die Sonne ging ihrer Wege. Als ich die Tür öffne, fliehen mir ihre Strahlen entgegen und tauchen die junge Frau vor mir in himmlisches Licht. Den Engel. Die großen, blauen Augen wirken gnädig, das rosa Lächeln sanftmütig. Die goldenen Locken scheinen einem Gemälde der verträumten Renaissance entsprungen zu sein. Sie trägt keine Flügel, aber ich spüre Gottes Liebe in ihr.
Ihr Kleid wirkt luftig und zu dünn für die niedrigen Temperaturen. An den zarten Händen trägt sie zahlreiche Ringe, die meisten lediglich zarte Bänder. Ihr entschuldigendes Lächeln wirkt aufrichtig wie die Schüchternheit der ersten Frühblüher.
„Bist du Samantha?“, fragt sie. Ihre Sprachmelodie kommt dem Plätschern eines fröhlichen Bächleins gleich.
Ratlos verlagere ich das Gewicht von einem Bein auf das andere. „Ja.“ Mehr Gedanken wollen meine Stimmbänder nicht in Worte fassen.
„Darf ich reinkommen?“ Wenn sie blinzelt, scheinen ihre dichten Wimpern zu schlagen wie Schmetterlingsflügel.
Stumm mache ich einen Schritt zur Seite. Ich bin gebannt von einem Gefühl der Ruhe, das ich beinahe vergessen hatte. Leise schließt die junge Frau, einem Engel gleich, die Tür und

schenkt mir ein sanftes Lächeln. „Adriana“, stellt sie sich vor. „Adriana Gabriels.“
Stumm nicke ich. Sie hat mir die Zunge gestohlen, definiert Schönheit und Heiligkeit neu und scheint gesandt von dem Herrn selbst. Er verdammt mich nicht. Nicht heute, nicht morgen. Auf alle seine Schäfchen gibt er acht. Ich bin eines davon und sinke schluchzend vor der jungen Frau in die Knie.
„Vergib mir, denn ich habe gesündigt.“
Starr blicke ich gen Boden. Das Geräusch, das der Kehle des Engels entflieht, ist es ein Räuspern oder ein Keuchen? Ein Kichern, geboren, mich zu verhöhnen? „Ich bin nicht hier, um irgendwem zu vergeben. Eigentlich wollte ich nur mit dir sprechen. Mein Mann und ich, wir sind auf der Suche nach einem Schmuckstück. Wir …“
Ein donnerndes Klopfen unterbricht sie und geht mir durch Mark und Bein. „Hallo?“ Der unbeschwerte Klang der männlichen Stimme zieht mich auf die Füße. Cam? Als er vorhin ging, verschwand er da für immer? Die Hitze des Kusses brennt mir auf den Lippen. „Hallo? Signora Cecilia?“
„Samantha!“, ruft Adriana und geht an mir vorbei. Der Duft, den sie verströmt, summt mir ein Lied vom Heimkommen. Dabei war ich nie einsamer. Knackend bewegen sich die Scharniere. „Sie heißt Samantha.“
„Cecilia, Cathrin, Samantha.“ Der grinsende Mann auf der Schwelle ist so wenig Cameron wie ich in diesem Hause länger Willkommen. „Wen kümmert das schon? Alles Schnepfen, die einen an der Waffel haben.“ Lachend reicht er mir die Hand. „Casper Gabriels.“ Das Sonnenlicht lässt seine blonden, wild gelockten Haare in einem seltsamen Licht erstrahlen. Könnte ein Lächeln weißer schimmern? „Es freut mich sehr, deine Bekanntschaft zu machen. Wo hast du das Collier versteckt? Wir hätten es gern, um es unter den Hammer zu bringen.“ Sein Feixen wächst. „Unter den wortwörtlichen

Hammer. Du weißt schon, der, der es dermaßen zerschmettert, dass gar kein böser Geist zurückbleiben kann."
„Fortuna", erwidere ich matt. „Ein Geist stand dahingehend nie zur Diskussion."
Casper stockt. Seine blonden Brauen schießen in die Höhe und er wirft Adriana einen kurzen Blick zu. Ich weiß ihn nicht zu deuten. „Klingt, als hätten du und die gruselige Dame in Unsichtbar euch schon kennengelernt."
Ich drücke die Tür hinter ihm ins Schloss und die Sonne zuckt zurück, als hätte ich ihr auf die Finger geschlagen. Jeder Lichtstrahl scheint seine Bahnen neu zu bemessen, um sich um die beiden … Engel legen zu können. Sie tragen keine gigantischen, gefiederten Flügel. Und dennoch. Ich glaube es zu fühlen, greifen zu können, zu sehen. Gottgesandte. Ihre bloße Anwesenheit treibt mir die Tränen in die Augen. Das Blau ihrer Iriden, das Blond ihrer Haare, wie sie das Licht anziehen wie der Teufel die Dunkelheit und die Verzweiflung die Bitterness.
„Du hast sie gesehen, oder?" Casper greift sich in die wilden Locken und zieht sie lang. Weicht Adriana die Farbe aus den gesunden Wangen? „Du hast Fortuna gesehen? Ist sie in deinem Kopf?" Camerons Lippen brennen noch auf meinen eigenen. Einen Schritt zurück und ich hätte diese schattenhafte Gestalt mit fremden Gedanken in meine Arme geschlossen. Weil es Sicherheit und Glückseligkeit bedeutet hätte. Auf die endgültigste aller Weisen.
„Hat sie dir die Zunge abgebissen?" Als wolle er mich berühren, streckt Casper eine Hand nach mir aus.
Adriana schlägt ihm auf die Finger. „Vor zwei Sekunden hat sie noch gesprochen. Wir beide hätten das auch großartig ohne dich hinbekommen."
„Vergib mir Herr, denn ich habe gesündigt", äfft Casper mich nach, die Nase gerümpft. „Ist das dein Ernst? Das ist für dich

ein klärendes Gespräch? Zum Beichten kann sie auch in die Kirche gehen." An mich gewandt sagt Casper: „Zweimal die Woche, mindestens fünfzehn Minuten. Nur Röcke, die über die Knöchel reichen, dicke Jacke, reumütig wirken und keinen großartigen Schmuck, eher schlicht alles, dann wird vielleicht das erste und letzte Wort zu dem da oben durchgestellt." Zwei Finger presst Casper sich an die Lippen, dann streckt er die Hand gen Himmel. „Fühl dich ruhig angesprochen, du alter Griesgram!"
„Casper." Adriana streichelt dem Mann an ihrer Seite besänftigend über den Oberarm. „Diese junge Frau bittet um Hilfe."
„Bekommt sie doch." Er zwinkert mir zu. „Wenn du alle unsere Fragen beantwortest, spendiere ich dir einen Orangentee. Was hältst du davon?"
„Sie ist kein kleines Kind!", zischt Adriana.
„Sie spricht aber so viel wie ein Baby! Woher soll ich denn wissen, dass Fortuna mehr von ihrem Gehirn übriggelassen hat als Matsch? Oder ihr Junge. Wie hieß er noch gleich?"
„Cameron", murmelt Adriana und setzt sich ungebeten. Das Blut in meinen Adern wandelt sich zu Eis.
„Genau! Was, wenn Fortuna und Cameron bei ihrem letzten Stelldichein eine diabolische Abmachung getroffen haben, die besagt, dass er, was weiß ich!" Casper wirft die Hände in die Luft. „Dass er ihr Samantha auf dem Silbertablett serviert und im Gegenzug beim nächsten Krieg nicht abgeknallt wird? Wäre doch sinnvoll."
Cameron. Sein Kuss. So bittersüß. Flehend.
Verdammend.
Die schwimmenden Tränen rauben mir die Sicht. Was ich auch tue und glaube und zu wissen vermute, er greift nach mir und lässt mich an Fäden tanzen. Ohne, dass ich es bemerke. Er hat mich in sein Netz gewebt und ich habe es nicht bemerkt.

Warum hätte Fortuna verschwinden sollen, wenn nicht aus einem markerschütternden, weltbewegenden, achsenverschiebenden Grund? Selbst die Heimat ist verpestet. Selbst die letzten Erinnerungen an einen Ort, an dem man sich geborgen fühlte, bergen Gefahren. Cameron führt einen bittersüßen Rachefeldzug gegen mich und ich kann es ihm nicht verübeln.

Aus dem Augenwinkel erahne ich, wie Adriana auf mich deutet. „Sie wusste davon nichts! Du musst lernen, feinfühliger mit Menschen umzugehen."

„Ich bin feinfühlig!"

„Wie ein Fleischwolf."

„Adri!" Entsetzt schlägt Casper sich die Hände vor das Gesicht. „Ich habe den Herd angelassen."

Meine Knie zittern. Cameron traf mich mitten in die Seele. Nur feuerte er nicht den versprochenen Gnadenschuss, sondern den, der mir die Erinnerungen an mich zurückgab. Die Röcke raffen und in die Kirche laufen will ich. Mich dort vor Jesus auf die Knie werfen und ihn um Gnade anflehen. Ich möchte meine Sünden aufwiegen und einen Pfad aufgezeigt bekommen, der mich zurück ins Licht führt.

Der Teufel streckte mir die Hand entgegen. *Ich hätte einschlagen sollen.*

„Ich habe ihn ausgemacht", seufzt Adriana. Die Ruhe, die sie mir schenkte, schwenkt um. In herzerweichende Melancholie.

„Samantha", mit einem schwachen Lächeln auf den Lippen neigt sie sich zu mir, „möchtest du dich zu uns setzen?" Sie deutet auf die Sitzgruppe.

Bleiern nicke ich. Der Stuhl fühlt sich hart an. Und kalt. Die Winterluft hängt im Raum wie ein fröstelndes Laken und der Sonnenschein blendet mich. Mit einer furchtbaren Sanftheit legt Adriana ihre warmen, weichen Hände über meine. „Wir

müssen wissen, wo das Collier ist, das du gestern getragen hast."
Gestern? Bei dem Empfang habe ich sie nicht gesehen. Meine Lippen bilden ein einziges, taubes Wort. „Fort."
Tiefe Falten graben sich in Adrianas Stirn. Das jammernde Seufzen aus Caspers Mund bildet den ersten Ton einer flehenden Symphonie.
„Sam, dieses Collier, wir brauchen es. Darin wohnt ein Wesen mit einer Macht, die du dir nicht ausmalen kannst."
Habe ich Fortuna nicht mit jeder meiner Fasern gespürt? Hielt ich sie nicht für meine eigene, skrupellose, willensstarke Seite? Wie furchtbar kann eine Frau schon sein, die mir im Kern so sehr ähnelt. Ich kann einen Krieg nicht aufhalten, also wird sie keinen entfachen können. Keinen weiteren. Hitler hat den Stein ins Rollen gebracht und auf seinem Weg nach unten zertrümmert er Körper als bestünden sie aus Sand und Luft.
Caspers Blicke scheinen mich zu durchbohren. Auf irritierende Weise sind sie klar. „Sie wird es uns nicht geben."
Aus Adrianas strafendem Blick spricht ein unterdrückter Fluch.
„Fortuna hat es ihr eingeflüstert. Überleg nur, diese Frau steht hier, weil sie wortwörtlich über Leichen gegangen ist. Glaubst du allen Ernstes, sie würde sich diese Möglichkeit der Macht entgehen lassen?"
„Die Macht kümmert mich nicht", unterbreche ich Casper heiser. Seine Lippen verziehen sich zu einem breiten Grinsen. Ehe er mir widersprechen kann, sage ich: „Es gibt einen einzigen Grund dafür, dass ich das Collier nicht aus den Händen geben werde, solange ich lebe." Ein sadistisches Angebot? „Ich weiß Fortuna zu zähmen." Zu vertreiben. Falls sie tatsächlich existiert, will ich sie mir gefügig machen. Weil unter all dem Jammern und dem Siechen ist ein winziger Teil von mir geblieben.

Casper lacht heiser auf. „Niemand zähmt Fortuna."
Er spricht von ihr, als wäre sie real. Das ist sie auch. Sie war in meinem Kopf. Welchen Namen sie auch tragen mag. Ich kann sie noch immer spüren. „Cameron kann sie zähmen."
„Cameron ist ihr verfallen", sagt Casper heftig und beugt sich zu mir. „Cameron ist eine ihrer Marionetten. Genau wie du. Wir könnten das beenden." Das Glück in Gold gesperrt. *Ein unendlicher Schatz.* So sehr ich mir wünsche, alle Fäden zu kappen, ich darf eine derart wertvolle Ressource nicht aus der Hand geben. Existiert das Glück, dann lebt das Schicksal. Kein Zufall wird mich zu diesem Collier geführt haben. Es könnte mich retten. *Uns.*
Erst wenn ich der verzweifelten Bitterness müde bin, werde ich es selbst einschmelzen.
„Es darf nicht beendet werden", beharre ich und weiß nicht, woher ich diese Gewissheit nehme. Ist Fortuna ein zweites Mal in meinen Verstand eingedrungen? Oder ist es ein vages Gefühl, eine irrsinnige Intuition, die mich leitet?
„Samantha", flüstert Adriana und neigt sich ebenfalls zu mir, einen Heiligenschein aus Sonnenlicht über dem Kopf, „du ahnst nicht, mit welchen Mächten du spielst. Wir sollten nicht in deiner Welt sein. Genauso wenig Fortuna. Manches wurde nicht für alle Dimensionen geschaffen."
Ich bestreite das nicht. Aber *Angst hindert das Vorankommen und den Geist.* Meine Finger krampfen sich um die Tischplatte. Angst hat mich dorthin gebracht, wo ich heute stehe, und wenn ich mir einen Weg aus diesem Loch graben will, dann muss ich zu klettern lernen.
„Sam?"
„Sie wird nicht auf uns hören."
„Helft mir, sie zu zähmen", wende ich mich an Casper. „Helft mir, mit ihr umzugehen."

„Ich dachte, du hättest Fortuna längst als niedliches Kätzchen auf deinem Schoß liegen“, spottet Casper. Mir fehlt die Energie, darauf einzugehen. Erneut fährt er sich mit beiden Händen in das Haar und zieht sich die Locken lang. „Sam, ich sage es nur ungern, aber du bist durchgeknallter als der Kerl, der den zweiten Weltkrieg losgetreten hat!“
„Ich bin Visionärin.“
„Bescheuert“, berichtigt er mich. „Bescheuert, meine Hübsche.“
„Nenn es, wie du willst. Mächte wie diese sollte man nicht zu untergraben versuchen.“
Er schlägt die Hände über dem Kopf zusammen. „Warum sind die ganzen Italiener eigentlich so blöd? Erst Vladimir mit seinem“, spöttisch nachahmend verzieht Casper den Mund, „‚*Ich bestehe aus einer Macht, die ihr euch nicht ausmalen könnt*‘, dann Cam mit seinem ‚*Klar weiß ich, was ich tue*‘ und dann du mit diesem ‚*Man sollte kein Potential vergeuden*‘. Was ist denn das mit euch?“
Angespannt straffe ich die Schultern. Ergeben tut sich nur ein Narr vor leerem Saal. „Vom Himmel gesandt oder nicht, ob ich mich Gottes Willen entgegenstelle oder nicht, dieses Collier sollte fortgeschlossen werden und auf die Königin warten, für die es gemacht wurde.“
Mit zusammengekniffenen Augen vergräbt Adriana das Gesicht in den Händen. „Sollte das Schicksal erneut diesen Planeten betreten, wird das Collier unser geringstes Problem sein.“
Das Bild der jungen Königin hat sich in mein Gedächtnis gebrannt. Ihr wallendes, blondes Haar schien noch unwirklicher als Adrianas, ihre Haltung war ehrfurchtsgebietend. Bei jedem Atemzug wallte ihr Kleid in einem perfektionierten Rauschen und jeder Augenaufschlag schien von höchster Kunst geschaffen worden zu sein.

„Es fühlt sich falsch an“, sage ich fest. „Wenn du dieses Collier fortwirfst, dann erlöschen“, *Möglichkeiten, Welten, Unendlichkeiten, Schicksale*, „Leben.“

„Das Collier wird die Menschen umbringen, Schätzchen. Das Collier!“ Casper springt auf und der Stuhl balanciert sich knirschend auf einem Bein. „Du hast keinen blassen Schimmer, was es anrichten kann. Fortuna hat sich darin verschanzt. Sollte sie sich eines Tages daraus befreien, hast du eine Ahnung, was dann passiert?“ *Es ist nur ein Schmuckstück. Nur unschuldiger Glanz, unschuldige Verlockung.*

Für einen Wimpernschlag sah ich eine orangene Sonne und unter ihr ertrank das Leben. Diesen Moment, ich habe ihn nie gesehen. Mussolinis Haus ist nie niedergebrannt. Aber ich habe die Flammen auf meiner Haut gespürt. „Die Apokalypse?“, frage ich tonlos.

Casper klatscht in die Hände und springt von einem Bein auf das andere. „Zum Beispiel!“

„Es mag euch entgangen sein, aber Italien wird in wenigen Monaten diesem Krieg beitreten.“ Neue Leben auf die Waagschale legen. Mit bebenden Händen streiche ich mir das Haar aus dem Nacken. Schwer wallen die Locken. „Etwas apokalyptischeres wird nicht möglich sein.“

„Du hast keine Ahnung“, murrt Casper und legt beide Hände auf Adrianas Schultern. „Das, was Fortuna auslösen kann, hat das Schicksal getötet!“

Die Ruhe kehrt zurück. Bleiern, blechern. Sie begräbt mich unter sich. „Du hast nie einen Krieg erlebt.“

„Das muss ich nicht“, schnauft Casper.

„Möchtest du die Berichte lesen?“

„Ha! Du warst beim letzten Mal also auch nicht dabei und du hast keine Ahnung davon, was Fortuna anrichten kann. Also, komm zur Vernunft. Rück das Ding raus, wir verschwinden, du wirst dich an nichts erinnern, alles wird sein wie vorher.

Betrink dich, zieh hübsche Kleider an, was kümmert es mich? Ich will nur dieses Collier zerlegen."
„Casper", flüstere ich, „das Collier zu vernichten, es fühlt sich falsch an."
Er öffnet den Mund. Besänftigend legt Adriana ihre Hände auf seine. „Warum, Samantha? Suchst du das Chaos?"
Angestrengt schüttle ich den Kopf. „Es ergibt keinen Sinn. Es ist nur ein vages Gefühl." Eines, das mich nicht mehr loslässt. Die bittere Angst vor Fortuna treibt mich in eine Form des Wahnsinns, die sich mit keiner, die ich zuvor kannte, zu messen weiß.
Adriana lehnt sich zurück.
Casper zieht sich die Haare lang. „Ist das dein Ernst, Adri? Wirst du jetzt Italienerin oder wie?"
„Ich glaube an Wunder", sagt Adriana ruhig. „Fortuna hat keinen Besitz von ihr ergriffen."
„Kannst du nicht wissen."
„Sieh sie dir doch an." Adrianas Augen scheinen bis auf den Grund meiner verdorrten Seele zu blicken. „Fortuna befindet sich nicht mit uns in diesem Raum. Womöglich besitzt Samantha tatsächlich die Fähigkeit, sie zu kontrollieren." Glauben eröffnet Welten und verbannt sie wieder.
Das Prickeln des Kusses. Wie sehr ich mich nach diesem Kuss gesehnt habe, begreife ich erst nach und nach. Wann kletterte Fortuna in mich und ergriff Besitz von meinen Sinnen? Als Cameron mich zurückwies und ich bebend durch die Tür verschwand? Weil ich diese Nähe, diese Bezeugung von Zuneigung, dringender brauchte als den nächsten Atemzug. *Bitterste Schwäche. Süßeste Niederlage.*
„Sie ist eine gescheiterte Politikerin!"
„Casper."
„Sie hat sich hochgeschlafen und verdammt uns nun zu, keine Ahnung, zum Weltuntergang!"

„Melodramatik scheint Gottes Gesandten zu liegen", sage ich leise.
Das Kinn in die Höhe gereckt, verschränkt Casper die Arme vor der Brust. „Du hast vielleicht Nerven."
„Ich bin erschöpft", sage ich leise und weise alles von mir. Jede Chance jemals mehr zu werden als zu einem Bedauern Gottes. Ich könnte nicht überzeugter davon sein, Engel vor mir zu haben. Das hält mich nicht davon ab, sie fortzuschicken. Es ergibt keinen Sinn. Aber lieber verdamme ich mein Seelenheil als dieses Collier einschmelzen zu lassen. Ich weiß es. *Ich weiß es.* Dass diese Entscheidung eine Sache anstößt, die größer ist als wir alle. Für die es sich zu kämpfen lohnt.
Die Tränen kriechen mir den Hals hinauf. Was ich nicht alles fortgebe für eine Sache, die ich nicht einmal begreife. Meine Zunge schmeckt Salz.
Wortlos sinkt Casper auf dem Stuhl neben Adriana in sich zusammen. Selbst seine Locken scheinen weniger wirr, während er den Kopf in den Armen vergräbt und sich an Adriana lehnt. „Ich glaub das alles nicht", murmelt er. „Warum rücken die ganzen Italiener ihren Schmuck nicht raus?" *Stiehl ihn mir doch.* Ein Teil von mir versteht, dass ein Engel nie zu einem Verbrechen in der Lage wäre.
Leise raschelt Caspers Haar, während Adriana mit den Fingern hindurch kämmt. Mein Herz zieht sich schmerzhaft zusammen. Die Liebkosung der Berührung geht mir unter die Haut. Mich hat seit Jahren auf diese Weise niemand mehr berührt. Nie wurde ich auf diese Weise betrachtet. So sanft. Liebevoll. Behütend.
„Wirst du mir versprechen, dass du das Collier nicht mehr anrührst?", fragt Adriana mich nach einigen stummen Minuten.
„Solange ihr mir fernbleibt."

Ihr schwaches Lächeln scheint der Sonne neue Kraft zu verleihen. „Das kann ich nicht versprechen."
„Dann ich ebenso wenig."
„Dumm!", ruft Casper, die Stimme von seinem Arm gedämpft. „Die ist total dumm. Ich habe noch nie eine derart lernverweigernde Person getroffen."
„Ich denke", sagt Adriana bedächtig, ohne mich aus den Augen zu lassen, „dass Samantha etwas weiß, was wir nicht wissen."
„Zum Beispiel, dass sie demnächst sterben will und es ihr egal ist, wer sonst noch krachen geht?"
„Fortuna ist nicht hier", wiederholt Adriana. „Samantha konnte sie einmal vertreiben. Warum nicht wieder?"
Weil Cameron sich von mir fernhalten wird wie von der Pest. Aber nur weil er vor mir flieht, muss ich nicht verschwunden bleiben. Um ihm zu folgen, müsste ich mir meine Schwäche eingestehen und meine Niederlage. Ich müsste akzeptieren, dass ich Beterra in keiner Hinsicht beeinflussen kann und dass mein gesellschaftlicher Sturz unvermeidbar ist. Der Krieg wird mich verzehren wie einen gewöhnlichen Bürger und der Schutzwall um Beterra wird nicht meiner sein. Und zu welchem Zweck?
Für ein einziges Abenteuer, das ich spüren darf. Im Herzen, in der Seele. In Mark und Bein. Ein einziges Mal leben und heimkommen, bevor das Monstrum mich verschlingt?
Fortuna hat meiner Angst nur einen Namen gegeben. Meinem Käfig. Existiert hat er schon lange. Ich suchte diese Position, um die Welt zu verändern. Mit gebundenen Händen bin ich nur ein schwaches Anhängsel. Wozu meine Würde weiterhin untergraben, wenn sie nur wenige Meter entfernt liegt? Einmal den Hügel hinab hinein in die Slums?

„Weil sie geschwächt ist“, höre ich Casper verzerrt antworten. „Die wird Fortuna kein weiteres Mal besiegen können. Dass sie es einmal geschafft hat, ist ein Wunder.“
„Dann sollten wir endlich lernen, an Wunder zu glauben.“
Was brauche ich schon? Die Türen zum Schrank stehen offen. Möchte ich mich auf diese Weise erniedrigen?
„Wir können sie nicht einfach so aus den Augen lassen.“
„Warum nicht?“, fragt Adriana Casper. „Was spricht dagegen?“
Casper hebt eine Schulter und sieht Adriana an. Blaue, blaue Augen. „Keine Ahnung. Es ist nur so ein Gefühl. Es fühlt sich an, als hätte irgendetwas seinen Stempel auf sie gedrückt.“ Caspers Lächeln wirkt schwach. „Vor Kurzem eine Begegnung mit Gott gehabt?“
„Nein.“ Meine Ohren klingeln. „Gott hat mich verlassen.“
„Würde ich nicht bestreiten“, murmelt Casper. „Hätte ich an seiner Stelle auch gemacht.“
Das folgende, tonnenschwere Schweigen schweißt mich an den Stuhl. Caspers Worte wiegen schwer. Ich verstehe es in der Sekunde. Er weiß Dinge über mich, die er nicht wissen sollte. Sie geschahen im Verborgenen. Aber er ist ein Engel. Und Engel erkennen Sünden.
Caspers blonden Locken scheinen goldenes Feuer zu fangen, das erst erlischt, als er sich steif erhebt und durch den Raum zu tigern beginnt. „Warum vertraust du ihr?“, fragt er Adriana und deutet dabei anklagend auf mich. „Was hat sie je getan, um sich dein Vertrauen zu verdienen? Du weißt ganz genau, was auf dem Spiel steht.“
„Ja.“ Räuspernd wickelt Adriana sich eine Strähne um ihren schlanken Zeigefinger. Die Fingernägel ergeben beneidenswert perfekte Ovale. „Vielleicht gerade, weil so viel auf dem Spiel steht.“

„Existenzen“, erinnert Casper seine Frau. „Tausende, Hunderttausende, Millionen, Milliarden!“
Adriana scheint sich mit jedem von Caspers aufgebrachten Worten zu beruhigen. „Erinnerst du dich an das, was Vladimir uns gesagt hat?“
„Dass wir zurück in das Loch kriechen sollen, aus dem wir gekommen sind?“ Casper kratzt sich an der Nase. „Der war echt der Schlimmste. Gottkomplex? In jeder Faser seines Körpers!“
„Dass er glaubt, dass wir das Collier dort lassen sollten, wo man es unbedingt behalten möchte. Fortuna macht Samantha Angst. Du kannst es spüren.“
„Das macht nichts besser“, murrt Casper. „Ich will nur eine heiße Schokolade, das Collier und meine dicken, weichen Wollsocken. Ist das denn zu viel verlangt!“
„Casper.“
Er schiebt die Unterlippe demonstrativ nach vorn und zieht die Mundwinkel nach unten. „Wenn sie uns alle in die Luft sprengt, dann hast du Schuld“, nuschelt er.
„Das nehme ich auf mich.“
„Wirst du auch müssen.“ Er stampft zweimal mit den Füßen auf dem dunklen Holzfußboden auf. „Adri!“ Bei Caspers frustriertem Aufschrei zucke ich zusammen. Engel besitzen Gefühle. Das scheint mir ähnlich unwirklich wie die Anwesenheit der beiden. Ein Fiebertraum. Die letzten Tage, sie müssen ein Fiebertraum sein, während ich mit einem schweren Lungenleiden ans Bett gefesselt bin. „Sie könnte uns alle mit ihrem Starrsinn umbringen!“
„Könnte sie“, bestätigt Adriana. „Vielleicht wird sie das auch.“
„Phantastische Aussichten für meinen entspannten Abend!“ Den Kopf schüttelnd tigert Casper in meinem Zimmer auf und ab. „Sie wird Fortuna nicht in Schach halten können.“

„Was, wenn sie das nicht muss?“
„Natürlich muss sie das!“
Ich werde das Gebäude noch heute Abend verlassen. Husche ich durch den Garten, wird mich niemand entdecken. In den dicken Mantel werde ich mich hüllen, meine Stiefel anziehen und die nötigste Kleidung in eine Tasche stopfen, ehe ich Cameron auf Knien um Vergebung anflehe. Werde ich versuchen, die Wahrheit in Worte zu fassen?
Wenn er mich verstößt, wohin werde ich gehen? Nach der Eheschließung schwor mir meine eigene Mutter, mich nie wieder in ihr Haus zu lassen. Freunde habe ich nicht. Carmen? Taste ich ihren Ruf an, ihren makellosen Stand in dieser Gesellschaft, wird sie vorgeben, mich nie gekannt zu haben. Das Mittel heiligt den Zweck. Und der Zweck die Mittel.
Blindlings will ich davonlaufen.
Ich kann Carmen nichts mehr geben, was für sie von Interesse sein könnte.
Zitternd schlinge ich die Arme um mich. Mein Verstand vertilgt sich selbst. Ich begreife mich selbst nicht mehr.
„Womöglich hat Fortuna beschlossen, dass sie nicht kompatibel sind.“
„Womöglich bist du auch nur übermüdet und entwickelst Wahnvorstellungen“, jammert Casper und bleibt auf Höhe des Fensters stehen. *Goldener Glanz.* „Ich sag dir eines: Wir werden das hier bereuen.“
„Vielleicht.“ Als ich Adriana ansehe, kenne ich ihre folgenden Worte und weiß, dass ich sie auf die gleiche Weise gewählt hätte. „Wir tun trotzdem das Richtige.“
„Tun wir nicht“, murmelt Casper. „Das tun wir nicht und wenn ihr beide das erkennt, wird es zu spät sein.“
Bella Ciao.

11

Meine Füße fühlen sich wund an, als ich die düsteren Mauern der Mietskaserne hinaufblicke. Hinter einigen Fenstern brennt Licht. Hinter einem davon befindet sich Cameron. Mit seiner Ehefrau? Ohne sie?
Der Verstand rät mir, umzukehren. Doch wo hat er mich schon hingeleitet außer in den glamourösesten Gewissensbankrott. Wenn dort eine Frau bei Cameron wartet, die seinen Ring am Finger trägt, bin ich heimatlos. Befindet er sich allein in seiner kleinen Wohnung, wird er mich dann hineinbitten? Stößt er mich fort?
Der Kloß in meinem Hals will mich in das Haus im Wald führen. Ich verharre ratlos in regennasser Kälte. Könnte ich einer Frau den Mann stehlen? Schattenhaft patrouillieren Soldaten.
Mit dem Heben meiner Hand klopft der nächste Sündenfall an die Tür. Noch ehe meine Knöchel das dicke Holz berühren, wird mir geöffnet.
Spürte er, dass ich komme? Beobachtete er mich aus seinem kleinen Zimmer heraus?
Das Haar klebt Cameron frisch gewaschen am Kopf. Tiefe Ringe ruhen unter seinen stechend grünen Augen und das naive, offene Lächeln scheint gestorben. „Was willst du hier?“
Der Riemen der schweren Tasche schneidet mir in die Schulter. Ich wage es nicht, das Gewicht zu verschieben. „Um Verzeihung bitten.“
Die Falten, die sich in Camerons Stirn graben, lassen ihn beinahe erwachsen wirken. „Hat Beterra dich auf die Straße gesetzt?“
„Das Haus treibt mich in den Wahnsinn.“
„Nur das Haus?“ Schnaubend zieht Cameron die Tür hinter sich ins Schloss. Der Regen sprüht über uns und rinnt

prickelnd meine Haut hinab. „Du würdest auch einer Schnecke Schuld an deinen Kopfschmerzen geben, damit du dich besser fühlst.“
Das bestreite ich nicht. Das Collier glüht in meiner Manteltasche. Niemals darf Beterra es einer anderen Frau umlegen in der wahnsinnigen Hoffnung, sich auf diese Weise einen unkalkulierbaren Vorteil zu erschleichen. Eher verliere ich mich in einem vom Glück verursachten Trauma, als einen Krieg zu akzeptieren, der von einem Geist geführt wird.
„Bitte.“ Nur dieses Flehen bringe ich über die Lippen. „Bitte, Cameron. Ich weiß nicht, wohin ich gehen soll.“
„Nach Hause. Beterra dreht durch, wenn er merkt, dass du verschwunden bist.“ Steif hebt Cameron eine Schulter. „Ich werde mich nicht einer Sache schuldig machen, mit der ich nichts zu tun habe.“ Seine Blicke wiegen schwer, die unausgesprochenen Vorwürfe auch. Wir wissen beide, was er mir anrechnet. Ob Beterra mir nun glaubte oder nicht, die gelogene Anschuldigung, die Blut kosten wollte, wird nicht einfach so aus Camerons Kopf verschwinden. Irgendwo wird sie immer lauern und sollte mich eines Tages ein anderer Mann als Beterra berührt haben, wird Cameron der erste sein, auf den das zurückfällt. Seinen Wächter kann Beterra im Auge behalten. Den Neffen Mussolinis niemals.
„Bitte“, wiederhole ich. „Bitte.“ *Befreie mich von meiner Verzweiflung.*
Stumm schüttelt Cameron den Kopf. Die Falten in seiner Stirn vertiefen sich. „Geh Heim, Samantha.“
„Bitte!“
„Geh nach Hause.“
„Fortuna wird mich ohne dich um den Verstand bringen.“
Camerons Hand ruht auf dem Türknauf. Krachend dreht Cameron ihn, während ihm die Gesichtszüge entgleiten. „Fortuna?“

„Bitte."
„Du hast Fortuna gesehen?"
„Bitte, lass mich rein. Schick mich nicht fort." Es gibt keinen zweiten Ort, an den ich mich flüchten kann.
Unsanft greift er nach meinem Mantel und stößt mich in den matt erhellten Korridor der tristen Mietskaserne. Krachend fällt die Tür hinter uns ins Schloss. „Du hast Fortuna gesehen?"
„Gespürt", bringe ich stockend hervor. „Sie war nicht wirklich da. Nicht als fleischgewordene Person."
„Wo ist sie hin?" Blitzt Panik in Camerons Augen auf? „Hast du auch nur eine Ahnung davon, was das bedeutet? Dass du sie gesehen hast."
„Sie hat mich fortgesperrt und dich verraten", sage ich mit tauben Lippen, ohne mir sicher sein zu können, die Wahrheit zu sagen. „Ich weiß nicht, ob ich dazu in der Lage gewesen wäre, dich zu verraten."
„Wärst du", erwidert Cameron ohne zu zögern, nimmt in einem Anflug von Manieren meine Tasche auf seine eigene Schulter und schlingt einen Arm um meine Taille. „Du hast zu viele Menschen umgebracht, um deine Macht jetzt einfach so wegzuwerfen."
„Ich bin nicht mächtig", murmle ich. „Beterra wollte mich zu seiner Seelenpuppe für ein Phänomen machen, das ich nicht einmal begreife." Ich weiß, dass das die Wahrheit ist, so sicher wie ich meinen eigenen Namen kenne. Caspers heftigen Vorwürfe klingen nach. Der Engel hat Recht. Ich verstehe nicht, worauf ich mich einlasse, und mein ewiger Egoismus wird eines Tages weit mehr Menschen als nur mich in den Tod reißen. Lieber egoistisch als skrupellos?
Womöglich bin ich beides.

„Von dir hätte ich erwartet, dass du Fortuna zulässt, ohne mit der Wimper zu zucken“, sagt Cameron. „Denk nur an die Vormachtstellung, die dir ihre Macht gegeben hätte!“
Vage erinnere ich mich an den trüben Blick auf mein eigenes, sich im Käfig windendes Wesen. Es war nicht allein Fortunas Wunsch mich fortzustoßen und aufzulösen in einer schattigen Finsternis, die Seelen frisst und bedeutungslos wieder ausspuckt. Ich wollte es so dringend wie die Göttin.
Ich werfe Cameron einen verstohlenen Blick zu. Die Lippen hat er fest aufeinandergepresst, bis sie eine einzige schneeweiße, blutleere Linie bilden. Seine Muskeln zucken und zittern. Er stößt eine graue Tür zu einem kleinen Raum auf.
In der Mitte stehen Stühle, zwei Stück, an einem kleinen Tisch. Der Geruch von gebratenem Fleisch und Olivenöl liegt in der Luft und das Fenster wurde angekippt. Ich folge Cameron durch den verschwindend kleinen Korridor in sein Zimmer. Zwei Betten, eines links, eines rechts. Eines gemacht, eines mit getragener Kleidung übersäht. Die Jacke gehört keiner Frau, die Hose auch nicht. Auf dem Tisch stehen zwei dampfende Tassen Tee. Vor Kurzem aufgebrüht. Die Betten sind schmal, höchstens siebzig Zentimeter breit, und das Gestell aus Metall gefertigt. Der Gasherd wurde in einen Winkel gepresst, daneben befindet sich eine schmale Arbeitsfläche. An den Bettenden stehen dunkle Kleidertruhen. Kein Teppich ziert den Steinboden, keine Bilder hängen an den grau gestrichenen Wänden.
„Stell dir nur vor, was du alles gewinnen könntest“, sagt Cameron. „Wenn du zu Fortuna wirst, würde jeder Machtmensch dich wollen. Du wärst unantastbar.“
Ich würde die letzten Reste dessen verlieren, was wirklich zählt. *Was auch immer das sein mag.*
„Wenn du Fortuna tatsächlich gesehen hättest, hättest du sie niemals abschütteln können.“ Cameron pfeffert meine Tasche

auf das ordentlich gemachte Bett. „Sie hätte dir alle Vorteile einer Existenz mit ihr aufgezeigt.“
Und diesen einen, diesen winzigen Nachteil. Diesen, dass ich in meinem eigenen Körper sterben würde. Während sie mit meinem Gesicht regiert. Fröstelnd schlinge ich die Arme um mich. Der Regen hat sich als dünner Film über mich gelegt und will sich nicht abschütteln lassen. Aus meinem Mark sickert eine Eiseskälte, die ich nicht in Worte zu fassen weiß.
„Kannst du mich bitte anbrüllen?“, ruft Cameron. „Wie du einfach nur so dastehst und auf das Bett starrst, machst du mir Angst. Wäre ich klug gewesen, hätte ich nie auch nur eine einzige Silbe mit dir gewechselt!“
Jedes seiner Worte ist ein eigener Schlag, der unter die Gürtellinie geht. Ich nehme sie alle hin. Jeder Ort ist sicherer und besser als Beterras gigantisches, pompöses Haus.
„Samantha!“ Cameron hält mich an den Schultern fest und schüttelt mich erstaunlich vorsichtig. Schimmern Tränen in seinen unendlichen, grünen Augen? Camerons Kehlkopf hüpft nervös. Als hinge ich an Fäden, strecke ich die Arme nach ihm aus. Tiefer und tiefer falle ich. Camerons Fäden spinnen sich enger um meinen Leib, bis sie alles Leben aus mir herausgepresst haben. Es soll mir recht sein. Ich nehme das Geschehen billigend hin. Irgendwem untersteht jeder Mensch. *Ob nun einem Gott oder einem Verräter, welche Rolle spielt das schon?*
„Hörst du mich noch?“
Fortuna ruht eingesperrt in ein pompöses Collier in meiner Manteltasche und scheint nach jedem meiner Zweifel zu greifen, ihn in Gier umzuwandeln und mich mir selbst zu entziehen. Hölzern streife ich mir den Mantel von den Schultern und lege ihn auf Camerons Kleiderkiste, soweit fort von mir wie möglich. Mein Blick schweift zu dem Buch auf seinem Kissen. Halb erwarte ich, die Bibel zu sehen. Huckleberry

Finn. Ein Abenteuerroman. Natürlich. Man sucht stets das Weite, selbst wenn man längst im Niemandsland angelangt ist.
Cameron verschränkt die Arme vor seiner Brust und deutet mit einem Nicken auf die Tasse, deren Dampf sich verloren hat. „Du solltest etwas Warmes trinken." Warum stößt er mich nicht hinab in mein eigenes, letztes Waterloo?
Meine Lippen fühlen sich wund und rissig an. Mit zittrigen Händen greife ich nach der dunklen, schweren Tasse und nippe an der Flüssigkeit. Orangentee. Der süßliche, bittere Geschmack legt sich sanft auf meine Zunge. Wundervoll. Einzigartig.
Geborgenheit.
Rasselnd atme ich ein. „Bitte schick mich nicht wieder fort", flehe ich.
Cameron setzt sich zögernd mir gegenüber. „Vielleicht", sagt er. „Du könntest in meinem Bett schlafen." Und kaum hat er es gesagt, wünsche ich mir nichts mehr, als mich in seine Decken zu schmiegen, das Gesicht in seinem Kissen zu vergraben, und die Welt auszusperren. Irgendwo muss es noch gut sein. Spätestens zuhause.
Daheim.
Tränen brennen mir in den Augen. „Danke", flüstere ich. „Danke."
Die Falten graben sich tiefer in seine Stirn und lassen ihn alt wirken. Erschöpft. Von Dämonen gejagt, die er vor wenigen Monaten noch nicht kannte. Mag es sein, dass ich sie heraufbeschworen habe?
Grausig rasselndes Höllenfeuer, trag mich zurück in eine Welt, die Unschuld kennt.
„Soll ich auf dem Boden schlafen?", fragt Cameron mich reserviert.

„Das könnte ich tun.“ Auf dem Dach schliefe ich, solange man mich nicht zurück in Beterras Fänge schleift.
Mit beiden Händen reibt Cameron sich über das Gesicht. „Du kannst mein Bett haben. Wahrscheinlich müssen David und ich eh in ein paar Stunden wieder raus.“ Fragend sehe ich ihn an. „Übungen“, erwidert Cameron knapp. „Sie bereiten uns auf den Einsatz vor.“
Und dieser Einsatz, er wird kommen. Bald. Das Herz zieht sich mir in der Brust zusammen. Was, wenn der rechte Weg durch die lichtloseste aller Finsternissen führt? Was, wenn der rechte Weg von mir verlangt, dass ich mich einer Göttin hingebe, die uns alle retten könnte?
Das Collier scheint nach mir zu rufen. Nur den Arm müsste ich ausstrecken und die Finger über das kühle Weißgold gleiten lassen, Diamanten ertastend, die gegen meine Fingerkuppen drücken.
Cameron folgt meinem Blick. Ein völlig humorloses Lachen entweicht ihm. „Du hast es mitgenommen?“
„Überall“, bringe ich über staubtrockene Lippen, „ist es sicherer als in Beterras Händen.“
„Vor allem natürlich, wenn man der Göttin verfällt.“ Cameron steht auf und greift in meine Manteltasche. Das Schmuckstück blendet mich. „Ich kenne die Geschichten, Samantha, und ich bin mir sehr sicher, dass du nichts davon willst. Sie würde dich von innen heraus verbrennen, wenn du nicht stark genug für sie bist. Auf dem Weg zur Weltherrschaft wirst du dir also was anderes einfallen lassen müssen.“ Ratlos steht Cameron im Raum und dreht sich einmal um sich selbst. Dann greift er beherzt nach dem Deckel der Truhe und lässt das wertvollste Collier von allen in die Dunkelheit gleiten.
„Ich möchte Fortuna nicht dienen“, sage ich mit tauben Lippen.

Er rollt die Augen und setzt sich zurück neben mich. „Sie wird sich dir aber nicht unterwerfen, Sam. Für Fortuna bist du ein Niemand."
„Sie soll sich mir nicht unterwerfen." Und noch weniger einem Mann dienen, der mein Seelenheil mit einem Ring kaufte und es an den Höchstbietenden verschachert.
„Warum bist du ausgerechnet hierhergekommen?", fragt Cameron mich nach einigen schweigsamen Momenten. Erneut nippe ich an dem Tee. Die Wärme tapst in meinen Körper und breitet dort ihre Engelsflügel aus. „Du musst doch irgendwo Freunde haben, die es kaum erwarten können, dass sie sich ein Zimmer mit dir teilen dürfen."
Die Wahrheit liegt auf der Hand. Die kreisenden Gedanken machen es mir unmöglich, sie in Worte zu fassen. Zittrig stelle ich die Tasse auf dem Boden zu meinen Füßen ab und lehne den Kopf gegen Camerons Schulter. Halb erwarte ich, dass er zurückweicht. Nach Ewigkeiten des Bebens schlingt er beide Arme um meinen Körper. Flatternd schließen sich meine Lider. Für diesen einen Moment, eingemeißelt in die Ewigkeit, bin ich in Sicherheit. Cameron wird mir kein Leid zufügen. Sein Zorn verdampft schnell wie meine Güte. Als seine Hände rhythmisch über meinen Rücken zu streicheln beginnen, rinnen mir die Tränen über die Wangen.
„Danke", wiederhole ich heiser. „Danke, dass du mich nicht fortschickst."
Sein Seufzen geht mir durch Mark und Bein. „Soll ich dich draußen im Regen lassen? Ich bin doch kein Unmensch, Sam."
„Aber ich." Der fadenscheinige Gedanke verlässt meine Lippen rasch. Cam dreht schwach lächelnd den Kopf.
„Dass du es langsam erkennst, macht dich schon zu einem besseren Menschen."

Tut es das wirklich? Ich wage es nicht, diese Frage an Gott und das Jüngste Gericht zu richten. Die Stiefel trete ich mir von den Füßen und ziehe die Knie an die Brust, den Kopf weiterhin an Camerons Schulter gedrückt. Er gibt auf mich acht. Fortuna wird mich nicht erreichen können, während Camerons Körperwärme durch mich sickert wie das einzige Heilmittel.
Sein rhythmisches Streicheln zwingt mich in einen Zustand der Ruhe, den ich seit Jahren nicht mehr kannte. Wir dösten Seite an Seite in diesen ersten Wochen und Monaten, die er bei mir in Beterras Salon verbrachte, das flackernde Feuer vor uns. Verbotene Worte huschten nie zwischen uns durch den Raum. Tausende liegen mir auf der Zunge. Millionen. *Jedes könnte ihn vor seinen Richter führen.*
Der Duft des Tees schwängert die gewärmte Luft und langsam, ganz langsam sinkt die Hitze in mein Fleisch. Ich höre auf zu zittern und fühle meine Zehen wieder. Meine Nackenmuskulatur entspannt sich.
„Du könntest in dem anderen Bett schlafen“, schlage ich dumpf vor.
„David reißt mir den Kopf ab.“ Als er kichert, vibriert Camerons Brust an meinem Rücken. „Keine Sorge, ich nehme mir einfach ein paar Decken und lege sie mir hin.“
„Du könntest bei mir schlafen.“ Siebzig Zentimeter für zwei Personen. Ich bereue das Angebot, sobald ich es gemacht habe. Cameron zögert. Offenbar nervös leckt er sich mit der Zunge über die Unterlippe.
„Wenn ich an heute Vormittag denke, ist das vielleicht keine so gute Idee“, sagt er langsam.
Vielleicht. *Vielleicht auch nicht.*
„Meine Augen waren grün.“
Er lacht heiser auf. „Das waren sie. Grün wie ein Leuchtfeuer.“

„Jetzt sind sie es nicht mehr.“
Bedächtig beugt Cameron sich nach vorn, nimmt die Tasse in beide Hände und trinkt einen tiefen Schluck. „Was möchtest du mir damit sagen?“
„Du musst mich nicht fürchten.“
Camerons Antwort kommt prompt. „Ich fürchte dich nicht.“ Ein unbedeutendes Bisschen entspannen sich die Falten auf seiner Stirn. „Wirklich nicht im Mindesten. Ich glaube nur, dass du langsam durchdrehst.“ Das Heben einer Schulter. „Nicht, dass man es dir verübeln könnte.“
Der raue Stoff seines Hemdes reibt unter meinen suchenden Fingern. Er hält mich nicht davon ab, nach jedem Saum, jeder Naht, jeder Tasche zu greifen und sie zwischen meinen Fingerkuppen zu reiben.
„Das glaube ich auch“, gestehe ich leise. „Mir wurde das Ruder aus der Hand genommen. Ich fühle mich nicht mehr. Schon lange nicht mehr. Ich bin taub. Ich bin mir egal.“ Meistens bin ich mir bitterlich gleichgültig.
„Du hast irgendwann mal wirklich Macht gehabt?“, fragt Cameron skeptisch. „So richtig?“
Während ich glaubte, Beterra in meiner geöffneten Handfläche zu halten, führte er mich vor. Ich war sein neuester Narr und bemerkte es erst, als eine fremde Seele durch mich hindurchkroch.
Matt schüttle ich den Kopf. „Es scheint, als wäre ich von Beginn an dazu verdammt gewesen, den Großen der Welt zu applaudieren. Nicht ihnen zu imponieren.“
„Und?“ Cameron hält mich ein winziges Bisschen fester. „Was jetzt? Willst du einfach abhauen und nie wieder zurückkehren?“
Das klingt nach einer Verlockung tausendmal mächtiger als eine Krone. „Ich werde mich an die Person erinnern, die ich war, bevor die Gier mich auffraß.“ Die Gier, die ich selbst in

meinem Herzen pflanzte und gedeihen ließ, bis es nichts mehr außer ihr gab.
Gott habe Erbarmen. Seine Engel sandte ich fort. Wie oft wird er mich noch neue Fehler begehen lassen, ehe er das Zepter hebt und über mich kommt wie ein krachendes Gewitter?
„Und wo willst du das tun? Du kannst nicht ewig hierbleiben."
Tränen perlen durch meine Wimpern. „Warum nicht? Niemand müsste jemals davon erfahren."
„Und wo soll ich schlafen? Ich kann nicht jede Nacht auf dem Fußboden verbringen."
„Wir könnten uns abwechseln", schlage ich vor und wische mir mit dem Zeigefingerknöchel über die Nase. „Einmal schlafe ich auf dem Boden und dann du."
„So kann das aber nicht ewig gehen! Spätestens mit Kriegsbeginn bin ich weg von hier." Erneut reibt Cameron sich mit beiden Händen über das Gesicht. „Wir sollten uns darüber später den Kopf zerbrechen", beschließt er. „Es ist spät und du siehst so ausgelaugt aus, wie ich mich fühle."
Meine Augenringe sind unmöglich tiefer als seine. Zögernd rutsche ich ein kleines Stück von ihm fort und wälze mich auf die Seite. Der Geruch seines Aftershaves steigt mir in die Nase. Er haftet in den Fasern der Decke und in denen des Kissens.
Camerons schwaches Lächeln, während er mich beobachtet, gleicht dem, das er mir vor Monaten schenkte. Vorsichtig zupft er die Decke unter meinem Körper fort, ehe er sie über mir ausbreitet. Sie scheint mich von der Welt abzuschotten, von Angst und Sorge. Das Flackern einer Kerze fehlt noch zur absoluten Geborgenheit, während Cameron sich nicht von seinem Bett fortbewegt. Sitzend streichelt er mir über die Taille und durch das Haar. Wohligste Schauer stehlen sich

meine Wirbelsäule hinab. Selten fürchtete ich die Nacht weniger.
„Du könntest auch hier schlafen“, wiederhole ich leise. „Der Boden ist kalt und hart.“
„Ich muss mich auf den Einsatz vorbereiten.“ Keine Regung. Die Falten kehren zurück, ganz zart nur. Wenige Zentimeter beugt er sich vor zu mir und halb hoffe ich, halb erwarte ich, dass Cameron seine Lippen auf meine drückt. Ein Kuss. Einen hauchzarten nur, um mich davon zu überzeugen, dass die Zärtlichkeit der herzenstiefen Verzweiflung mehr war als nur eine Halluzination. Mehr als ein Schreckgespinst, geschaffen in Fortunas fremden übergreifenden Verstand.
Als ich die Spannung nicht mehr ertrage, die Fäden zu spinnen scheint, die uns aneinander binnen, wälze ich mich auf die andere Seite. Das Grau der Wand brennt sich in meine Augen. Cameron räuspert sich. „Würdest du ein Stück rutschen?“
Ich drehe mich nicht um zu ihm. Vibrierend wie ein gespanntes Drahtseil komme ich seiner Bitte nach. Er schlüpft zu mir unter die Decke. Wir sind beide vollständig bekleidet. Nie erlebte ich eine Situation, die mir intimer und wertvoller erschien.
Sein heißer Atem streift meinen Nacken und als er mir das Haar über die Schulter streicht, erschaudere ich. Das Licht brennt schummrig aus der nackten Glühbirne. Schatten schickt es die Wand hinab, die ich nicht greifen kann. Langsam legt Cameron einen Arm um mich. Schwer schluckend halte ich die Luft an. Die Zeit steht still, meine Ohren knistern und mein Herz, das rast.
Wir sagen beide kein einziges Wort. Jede Silbe könnte diese federleichte, hauchzarte Situation zerfetzen. Wir halten beide daran fest wie die alte Greisin im Fegefeuer an dem Zwiebelspross. Irgendwann wird unser fadenscheiniges Rettungsseil

reißen. Bis dahin aber heiße ich die verräterische Hoffnung Willkommen. Sie überrollt mich, führt mich mir selbst vor und schlussendlich bleibt nichts übrig als eine wohlige Umarmung. Ein Herz, das gegen meinen Rücken pocht.
Sein bekannter, beruhigender Geruch. Camerons Finger streicheln über meine Hüfte. Alles kann gut sein. *Für einen Moment.* Bis unsere Geschichte endet und erneut anbricht und das Kapitel zu einem Teil des Schicksals aufschlägt, das grausiger ist als alles, was wir kannten.

Das Krachen einer Tür reißt mich aus meinem Dösen. Mein Kopf zuckt herum, Cameron hält mich fester.
„Was bei Gott“, murmelt eine mir unbekannte Stimme. Füße stolpern weiter in den Raum hinein. „Das ist doch Bartolomeo Beterras Anhängsel!“
Dem jungen Mann, der nichts als ein Handtuch um die Hüfte trägt, stehen vereinzelte Tropfen auf der Stirn. Ein dunkler Bartschatten zieht sich über sein Kinn und seine Wangen. An diesem ersten Abend stand er neben Cameron, die Hände gelassen in den Taschen vergraben.
„Wolltest du nicht noch eine Weile drüben bleiben, David?“, murmelt Cameron. Seine Stimme klingt rau vom Schlaf.
„Bis sie mich mit Bier übergossen haben, war das der Plan.“ Die Muskeln zeichnen sich kräftig unter seiner gebräunten Haut ab, der Bizeps wölbt sich. David ist das Ebenbild eines gemeißelten Soldaten, die schwarzen Haare raspelkurz und der Körper groß und gestählt. Nie empfand ich weniger Interesse an einem Menschen.
Schützend wickle ich die Decke um meinen Körper, während Cameron sich gähnend mit dem Unterarm über den Mund fährt. „Kannst du dann nicht zumindest leise sein?“
„Mittwoch ist kein Frauentag“, stellt David eisern fest und greift nach der Tasse erkalteten Tee.
„Sah es aus, als müsstest du dir Sorgen um deinen ruhigen Schlaf machen?“, murmelt Cam.
Über die Tasse hinweg betrachtet David mich skeptisch. „Hält sie auch die Uhren an?“
Stöhnend sinkt Cameron zurück in sein Kissen. Den Rücken gegen die Wand gepresst, rühre ich mich keinen Millimeter. Wenn ich mit den Schatten verschwimme, wird David meine Anwesenheit dann akzeptieren?

„Aria hat die Uhren nicht angehalten. Du hattest nur zu viel getrunken."
„Diese Frau ist eine Hexe und wir haben Glück, mit dem Leben davongekommen zu sein."
„Melodramatik steht dir nicht", murrt Cameron und wälzt sich auf den Bauch. Der Stoff seines Pullovers spannt um seinen Oberkörper und ich beobachte, wie die Fasern sich dehnen.
„Oder die Blonde", fährt David erbarmungslos fort, „dieser Engel vor dem Herrn. Um ein Haar hätte sie mir das Herz herausgerissen."
„Sie ist dir nicht einmal nahegekommen." Jammernd dreht Cameron den Kopf so, dass er David ansehen kann. „Komm schon! Sie ist nur ein Mädchen und sie wird nur eine Nacht hier schlafen. Sonst nichts."
„Bis sie uns bei ihrem Ehemann anzeigt, weil wir sie angeblich entführt haben."
David legt den Finger in eine bluttriefende Wunde. Nach einem kurzen Zögern, das mir den Atem raubt, wiederholt Cameron: „Eine Nacht. Wir werden nichts tun außer zu schlafen."
Schnaubend stürzt David seinen Tee hinunter und stellt die Tasse geräuschvoll in die winzige Spüle neben dem winzigen Gasherd. „Wenn sie auch nur einen Laut von sich gibt, setze ich sie höchstpersönlich vor die Tür."
„Wie du meinst." Camerons plötzliche Gleichgültigkeit jagt mir winzige, stechende Schauer durch das Mark. „Mach das Licht aus. Es ist verdammt spät."
Als das Handtuch raschelt, drehe ich ruckartig den Kopf und starre zurück an die graue Wand. David entledigt sich vor meinen Augen jeglicher Kleidung? Schamlos. Niedrig.
„Du hast dir eine prüde Kleine gesucht." Das Lachen, das in Davids Stimme mitschwingt, widert mich an. Ich straffe die

Schultern und rühre mich keinen Zentimeter. Die Schatten fließen die Wand hinab, als bestünden sie aus Wasser. Sie strecken sich und dehnen sich und als ich bemerke, in welche Richtung sie sich treiben, stellen sich mir die Nackenhaare auf. Gewoben zu einem dicken, undurchsichtigen Tuch schmiegen sie sich um Camerons Kleidertruhe. Das Kichern kehrt zurück. Gedämpft und hölzern. Es lähmt meine Sinne mit bitterster Panik.

Neben mir verkrampft sich Camerons Körper. Hört er es auch? Das kriechende Wandeln wie von einer erwachenden Dämonin? Das Glück schien stets in Gold gekleidet. Körperlos nimmt es die Facetten einer pechschwarzen Göttin an, die ihre triefenden Hände nach jedem Leben ausstreckt. Sie treibt es uns aus, sie verleibt es sich ein.

Finsterste Götterdämmerung.

„Mach einfach das Licht aus." Camerons Stimme vibriert vor Anspannung. Kein Licht, keine Schatten. *Wurde die Dunkelheit nicht aus Schatten gewoben, um die Dämonen zu wecken?*

„Wir hatten abgemacht, dass jede Kleine, die nicht Dienstag hierhergebracht wird, für uns beide gerade gut genug ist."

„Es ist nicht das, was du denkst."

„Was denke ich denn?" Ich höre Davids schmieriges Grinsen. Mit Männern wie ihm vergeudete ich meine Zeit, um erstmals mit einem General in Kontakt zu kommen. Wer den gesellschaftlichen Aufstieg sucht, watet durch Dreck. Die ersten Jahre sind die schmutzigsten und verabscheuungswürdigsten.

„Halt die Klappe und leg dich in dein Bett."

Zögernd schlingt Cameron einen Arm um meine Taille. Die Schatten huschen schneller. Wuseln, kriechen, zucken wie Schlangen, die sich ihren Weg durch den heißen Wüstensand suchen. Ich weise Cameron nicht zurück. Er bewahrt mich

vor Fortuna. Spannt er einen schützenden Schild über meinen Körper?
„Lässt da jemand seinen Sergeant raushängen?“ Leise klickt der Lichtschalter, dann knarzt das metallene Bettgestell. „Ich schwöre dir, wenn sie genauso durchgedreht ist wie deine letzten Damen, erschieße ich sie. Mach dir da bloß keine Hoffnungen.“
Über meinem Bauch verkrampfen sich Camerons Finger. „Sollte sie sich gegen uns wenden, hat sie nichts anderes verdient.“
Eis ersetzt das Blut in meinen Adern. Das Kichern scheint von jedem Flecken Finsternis getragen zu werden. Tasten schlanke Finger nach mir?
Unwillkürlich zucke ich zurück und schmiege mich an Camerons Körper. Er atmet angespannt aus, ehe er den anderen Arm um mich schlingt.
„Glaubst du noch an die Rettung deines Seelenheils durch einen Mann?“
Die Stimme ist zart und spindeldürr, kräftig und raumfüllend wie Stunden zuvor. Sanft scheint sie sich auf Katzentatzen durch mein Wesen zu stehlen und aus mir eine Person formen zu wollen, der ich mich verweigere. Heute Nacht tragen die Schatten keine süße Sicherheit. Das Glück fließt pechschwarz durch mich hindurch und schnürt mir die Kehle zu.
„Ergib dich mir“, fleht Fortuna. *„Gib dich mir hin. Ich werde es dir fürstlich entlohnen.“*
Cameron presst seine Stirn gegen meinen Hinterkopf. Sein Atem geht schwer. Spürt er sie so unmittelbar wie ich selbst? Angespannt versuche ich, meinen Geist vor ihr zu schützen. Ein unmögliches Unterfangen, wenn man die Waffen des Gegners nicht kennt?
„Samantha“, wispert sie und scheint ihre Arme um mich zu schlingen wie Cameron. Aus dem Augenwinkel erkenne ich

rotes Haar, das über meine Schulter streichelt. Mein Kopf zuckt herum und die Ahnung löst sich ins Nichts auf. *„Du wurdest für mich gemacht. Ich habe dir deine Krone geschenkt. Glaubst du nicht, dass es an der Zeit ist, mir etwas zurückzugeben?“*

Ich wünschte, ich würde einen Weg kennen, das Glück fortzusperren. Ich wünschte, das Glück würde in sich zusammenfallen und sich selbst verzehren, bis seine Zeit gekommen ist. Meine Lippen formen verlorene Worte. „Lass mich gehen.“

„Du willst einen Krieg beenden, bevor er begonnen hat. Ich könnte dir den rechten Weg weisen.“

Zitternd presse ich meinen Körper fester an Camerons. Sein Blut scheint durch meine Adern zu fließen, sein Atem mein eigener zu werden. Meine Brust hebt und senkt sich mit seiner.

Camerons Lippen streifen mein Ohr. „Widersteh ihr“, flüstert er.

Kann er sie hören? So deutlich wie ich selbst?

„Der Mensch versucht dich in Fesseln zu legen“, murmelt Fortuna und schmiegt sich um mich. *„Du könntest allmächtig sein. Ich nehme dich an die Hand und führe dich in dein eigenes Himmelreich.“*

Zwei Teufel binnen von zwei Tagen. Beiden will ich nicht widerstehen.

Beiden kehre ich den Rücken zu – mit Gottes Hilfe.

Gott ist nicht länger.

„Du möchtest mich in dich einladen“, seufzt Fortuna. *„Ich spüre deinen Drang. Warum gibst du ihm nicht nach? Ich könnte dir geben, was du dir ersehnst. Deinen reichen Mann, den Einfluss, der dir zusteht.“*

„Du würdest uns in das Herz eines Krieges manövrieren, der uns zerstören wird.“ Meine Lippen formen Worte, die

deutlich zwischen uns hängen wie Fortunas. Kein Laut entweicht meiner verkrampften Kehle.
„Der Krieg kommt so oder so."
„Und weswegen soll ich mich selbst schon vor Beginn opfern?"
Das Kichern bringt mich um den Verstand. Es schneidet in meine Sinne, zermalmt sie und lässt nichts übrig als eine willensleere Hülle. *„Um die zu retten, die du liebst. Du bist eine kluge, junge Frau. Geh diesen Handel ein."*
Für wenige Momente erfüllte Fortuna mich. Sie genügten, um eine Gewissheit zart in mir zu pflanzen: Wenn ich mich ihr hingebe, wird es niemanden mehr geben, den ich retten will.
„Sam." Camerons Wispern klingt wie ein ferner Traum. Die Mahnung in seiner Stimme wärmt das Eis in meinen Adern.
Von Davids Seite des Raumes erklingt ein Stöhnen, das Poltern von Schritten. Fortuna zuckt zurück von mir. Die Drähte der Glühbirne fangen Feuer. Als hinge ich an Fäden, drehe ich mich um.
Sie steht neben dem winzigen Tischchen und David starrt sie mit weit geöffnetem Mund an. Das rote Haar fließt ihr über die Brust. Den Kopf gesenkt, schützt sie die Augen vor dem plötzlichen Licht. Sie trägt ein pechschwarzes Totenhemd, gewoben aus Schatten. Unter ihnen erkenne ich ihre cremig weiße Haut.
Zuckend weichen Fortunas Schemen zurück und rauben ihr den Körper, das Haar, das Kleid.
Krampfhaft ringe ich um Atem.
Cameron sitzt stocksteif neben mir im Bett. David hat beide Hände gegen seinen Schädel gepresst und wirkt erstarrt wie ich selbst.
Heilige Mutter Gottes.
Mein Wahnsinn hat soeben Form angenommen.

„Was war das?“, bringt David nach einigen flirrenden Sekunden hervor. Obwohl ich die Antwort kenne, kann ich sie nicht verbalisieren. Jeder Versuch klänge irrsinnig.
Cameron und ich tauschen einen gejagten Blick.
„Was meinst du?“, fragt Cameron nach verräterisch atemlosen Momenten. Cameron klingt ruhig, beinahe als müsste er nichts fürchten.
Als müsste ich nichts fürchten.
Als kenne er einen Ausweg aus der Situation, der mir noch vorenthalten wird.
„Was ich …“ David reißt beide Hände in die Höhe und deutet dann heftig auf die nunmehr leere Fläche vor sich. „Da stand eine Frau. Sie hat sich einfach aufgelöst!“
„Das musst du geträumt haben.“
So entspannt Cameron auch klingt, als er nach seinem Mantel greift und den Deckel der Truhe anhebt, verrät er sich selbst. Blitzschnell lässt er das Collier in seiner Tasche verschwinden und schlüpft in seine schweren Stiefel.
„Das – bist du eigentlich völlig durchgeknallt? Ich träume doch nicht von so einer Frau. Hast du sie dir mal genau angesehen?“
Cameron betrachtet mich mit in die Höhe gezogenen Brauen. „Das habe ich.“
„Doch nicht die. Was interessiert mich dein Betthäschen?“ Wie ein kleines Kind stampft David auf den Flecken genau vor sich. „Sie stand dort! Wie eine Dämonin.“
„Göttin“, wispere ich. Fortuna wäre nur ansatzweise so gefährlich, wie sie ist, wenn es ein Mittel gäbe, sie zu bekämpfen.
„Der Tisch steht dort“, erklärt Cameron wie einem kleinen Kind und wirft mir meinen eigenen Mantel zu. „Keine Dämonin, nur ein Tisch.“ Sofort schlüpfe ich hinein und schlage

den Kragen hoch. Dann schiebe ich die Füße in die Stiefel und schnüre sie zu.
„Ich bin doch nicht bescheuert!“ Das Funkeln von Davids schwarzbraunen Augen macht mich nervös. „Da war eine Frau. Eine wunderschöne noch dazu.“
Mein Vertrauen wankt, während ich Camerons abfälliges Augenrollen beobachte. *Zum Lügen und Betrügen geboren.* Unter allen Umständen könnte er einen Mann vorführen, wie er es mit seinem eigenen Freund tut. Fröstelnd schlinge ich die Arme um mich. Cameron bedroht einen jeden auf die gleiche unschuldige Weise wie mich. Tappt man in seine Falle, lässt man sich umgarnen, ist man verloren.
Eine neue Wahrheit glimmt mir vor Augen. Cameron ist so wenig Mussolinis Neffe wie ich die Last einer Nation auf meinen Schultern tragen kann. Er ist ein Instrument des Glücks und jedes Wort, das seine Lippen verlässt, ist bei Licht verwirrt. Der Engel sagte, Cameron sei Fortuna verfallen. In diesem Raum griff sie nach mir, nicht nach ihm. Aber Cameron, er hörte sie. Als wäre sie auch in seinem Kopf.
„Vielleicht solltest du mal wieder die Straße runter gehen“, sagt Cameron kolossal gelangweilt. Dabei hängt Fortunas Anwesenheit noch immer in der Luft, intensiver noch als Minuten zuvor. Bilde ich es mir ein oder zuckt ihr Zorn mit Blitzen unsichtbar durch den Raum?
David entgleiten die Gesichtszüge. Das Lachen scheint der Unglauben ihm entrissen zu haben. „Empfiehlst du mir gerade echt eine von der Straße?“
„Oder zwei, je nachdem wie viele du brauchst, um aus einem Tisch keine Frau mehr zu machen.“
Ratlos deutet David erneut auf die Stelle vor sich. „Aber da stand sie! Ich habe sie genau gesehen.“ Hilfesuchend sieht er mich an. „Du hast sie doch bestimmt auch entdeckt, oder? Da war diese Frau.“

Cameron und ich wurden aus dem gleichen Holz geschlitzt. Kann er seinen Schrecken fortsperren, tue ich es ihm gleich. „Wir sollten woanders nächtigen“, sage ich kolossal blasiert zu Cameron. „Dein Untergebener wirkt hysterisch. Man sollte ihn zur Überprüfung freigeben.“
Droht Cameron mir stumm, während sich seine Nägel in meinen Handballen graben? Aus welchem Grund? „Heute nicht.“ Sein Tonfall duldet keinen Widerspruch. „Versuch zur Ruhe zu kommen, David. Ich bringe Samantha nach Hause.“ Camerons bebendes Lächeln macht alle Bemühungen zunichte. „Du hattest Recht, sie hier zu behalten, war ein Fehler.“
„Warte.“ David fährt sich mit beiden Händen über das Gesicht. Die Blässe kann nicht mehr gesund sein. „Warte, warte, warte! Hat sie diese Dämonin heraufbeschworen? Du hast eine verdammte Hexe zu uns geholt.“
„Niemand beschwört Dämonen“, sagt Cameron heftig.
„Sie ja offensichtlich schon! Ich weiß, was ich gesehen habe.“
„Du hast geschlafen, David“, wiederholt Cameron. Ich sollte ihm beipflichten. Fortunas Schatten hält mir einen angelaufenen Spiegel vor. Die Frau, die ich darin erkenne, hat Blut an ihren Händen kleben. Sie verkaufte ihren Körper für ein weiteres Dinner, einen neuen Zuspruch. Sie verspielte jede Zuneigung für den nächsten, teuflischen Zug.
Wen wundert es, dass das Unheil mich verfolgt? Ich ziehe es an, bin selbst dazu geworden.
„Ich bin doch nicht bescheuert!“, wiederholt David. „Ich weiß ganz genau, was ich gesehen habe. Da stand eine Frau.“
„Gut!“ Cameron reißt die Arme in die Luft. „Dann stand da halt eine Frau mit den Kurven eines Tisches. Na und? Schlaf einfach weiter, während ich Samantha wieder dorthin bringe, wo sie hingehört.“

Ich klammere mich an seine Hand. Er darf mich nicht zurück in meinen goldenen Käfig sperren. Die Stäbe rücken auf mich zu und schnüren mich ein wie eine eiserne Korsage. Schleift er mich dorthin zurück, dann bin ich verloren.
„Sie soll ihre grusligen Monster mitnehmen!“ David kehrt ins Bett zurück und zerrt sich die Decke über den Körper. Der Schatten über ihm ähnelt der schlanken Dame, die Momente zuvor noch inmitten des Raumes stand. Schmale Finger strecken sich nach David aus.
Das Collier rasselt in Camerons Manteltasche, als er die Hand darum schließt. *Der Kopf der schemenhaften Schönheit zuckt herum.* „Das wird sie“, sagt Cameron leise. Jedes Härchen auf meinem Körper steht aufrecht. „Sonst schmelze ich einfach ein paar der hässlichen Ketten ein, die Beterra ihr geschenkt hat.“
Der Schatten verpufft. Cameron hält meine Hand fest genug, damit mein Gelenk sich unangenehm dehnt.
„Wehe du bringst ihn um“, ruft David mir zu. „Ich schwöre dir, Hexe, dann finde ich dich und knall dich ab.“
Meine Zunge scheint gelähmt.
Cameron drängt mich zur Tür heraus. „Wird sie nicht schaffen“, sagt er und es klingt wie eine Herausforderung. An Fortuna? An mich?
„Das will ich ihr geraten haben!“
Krachend sperrt Cameron uns aus dem kleinen Zimmer aus mit den zwei Betten und der nackten, an der Decke baumelnden Glühbirne. Der Korridor ist finsterer als die Nacht.
„Du darfst mich nicht zurück zu Beterra bringen“, flehe ich. „Er wird mich in den Wahnsinn treiben.“
„Damit Fortuna es sich in dir bequem macht?“ Cameron lacht heiser auf. „Was denkst du denn? Glaubst du, ich will demnächst eine verdammte antike Göttin gegen mich haben?“

Ich bin ratlos. Jemand wie Cameron könnte sie spielen wie eine Violine. Jemand wie ich verzweifelt an ihrem bloßen Antlitz.
Cameron spricht über das Unbegreifliche, als hätte er es lange gekannt. *Als wäre er aus demselben Holz geschnitzt.*
„Wo bringst du mich dann hin?“ Die Frage ist nicht mehr als ein hilfloses Wispern.
Camerons schweres Seufzen hallt durch die Dunkelheit. „Zu der einzigen Person, die eine Ahnung davon haben könnte, wie man Fortuna zurück in dieses verdammte Collier sperrt, bis ihre Zeit gekommen ist.“
Was, wenn man sie dort einschloss, damit sie sich genau jetzt befreit? *Kriege werden von Menschen geschlagen und von Göttern gewonnen.*
„Cameron“, wispere ich, während die Finsternis ihre geisterhaften Hände um meine Kehle legt und mir die Luft abschnürt, „ich habe Angst.“
Rasseln ringt er um Atem. Ich klammere mich an seiner Hand fest, bis ich glaube, Blut zu riechen.
„Das verstehe ich“, sagt er schließlich. „Ich auch. Aber wir finden einen Weg. Das schwöre ich dir.“
Versprechungen sind wertlos. Am meisten dann, wenn die Welt um einen herum zu kollabieren droht.

13

Meine Füße schmerzen, als das Morgengrauen anbricht und die ersten Strahlen über die Erdkante huschen. Das Haus ist unscheinbar genug, damit ich daran vorbeigegangen wäre, hätte Cameron mich nicht bis zur Schwelle gezerrt. Ich bin seine Marionette, begreife nicht, welche Mächte mit mir spielen. Cameron wirkt sicher in jeder seiner Bewegungen, in jeder noch so kleinen Regung.
Donnernd hallt das Klopfen über die leeren, abgeernteten Felder. Der blaue Himmel spannt sein Zelt stolz auf, suhlt sich in den warmen Sonnenfarben, ehe er sie von sich weist und mit dem Meer um die Wette strahlt.
„Er muss hier sein“, murmelt Cameron.
Ein erschöpftes „Wer“ zwängt sich durch meine Kehle.
„Der Einzige, der wirklich etwas mit diesem Collier anfangen kann.“ Cameron greift in seine Tasche und hält das funkelnde Weißgold in die Höhe. Die Diamanten ziehen mich in ihren Bann wie beim ersten Mal. „Manchmal habe ich das Gefühl, dass er so alt ist wie die ganzen abgefahrenen Geschichten.“
Als Cameron erneut die Hand hebt, erklingen auf der anderen Seite der Tür träge Schritte. Besänftigend streichelt die Sonne mir über die Wangen. Der Knauf wird gedreht.
Der Mann, der vor uns steht, gehüllt in die Schatten seines Hauses, wirkt zu jung, um bereits ergraut zu sein. Das Weiß seiner Locken blendet mich und seine besonderen Augen bringen mich aus dem Konzept. Um die Pupille herum scheint sich Mondlicht zu schmiegen, das sich über die wenigen Millimeter der Iris in dem dunkelsten Nachtblau verliert.
„Was?“ Er trägt einen dünnen Pullover und eine kurze Hose. Der Schatten eines leichten Bartes zeichnet sich auf seinem Kinn ab. „Ich bin beschäftigt.“
„Wir brauchen Hilfe“, sagt Cameron gefasst.

„Das Mädchen in meinem Bett auch und ich würde ihr zu jeder Zeit viel lieber helfen als euch. Kommt später wieder. So“, er wirft einen demonstrativen Blick auf sein nacktes Handgelenk, „kurz nach Nie.“
Der Fremde macht Anstalten, uns die Tür vor der Nase zuzuschlagen. Ich wanke. Rasch schiebt Cameron seinen Fuß zwischen Tür und Rahmen und hält das Collier in die Höhe. „Hast du irgendeine Ahnung, wie man Fortuna zurücksperrt?“
Die Brauen des jungen, unwirklich attraktiven Mannes vor uns rücken zusammen. „Gar nicht?“, schlägt er vor. „Wer ist denn so bescheuert, sie da rauszuholen?“ Sein Blick schweift zu mir. Jammernd verzieht er das Gesicht. „Kommt schon! Ich habe da oben eine der hübschesten Frauen der letzten Woche zu liegen und ich soll dieses arme, nackte Mädchen versetzen wegen eines verfluchten Schmuckstücks?“
Eine der hübschesten Frauen der letzten Woche? Skeptisch hebe ich eine Braue.
„Guck nicht so. Du würdest mich auch haben wollen“, sagt der junge Mann abfällig und öffnet die Tür wieder ein Stück.
„Würde sie mit Sicherheit“, erwidert Cameron und schiebt sich in den Korridor. „Ich schlage vor, wir warten in der Küche?“
Nachdenklich knetet der Mann mit den Schneidezähnen seine Unterlippe. „Von mir aus. Gebt mir fünf Minuten.“
Um eine Frau zu verführen oder Heim zu schicken? Der Bann des jungen Mannes ist gebrochen, ehe er mir zum Verhängnis hätte werden können. Um seine Attraktivität zu wissen, ist das eine. Diese Karte rücksichtslos auszuspielen wie er etwas völlig anderes. Er widert mich an, noch bevor ich einen Blick in sein Leben werfen durfte.
Er dreht uns den Rücken zu und verschwindet zügig in den Tiefen seines Hauses. Achselzuckend bedeutet Cameron mir

einzutreten, ehe er die Tür schließt. Durch quadratische Fenster fällt malerisches Morgenlicht, das über den Feldern hängt. Wunderschön. Das melodische Lachen einer jungen Frau wird von den Wänden kaum gedämpft.
„Warum glaubst du, dass er uns wird helfen können?“, frage ich nüchtern. „Er wird am ehesten versuchen, sich selbst zu bereichern.“
„Hat er nicht nötig“, sagt Cameron und bewegt sich durch das Haus, als wäre es sein eigenes. Die Türen scheinen rechts vom Korridor her überall und nirgendwo hin zu führen. Links heißt uns das Tageslicht willkommen. „Vladimir hat Mussolini schon Geld geliehen. Dieser Mann besitzt mehr, als ich mir vorstellen kann.“
Oder macht er das den Menschen nur Glauben?
Cameron öffnet die fünfte Tür – und die erste, die tatsächlich geschlossen war. Dahinter empfangen uns ein rustikaler Holzfußboden, ein breiter Gasherd und ein großer Tisch mit zahlreichen Stühlen daran. Blumen stehen auf den Fensterbrettern und der Teppich wirkt halbherzig in die Mitte geworfen. Erst auf den zweiten Blick und mit dem ersten Sonnenstrahl mache ich die goldenen Fäden in dem Gewebe aus. Über einer Stuhllehne hängt eine Schürze und in einem Becken stehen Töpfe und Teller. Sauber.
Schwungvoll wirft Cameron das Collier auf die Tischplatte und setzt sich mit dem Rücken zu dem zweiten Fenster. Hinter ihm erstreckt sich das abgeerntete Feld.
„Wie bist du dem Mann begegnet?“, frage ich Cameron zögernd und streiche mit den Fingerspitzen über das weiche Holz der Stuhllehne. Ich fühle mich deplatziert. Als hätte ich diese Schwelle nie überschreiten dürfen.
„Wie? Die bessere Frage ist Wann.“ Cameron lacht auf und schüttelt sich die Haare aus der Stirn. „Vladimir ist bei einer Schießübung einfach so auf dem Platz aufgetaucht. Ich habe

ihn damals ziemlich böse erwischt und zu den Krankenschwestern in das Lazarett gebracht.“
Ein kühler Windhauch wälzt sich durch den Korridor bis in die Küche.
Schaudernd setze ich mich neben Cameron. „Wo hast du ihn getroffen? An der Schulter?“
Nach kurzem Zögern deutet Cameron auf seine Halsschlagader. Perplex blinzle ich, ehe ich ungläubig auflache. Zerfetzt man die, stirbt das Opfer binnen von Sekunden. Man hätte eine Fontäne gefunden, die nichts zu stillen weiß.
„Du musst dich irren.“
„Muss er das?“
Ich zucke herum. Vladimir hat den Raum lautlos betreten. Seine Wangen sind fiebrig gerötet, der Pullover verknittert und der Hosenbund verrutscht. Wenn möglich stehen ihm die weißen Locken noch wilder vom Kopf. Seine nackten Füße scheinen den Boden nicht zu berühren, als er die Tür hinter sich schließt und sich schwungvoll zu uns setzt.
„Wenn man die Halsschlagader zerfetzt“, setze ich an, von Vladimir auf die gleiche unheimliche Weise fasziniert wie von dem glitzernden Collier, „braucht es die besten Ärzte augenblicklich zur Stelle und mehr Glück als Verstand, um den Betroffenen zu retten.“
Seufzend rollt der unwirklich schöne Mann, Vladimir, die besonderen Augen und lehnt sich auf dem protestierend knarzenden Stuhl zurück. Ohne den Blick von uns zu wenden, angelt er nach dem Griff einer Küchenschublade.
„Vladimir ist nicht ganz normal“, sagt Cameron. Mit dem Zeigefinger stupst er gegen das Collier. „Sonst wären wir nicht hier.“
„Wahnsinn ist ebenfalls nicht ganz normal“, erwidere ich und ziehe den Mantel enger um mich. Ein kleiner Kamin steht im hintersten Winkel, kalt. Die sauber blitzenden Scheiben und

das leere Innere vermitteln nicht den Eindruck, er würde oft genutzt.
„Da wollen wir mal sehen, wer hier wahnsinnig ist, Mäuschen.“
Ich kann nicht reagieren. Das Entsetzen schlingt beide Arme um meinen Rumpf und lähmt mich. Die Klinge eines Fleischermessers blitzt auf. Vladimir hat es von der Anrichte genommen. Sie durchschneidet längs Vladimirs Pulsadern.
Blut. Es schießt aus der Wunde hervor und scheint im gleichen Moment zu gerinnen. Wenige gesprühte Tropfen legen sich auf den Tisch. Vor meinen Augen schließt sich der Riss, bis weiche Haut ihn tilgt. Als wäre nie etwas geschehen. Wimpernschläge sind vergangen. Momentaufnahmen.
Mein Herz setzt für einen Schlag aus, ehe es gemächlich weiterschlägt. *Die alten Geschichten mögen schrecklich und grausam sein, aber die meisten von ihnen sind wahr.*
„Wie kontrolliere ich Fortuna?“, frage ich und deute auf das Collier. Vladimirs Name ist mir vage bekannt. Die Engel haben ihn in den Mund genommen. Wozu Geheimnisse pflegen, wenn sie nicht von Nutzen sind?
„Mäuschen, Mäuschen, Mäuschen.“ Kichernd legt Vladimir das Messer hinter sich. Seine Überheblichkeit spricht aus jeder Silbe, jeder Geste, jedem Atemzug. „Kleines, du kannst jemandem wie Fortuna nicht einfach ein Hundehalsband umlegen!“
„Es wird eine Möglichkeit geben, sie zurück in das Collier zu verbannen.“ Um sie mit der Schmiedekunst zu vernichten? Sie ist noch nicht hier. Nicht wirklich. Noch gibt es einen Weg zurück.
„Es muss auch eine Möglichkeit geben, den nächsten Krieg zu vermeiden, und ich sehe ihn trotzdem kommen. Also, was willst du von mir, Mäuschen? Ein Geheimrezept?“ Auf die

Ellbogen gestützt, neigt sich Vladimir zu mir. „Das gibt es nicht. Überraschung!“
„Einen Ausweg“, sage ich kühl.
„Du hast mich vor diesem Collier gewarnt“, wirft Cameron ein. Die Sonne verfängt sich in seinen erdbeerblonden Haaren und streichelt ihm über die sommersprossigen Wangen. „Du musst etwas wissen.“
„Ich weiß viel. Ich kann dir die ersten fünfzig Stellen von Pi aufsagen.“
Die Nacht sind wir gewandert, bis meine Zehen bluteten. So stumpf Vladimir auch wirken mag, ich spüre die Antworten unter der Oberfläche schlummern. Vladimir kann meinen Dämon bannen.
Feixend wippt er auf seinem knirschenden Küchenstuhl. „Ich würde jeden vor diesem hübschen Schmuckstück warnen. Es hält dir den Spiegel vor und treibt dich in den Wahnsinn. Fortuna aber? Du tust so, als könnte man sie einfach in ein paar Diamanten sperren.“ Vladimirs aufreizend langsames Kopfschütteln erinnert mich an die Kontrolle, die ich über die Jahre lernte. „Nein. Fortuna ist eine Göttin. Sie kommt und geht wohin sie will und zu wem sie will und sie hat mit Sicherheit niemals in diesem Schmuckstück gelebt.“
Aber die Engel glauben das. Ebenso wie ich. Irren ist menschlich. Ohne zu blinzeln, blicke ich Vladimir in das schrecklich makellose Gesicht.
„Wie erklärst du dir dann, dass sie jetzt hier ist?“
Lachend hebt er die Schultern. „Sie ist hier, weil jemand sie gerufen hat.“ Sein Grinsen nimmt eine verdorbene Note an. „Sie verfolgt keine unschuldigen Mädchen, Mäuschen. Sie will nur die haben, die um ihre Anwesenheit gebettelt haben.“
Meine Lippen öffnen sich. Die Frage, warum sie von Beterra nicht längst Besitz ergriff, nimmt in meinem Kopf Gestalt an.

Vladimirs Feixen verzerrt sein Gesicht auf markerschütternde Weise.
„Dieses Collier, Mäuschen, tut nichts, außer eine Königin zu wählen. Es hält der Trägerin den direkten Spiegel vor. Wenn sie vor sich selbst besteht, hat sie nichts zu befürchten."
Das hat nichts mit Fortuna zu tun.
Vladimir hebt mit einer markerschütternden Überheblichkeit eine Braue. „Hast du allen Ernstes gedacht, man kann eine Göttin in ein goldenes Halsband ketten?"
Angespannt fährt Cameron sich über das Gesicht. „Angenommen Samantha hätte Fortuna tatsächlich unfreiwillig beschworen, wie werden wir sie wieder los?"
„Loswerden? Eine Göttin?" Bilde ich es mir ein oder fällt in Vladimirs hysterisches, verrücktes Lachen eine weitere Stimme ein? Eine körperlos im Raum hängende. „Cam, Junge, du weißt, ich mag dich wirklich gern. Wenn ich irgendwas Sinnvolles für dich tun kann, gib einfach Bescheid." Vladimir breitet die Arme aus. „Aber eine Göttin abschütteln? Als wäre sie eine Lebensmittelmotte? Ich bitte dich." Schwungvoll lehnt Vladimir sich zurück. Quietschend rutschen die Stuhlbeine über den tristen Holzfußboden, bis der von Goldfäden durchwobene Teppich sie unsanft stoppt. Mit einer unmenschlichen Grazie legt Vladimir seine Füße auf der Tischplatte ab. „Mit Duftkerzen rumzuwedeln wird in diesem Fall nicht genügen."
„Du deutest an, Samantha soll sich Fortuna ergeben?", fragt Cameron eisig, während ich die Arme vor der Brust verschränke.
„Wie?" Ruckartig winkelt Vladimir die Beine an und der Stuhl fällt zurück auf alle Viere. „Wann habe ich das gesagt?" Die schneeweißen Locken kitzeln sein Gesicht. „Seit wann so überdramatisch? Will sie nichts von dir? Und jetzt spielst du den Ritter auf dem weißen Ross." Vladimirs triumphales

Recken der Faust sollte lächerlich wirken. Erbärmlich. Stattdessen ist diese kleine Geste machtvoller als alles, was mir je zu Gesicht kam. Ich beginne die Faszination, die er auf einige Damen ausübt, zu verstehen. Meine Überzeugung, ihn zu meiden wie eine glühende Feuersbrunst, wächst. „Ich kann die tragische Liebesgeschichte fast riechen." Jede von Vladimirs Gesten geht mir unter die Haut. Keine einzige im positiven Sinne. „Der bettelarme Sergeant verliebt sich in die skrupellose Millionärsgattin, auf dass sie im gleichen Straßengraben ihr unrühmliches Ende finden."
Die mögliche Wahrheit in seinen Worten stößt mir bitter auf wie die Unwahrscheinlichkeit, dass das Schicksal mir ein einziges Mal in die Karten spielt. „Wenn du uns nicht weiterhelfen kannst, werden wir gern gehen."
„Das Mäuschen hat es verstanden!" Vladimir bewegt sich zu schnell. Keinem Menschen sollte es möglich sein, sich derart fließend, derart zügig zu rühren. „Ich habe zu tun und ihr habt eine Göttin zu besänftigen."
Etwas strahlt Vladimir aus, das ich nicht in Worte zu fassen weiß. Dieses undefinierbare Etwas nimmt mich bei der Hand und möchte mich aus dem Haus führen. Wie ein falsch gepolter Magnet stößt es mich ab.
Cameron scheint nichts dergleichen wahrzunehmen. Stöhnend stützt er sich auf den Ellbogen ab und neigt sich näher zu Vladimir. „Ich glaube, du verstehst das Problem nicht."
„Ich verstehe das Problem nicht", pflichtet Vladimir Cameron bei, ohne auch nur mit der Wimper zu zucken.
Seufzend sinke ich in meinen Stuhl zurück und schlage die Fußknöchel übereinander. Wo auch immer Cameron mich hingeführt hat, zwischen den abgemähten Ähren und dem blauen Himmel sagen Fuchs und Hase sich Gute Nacht. Nie erfuhr ich ein größeres Nirgendwo. An diesem Flecken Erde

zu wohnen, erinnert mich an Einzelhaft. Die Vladimir über sich selbst verhängt hat?
„Letzte Nacht“, setzt Cameron langsam an, „stand Fortuna plötzlich im Raum. Einfach so. Wie eine Erscheinung.“
Als wären das keine bedeutsamen Informationen, zuckt Vladimir die Achseln. „Und? Jetzt? Soll ich mit ihr reden und sie darum bitten, demnächst nur noch bei Tag die kleinen Kinder zu erschrecken? Komm schon!“
„Sie stand im Raum“, sagt Cameron überdeutlich.
„Ja, ich bin nicht taub. Was ist daran so wichtig?“
„Sie besitzt keinen Körper“, werfe ich ein. „Zumindest sollte dem so sein.“
Verständnislos zieht Vladimir die Brauen zusammen. „Was ist eigentlich falsch mit euch? Seit wann braucht eine Göttin einen Körper, damit man sie sieht?“
Nie erschien mir eine Sache leichter, als Vladimir zu verabscheuen. Nie schien mir etwas unmöglicher, als ihn zu hassen.
„Alles braucht einen Körper, damit wir es sehen können“, sagt Cameron langsam.
„Sie kann in eure Köpfe. Was glaubt ihr denn, wie sie mit euch spricht? Bauchreden? Magische Wellen, die aus einer magischen Miesmuschel kommen?“ Heftig piekt Vladimir sich mit dem Zeigefinger gegen die Stirn. „Strengt doch mal eure nutzlosen Gehirne an! Was glaubt ihr, womit ihr es zu tun habt? Mickey Maus?“
„Mir ist eher die gute Fee vorgeschwebt“, erwidert Cameron nüchtern.
Vladimirs Lachen klingt widerwillig. „Der war gar nicht mal so übel.“ In meine Richtung nickend fragt er: „Hast du noch was zu sagen oder lässt du die Erwachsenen diskutieren, Mäuschen?“
„Ich beobachte den Irrsinn lieber vom Weiten, als mich auf ihn einzulassen.“

Mit gerümpfter Nase betrachtet Vladimir Cameron. „Ich würde mir zweimal überlegen, ob ich mit der was anfange. Sie ist ungefähr so umgänglich wie die alten Holzpantoffeln meiner verstorbenen Großmutter."
Vor Anspannung vibrierend warte ich darauf, dass Cameron in diese dreiste Tirade einsteigt.
Räuspernd reibt er sich mit der Hand über das Kinn. „Siehst du wirklich keinen Weg, Fortuna wegzuschicken?"
„Für dich? Nicht die Bohne." Vladimirs vieldeutiges Grinsen in meine Richtung macht mich hochgradig nervös. „Für mein kleines Mäuschen aber", er hebt wegwerfend die Achseln, „es kommt wohl darauf an, wie dringend sie mit dem Teufel tanzen will. Und mit welchem." Das Herz schlägt mir in den Ohren. Ich schlucke gegen bitterste Galle an.
Der Mann in Mussolinis Herrenhaus, Moreen.
Fortuna selbst, eine Göttin im wahrsten Sinne des Wortes, fähig sich in unseren Kopf zu stehlen und Dinge mit unserer Wahrnehmung anzustellen, denen wir uns krampfhaft entziehen wollen.
Oder Vladimir vor mir, der feixt wie ein Besinnungsloser, die Wangen fiebrig gerötet.
Unruhig huscht Camerons Blick zwischen Vladimir und mir hin und her. „Es kann also nur derjenige sie verbannen, der sie gerufen hat."
„Scheint so." Katzengleich leckt Vladimir sich über den Mund. „Es sei denn natürlich, man hat die richtigen Freunde."
„Dich?", fragt Cameron prompt.
„Mich? Nein, mich doch nicht. Mich nicht! Ich bin raus aus diesen Geschäften. Ich schlafe täglich mit mindestens zwei schönen Frauen und im Sommer mähe ich das Feld. Das ist das einzige Leben, das sich für mich lohnt, Cam. Das Leben, das jeder Mann früher oder später in Betracht ziehen sollte."
Kurz stutzt Vladimir. „Naja, nicht zu spät. Sonst bekommt

man keine hübschen Mädchen mehr ab, sondern nur noch diese verzweifelten, verlotterten Weiber."
Cameron beginnt mit den Fingerspitzen auf den Tisch zu pochen. Für gewöhnlich die Ruhe selbst scheint ihm langsam der Geduldsfaden zu reißen, den ich längst auf Eis gelegt habe. „Wen könnten wir um Hilfe bitten?"
„Ein paar Leute", erwidert Vladimir gedehnt und lässt mich auf eine raubtierähnliche Weise nicht mehr aus den Augen. „Falls ihr sie wirklich zurückschicken wollt." Ich scheine der neue Dreh- und Angelpunkt seiner Aufmerksamkeit zu sein. Nie fühlte ich mich winziger und unbedeutender. Selten weigerte ich mich vehementer dagegen, untergraben zu werden. „Versteht mich nicht falsch, diejenigen werden euch ihre Dienste mit Sicherheit nicht hinterherwerfen. Da wäre beispielsweise, ja, da wäre", er kratzt sich an der Nase, die Lippen zu diesem dreckigen Grinsen verzogen, „Moreen. Ein durchtriebenes Kerlchen, momentan schon besorgniserregend lang von der Bildfläche verschwunden, aber er fordert zumeist nicht viel. Nur das Leben des Erstgeborenen oder den Zugang zu dem eigenen Willen." Moreen. Der Mann, der in diesem Korridor auf mich lauerte und mir die Welt anbot, wenn ich ihn nur befreien würde.
„Oder, he, nehmen wir Serafin! Wenn sie gut drauf ist, verlangt sie nur das Leben eines guten Bekannten, wenn sie schlecht drauf ist, naja, dann kommt das Wegrennen auch zu spät." Das Herz schlägt mir bis zur Kehle. Männer wie Vladimir zeigen keine Auswege auf. Sie beschreiben den Pfad, der in das modernde Dunkel des verdorbensten Herzens führt.
„Ist das ernst gemeint?", fragt Cameron ungläubig.
„Ich bin noch nicht fertig! Fall mir erst ins Wort, wenn ich alles durchexerziert habe", faucht Vladimir ihn an wie eine wütende Katze. Nichts an diesem Mann ist menschlich. Nichts an ihm normal.

Erstaunlich ruhig, eher resigniert, lehnt Cameron sich zurück. „Kassiopeia", fährt Vladimir fort. „Sie ist so alt wie Fortuna selbst und die beiden haben noch ein Hühnchen zu rupfen. Sollte es dir also gelingen, Kassi von den Toten zurückzuholen, wird sie dir diesen Dienst sogar unentgeltlich erweisen." Der Wind pfeift über die abgeernteten Felder. „Oder natürlich", Vladimir räuspert sich, „eine Person, die mir zuerst in den Sinn gekommen ist, mit der ich aber ganz sicher kein Wort wechseln werde. Wenn ihr mich erwähnt, während ihr ihn besucht, hacke ich euch die hübschen, kleinen Köpfe ab und mache aus ihnen dekorative Laternen. Haben wir uns verstanden?" *Wahnsinnig* greift Vladimirs Persönlichkeit nicht im Ansatz. „Lancelot Smetroché ist ein verdammt überzeugender Kerl. Er hatte vor einiger Zeit eine Liebelei mit Aphrodite, eine mit Hera und hat ziemlich sicher die ewige Jungfrau Hestia um den Finger gewickelt. Nachdem er der ihre Unschuld genommen hat, wie soll ich es ausdrücken", aufgesetzt nachdenklich kratzt Vladimir sich am Kinn, „hatte er ein kleines Problemchen mit dem guten, alten Apollon. Er hat ihn zurück in ein tiefes Loch gestoßen, die Grube abgeschlossen und den Schlüssel weggeworfen. Er kennt sich also mehr oder minder mit diesem Götterkram aus."
Fortuna stand vor meinen Augen in Camerons winziger Wohnung. Während Vladimir unzählige Götternamen aufzählt, verliert er an Glaubwürdigkeit. Es gibt diesen einen einzigen. Den Gott, der schützend seine Hände über uns ausbreitet und für unser aller Seelenheil betet.
Dieser Gott, der einzig Allmächtige, der mich verlassen hat und in Camerons unberechenbare Hände übergab. Während Engel, die mir nicht trauen, über das Collier in meinem Besitz wachen.

Ein Collier, um dessen Bedeutung jeder zu wissen weiß. Außer mir. Ich wurde in einen Kreis geworfen, in den ich nicht gehöre, und die Erklärungen? Sie bleiben aus.
„Es bleibt ein Kernproblem", sage ich, Cameron grübelnd mir gegenüber. Feixend betrachtet Vladimir mich. „Rück schon raus damit, Mäuschen."
Abwehrend stellen sich alle noch so winzigen Härchen auf meinem Körper auf. Ich versuche, mich zu beruhigen. „Mit absoluter Sicherheit habe ich Fortuna nicht beschworen, weder absichtlich noch unabsichtlich. Mein Streben richtete sich dahingehend, die Macht abzulegen, nicht sie zu halten."
Einen Finger auf die Unterlippe gelegt, nickt Vladimir in meine Richtung. „Berichtige mich, wenn ich Unsinn erzähle", sagt er langsam, „aber bist du nicht die Kleine, die mit gefühlt jedem namenhaften Mann ins Bett gehüpft ist, damit sie jetzt an Beterras Seite Blumenbouquets aussuchen kann?"
Ich schweige eisig. „Ist dieses Leben etwa nicht das, was sich das kleine Mäuschen erträumt hat? Ist das Mäuschen jetzt ganz, ganz traurig?"
Nur mit Mühe widerstehe ich dem überwältigenden Impuls, Vladimir in sein ach so makelloses Gesicht zu schlagen. Wüsste er, was mich der Weg an die Spitze gekostet hat, die Zunge würde er sich abbeißen.
„Ich spüre die Vorwürfe und das Selbstmitleid von dir abstrahlen", fährt Vladimir fort. „Was es dich nur gekostet hat, jetzt Blümchen auswählen zu dürfen und wie schwer dein ganzes, glitzerndes Leben war." Die gleiche tödliche Grazie, die jede von Vladimirs ruckartigen Bewegungen begleitet, spiegelt sich in der schleichenden Trägheit wider, mit der er sich zu mir neigt. „Schlampen helfe ich nur, wenn sie sich in meinem Bett befinden. Sonst muss ich sie leider weiterverweisen."

Mir entgleiten die Gesichtszüge und Cameron räuspert sich. „Sie ist keine …" Cam stockt. „Was du da behauptest, das ist sie nicht."
„Sie hat mit der halben Elite Italiens geschlafen! Natürlich ist sie das."
Aus dem Augenwinkel erkenne ich, wie Camerons Kiefermuskulatur sich verkrampft.
„Ich begreife nicht, inwiefern uns das hilft, Fortuna zu bannen", sage ich bedächtig.
„Gar nicht. Ich hatte nur das tiefe Bedürfnis meine bodenlose Abscheu zum Ausdruck zu bringen." Lachend steht Vladimir auf. „Schlampen wie sie verstehen sich mit Verrätern wie Lancelot und du, kleiner Cam, solltest dich da raushalten."
Cameron räuspert sich erneut. Wäre es mir möglich, ich würde Vladimir in der Luft zerreißen. Monstrositäten werden nicht geschaffen, sie werden geboren. „Dann danke ich dir zumindest für den Hinweis mit Lancelot."
Vladimir soll für Leid leben, in Leid zergehen und in Jammer baden. Sein Niedergang beginnt jetzt. Ich weiß es sicher, wie dass das Amen das Gebet beendet.
Seine unheimlichen Augen durchbohren mich. „Keine Ursache. Da schicke ich ein verabscheuungswürdiges Ding zu meinem tiefsten Feind. Fühlt sich gut an."
„Solange er uns helfen kann." Cameron bedeutet mir mit einem Nicken, aufzustehen. Angespannt leiste ich seiner stummen Bitte folge. Eine Sache umgibt Vladimir, die ich nicht zu benennen weiß. Eine Finsternis, die alles Licht um ihn herum fortsaugt, wächst von Sekunde zu Sekunde. Ich glaube den toten Boden, auf dem er steht, sehen zu können. Ich rieche das Blut, das an seinen Händen klebt.
Sein Ende wird sein Anfang sein.
Kopfschüttelnd greife ich nach Camerons Mantelärmel. Kontrolle. Selbstbeherrschung. Zurechnungsfähigkeit. Fortuna

droht mir alles drei zu rauben. Vladimir hat all das längst verloren.

„Es wäre höflich, zu behaupten, dass es mir eine Freude war“, grob greife ich nach dem Collier und stopfe es in meine eigene Tasche, „jedoch scheinen mir Höflichkeiten dieser Form heute in jeglicher Hinsicht verkehrt.“

„Halt einfach den Mund. Du hast Fortuna gerufen, du musst es ausbaden. Hör auf, immer andere Menschen in deinen Sumpf aus Problemen zu zerren.“ Vladimir schüttelt heftig den Kopf. Woher sein Hass auch kommen mag, ich verstehe nichts davon. „Solltest du demnächst sterben, tanze ich auf deinem Grab.“

Auf verdrehte Weise beruhigt es mich, als Cameron einen Arm um meine Taille legt und Vladimir distanziert zunickt. „Danke noch einmal.“

Träge lächelt Vladimir Cameron an. „Du fragst gar nicht, wo Lancelot lebt. Hast du ihn auch schon über den Haufen geschossen?“

„Begegnet“, sagt Cameron knapp. „Ich bin ihm begegnet.“

„Wenn das wirklich wahr sein sollte, steckst du tiefer im Kuhmist, als du dir vorstellen kannst.“

„Tiefer, als wenn ich von einer Göttin verfolgt werde?“

„Nicht du wirst verfolgt. Das Mäuschen neben dir.“

Meine Fingernägel krallen sich in Camerons Hand. *Die Schatten fressen das Licht.* Nie wollte ich dringender verschwinden. Vladimirs Anwesenheit prickelt. Sie lässt meinen Fokus verschwimmen und mich ungesund schweigsam werden. *Ihn zu töten, wäre keine Alternative. Kontrollieren müsste ich ihn.* Wie Fortuna.

Vladimir kommt zu demjenigen, der ihn ruft. Dort bleibt er. Für einen Moment.

Aber ich habe Fortuna nie gerufen. Sie ist zu mir gekommen, unwillkürlich, aus eigenen Stücken. Aus welchem Grund? Ich

lausche dorthin, wo sich Fortuna stets zu befinden scheint – in das Loch, wo meine Seele sein sollte. Bleierne Stille umgibt die Göttin. Austreiben müsste man sie mir, während Fortuna eigentlich doch nur bleibt, weil ich sie nicht fortschicke. Nicht wirklich. Weil ich es nicht kann. Sie soll mir den Weg weisen auf einem Pfad, den ich nie betreten habe.
„Nenn sie nicht so", höre ich Cameron verschwommen sagen.
„Wie soll ich sie dann betiteln? Eure Hoheit? Tut mir echt leid, wenn mir der Respekt vor Frauen wie ihr fehlt. Ich mag keine Verräterinnen."
„Du bist keinen Deut besser", erwidert Cam heftig.
„Bin ich. Wenn ich mit einer Frau schlafe, dann um mich zu vergnügen und die Welt für eine lächerliche Sekunde zu vergessen. Wenn sie es tut, dann um ihren Nutzen aus männlicher Naivität zu ziehen."
Um einem Ort zu entfliehen, der jede Hoffnung und jedes Leben verzehrt. Dass es keinen besseren Platz auf Erden gibt als den vergessenen Winkel meiner Kindheit, für diese Erkenntnis musste ich erst in Blattgold ertrinken und an Kaviar ersticken.
Als ich Vladimir erneut ansehe, begreife ich meine Furcht. Ich kenne ihn so wie er mich, dabei sind wir einander nie zuvor begegnet. Zwei Seiten eines Würfels. Vier weitere fehlen. Steif neige ich den Kopf. „Mit ein wenig Glück sehen wir einander nie wieder."
„Du führst das Glück ja gerade Gassi. Daher, auf Nimmerwiedersehen. Lass dich von ein paar mächtigen Herren verführen, Mäuschen."
Unsanft zieht Cameron an meinem Arm. „Wir sollten gehen."
„Sollten wir", pflichte ich ihm bei.
„Ach, komm schon, Cameron! Du bist nur so verdammt wütend auf mich, weil du weißt, dass ich Recht habe. Selbst

wenn du wolltest, könntest du nie bei ihr landen. Einfach zu wenig Kleingeld."

Der Junge mit den lebendig grünen Augen. Die Welt verzerrt sich und stellt sich wieder ein. *Fortunas Kichern geistert mir durch die Sinne.*

Meine Zofen sprachen von einer Verschwörung. Sie beginnt. In mir. Sobald sie explodiert, kann sie all das mit sich reißen, was mir lieb und teuer ist.

14

Der kühle Winterwind küsst mich aus meiner angsterstarrten Stille. Mit einem Krachen zieht Cameron die Tür hinter sich ins Schloss. „Normalerweise ist er netter“, sagt er.

„Normalerweise bin ich auch betrunken!“, ruft Vladimir aus dem Inneren des Hauses.

„Dann kipp dir Schnaps hinter die Binde!“, brüllt Cameron.

„Soll ich dann betrunken den Weg finden?“ Vladimir reißt die Tür auf, eine schwarze Strickjacke über den Arm geworfen. „Ich will dein Mäuschen wirklich und von ganzem Herzen keine Sekunde länger ansehen müssen, aber euch einfach davonspazieren sehen mit dem Wissen, dass ihr eher im Nirgendwo landet, als Lancelot findet …“ Er lässt den Satz wutschnaubend in der Luft hängen. „Soweit ich das mitbekommen habe, gehorcht euch das Glück eher weniger.“

„Wie bereits erwähnt, Lancelot und ich sind uns begegnet“, erwidert Cameron. Er wirkt erstaunlich resigniert.

Feixend wie der Teufel selbst zupft Vladimir sich an seinen wirren Locken. „Und ich kenne den alten Jungen gut genug, um meine Augäpfel darauf zu verwetten, dass er dich nicht zu sich nach Hause genommen hat, dir nicht gezeigt hat, wo er wohnt, geschweige denn es dir gesagt hat.“ Als Cameron schweigt, reckt Vladimir triumphal die Arme in die Höhe. „Sag ich doch! Ihr wärt ohne mich verloren. Was wollt ihr tun? Hoffen, dass das kleine Mäuschen sich vor Fortuna auszieht und danach wieder die Oberhand gewinnt?“

„Fortuna wird sich mir beugen“, sage ich nüchtern und beginne die ewige Wanderung von neuem.

„Fortuna ist eine Göttin, du bist ein kleines Mädchen.“ Mit zwei raschen Schritten schließt Vladimir zu mir auf. Als ich einen prüfenden Blick hinter mich werfe, beginnt Cameron gerade stöhnend hinter uns herzustapfen. „Wenn sie Lust darauf hat, kann sie sich in dich hineinschlängeln und deinen Verstand zermalmen wie einen kleinen Keks."

War ich es nicht, die sie zurückstieß? Die erneut nach dem Zepter griff und die Hochherrschaft über den eigenen Geist zurückerlangte? Über meine Schulter hinweg wechseln Cameron und ich einen kurzen Blick. Er hüllt sich in Schweigen, ich tue es ihm gleich.

Der fruchtbare Boden unter meinen Füßen scheint zu brechen und zu reißen. *Blut tropft auf die tote Erde.*

„Wir sind Schwestern", summt Fortuna. *„Mehr als das Schicksal und ich es je waren."*

Angespannt blende ich ihre Stimme aus. Der Wind säuselt über die abgemähten Halme, die niemand vom Feld nahm, und die Sonne küsst meine Wangen.

„Ich kann es schon hören!", ruft Vladimir melodramatisch aus. „Wenn ich euch nicht helfe, dann bin ich wieder der Böse. Der Herzlose, der Hilfe verweigerte, als man sie am dringendsten benötigte. Und ich habe wirklich genug davon, dass man mich als Teufel an die Wand malt." Die weißen Locken würden sein Gesicht wie das eines Engels umschmeicheln, wenn er nur im Entferntesten fromm wirken würde oder herzensgut. Von Vladimir strahlt eine Kälte ab, die mich an einen ewigen Winter erinnert. Er scheint sich in einer Schneewehe verloren zu haben, der er nicht zu entkommen weiß. *Ein gefangener Vogel in einem selbst geschmiedeten Käfig.*

„Es ist sehr zuvorkommend von dir, dass du uns hilfst", sagt Cameron, als die Stille zu flirren beginnt und in meine Nerven schneidet.

„Purer Eigennutz", murmelt Vladimir. „Ich will dabei zusehen, wie dein Mäuschen und Lancelot sich gegenseitig zerfleischen."

„Wir könnten ihn in die Knie zwingen“, flüstert Fortuna mir ein. *„Gib mir einen Moment, lass mich in deinen Körper gleiten und ich werde ihn vernichten. Er wird mir dankbar sein. Du wirst verschont werden.“*
Vladimirs Augen werden schmal. „Ich kann sie spüren“, murmelt er. Zu meiner anderen Seite gesellt sich Cameron und legt besitzergreifend einen Arm um meine Taille. Ich akzeptiere seine Nähe. Ein Mittel, das den Zweck heiligt.
Die Sonne sinkt zu Boden, Blut rinnt von den Dächern. Die Götterdämmerung bricht herein. Ich höre sie lachen.
Geisterhaft scheint Fortuna mir durch das Haar zu streicheln. *„Was siehst du, Samantha?“*
Zu viel. Alles. Nichts. Ich rieche den Tod und höre das Donnern der Kanonen. Sie werden uns überrollen. Die Sowjets werden in unser Land einmarschieren und Qualen über eine hungernde Bevölkerung bringen, die sie sich nicht vorzustellen wagt.
Das ausgemergelte Kind geht vor mir in die Knie. Als es liegt, steht es nicht wieder auf. Stolpernd weiche ich dem winzigen Körper aus.
„Sag mal, halluzinierst du?“, fragt mich Vladimir.
„Sie ist erschöpft“, antwortet Cameron für mich. „Sie hat seit Tagen keinen Schlaf mehr bekommen.“
„Wenn ich dir einen Ort und eine Zeit nenne, verrätst du mir, was dort geschieht?“ Fortuna klingt beinahe menschlich aufgekratzt. Bittere Galle schwimmt mir auf der Zunge. Sie wartet nicht auf meine Antwort. *„New York City, halb acht abends, der vierte April 2141.“*
Ich bäume mich dagegen auf, verweigere mich jedem Eindruck. *Die Bilder schleichen zu mir und schlängeln sich durch mein Bewusstsein. Die Göttin ist zurückgekehrt, das blonde Haar aufwendig aufgetürmt und die Augen grün funkelnd wie Smaragde. Das Collier liegt um ihren schlanken*

Hals und ihre Lippen schimmern rosa wie die einer frühlingshaften Rose.
Als das Telefon neben ihr klingelt, nimmt sie den Anruf entgegen. „Bist du bereit für deinen großen Abend?" Die Stimme am anderen Ende klingt resolut und eisig. Bar jeder Emotion.
„Zu jeder Zeit." Die junge Dame antwortet auf die gleiche Weise. In ihren kühlen Augen liegt ein unterdrücktes Glimmen, das mir unter die Haut geht. „Wird Achim anwesend sein?"
„Dein Verlobter wurde geladen."
Das Glimmen in den Augen der jungen Frau erstrahlt in einem prickelnden Funkeln und ihre beherrschte Miene bricht. Das Lächeln zupft an ihren Mundwinkeln und zarte Falten graben sich in ihre Stirn. „Ich danke dir, Mutter."
„Erinnere dich deiner Aufgaben, Chrona. Ich erwarte einen prestigelastigen Abend."
„Du wirst ihn erhalten. Die Presse wird sich vor Begeisterung überschlagen." Mit den Fingerspitzen streichelt sie bedächtig über das Collier. Sie macht es nicht klein. Das Collier erhebt sie zu einer absoluten Königin. Einer Herrscherin über ihr eigenes Land aus Glanz und Gloria.
„Davon gehe ich aus. Du wirst Punkt neun den Tower betreten."
„Selbstverständlich." Die junge Dame greift nach einem Bilderrahmen und dreht ihn um. Sie erstrahlt neben einem Mann ihres Kalibers, die Augen stechend blau und kühl, ihr zugewandt und Gefühle bergend, die von einer tiefen Zärtlichkeit sprechen könnten. Sein Arm liegt gelassen um ihre schlanke Taille und sie hat den Kopf kaum merklich in seine Richtung geneigt. Sie wirken kontrollierter als Mussolini selbst und dennoch könnte ein Blinder das hauchzarte Band erkennen, das sie aneinanderknüpft.

Camerons Finger graben sich in meine Taille und ziehen mich gerade weit genug aus dem betäubenden Strudel, damit ich Fortuna nächstes Wispern verstehe. *„Der dritte März 2009, Mikun, vier Uhr in der Früh."*

Das kleine Mädchen fährt aus dem Bett auf. Die karamellblonden Haare hat sie zu einem strengen Knoten gebunden, die Ringe unter ihren Augen wirken finsterer als die Tore zur Hölle. Schweiß perlt ihr von der Stirn und die Blässe ihrer Haut erinnert mich an ein Arbeiterkind, gefangen in der Dunkelheit der Mietskasernen. „Sei still", murmelt sie, „Sei still, sei still, sei still!" Tränen stehen ihr in den ausdrucksstarken, grauen Augen. „Ich will das nicht sehen. Das gehört nicht zu mir, hörst du? Das interessiert mich alles nicht. Lass mich in Frieden." Ihre Muskeln zittern, während sie sich die Hände auf die Ohren presst, dann auf die Augen und die Finger schließlich zu Fäusten ballt. „Sei doch endlich still!", wimmert sie. „Sei still. Bitte, bitte, sei still."

Warme Lippen streifen mein Ohr. Cameron. Ruckartig drehe ich den Kopf in seine Richtung. „Entschuldige meine Abwesenheit", murmle ich.

„Woran hast du nur gedacht?"

„Frag nicht", ruft Vladimir. „Es hat ihr das kalte, böse Hexenherz zertrümmert. Direkt in ihrer hübschen Brust." Bei Vladimirs Zwinkern steigt mir die Galle in den Mund. Eine Frau, die für ihn romantische Gefühle entwickelt, muss von Sinnen sein.

Fortuna scheint hinter mir zu gehen. Ich stoße sie nicht fort. Kam sie gestern meinem Wunsch nicht nach? Sie überfällt mich nicht, sie überrollt mich nur. Auf meinen eigenen, irrsinnigen Wunsch hin.

„An kommende Zeiten", erwidere ich sachlich. Meine Nerven vibrieren überspannt.

Cameron nickt gemächlich, als hätte ich die natürlichste Antwort von allen gegeben. Die Felder laufen aus. Vladimir wendet sich nach rechts, der Sonne entgegen. Die Strahlen setzen ihm eine unverdiente Krone auf. *Sie verschwimmen zu Widderhörnern und fließen an seinem Körper hinab.*

„Mäuschen, du bist durchgeknallt genug, damit mir jede Göttin redlich leidtut, die sich in dir häuslich niederlässt." Die Schotterstraßen ziehen sich unbefestigt bis zum Horizont. „Einmal ganz ehrlich, also ich meine, so richtig ehrlich." Als Vladimir sich in seine Strickjacke schmiegt, wirkt er nahezu unschuldig. Ein Teufel im Schafspelz. „Du hast dich durch die halbe Oberschicht geschlafen und auch nur durch die Halbe, weil gefühlt jeder dieser Männer verheiratet ist und es dir nichts bringt, mit den Frauen ins Bett zu gehen. Jetzt gefällt dir dein Leben nicht mehr und plötzlich taucht da diese Göttin auf, die dich angeblich verfolgt. Klingt ein bisschen seltsam, findest du nicht auch?"

Camerons Griff um meine Taille wird fester.

„Worauf möchtest du hinaus?"

„Fortuna vergeudet ihre Energie nicht, indem sie kleine Mädchen verfolgt!" Das Blitzen in Vladimirs Augen macht mich nervös. Zu zornig. Zu düster. Zu undefinierbar. „Warum hast du sie gerufen, Samantha? Du spielst mit Mächten, die du nicht einmal begreifen könntest, wenn du klug wärst."

„Es reicht", murmelt Cameron.

„Es reicht nicht! Sie versucht eine Göttin an der Leine zu führen, nicht sie zu vertreiben. Ich erkenne Größenwahn, wenn ich ihn sehe."

Die unsichtbaren Finger streicheln mir behutsam über den Nacken. *„Wenn wir zusammenarbeiten, werden wir Herrscherinnen über Zeit und Chaos."* Die Verlockung haftet an ihr wie eine zweite Haut. Ich wurde nicht gemacht, um toten

Wünschen nachzugeben. Ich falle unter unerfüllten Hoffnungen.
„Sam wurde von Fortuna genauso überrascht wie ich."
„Samantha ist eine gottverdammte, verlogene Schlampe!"
Camerons Fingerspitzen streifen meinen Bauch. „Du solltest Menschen nur verurteilen, wenn du sie kennst."
Vladimirs humorloses Lachen hallt durch den schlafenden Morgen. Das Blut pocht schmerzhaft in meinen Zehen. „Darf ich dir einen Rat geben, Cammy?"
„Im Moment bereue ich es, dich um Hilfe gebeten zu haben."
„Genieß deine Gratisstunde mit ihr. Hätte ich weniger Selbstachtung, würde ich vielleicht auch zu den leichten Mädchen Italiens übergehen."
Der Zorn sollte mich überrollen mit der Heftigkeit eines kreischenden Herbststurms. Mit spitzen Fingern zupft die Erschöpfung an meiner Muskulatur. Es fühlt sich an wie vor wenigen Jahren. Die Augen hielt ich auf, selbst wenn ich schlief, um der Finsternis zu entrinnen. Der Verrat schien hinter jedem Schatten zu lauern und jede junge Dame setzte mir einen Dolch auf die Brust.
Cameron bleibt stehen. „Du kennst sie nicht."
„Ich kenne haufenweise Frauen wie sie."
„Tust du nicht!"
Sollte es mir das Herz wärmen, dass Cameron sich bemüht, meinen pechschwarzen Ruf zu erhellen? Ich hebe den Blick. Vladimir hat das Kinn in die Höhe gehoben, die Lippen zu einer festen, weißen Linie gepresst und mit einem Mal begreife ich, dass er die Wahrheit spricht.
„Lass mich raten", sagt Vladimir, sieht mit direkt in die Augen und verschränkt die Arme vor seiner Brust. Die grauen Fäden seiner dicken Strickjacke scheinen sich ein Stück zu dehnen. „Du bist in einer armen, armen Familie aufgewachsen. Dein Vater hat sich nie blicken lassen und du hattest ein

ach so schweres Leben. Deswegen“, er reckt spottend einen Arm in die Höhe, resignierte Falten auf der Stirn, „hast du krampfhaft einen Weg nach oben gesucht. Aber, oje, über den Wolken ist die Luft so dünn, dass man kaum atmen kann und dann fällt man lieber Hals über Kopf den ganzen Weg wieder hinunter. Und damit es einem nicht den Hals bricht, spricht man den ein oder anderen unbedachten Wunsch aus.“

Der Wind pfeift kreischend über die Welt und ich erschauere.

Dort hinter dem Horizont wird bombardiert und attackiert. Momente verstreichen, die von einer drückenden Bedeutungslosigkeit erfüllt sind. Dann kommt der Donner. Sechshundert laufen los, hundert kommen zurück. Dreißig Minuten genügen, um ein Feld mit Blut zu tränken und mit Körpern zu übersähen. Finger zucken und Augäpfel quellen aus den Schädeln. Gehirne tropfen unter Helmen hervor und Herzen pulsieren neben der kalten Brust. Der Fuß liegt Meter entfernt und ein Darm hat sich um das Gewehr gewickelt, das hilflos zum Himmel deutet.

Die Galle steigt mir in den Mund.

Der Krieg wird uns umbringen und verlieren lassen, was wir heute noch behüten.

Männer wie Cameron werden zuerst fallen.

„Hörst du dir überhaupt selbst zu?“

„Werd erwachsen, Cammy!“, ruft Vladimir aus. „Sie ist keine Heilige. Sie ist nicht einmal jemand, für den man sich einem Feuer näheren sollte.“

Durch den Rinnstein fließt versifftes Nass. Die Hungerleichen pflastern die Straßen. Bleiche Gesichter, deren Münder verkrampft aufgerissen sind. Niemand, der sie rettet. Niemand, der um sie weint. Die Verhungernden wanken weiter durch die Straßen und als eine Ratte über den Asphalt huscht, stürzen sie sich gesammelt auf das Tier.

Der Puls sitzt mir in der Kehle. Mein Herz rast.

Camerons Arm liegt um meine Taille und stützt mich. Die Beine können mich nicht mehr tragen, während Vladimirs Blicke mich durchbohren. Bilde ich es mir ein oder scheint der Mond in seinen Pupillen? Nur für einen Sekundenbruchteil.
„Vergiss die Sache mit Lancelot. Ich weiß auch selbst, wie wir dein Mäuschen davor bewahren, durchzudrehen.“
Cameron zieht angespannt die Brauen zusammen. „Plötzlich?“
Die Schatten, die Vladimir umtanzen, sprechen die gleiche rücksichtslose Sprache wie ich. Die Bilder, die mich verfolgen, scheinen zu seinen Albträumen zu werden, während wir darauf warten, dass die Müdigkeit uns bleiern einholt.
Wenn uns die Knie einsacken, könnten wir nie wieder aufstehen. *Der Schützengraben stinkt nach Tod und Pest. Die Ratten häufen sich blutig zu unseren Füßen und in verlassenen Teilen des Grabens stehen einsame Stiefel. Der Staub hat sich auf dem Lack abgesetzt. Das zerfetzte Fleisch fault, zusammengehalten von dem festen Leder. Die Ratten vergraben ihre gierigen Schnauzen darin.*
Der Himmel färbt sich rot. Der Wind trägt Schreie und Qualm zu uns.
„Sie muss nur den Kopf freibekommen“, sagt Vladimir.
„Hör nicht auf ihn. Jedes Bild ist dein Meisterstück. Allwissenheit bedeutet Macht. Wir könnten Schwestern sein.“
Cameron erinnert mich an dunkle Mietskasernen und lichtlose Hinterhöfe. Hilflos strecke ich die Arme nach ihm aus. Er zieht mich an sich. „Wir werden nach Hause gehen“, entscheidet Cameron und wirft einen vernichtenden Blick über meine Schulter. „Du solltest das Gleiche tun.“
„Hat ihr Zuhälter denn Platz für uns alle?“
„Ehemann“, zischt Cameron.

Vladimirs Kichern ist geisterhaft wie die Stille vor dem Sturm. *Patronenhülsen fliegen. Die Luft flimmert. Wüstensand wälzt sich durch die Luft.* Mit Fortuna an meiner Seite wird es schlimmer. Ich vergesse das Heute und das Jetzt nicht nur im Fieber. Ich übergebe mich einer anderen Gegenwart, die mir den Verstand lähmt.

Der zusammengeknüllte Stahlhelm riecht nach Tod. Die Panzerspur zieht sich über das Schlachtfeld.

„Unter dem Aspekt betrachtet, dass sie mit dir hier im Nirgendwo steht und nicht mit ihrem Ehemann, macht er sie wohl einfach nur zu der bestbezahltesten untreuen *Ehefrau* der Welt."

Ein Pulsieren kriecht langsam und zäh durch mein Gehirn. Es zerreißt meine Sinne. Meine Wahrnehmung verblasst hinter roten Flecken.

„Nur weil du mit jeder Frau ins Bett rennst, die nicht schnell genug verschwindet, heißt das nicht, dass alle Menschen so sind." Cameron verliert selten, fast nie die Fassung. Nun rast seine Wut über uns hinweg wie ein Frühlingsgewitter.

„Wäre Samantha wie ich, würde sie nicht Hilfe bei einer gottverdammten Göttin suchen!", ruft Vladimir aus.

Unsichtbare Fingerspitzen streicheln über meine Oberlippe. *„Sobald du es kontrollieren kannst, werden wir beide nach der Krone greifen",* säuselt Fortuna.

Ich schmecke Blut. Heiße, satte Topfen, die mir über den Mund rinnen. Ruckartig lege ich den Kopf in den Nacken. Vladimir reicht mir in der gleichen Sekunde ein dunkelblaues Taschentuch, ohne mich nur anzusehen.

„Du blutest." Steile Falten graben sich in Camerons Stirn. „Warum blutest du? Sam?"

„Sie hat Visionen. Zu viele auf einmal und sie brät sich das Hirn selbst." Aus Vladimirs Mund klingt das Trommeln der Bilder wie die ermüdendste Sache der Welt.

Die Stille ist abrupt. „Was?“ Cameron hält mich fester.
„Taubheit oder Ungläubigkeit?“, fragt Vladimir nüchtern.
Meine Zunge zuckt, um mich in das Gespräch einzubringen. Ich bleibe stumm wie ein Fisch.
„Hat dir deine letzte Bettgeschichte was in deinen Tee geträufelt?“, fragt Cameron kühl.
„Ich nehme alles zurück“, stöhnt Vladimir und greift unsanft nach meiner freien Hand. „Vielleicht hat Fortuna sich selbst gerufen. Das hätte ich auch gemacht, ehrlich. Wenn man einen Menschen mit der gleichen Störung findet, die man selbst hat, sollte man nicht wählerisch sein. Hin und wieder ergreifen selbst Götter die Initiative.“
„Eine Göttin, eine unsichtbare Göttin, ist nicht gerade die beste Gesellschaft“, bringt Cameron durch zusammengebissene Zähne hervor.
„Besser als keine Gesellschaft“, murmelt Vladimir. Ich verliere das Gleichgewicht. Das Blut rinnt mir über das Kinn den Hals hinab. „Lass sie mal kurz los.“
„Warum?“ Cameron hält mich fester.
Augenrollend hebt Vladimir die Arme. „Dann trag sie halt. Die kippt dir in den nächsten paar Sekunden weg.“
„Woher willst du das wissen?“
Der Nebel hängt schwer und dicht über dem Schlachtfeld. Die Leichen baumeln im Stacheldraht. Kugeln haben die Körper durchsiebt und die Zeit an ihren Knochen genagt. Lebende schieben sich durch den anbrechenden Morgen. Als der Boden explodiert, glaube ich Camerons erdbeerblonden Haare ausmachen zu können.
Tränen steigen mir in die Augen. Die Umgebung verschwimmt. *An den Mauern kleben die Todesanzeigen. In dieser anderen Welt weine ich um einen Mann, den ich kaum kenne. Einen Mann, dessen Name dort schwarz auf weiß steht und im Wind flattert, während fette, lauwarme Tropfen das*

Papier durchweichen. Der Junge, der die Zeitungen bringt, kommt nicht mehr, und dieser Gestank liegt in der Luft, der die Atemwege lähmt.
Nicht weit entfernt laufen sie um ihr Leben. Ich bleibe. Wenn sie mich wollen, bekommen sie mich in jedem Fall.
„Was fürchtest du, Samantha?“, fragt Fortuna mich. In dieser umnachteten Welt aus Illusionen und Irrsinn steht sie neben mir in ihrem eigenen Körper, das blutrote Haar zu einem dicken Zopf geflochten, den sie sich über die Schulter gelegt hat.
„Es ist nichts mehr übrig, was ich fürchten könnte.“
„Hättest du je geglaubt, dass es eines Tages so weit kommen könnte?“
Ich lecke mir nervös über die Lippen und schmecke Blut. „Wenn es möglich wäre, würde ich noch einmal wählen. Ich würde mich anders entscheiden und den Handel mit Moreen eingehen.“
„Um ihn zu retten? Solange das Schicksal ruht, ist die Zukunft in Stein gemeißelt.“
„Er hätte sie zurückgeholt“, murmle ich in meiner eigenen Welt, die mit jeder Sekunde weiter fortrückt. „Wir hätten die Uhren neu stellen können.“
„Was hätte es dich gekostet, Samantha?“
Das Erstgeborene hat er verlangt, das Erstgeborene würde er erhalten. „Nichts von Bedeutung“, murmle ich mit tauben Lippen. *Der Regen wäscht die Farbe aus dem flatternden Papier. Die Kreide wird von der Mauer abgewaschen, bis sie einfach alle fort sind. Namen über Namen, Schicksale über Schicksale. Wir haben sie in den Rachen des Krieges geworfen, der gierig über Hoffnung und Herz kroch. Unsere vergossenen Tränen sind die folgende Stille nicht wert.*
Fortuna steht mir bei, während sie näherkommen. Wenn sie mich wollen, dann werden sie mich holen. Eine Nacht ohne

Morgen. Armageddon. Wir wussten, was geschieht, bevor es geschah. Wir hätten es wissen sollen.
Alles, was danach kommt, ist betäubend und schwarz.
Eine orangene Sonne scheint.
Wer hat Angst vorm Schwarzen Mann?
Niemand.
Und wenn er kommt?
Dann bleibe ich.

15

Die Kälte kriecht mir zitternd in die Knochen. Stöhnend wälze ich mich auf die Seite. Der Geruch von Orangentee liegt in der Luft. Meine Augen brennen. Cameron. *Es gibt keinen Weg vor und auch keinen zurück und wenn wir glauben, die Schlinge abgelegt zu haben, wird sie zugezogen werden.*

Die atemlosen Qualen fressen mich auf. Sekundenbruchteile später erfüllt mich eine glühende Euphorie. Prickelnde Stille und zufriedene Ruhe.

Ich öffne die Augen.

Vor mir sitzt Vladimir, nachdenklich das Kinn auf die verschränkten Fingerspitzen gestützt und die Lippen zu einem entspannten Lächeln verzogen. „Aufgewacht, Dornröschen?"

„Wo ist Cameron?" Ich ziehe mir die Decke bis zum Kinn und während ich das tue, hinterfrage ich die Sinnhaftigkeit dessen.

Aufreizend langsam hebt Vladimir eine Schulter. „Das weiß der Teufel." Er schweigt. Ich sehe mich um. Der Raum ist mir fremd. Kein kleines Tischchen steht nur einen Meter von dem Bett entfernt und kein silberner Sternenhimmel spannt sich über die Decke. Stattdessen weite Fenster und endlose Felder.

„Mein Schlafzimmer", sagt Vladimir knapp. Seltsam zufrieden schmiege ich mich tiefer in die weichen Kissen und die duftenden Laken. Heimeligkeit. Ich versinke darin. Vladimir braucht keine Kerzen, um mir Sicherheit zu geben. Er sitzt auf dem Holzstuhl wie ein junger Gott, die Fußknöchel übereinandergeschlagen und die Knie angewinkelt. Die blonden Locken stehen wild von seinem Kopf ab wie ein gebrochener Heiligenschein und seine feingliedrigen Finger fahren gedankenverloren über sein Kinn. Er macht keine Anstalten mich

zu berühren. Mit schweren Lidern inhaliere ich die warme Luft.
„Danke."
Er zuckt wegwerfend die Achseln. „Ist schon eine ungewohnte Situation, aber kein Problem. Ich such mir morgen einfach zwei Hübsche, die wiegen dieses Missgeschick wieder auf."
Mit schmerzenden Gliedern setze ich mich auf. „Darauf wollte ich nicht hinaus. Danke für die sichere Unterkunft." Und für die … Ruhe. Ohne es näher bestimmen zu können, weiß ich, dass Vladimir ihr Ursprung ist. Sie fühlt sich an wie er. Ich halte das Geschenk fest.
Zarte Falten graben sich in Vladimirs Stirn. „Purer Eigennutz. Ich habe da einige Fragen, die mir einfach nicht aus dem Kopf gehen wollen."
Beginnt ein Gespräch auf diese Weise, erwarte ich ein romantisches Geständnis eines Mannes. Aus Vladimirs Mund erinnern mich diese Worte an eine leise Warnung, gerade neugierig genug, um meine Nervosität zu übertünchen und jede Sorge zu ersticken.
Ich fordere ihn nicht auf, seine Fragen zu stellen. Vladimir lehnt sich zurück und legt unnachahmlich entspannt einen Arm auf die Lehne. „Wie lange geht das schon? Du und die Visionen?"
Meine eigenen Fragen verbrennen mir die Zunge. „Was gibt dir Grund zu der Annahme, ich würde von Visionen geplagt?"
„Vielleicht die Tatsache, dass ich nicht völlig dumm bin und in meinem Leben schon ein paar Sachen gesehen habe?" Vladimir hebt eine Schulter. „Ich kenne einen Mann, der würde die letzten Fetzen seines jämmerlichen Verstandes dafür geben, diese Gabe zu besitzen."
„Der sie folglich nicht besitzt."

„Stimmt schon.“ Vladimir grinst mich an. „Aber der junge Herr, der dich zu mir geschleift hat, der ist diese Fähigkeit durch genug Schlafmittel und Arsen losgeworden.“
Beides kann tödlich wirken. Mein Herz zieht sich schmerzhaft zusammen.
„Ganz genau“, sagt Vladimir gedehnt. „Cameron hat sich nach dem Tod seiner kleinen Schwester ein Grab direkt neben ihrem gekauft und danach hat er sich das Zeug reingeschüttet.“
„Woher hatte er es?“
Feixend breitet Vladimir die Arme aus. „Von mir. Ich rette Menschen auf jede Weise, die ihre Herzen am bittersten wünschen.“
Cameron wollte seinen eigenen Tod. Es gelingt mir nicht, bitteren Zorn zu empfinden. Vladimir tat, worum man ihn bat, und Moral und Anstand verkennen wir gleichermaßen.
„Seit meinen jüngsten Erinnerungen. Seit ich ein kleines Mädchen war“, erwidere ich.
„Mmh. Also nicht von Fortuna an dich weitergegeben. Eigentlich schade.“ Augenrollend lehnt Vladimir sich zurück. „Damit schwindet meine Motivation, dir zu helfen, doch wieder in den einstelligen Bereich.“
„Fortuna schwört, mir zur Seite zu stehen.“
„Fortuna ist ein Miststück, das selbst dich übertrifft.“
Eine kriechende Entspannung durchfließt mich. Auf eine absurde Weise empfinde ich Zuneigung zu Vladimir, die mich genug beeinflusst, ihm zuzuhören. Und mit ihm zu sprechen wie mit einer Vertrauensperson. Oder zumindest jemandem, dessen Gegenwart mich nicht postum in die Hölle verbannt.
„Ich gedenke, Fortunas Angebot anzunehmen.“
„Welches? Dich zu übernehmen?“
„Cameron weiß sie zu kontrollieren.“

„Cameron ist eine Pfeife“, schnaubt Vladimir. „Ein cleveres Kerlchen, keine Frage. Manipulativ bis zum Gefrierpunkt, immer. Ein netter Kerl, von mir aus. Aber er kann nicht einmal sich selbst davon abhalten, dumme Sachen zu tun. Wie also dich oder gar Fortuna?“
Ich lecke mir über die Unterlippe. „Indem er bei mir ist. Er weiß sie zu vertreiben.“
„Und weswegen bist du dir da so sicher?“
Der Kuss geistert mir durch den Sinn. Die behutsamen Berührungen, nachdenklichen Blicke. „Ich bin mir sicher.“
Vladimirs leises Glucksen geht mir unter die Haut. „Mir kannst du es anvertrauen, Sammy.“ Seine weiche Stimme lockert meine Zunge.
„Fortuna ist bereits einmal in mich gefahren und hat mich in ihren Kerker geworfen.“
„Cameron hat dich daraus befreit“, murmelt Vladimir. Seine weißblonden Brauen rücken zusammen. „Hat er irgendwas gesagt? Eine Art Zauber zum Beispiel?“
„Er hat mich geküsst.“ Seufzend bette ich den Kopf erneut in den Kissen und schmiege mich tiefer in die Decken.
„Die Verräterin aus Passion kann also doch fühlen.“ Ich hebe eine Schulter. „Warum Cameron?“, fragt Vladimir. „Ich weiß, dass du seine Schwester auf dem Gewissen hast. Warum also ausgerechnet ihn? Rache? Reue?“
„Schicksal“, erwidere ich schlicht.
„Das Schicksal ist tot.“ Kopfschüttelnd steht Vladimir auf und reckt sich wie eine Katze. Unter seinem Pullover dehnen sich die Muskeln. Die langen, schlanken Finger greifen ins Nichts. „Glaub mir, das Schicksal war es nicht. Ich würde ja zu einem alten Bekannten tendieren, aber der liegt enthauptet in seinem Sarg.“
„Enthauptet?“

„Wir hatten eine kleine Auseinandersetzung.“ Vladimirs Grinsen gleicht einem dreisten Zähnefletschen. „Er hat ein paar Dinge gesagt, die er lieber hätte runterschlucken sollen. Wenn ich wütend werde, dann kann ich Menschen zu Dingen bringen. Zum Beispiel dazu, sich den Kopf abzureißen.“

Eis erwacht in meinen Venen und ehe es mich warnen kann, ist es geschmolzen. Ich schließe die Augen und atme tief ein. Meine Lungen füllen sich mit warmen Atem, der Duft von Wachs scheint in der Luft zu liegen. „Du bist grausam wie ich und tödlich wie die Kugel aus der Mündung einer Beretta.“ Eine nüchterne Feststellung, die mich Vladimir auf verdrehte Weise näher fühlen lässt.

Unter unseren Füßen schließt sich eine Tür. „Da hat Cammy wohl den Weg zurück zu uns gefunden“, seufzt Vladimir und dreht mir den Rücken zu. Die hellen Locken kräuseln sich wild. „Ich gebe dir einen Tipp, Mäuschen. Wenn du ihn wirklich liebst, dann halte dich von ihm fern. Er ist ein guter Junge. Bring ihn nicht um und treib ihn nicht in den Wahnsinn. Das hat er nicht verdient.“

Selbstlosigkeit habe ich nie erlernt. „Schlussendlich wird geschehen, was geschehen muss.“

„Hach, die Lieblingsausrede der grausamen Männer und Frauen.“ Vladimirs Lächeln ist teuflisch. „Mein Leitspruch für viele Jahre, falls es dich interessiert. Und wohin hat es mich gebracht?“

In der aufkommenden Stille bewegen Camerons Schritte sich uns zügig entgegen. Ein getriebener Mann. *Des Jägers Abzug ist gespannt, die Flinte geladen. Das Wild reckt den Kopf und schnüffelt nach Luft und Versagen. Herzen donnern. Augenblicke gefrieren. Klirrend kalte Winterstille.*

„Hierher“, erwidere ich schlicht.

„Hierher ist das Beste daran!“ Vladimirs Ausruf hallt von den weiß gestrichenen Wänden wider. „Die Abgelegenheit, die

ständig wechselnden Frauen, diese wundervolle Ruhe. Dieses Haus ist das Einzige, was mir mein Leben wirklich gebracht hat neben Geld und dieser wunderbaren Ruhe."
Knarzend öffnet sich die Tür. Der Wind hat Cameron die rotblonden Locken zerzaust, seine Wangen wurden von der Kälte bis zur Röte geküsst.
„Sie hat mich von all den Menschen, die ich nicht hätte verlieren wollen, abgeschnitten."
„Was?", fragt Cameron und legt den Mantel schwungvoll über das Bettende. Leer und einsam schwankt der dunkle Stoff über dem hellen Holzpfosten.
Vladimirs Skrupellosigkeit. „Vladimirs Feingefühl", erwidere ich schlicht und schwinge die Beine über die Kante. Meine Zehenspitzen streifen den festen Holzfußboden. Irgendetwas an dieser Situation zwischen Vertrautheit und seltener Ruhe entzieht sich mir, während Vladimir grinsend die Arme ausbreitet.
„Mein Freund! Du hast den beschwerlichen Weg gefunden."
„Zehn Minuten", murmelt Cameron und setzt sich ungefragt neben mich. „Zehn Minuten."
„Mindestens Fünfzehn. Du solltest dir abgewöhnen, deine ohnehin fraglichen Heldentaten zu schmälern." Nachsichtig lächelt Vladimir Cameron an. „Er ist den weiten, weiten Weg zu dem Mann gelaufen, mit dem ich nie wieder ein Wort wechseln wollte. Und das alles nur für einen Espresso! Kannst du das glauben?"
Camerons Fingerspitzen streifen mein Handgelenk. „Lancelot konnte mir einige Auskünfte geben, die dir mit deinem Problem helfen werden."
„Kein Problem. Möglichkeiten", wirft Vladimir ein. „Dein kleines Mäuschen und ich, wir hatten ein äußerst anregendes Gespräch."

Tiefe Falten graben sich in Camerons Stirn und die Anspannung scheint von ihm abzustrahlen wie die Kälte von einem kriechenden Winterrinnsal in den Straßen. „Was hast du ihr eingeflüstert?“

„Dass die Welt voller Möglichkeiten ist!“

„Dass er glaubt, ich könne mich selbst von Fortuna freimachen“, sage ich und aus einem Impuls heraus lehne ich den Kopf gegen Camerons Schulter. Berechnend? Manipulativ? Tödlich? Ich verkenne dieser Tat jeden Vorsatz und lasse mich in einem Sumpf aus Erträglichkeit treiben. Ich sollte Beterras Zorn fürchten. Glaubt mein Ehemann, dass Fortuna mich verlangt, wird er keinen Finger gegen mich heben. Sie würde ihm eine krachende Niederlage bescheren. Wer sein Prestige liebt, wird ihm keinen glücksgeleiteten Dolchstoß versetzen.

Der Unglauben steht Cameron klar in die Augen geschrieben. Steif beugt er sich vor zu mir. „Dass du was?“

„Dein Mäuschen ist gut“, wirft Vladimir ein. „Richtig gut. Würde ich auf die tragischen Julias dieser Welt stehen, ich würde sie behalten.“

„Die einzigen Frauen, auf die du stehst, sind Carmens“[5], faucht Cameron und steht mühsam kontrolliert auf. „Es mag für dich völlig verrückt klingen, aber nicht alle Menschen sind solche Dinger wie du.“

„Sie hat Visionen“, sagt Vladimir wegwerfend. „Sie ist auf eine andere Weise ein Ding wie ich. Sie ist ein Ding wie du.“ Sein breites Lächeln gleicht dem Zähnefletschen eines Raubtiers kurz vor dem Sprung. „Und du weißt doch am besten, welche Möglichkeiten einem Ding wie dir bleiben, Cammylein, oder?“

Ich ziehe ein Knie an die Brust, während ich die beiden aufmerksam beobachte. Sie könnten kaum verschiedener sein, auf tragische Weise im hoffnungsfrohen Wahnsinn verbunden. Während sie einander auf subtilste Art duellieren, glaube ich ein Band zu spüren, das sie zusammenknüpft wie vom Schicksal selbst gesponnen. *Vladimir ist der König, Cameron sein Bauer. Mittellos stehe ich neben ihnen und versuche aus meiner Niederlage heraus einen Sieg zu erringen. Die Götterdämmerung in ihrer reinsten Form.*

„Wenn du sie auch nur anrührst …“

„Ich würde sie enthaupten“, sagt Vladimir wegwerfend. „Wenn überhaupt, dann würde ich das tun und es täte mir nicht einmal ein winziges bisschen leid. Frauen wie sie hat diese Welt schon genug. Bei den Göttern, es reicht, wenn es eine wie sie gibt!“

„Ich habe dich gesucht, weil wir deine Hilfe brauchen“, sagt Cameron leise.

„Und die habt ihr bekommen. Erst wollte ich sie töten, dann Lancelot übergeben und nun bin ich mir ganz, ganz sicher, dass sie selbst am besten weiß, wie man Fortuna fortschickt.“

Als Vladimir mich aus seinen unheimlichen, mondklaren Augen ansieht, kriecht die Angst mir prickelnd über den Rücken. Der Schleier aus Ruhe und Betörung fällt. „Oder, Mäuschen? Bist du mächtig genug, dich selbst zu retten?“

Ein dumpfes Pochen zieht sich durch meinen Schädel. *Der Knochen scheint sich zu verformen und in die weiche Masse zu graben.* Sind es Fortunas Finger, die mich liebkosen?

Während mein Schweigen Cameron Sorgenfalten auf die Stirn treibt, fährt Vladimir fort. „Von heute an ist sie so gefährlich wie jede einzelne Waffe, die ihr guter Ehemann auf den Markt bringt. Sie ist absolut tödlich.“

„Du wirst sie nicht zu etwas machen, was sie nicht ist“, bringt Cameron zwischen zusammengebissenen Zähnen hervor.

Bedächtig atme ich ein. Die Blutspur, die meinen Weg pflastert, spricht von Grausamkeit und Kompromisslosigkeit. Ich entwickle mich nicht gerade jetzt zu einer tatsächlichen

Bedrohung. Ich habe mich vor Jahren unter eisig kaltem Regen dazu entschieden, diesen Weg einzuschlagen.
Meine Zofen wisperten von Verrat und Verschwörung. Was sie planten, nicht planten, hätten planen können, wurde im Keim erstickt. *Was sie erwartet, ist größer.*
Die Bilder, die mich die letzten Tage intensiver plagten als all die Jahre zuvor, Fortuna, beides muss einen Sinn haben. Welchen, wenn nicht den, diesen Krieg für unser Land zu verhindern?
„Mach die Augen auf!“, ruft Vladimir aus und sein bitteres Amüsement schneidet mir in die Seele. „Wer hat dein kleines Schwesterchen umgebracht? Na, wer war es? Wer? Wer, verdammt?“ Mit jedem winzigen Schritt, geschmeidig wie der eines Luchses, gewinnt Vladimir mehr Raum, als ihm zusteht. Der Schauer beißt in meine Wirbelsäule und kriecht klirrend meine Knochen hinab. Camerons Miene erstarrt. Grausam langsam streckt Vladimir den Arm in meine Richtung aus und deutet auf mich. „Sie, mein junger Freund. Die hübsche, kleine Sam war allein schuldig. Sie hat Amilia ganz allein vergiftet und ihr dabei zugesehen, wie sie langsam, quälend langsam dahinsiecht, obwohl sie gewusst hätte, wie man deine bedauernswerte Schwester heilen kann. Mach dir nichts vor. Du hängst dein Herz an die Knarre, deren Lauf du dir am Ende des Tages an die Schläfen halten wirst, und du genießt es. Weil du mit Sam an deiner Seite niemals die Schuld bei dir suchen musst.“
Die folgende Stille donnert laut wie ein tobendes Unwetter. Mein Schädel bebt in sich selbst. Ich glaube Blut zu schmecken.
Cameron verschränkt die Arme vor der Brust. „Du hast in deiner Gleichung was vergessen.“
„Dass sie ein Mensch ist und Menschen sich verändern?“, fragt Vladimir gefährlich leise. „Sie hat die Veränderung

bereits hinter sich, Cammy. Diese Veränderung hat sie an diesen Punkt ihres Lebens gebracht. Diese Veränderung war ihr größtes Geschenk an sich selbst. Denk darüber mal nach."
„Ich bin nicht du." Cameron leckt sich flatternd über die Unterlippe. „Ich werde mich nicht meiner größten Angst ergeben, sondern sie bekämpfen."
In erschütternder Arroganz schießen Vladimirs Brauen in die Höhe. „Du treibst ein tödliches Spiel, Cammy."
„Ich weiß, was ich tue."
Lange sieht Vladimir mich nur an. Das Pulsieren von Vladimirs Pupillen nimmt mich gefangen. Auf furchtbarste Weise bin ich mutterseelenallein. Ich sehe ihm in die Augen und er scheint mich durch die Abgründe meiner Seele zu jagen. Mir jeden Makel, jeden Fehler, jedes Missgeschick vor Augen zu führen, bis ich meinen Verstand setze und verspiele. *Wir spielen Skat.* Gegen ihn werde ich mit Königen und Buben verlieren. Er hält die Asse in der Hand, allesamt. Außer ihm und mir ist niemand in dieser Partie von Bedeutung.
„Du hast keinen blassen Schimmer, worauf du dich einlässt. Ich habe Göttinnen gesehen, die gnädiger waren als deine süße, kleine Sam. Sie wird dich abknallen, sobald sie sich davon einen Vorteil verspricht."
In dieser Sekunde begreife ich meinen eigenen Irrtum. Wie könnte Vladimir mich kennen, ohne einen Blick in meine Seele geworfen zu haben? Ihm genügt ein Taxieren, ein Provozieren, ein Schikanieren. Jedes Feingefühl und jede Schattierung verliert er aus den Augen.
Schweigend reiche ich Fortuna meine Hand. *„Komm zu mir"*, bitte ich sie. *„Für eine Weile."* Sie fügt sich. Wir spielen Katz und Maus. Die Katze verkriecht sich in ihrem Sack.
Die Unsicherheit in Camerons Gesicht schneidet mir ins Herz. Unsere gestohlenen Wochen vor dem knisternden Feuer des Kamins scheinen uns gleichzeitig einzuholen.

Diese Zeit hätten zahlreiche Menschen genutzt, sich Versprechungen zu machen.
Wir nicht. Wir schwankten zwischen verschleierten Drohungen und gewünschten Liebeleien, die kein glückliches Ende kennen. Ich unterzeichne die Tragödie und reiche sie Gott, betend für ein erfülltes Leiden.
Cameron räuspert sich. „Lancelot wird in wenigen Minuten hier sein."
„Lancelot wird dieses Gebäude nicht betreten."
Herausfordernd reckt Cameron das Kinn. „Er will die Sache mit dir gemeinsam besprechen."
„Wenn er nur einen Fuß über diese Schwelle setzt, hat sein letztes Stündlein geschlagen." Vladimir senkt die Stimme. „Du wirst niemanden in mein Heim einladen."
Mit einer Sicherheit, die Cameron umgibt wie sein kindlicher Charme, greift er nach meiner Hand und zieht mich zu sich. „Darüber kannst du dich schwarzärgern. Er wird kommen."
„Wird er nicht", bringt Vladimir zwischen zusammengebissenen Zähnen hervor. „Und wenn ich ihn eigenhändig umbringen muss."

Camerons Gegenwart wiegt schwerer als Vladimirs. Ehe das Wortgefecht zu einem Handgemenge werden kann, öffnet sich die Tür, gefolgt von dem Pfeifen des Windes, der sich selig durch den Korridor windet. „Ich hätte dir das Genick brechen sollen.“ Seelenruhige Worte, während Vladimir Cameron taxiert.
Vladimir wendet uns den Rücken zu und verschwindet mit einer unmenschlichen Geschwindigkeit aus der Tür. Camerons Hand wandert zu meiner Hüfte.
„Wir sollten verschwinden, solange wir können. Ich weiß nicht genau, was zwischen den beiden vorgefallen ist, aber es ist der perfekte Moment, um abzuhauen.“ Die Cameron umgebende Unruhe ist greifbar.
„Du fürchtest, Vladimirs Beherrschung könnte kippen.“
„Sie ist längst gekippt.“ Cameron zieht mich zur Tür und ich folge ihm auf den Fuß. Der Wind knabbert an meinen Zehen, kriecht wie eine Schlange über den Boden. „Ich habe ihn noch nie so unbeherrscht erlebt. Bei Vladimir ist das Leben entspannt und lustig.“
Der Atmosphäre scheinen Zähne gewachsen zu sein, die sich gierig in unser Fleisch bohren.
„Es war die richtige Entscheidung, ihn aufzusuchen.“
„Das kann ich kaum glauben“, murmelt Cameron und führt mich durch den Korridor die schmale Treppe hinab.
„Vladimir hat mir vor Augen geführt, dass ich die Möglichkeiten habe, Fortuna zu bannen.“
„Wenn du diese Macht über Fortuna hast“, sagt Cameron heftig, „warum konnte Fortuna dich gestern übernehmen?“
„Weil du mir nicht die Hand gereicht hast“, seufzt Fortuna. Ich spüre ihre schnurrende Zufriedenheit und gebe mich dem hin. *Der Untergang beginnt in mir.* Wenn dieser Krieg im

Keim erstickt werden soll, braucht es ein Wunder und das Glück auf meiner Seite.
„Ich habe sie nicht erwartet“, erwidere ich schlicht. Die Stufen unter unseren Füßen beben, als die Tür krachend ins Schloss geworfen wird. Ein goldenes Prickeln geht durch meine Adern. Schützt es mich vor Tod und Verderben?
„Eine ganz einfache Anweisung.“ Vladimirs gepresste Stimme geht mir unter die Haut. „Du verschwindest hier und lässt dich nie wieder blicken.“
„Fortuna plant ihren Rachefeldzug. Du kennst ihren Preis nicht“, erwidert eine nüchterne, männliche Stimme.
Fortuna schmiegt sich enger an mich. Ich lasse es zu.
„Fortuna ist nur eine nutzlose Göttin! Ein Schreckgespenst, nicht mehr, nicht weniger.“
„Den Eindruck hatte ich nicht.“ Lancelot klingt auf furchtbare Weise ausdruckslos und gelangweilt. Mir stellen sich die Nackenhaare auf.
„Wann? Als du vor sechshundert Jahren mal mit ihr Schach gespielt hast?“
„Während unserer gemeinsamen Jahre.“
Überrascht blinzle ich. Die Stille ist abrupt. Auf der untersten Stufe verharren Cameron und ich unisono, gleichermaßen ratlos.
„Du bist mit Fortuna ins Bett gegangen?“, entfährt es Vladimir. Die Göttin scheint sich genüsslich in mir zu räkeln.
Lancelots Schweigen spricht für sich. „Der ist noch durchgeknallter als Vladimir“, murmelt Cameron und zieht mich von der Treppe in den Flur.
„Sobald Fortuna sich mit einem Menschen verbunden hat, bewegt sie sich außerhalb unserer Möglichkeiten“, sagt Lancelot.
„Genau deswegen wollen wir sie umbringen, du Leuchte.“

„Das Mädchen, das sie in sich aufgenommen hat?“, vergewissert sich der ausdruckslose Mann.
Cameron stolpert über seine eigenen Füße. Besänftigend küsst Fortuna mich. *„Du musst nichts fürchten. Ich bin bei dir, ich beschütze dich.“*
„Nein“, antwortet Vladimir gedehnt. „Fortuna. Und, nur für dein blödes Protokoll, dafür werden wir deine Hilfe nicht benötigen.“
Die beiden stehen vor der Tür. Ein Durchkommen scheint unmöglich. Vladimir hat sich mit verschränkten Armen vor Lancelot aufgebaut, den Kopf gesenkt wie ein Stier. Langsam hebt Lancelot den Blick und sieht uns an. Das Grün seiner Augen ist stechend, die Haut im krassen Kontrast zu seinen pechschwarzen Haaren unwirklich blass. Ihn umgibt die gleiche rätselhafte Schönheit wie Vladimir. Perfektion, die durch ihre Makellosigkeit gewöhnlich wird. „Werdet ihr.“ Langsam hebt Lancelot eine Braue.
„Werden wir …“ Vladimir lässt seinen Protest unausgesprochen in der Luft hängen und dreht sich zu uns um. Seine weißen Locken scheinen sich aufzustellen. „Du dummes, dummes, dummes Ding“, zischt er. „Wie konntest du nur?“
Cameron räuspert sich. „Wir werden jetzt gehen.“
„Einen Teufel werdet ihr tun“, sagt Vladimir gefährlich langsam. Ein Schimmer scheint über das Türblatt zu kriechen. Ölig, fest und unüberwindbar. Lancelot zieht die Hand zurück.
„Die Wahrscheinlichkeit, unter Berücksichtigung aller bekannten Variablen, Fortuna aus dem Spiel zu nehmen, sobald sie Teil eines lebenden Organismus geworden ist, liegt bei ungefähr 0,00028156725 Prozent. Grob gerundet.“
„Grob gerundet“, äfft Vladimir Lancelot nach. „Du solltest einfach verschwinden. Und zwar bevor ich dich erwürge.“

„Das könntest du nicht." Der Zorn, der von Vladimir abstrahlt, straft Lancelot Lügen. Spürt er es nicht? Sieht er es nicht? Lancelot geht an Vladimir vorbei, als müsste er nichts befürchten, und reicht mir nach einer galanten Verbeugung die Hand. „Samantha Beterra. Es ist mir eine außerordentliche Ehre, Euch persönlich kennenzulernen." In seiner Stimme höre ich kein Gefühl.
„Ihr solltet euch ganz perfekt verstehen", zischt Vladimir. „So von Verräter zu Verräter."
„Wir sollten das Kriegsbeil begraben", sagt Lancelot gelassen. „Zumindest bis diese Gefahr gebannt ist."
„Fortuna kannst du nicht bannen!"
„Ich spreche nicht von Fortuna, sondern von dem anstehenden Krieg."
Neben mir kneift Cameron angespannt die Augen zusammen und massiert seine Nasenwurzel. Was weiß er, was wir nicht wissen? Ich öffne die Lippen, kein Ton verlässt meinen Mund. *Fortunas Finger schließen sich sanft um meinen Kehlkopf.*
„Wir würden jetzt gern gehen", wiederholt Cameron.
„Und ich würde gern vergessen bis in alle Ewigkeit", sagt Lancelot langsam. „Wir bekommen selten, was wir wollen, und wenn doch, dann entpuppt es sich als verhängnisvolle Lüge."
„Du hättest einfach deine faulen Finger rühren können", zischt Vladimir zwischen zusammengebissenen Zähnen.
„Mir waren die Hände damals gebunden, wie sie es heute sind."
„Du kannst uns also nicht helfen? Grandios!", ruft Vladimir aus. „Und jetzt verschwinde aus meiner Küche, bevor ein echtes Unglück passiert."
„Fortuna könnte unser Ass im Ärmel sein", gibt Lancelot zu bedenken.

„Solange ihr Samantha mit euren Ideen gefährdet, ist das völlig egal. Ich wollte eure Hilfe haben und niemanden opfern.“
Unwirsch fährt sich Cameron über das Gesicht. „Wir können sie nicht einfach einer Göttin opfern.“
Vladimir zieht widerwärtig langsam eine Braue in die Höhe. „Göttin oder reicher Schnösel. Du hast die Wahl.“
Ehe Cameron sich auf diese Diskussion einlassen kann, befreie ich mich von den Ketten des Schweigens. *„Ich allein habe die Wahl“*, berichtige ich Vladimir gelassen. Fortunas Fingerspitzen scheinen mich zu liebkosen, eine sanfte, behutsame, bittersüße Berührung, die mich an Heimat erinnert wie Camerons unschuldiges Lachen.
„Schon wieder ein Irrtum!“, ruft Vladimir aus. „Du bist so machtlos, du bist nicht einmal eine Figur in jemandes Spielen. Ob du existierst oder nicht, das entscheidet eine Laune von irgendeiner höheren Macht.“
„Gott schützt seine Kinder.“
Lancelot räuspert sich und fährt sich mit dem Daumen über die Stirn. Sacht neigt er sich zu mir, der schwarze Mantel ausgebreitet wie die finsteren Flügel einer Fledermaus. Sein kreidebleiches Gesicht erinnert mich an Tod und Verderben und während ich in seine intensiven, grünen Augen blicke, glaube ich die andere Seite von Camerons Medaille gefunden zu haben. Schuld verzehrt den jungen Mann vor mir, bis die weichen Lippen verhärmt sind und die Muskeln in den Wangen zucken. Jede beherrschte Bewegung vibriert vor Anspannung und was unschuldiges Entscheiden bedeutet, scheint er vor Jahrzehnten vergessen zu haben. Dabei kann er kaum sein zweites Lebensjahrzehnt vollendet haben.
„Samantha, ich erachte es als vorteilhaft, Glauben und Hoffen in dieser Angelegenheit hintenanzustellen“, erwidert Lancelot bedächtig.

„Wir sind Glauben und Hoffen“, ruft Cameron zur gleichen Zeit aus, wie Vladimir sagt: „Zumindest in deiner Gegenwart.“
Ich verschränke schützend die Arme vor meiner Brust und so absurd mir diese Situation erscheint, so unwillkommen und unverhofft, so überzeugt bin ich doch, dass wir in diesem Sumpf aus Anspannung und schwelendem Zorn einen Funken Orientierung finden können.
„Du brauchst ihren Rat nicht“, flüstert Fortuna mir ein. *„Von nun an hast du mich. Ich werde dich beschützen. Mit mir an deiner Seite, wirst du den Krieg entscheiden.“*
Die Würfel sind gefallen. Ich habe die falsche Farbe gewählt. Das ach so unschuldige Bild aus den frühesten Kindertagen hat sich in mein Gedächtnis gebrannt. Die Herren spielten bei zu viel Alkohol Karten. Oben auf dem Stapel lag ein Kreuz Ass und man nahm dem Unglücklichsten seinen Besitz.
„Ich werde Fortuna nicht töten“, sage ich.
„Kannst du doch auch gar nicht!“, ruft Vladimir aus. „Du bist ein Flittchen, das sich durch die halbe Oberschicht geschlafen hat.“
„Dass ausgerechnet du das sagst, ist schon ein wenig ironisch“, presst Cameron zwischen zusammengebissenen Zähnen hervor.
Mein Nacken prickelt. Bei Lancelots Räuspern scheint die brodelnde Anspannung Gift zu sprühen.
„Keiner fragt nach deiner verdammten Meinung, Cameron“, zischt Vladimir.
„Samantha tut es.“
„Nicht in diesem Moment.“ Meine Unterarme beben vor Anspannung, während ich spreche. „Du“, ich sehe zu Lancelot, „scheinst dafür zu plädieren, Fortuna zu nutzen. Cameron vertritt die strikte Gegenmeinung und Vladimir scheint entschlossen wie ein Fähnchen im Wind.“

„Vladimir versucht taktvoll zu sein, du nutzlose Hexe", faucht Vladimir.
Mein Gaumen prickelt. Mit der Zungenspitze fahre ich mir über die Zähne. Ein heftiger Windstoß schüttelt das Haus, weit entfernt von Zivilisation und Moral.
„Sehr taktvoll", sagt Cameron kühl. „Vielleicht lebst du doch nur noch, weil die bösen Menschen am längsten auf der Erde behalten werden."
„Würde erklären, warum es deiner niedlichen Sammy so gut geht."
Das goldene Funkeln in meinen Adern scheint zu Asche zu verbrennen. Fortuna schmiegt sich tiefer in mich. *„Ein Wort"*, wispert sie. *„Ein Wort und ich sperre ihn in seinen größten, verzweifeltsten Traum, um ihn für Vladimir allein in Flammen aufgehen zu lassen."*
Wenn ich wollte, könnte ich Fortuna in Fesseln legen? Ich spüre den zwischen uns aufbrandenden Krieg sicher wie das wartendende Donnern am Horizont. Werde ich die Oberhand behalten können?
Lancelots durchbohrende Blicke bemerke ich erst, als Fortuna sich zähnefletschend fortduckt. Die Intelligenz, deutlich in seine Augen gezeichnet wie die Farbe seiner Iriden, droht mir wortlos und öffnet mir eine einzige Buchseite. Die, die mir verrät, dass Lancelot meine Entscheidung sieht und versteht. Eine zarte Falte gräbt sich in seine Stirn und ich bebe wie die angeschlagene Saite einer Violine.
„Ich bin davon überzeugt", sagt Lancelot, „dass Samantha die einzige Entscheidung treffen wird, die sie vertreten kann. In dieser sollten wir sie unterstützen."
„Ganz genau", pflichtet Cameron ihm bei. Die erdbeerblonden Haare stehen ihm wirr vom Kopf ab. Als die Tür knarzt, klopft der auffrischende Wind an. Ich meine die

Fensterscheiben im Rahmen klirren zu hören. „Samantha und ich werden gehen, bevor uns der Sturm hier einsperrt."
„Angst, dass du ihn nicht überlebst?", spottet Vladimir.
„Nein." Cameron reckt das Kinn in die Höhe. „Du solltest Angst haben."
Kichernd wälzt Fortuna sich in mir. Sie weiß über Vladimir, was ich nicht wahrhaben will. Ich schiebe jede Ahnung fort.
„Solange Fortuna mich nicht beherrscht", sage ich, „könnte sie uns von Nutzen sein."
„Ach, echt?" Vladimir reißt die Hände in die Höhe. „Darauf wäre ich ja nie gekommen! Aber, Mäuschen, sie buttert jeden unter, der nicht mindestens so mächtig ist wie sie selbst. Sie hat das verdammte Schicksal an der Gurgel gepackt und in den Tartarus gestoßen!"
„Ich bin nicht das Schicksal", antworte ich.
„Woha, sie hat es begriffen! Können wir die Diskussion dann endlich beenden? Mir wachsen graue Haare."
„Die Diskussion ist längst beendet." Meine Lippen verziehen sich zu diesem kühlen Lächeln, das die Damen echauffiert und die Herren verunsichert. „Ich werde mir deine Worte zu Herzen nehmen."
Lange sieht Vladimir mich nur an. Jeder in diesem Raum, selbst der aufkommende Sturm, scheint den Atem anzuhalten. Leise tapsen Sonnenstrahlen über den hellen Holzboden, verfangen sich in edlen Teppichen und huschen lachend die weißen Wände hinauf. „Den Teufel wirst du tun", sagt Vladimir leise. „Ich schwöre dir, Mäuschen, wenn du sie in deinen Verstand lässt, dann werde ich mich eher aufhängen, als dir zu helfen. Du machst dich daran, dein Todesurteil zu unterschrieben." Neben mir öffnet Cameron den Mund, Vladimir lässt ihn nicht zu Wort kommen. „Du hast es längst getan, oder? Ich kann sie spüren." Vladimirs bloße Anwesenheit

scheint mich zu durchbohren. „Ich sag dir eines, Sammy, du bist den Pakt mit dem falschen Teufel eingegangen."
„Sie ist gar nichts eingegangen", sagt Cameron heftig und greift erneut nach meiner Hand. Unsanft zwingt er meinen Arm hinunter. „Wir verschwinden." Er spricht einen Befehl, direkt an mich gerichtet, *und ich beuge mich dem*. In Lancelots düsteren Augen steht eine Akzeptanz, die mich an meiner Entscheidung erste Zweifel finden lässt.
„Sollte Samantha einen Handel schließen", sagt Lancelot, die Stimme erstmals ansatzweise erhoben, „werde ich bereit sein, sie zu unterstützen."
„Das wird nicht nötig sein. Das mache ich." Cameron macht einen Schritt in Richtung der Tür und zieht mich mit sich. *Sobald wir dieses Gebäude verlassen, wird Blut fließen.* Vladimir und Lancelot stehen einander gegenüber wie Tag und Nacht, einer finsterer als der andere. Ying und Yang.
Vergessen und Verderben.
Vladimir hebt einen Mundwinkel und sein Feixen verzerrt sich zu einem blutrünstigen Zähnefletschen. „Du hast dir das falsche Spielzeug gesucht, Cameron!", ruft er aus. „Sie wird dich noch vor Ende des nächsten Jahres umgebracht haben. Du wirst verrecken wie dein süßes Schwesterchen. Ihretwegen. Sie ist kein Engel. Wenn sie Fortuna tragen kann, dann nur, weil sie noch verdorbener und widerlicher ist als sie."
Der Atem stockt mir in der Kehle, während Cameron mich mit eiserner Hand aus dem Gebäude führt. Ich glaube, eine Unsicherheit an ihm zu sehen, die mir nicht schmeckt. Das gemähte Feld zuckt unter den Strömungen des Sturmes von links nach rechts. Mit dürren Fingern greift der Wind mir ins Haar und reißt an den wirren Strähnen. Die Füße schmerzen von dem Marsch hierher. Meine Seele, mein Herz, beides scheint von fremden Händen berührt und gewogen worden zu sein. Fortuna fröstelt in mir.

„Einer von den beiden war feiger als der andere. Du beschreitest den richtigen Weg."
Ein düsterer Schwur. Ich sehe die Lüge klar vor Augen. Schlug ich nicht absichtlich den finstersten Pfad ein, sicher, dass mich von dort aus niemand beherrschen könnte? Die schmutzigsten Wege führen ins Herz der Schatzkammer. Ich würde durch kniehohes Blut waten, um an dem Punkt anzukommen, für den ich alles opferte.
Regen prasselt auf graue, verhungerte Straßen. Der Bordstein baut sich vor mir auf. Ich bin zu winzig, zu klein, zu unbedeutend, um mich daran hochziehen zu können. Mein Körper versagt mir den Dienst. Dünne Blutschlieren strecken sich mir entgegen.
Camerons Griff lockert sich kaum merklich. Gerade genug, damit ich mich krampfhaft an ihn klammere. „Das alles tut mir leid", sagt er, den Kopf sacht in meine Richtung gedreht, Reue ins Gesicht geschrieben, die er nicht empfinden muss. „Ich war mir sicher, dass Vladimir uns helfen kann. Er ist kein böser Mann."
Leise lacht Fortuna.
„Du kannst nichts dafür."

Eine gute Ehefrau ginge zurück in das Haus ihres Mannes. Eine pflichtbewusste Dame kehrte zurück an seine Seite und eine machtdürstende Intrigantin würde sich heulend vor des Ehemanns Füße werfen und um Vergebung flehen.
Fortuna will mich an Fäden führen und für den Moment lasse ich es zu. Schweigend folge ich Cameron zurück in sein Heim und als er an der Tür zögert, beinahe als wöge er ab, ob er mich nicht doch besser nach Hause schicken sollte, hielt ich mich an ihm fest, als verlöre ich andererseits den mickrigen Rest meines Verstandes.
„Ich kann nicht zurückgehen", flüstere ich. „Er würde mich erschießen."
„Beterra würde dir kein Haar krümmen."
Beterra würde mich auf Händen tragen, wüsste er, dass Fortuna in meinem Inneren ruht. In seiner Sucht nach Macht begann er an alte Geschichten zu glauben. Die meisten von ihnen sind wahr.
Manches muss ein Geheimnis bleiben. Fortuna ist mein erstes Ass im Ärmel. Drei weitere und ich kann den Krieg für mich entscheiden, ehe er begonnen hat.
In der Ferne glaube ich Kanonen donnern zu hören. Die Artillerie ist scharf und auf uns gerichtet. Der faule, schwefelgeschwängerte Geruch von Verderben kriecht neblig durch die Straßen. Schreie stimmen ihre eigene Symphonie an. In der Ferne tönen die Fanfaren. Engel stürzen, die Flügel und den Glauben verloren, und kehren ein zwischen Hass und Unglück.
„Bitte", wispere ich und appelliere an Camerons gutes Herz. „Bitte, tu mir das nicht an. Ich kann nicht zu ihm zurückgehen!"

Er verzieht den Mund. „Du wolltest einen Mann wie Beterra doch dringend haben. Was hat sich geändert?“
Dass er mir selbst dann nicht die Oberhand ließe, wenn ich mein Herz dafür gäbe.
„Ich sehe einige Sachen klarer“, flüstere ich und lege beide Hände auf Camerons Brust. Sein Atem kommt und geht zügig. „Was nutzt mir ein Mann wie er, wenn er mir nichts geben kann?“
„Das Collier“, erinnert Cameron mich. „Das hat er dir geschenkt.“
Das Collier, das tonnenschwer in meiner Tasche ruht.
„Er hat mir nie etwas gegeben, was wirklich zählt“, verbessere ich mich. Wenn ich ein neues Netz aus Lug und Trug spinnen muss, um Cameron zu halten und Beterra in die Knie zu zwingen, dann soll dem so sein. Ich gebe mich den Möglichkeiten hin wie ich es das letzte Mal als Kind tat. Mit Fortuna neben meiner Seele stehen mir alle Türen offen.
Mit Camerons Zuneigung, ob nun vorgetäuscht oder aufrichtig, hebt sich ein schützender Schild vor mich. Die kindliche Unschuld in seinem Blick jagt mir einen Schauer über den Rücken.
„Er kann dir alles kaufen“, sagt Cameron, aber lässt mich ein.
„Alles, was man mit Geld kaufen kann“, pflichte ich ihm bei. „Aber manchmal ist das nicht genug.“ *Wir tanzen Teufelsreigen und ich stürze mich mitten hinein.*
Angespannt atmet Cameron aus und schließt die Tür hinter mir. Das knarrende Licht der Neonröhren brennt sich in meine Netzhäute. Camerons Hand ist mein Anker auf hoher See. *Die Stufen fühlen sich porös und plump unter meinen Füßen an.*
„Manchmal sagst du Sachen, die ergeben keinen Sinn, Sam.“ Sein Lächeln ist weich wie eh und je. Die Nervosität, die

Vladimir ihm mit bitterbösen Worten in die Knochen hauchte, scheint greifbar.
„Was meinst du?“
„Alles hiervon“, erwidert Cameron. „Wie kann das nicht genug sein, was er dir schenkt? Er kauft dir die halbe Welt.“
„Aber er liebt mich nicht. Er würde mich eher einer grausamen Göttin ausliefern, als mich je aufrichtig zu wollen.“
„Das glaube ich nicht.“
„Glaub es ruhig.“
„Ich sehe doch, wie er dich ansieht!“, ruft Cameron aus. Er greift in die Tasche seines schweren Mantels und zieht einen Schlüssel hervor. Quietschend dreht er sich im Schloss. „Beterra vergöttert dich.“
„Er liebt mich auf die gleiche Weise wie seine Waffen“, erkläre ich nüchtern. „Wenn er die Karten richtig spielt, mache ich ihn zu einem mächtigeren Mann. Allerdings“, ich hebe eine Schulter und schiebe mich in den kleinen Raum, ehe Cameron es sich anders überlegen kann, *„scheinen die Würfel gefallen zu sein.“*
„Weil du weggelaufen bist, will er dich nicht mehr?“ Cameron stößt wütend die Luft zwischen den Zähnen aus und schließt krachend die Tür hinter sich. „Du machst es dir sehr einfach, denkst du nicht auch?“
Weil ich der Wahrheit ins Gesicht blicke? Ich ziehe in Betracht, dass Beterra mich am Leben lassen würde. Natürlich tue ich das. Er liebt die Macht und wenn Fortuna in mir wohnt, dann ist diese Macht ihm garantiert. Er würde mich in das schönste Gefängnis von allen schließen, mich mit Gold und Silber überschütten.
Und ich würde weiter und weiter in mir verkümmern.
Mit Fortuna neben meiner Seele …
Ich atme tief ein. „Cameron“, flüstere ich. „Ich möchte bei dir bleiben.“

„Gibt es einen bestimmten Grund dafür?“, fragt er und ich glaube die Meilen zwischen uns greifen zu können. Während er meine Hand hält.
Achselzuckend schlinge ich den freien Arm um mich. „Bei dir fühlt es sich einfach besser an. Ich habe das Gefühl, bei dir bin ich zuhause angekommen.“
Facetten der Wahrheit schenke ich Cameron, die in dieser Form, manipulativ und triefend, für ihn bestimmt sind. Cameron macht einen Schritt auf mich zu. *Spürt er nicht, dass die Fäden meines Netzes ihm die Arme zu binden beginnen?*
„Das macht mich froh“, sagt er. Seine Stimme klingt belegt. Raschelnd legt Cameron seinen Mantel über einer Stuhllehne ab und setzt sich auf sein Bett. Die Decke liegt zerknüllt auf der Matratze und erinnert im dunkelroten Schein der untergehenden Sonne an die Göttin, die schattenhaft im Herzen des Raumes stand. Sich aus der Finsternis erhob und die Dunkelheit schuf. „Du verstehst hoffentlich, wenn ich trotzdem …“ Cameron lässt den Satz unvollendet in der Luft hängen. *Meine Lippen kräuseln sich zu einem Lächeln.*
„Natürlich“, wispere ich und setze mich neben ihn. Behutsam streicheln meine Finger über seinen Unterarm. Die Muskeln schmiegen sich gegen meine Kuppen und erinnern mich an den Soldaten im Schafspelz. Sollte Cameron sich je selbst vergessen, wird er dann schrecklicher sein als Beterra?
Seine grünen Augen erstrahlen, während er mich angrinst. „Du hast mich nicht aussprechen lassen.“
„Ich dachte, du wärst fertig gewesen.“
„Nur fast.“ Er fährt sich mit einer Hand über das Kinn. „Du bittest also wirklich mich um Hilfe? Ganz offiziell?“
Überrascht blinzle ich und schlage die Beine übereinander. Um Hilfe? Nein. „Um Gnade“, sage ich. „Um Gnade und Vergebung möchte ich dich bitten. Für alles, was ich dir und deiner Familie angetan habe.“

Hektisch leckt er sich über die Unterlippe. Im Kern, da ist Cameron doch gefährlich wie eine giftspuckende Natter, die ihre Rassel schwingt. „Vergebung ist ein großes Wort“, gibt Cameron zu bedenken. Ob es zu groß ist, zu gewichtig, um es in Betracht zu ziehen, möchte ich ihn fragen.
Cameron hüllt sich in Schweigen und ich stimme mit ein. „Andererseits, du und ich, wir haben beide Frieden geschlossen mit der Vergangenheit.“
Er. Nicht ich. *Und er nur um des Sieges Willen.*
„Wir haben einander verdient, glaubst du nicht auch?“, sage ich.
Als Cameron das Gewicht verlagert, knarrt das Bett protestierend. Ich bitte Cameron um Peter Pans Abenteuer. Wissen wir beide, wie viel Blut Nimmerland vergoss, um Peter bei Laune zu halten?
„Wenn du das sagst, klingt das nicht gut.“
„Warum?“
Nach kurzem Zögern sagt Cameron: „Es klingt einfach nicht gut.“ *Weil ich ihn in die Hölle bringen werde und nicht in den Himmel. Ein Teil von ihm weiß das so sicher wie seinen Namen.*
„Es wird gut sein“, schwöre ich ihm.
Kalter Herbstwind reißt an meinem Körper und Camerons Name flattert vor mir. Der Junge, der das Tagesblatt bringt, kommt schon lange nicht mehr und die Menschen, die einander grüßten, fressen die Blumen neben der Straße. Ich zähle die Gefallenen der letzten Woche und begreife, dass es unwiderruflich ist. Auf die falsche Farbe wurde gesetzt und der Krieg verzehrt, was ihm zwischen die Zähne kommt.
Das Blut friert mir in den Adern. „Es wird gut sein“, wiederhole ich. Was gäbe ich nicht alles dafür, dass jedes, was geschehen wird, sich verflüchtigt. Ich glaube, die Zukunft besser greifen zu können als die Gegenwart, während ich hier

sitze. Auf einem fremden Bett, in einem fremden Raum, einem Mann gegenüber, dem ich die geliebte Familie nahm. Der Streit der jungen Männer, Vladimir und Lancelot, draußen in dem Haus auf dem Feld, zwickt an meinem Bewusstsein.
„Wird es nicht“, beharrt Cameron. Sein Lächeln wächst und die grünen Augen strahlen wie am ersten Tag. „Sam, weißt du, was ich glaube?“
Dass der Himmel über uns zerbrechen wird. Die Scherben schneiden jedem Soldaten zweimal ins Herz und einmal durch die Kehle.
Er neigt sich zu mir. Der Geruch des Winters haftet an ihm wie eine zweite Haut. „Du bist das beste Abenteuer von allen.“
Eines, das ihn ins Grab bringen wird.
Fortuna verbietet mir den Mund. Ich selbst hätte mich geweigert, Cameron einen Einblick in das zu geben, was durch meine Sinne geistert.
„Du wirst einem der mächtigsten Herren Italiens die Frau rauben.“
„Ach, die hat sich doch selbst schon geraubt“, sagt Cameron gelassen und schlingt einen Arm um meine Taille. „Ich mache mir eher Sorgen um jemand anderen.“
Den Soldaten, der bei ihm lebt?
„Fortuna wird zurückkommen“, malt Cameron den Teufel an die Wand. „Sie wird wieder versuchen, dich zu übernehmen.“
„Fortuna könnte uns in die Hände spielen“, sage ich. Wie um zu protestieren, öffnet Cameron den Mund. Ich lasse ihn nicht zu Wort kommen. „Meine Zofen sprachen von einer Verschwörung und du weißt davon.“
„Es gibt keine Verschwörung.“
Erhobene Waffen, Schießpulver in der Luft. „Ahnst du, was ich auf der Welt am ehesten fürchte?“

Cameron rollt die Augen. „Lass mich raten. Eine Verschwörung."
„Einen Vertrauten, der mich belügt."
„Ich lüge nicht."
„Doch."
„Willst du woher wissen?" Cameron nimmt den Arm von meiner Schulter. „Kannst du meine Gedanken lesen?"
„Das muss ich nicht. Soeben hast du dich selbst verraten."
Mit gehobenen Brauen lehnt Cameron sich zurück. „Wie kommst du denn darauf?"
„Wenn du dich davor fürchtest, dass ich deine Gedanken lesen könnte, dann verbirgst du Geheimnisse."
Das kindliche Funkeln weicht aus Camerons grünen Augen. „Würdest du es toll finden, wenn ich in deinen Kopf hineinsehe?"
Bedächtig lehne ich mich gegen sein Kopfende und streife die Stiefel von meinen Füßen. Die Zehen frei bewegend seufze ich auf. „Ich verberge viel und jeder weiß es."
„Und ich nichts!"
Eine weiße Weste für Mussolinis entfernten Neffen? *Spottend schlage ich die Knöchel übereinander und schmiege mich tiefer in das harte Kissen.*
„Du bist ein Geheimnis", sage ich und neige mich zu Cameron. „Du versuchst Menschen an Fäden zu führen."
Die Falten, die sich auf Camerons Stirn stehlen, wirken aufrichtig. „Ich tue was?"
Ein Bein angezogen, bette ich das Kinn auf meinem Knie. „Du manipulierst Menschen und du machst es gut. Um ein Haar hätte ich es nicht bemerkt."
Camerons Lachen ist gerade unschuldig genug, um seine Schuld zu verraten. „Ich würde nie einen Menschen manipulieren!"
Wir schmecken die Lüge beide in der Luft.

„Ich würde niemals Fortuna in meinen Geist lassen, aber *für Ideale bleibt kein Platz mehr*. So ist es doch, oder?"
„Klar bleibt Platz für …" Cameron schießt aufrecht in die Höhe. Die folgende Stille erschlägt mich. Schüsse donnern außerhalb der Kaserne und erinnern an Blut.
Da packten wir den Jungen an den Armen und zerrten ihn aus dem Sumpf aus Blut und Schlamm und da fehlte ihm ein Bein.
Der Magen dreht sich mir um. Der Krieg kehrt zurück und ich war zu jung, um von ihm zerrissen zu werden. Beim ersten Mal. Dieses Mal werde ich von dem Sturm fortgezerrt werden und nicht wissen, wie mir geschieht.
Camerons Anspannung scheint greifbar. Mit festen Schritten steht er auf und verschränkt die Arme vor seiner Brust. „Du willst, dass ich die Karten auf den Tisch lege?" Goldene Energie fließt durch meine Adern und sie weckt etwas anderes. Etwas Neues. *Der Moment kippt.*
Kalter Zorn beißt sich in Camerons Gesicht.
„Ich verlange nichts von dir als das Versprechen von Sicherheit", sage ich.
Unwirsch fährt Cameron sich mit beiden Händen über die geschlossenen Augen. „Was sollte das? Vorhin?", flüstert er und klingt erstmals wie ein Mann, der Macht verlangt und Macht vertritt. „Du hast mich vor Vladimir vorgeführt und du hast es gewusst! Du hast gewusst, dass du Fortuna bei dir behalten wirst. Du hast meine Hilfe nie gewollt."
„Ich wollte deine Unterstützung", sage ich. „Du hast mir gegeben, was ich brauchte."
„Und dann stößt du mir einen Dolch zwischen die Schulterblätter?"
Ich verspanne mich. Wenn ich von diesem Bett aufstehen und mich ihm entgegenstelle, kann ich diesen kleinen Kampf dann gewinnen?
„Ich habe dich nie verraten", sage ich.

„Du hast mich zum Teufel geschickt“, flüstert Cameron. „Im wahrsten Sinne des Wortes!“
„Du selbst hast gewählt, wer uns helfen soll.“ *Die Schüsse nähern sich uns. Ich höre die Soldaten rufen. Sie brüllen Namen und Befehle, die mir einen eisigen Schauer über den Rücken jagen.* Niemals werde ich auf dem Schlachtfeld stehen. Selbst mit Fortuna als göttliche Unterstützung könnte ich diesem Trubel nicht entfliehen.
„Weil ich dein Bestes wollte!“
Kopfschüttelnd zupfe ich die Decke über meine Beine. „Du brauchtest die Gewissheit, dass ich in deiner Schuld stehe.“
„Du stehst für immer in meiner Schuld!“, ruft Cameron aus. Er wirft unbeherrscht die Arme in die Höhe. Er ist Mussolinis Neffe so sicher wie ich. Die einzige Gemeinsamkeit zwischen den beiden Männern ist der Irrsinn in den zornigen Augen. „Du hast meine Schwester auf dem Gewissen, Samantha, vergiss das nie.“
„Und du führtest mich Vladimir vor“, fahre ich mit erhobener Stimme fort, „um mich zu prüfen. Dir war bewusst, dass, sollte irgendeine Kleinigkeit nicht mit mir stimmen, würde er es dir sagen.“
„Vladimir ist ein phantasierender Narr“, hält Cameron mit zusammengebissenen Zähnen dagegen.
„Ein Narr?“, spotte ich. „Wir ahnen beide, dass seine Fähigkeiten weit über das Belanglose hinausgehen.“
„Er ist ein Taugenichts!“
„Er spürt in die Menschen hinein und diese Besonderheit ist dir bewusst. Lancelot hätte uns eher helfen können als Vladimir und Lancelot war dir ebenso bekannt wie er. *Ihm fehlt jedoch die Befähigung, in das Herz der Menschen zu sehen.*“
Das Schweigen, das folgt, ist abrupt. Es zieht mir die Luft aus den Lungen und treibt mir weiße Punkte in das Blickfeld. Atemlos lehne ich mich gegen das Bettgestell. Kühles Metall

hinterlässt seinen blauen Fingerabdruck auf meinen Oberschenkeln.
Ein Schalter scheint umgelegt zu werden. Während über uns die Glühbirne strahlt, um die aufziehende Dunkelheit des Abends zu vertreiben, verzieht Camerons Mund sich zu einem geifernden Feixen. „Vladimir sieht nicht in das Herz eines Menschen“, sagt er.
Ich straffe die Schultern. *„Mein Urteilsvermögen anzuzweifeln, ist eine fragwürdige Entscheidung“, erwidere ich gefährlich leise.*
Das Lachen von Camerons Lippen klingt nach Grauen und nach Schrecken. Es zieht sich lang und verschwindet geisterhaft im Raum, rollt von den Wänden zurück und kriecht nebelgleich über den kalten Boden. Der schmale Tisch im Zentrum des Raumes scheint unter der triefenden Greifbarkeit einer finsteren Persönlichkeit in sich zusammenzusinken.
„Ich würde nie an dir zweifeln, Sam. Ich weiß doch, wozu du fähig bist.“
„Daher?“
„Vladimir hat dir nicht ins Herz geblickt und er hat es nicht kontrolliert. Er griff nicht einmal in deine Seele.“ Bedächtig neigt Cameron sich weiter zu mir. „Vladimir hat die Gewohnheit“, das Grün in Camerons Augen verbrennt die Wärme und Kindlichkeit, lässt zurück ein verpestetes Meer, „in deinen Kopf zu kriechen und deine Emotionen zu finden. Er nimmt diese Gefühle, wägt sie ab und dann kontrolliert er sie. Solltest du dich Fortuna übergeben haben, Sam, dann weiß er es.“
Atemlosigkeit. Donnern von Schüssen. Hoffnungen im Hagel des Gewitters. Der Sturm brachte keinen Sonnenschein. Erste Tropfen fallen dick und schwer zu Boden und stieben gegen die Fensterscheibe.
„Er weiß es.“

Mein Geständnis, mein Schlag gegen ihn, ringt Cameron ein bitteres Lächeln ab. „Du hattest nie vor, Fortuna fortzuschicken.“
„Im ersten Moment,“
„Im ersten Moment“, flüstert Cameron gefährlich leise, „wollte ich dich töten.“
„Und ich dich Beterra ausliefern.“
„Dein Plan jedoch“, sagt Cameron und berührt schrecklich vorsichtig, furchtbar sanft mit der Rückseite seiner Finger meine Wange, „wäre von Beginn an zum Scheitern verurteilt gewesen.“
Weil Cameron und Beterra Hand in Hand arbeiten. Ich schließe die Augen. Die kühle Luft, die durch meine Lungen fließt, schmeckt sauer und verdorben.
„Wir spielen ein gefährliches Spiel, Cameron“, sage ich.
„Du.“ Kühl weicht Cameron zurück und setzt sich auf einen der zwei Metallstühle. Die Beine kreischen über toten Stein. „Ich habe dich bei mir aufgenommen, ich habe dich in mein Herz sehen lassen.“
„Geprüft“, verbessere ich ihn, „von Beginn an.“
Mit leidgeprüfter Ruhe hebt er einen Mundwinkel. „Wenn du meinst. Ich könnte dir den Himmel auf Erden verschaffen und du würdest glauben, ich wollte dich in die Hölle stoßen.“
Weil er es täte. Cameron umgibt eine Ungewissheit und Arglist, die mir bei näherem Betrachten Schauer über den Rücken jagt. „Du bist nicht der Gute“, sage ich. „Und ich bin keine Heilige.“
„Was willst du von mir, Samantha? Was willst du wirklich?“ Er nickt auf mich. „Fortuna beschützt dich. Wozu bin ich also hier?“
Ein flüchtiger Moment hat sich in mein Gedächtnis gebrannt. Während Fortuna mich verbannen wollte, verdammen in

meinem eigenen Wesen, war Cameron es, der mich zurückholte. Der mir die Hand reichte, ohne es zu wollen.
Das Gefühl seiner weichen Lippen geistert durch meine Sinne. Finsternis wird in Licht geboren. Können Strahlen sie durchbrechen?
„Fortuna beschützt mich nicht“, sage ich. „Sie beschützt sich selbst.“
„Du willst also, dass ich mich mit dir gemeinsam gegen eine Göttin stelle?“ Kalter Spott trieft ihm aus der Stimme.
„Ich bitte dich darum, dass du mir zur Seite stehst. Mir hilfst, Entscheidungen zu treffen.“
„Ich entscheide für mich und du für dich“, sagt Cameron erstaunlich heftig. „Wir sind nicht verheiratet und ich würde eher Davids Mann werden, als dich zu heiraten, Samantha.“
„Das akzeptiere ich.“ Meine Beine sind taub. „Deine Abneigung verstehe ich durchaus, aber ich möchte dich bitten, diese Situation zu überdenken.“
Wütend fährt Cameron sich mit beiden Händen über das Gesicht. „Wenn ich eine Sekunde länger über das alles nachdenke, wirst du splitterfasernackt vor der Tür schlafen. Sei einfach still.“
Fortunas Kichern geht mir durch Mark und Bein. *„Der Junge hofft, eine Götterdämmerung einleiten zu können. Er ahnt nicht, was er verlangt.“*
„Deine Augen sind grün“, sagt Cameron. „Hört sie uns zu?“
Mit spitzen Fingern versucht Fortuna mir die Zunge zu lähmen. „Momentan“, flüstere ich.
„Bereust du es?“
Kopfschüttelnd ziehe ich die Knie an die Brust und schlinge die Arme um meine Beine. „Nein. Nicht im Mindesten.“
Schwer atmet Cameron ein. „Du bist dumm“, sagt er nüchtern. „Du bist so dumm. In wenigen Tagen wird nichts mehr von dir übrig sein.“

Man hat mir Unterstützung angeboten. Lancelot wird mich nicht blindlings ins Verderben irren lassen. Ich vertraue in den jungen Mann, irrsinnig wie Vladimir. Abweisend wie Beterra, sobald er das Schlafzimmer betritt.
„Ich glaube, du irrst dich.“
„Ich glaube“, bringt Cameron gepresst hervor und stützt die Ellbogen auf der Tischplatte ab, „dass du völlig wahnsinnig bist. Du wünschst dir so sehr, dass du eine Königin über Italien wirst, du würdest dir die Augen auskratzen.“
„Niemand möchte eine Königin ohne Augen haben“[6], erwidere ich nüchtern.
Ein winziger Laut entweicht Camerons Kehle. Ein unfreiwilliges Lachen? „Du weißt ganz genau, was ich meine.“
Das Lächeln zupft an meinen Mundwinkeln. Wenn Cameron den Zorn fortschickt, wirkt er sanft. Kindlich. Nahbar.
Greifbar.
Wenn ich mich auf den Stuhl ihm gegenübersetze, verstehen wir dann, was ich eigentlich von ihm möchte? Worauf ich düster hoffe, ohne es in Worte fassen zu können?
„Wenn ich die Zeit zurückdrehen könnte, würde ich Amilia noch immer nicht retten“, gestehe ich. „Aber ich würde ihr das Leiden nehmen.“
Der Funken Leichtigkeit erlischt. Räuspernd vergräbt Cameron das Gesicht in den feingliedrigen Händen, die Füße tapsen unruhig. „Das ist vermutlich genug. Für den Moment.“
Durch seine Finger hindurch späht er zu mir. „Amilia hat dir vergeben“, sagt er. „Das hat sie, noch bevor sie gestorben ist. Es war für sie in Ordnung. Sie hat Frieden mit der Situation geschlossen.“
Vladimirs stechender Blick ließ mich bittere Enttäuschung schmecken. Sie schwappt erneut auf, als Cameron Amilias Namen nennt. Ich schlucke sie hinunter und schließe sie fort, weg, an einen schöneren Ort.

„Ich brauche keine Vergebung“, sage ich. „Nicht von Amilia und noch weniger von dir.“
„So richtig vergeben?“ Camerons Lippen sind weich. Sie erinnern mich an die bedächtigen Küsse meiner Mutter in dunkelster Nacht. „Ich weiß nicht, wie gut ich darin sein werde, dir zu vergeben. Ganz gleich wie viel Zeit vergeht. Bei Licht betrachtet, ist es vielleicht ganz unmöglich.“
„Belanglos.“ Ich springe über meinen eigenen Schatten und setze mich Cameron gegenüber. Der Tisch zwischen uns ist zu schmal, um als wirksame Barriere zu dienen. Einmal vorbeugen müsste Cameron sich, schon könnte er mich am Kragen packen und zu sich zerren. Ich fürchte nicht die Gewalt. Ich fürchte, was danach kommt. „Wir wollen nicht vergeben, sondern einen Krieg verhindern.“
„Ich will jeden Anschlag auf Mussolini im Keim ersticken“, sagt Cameron kühl. „Dafür braucht es diesen Krieg.“
Der Widerwillen regt sich und zwängt sich wie ein schuppiger Drache durch meine Gliedmaßen. Ich will mich der Rationalität beugen, da packt die schwelende Glut mich am Schopf und zwingt mich dazu, ihr in die geifernden Augen zu blicken.
„Du hast keine Ahnung, wovon du sprichst.“
„Von ein paar Toten“, erwidert Cameron. „Fünfzigtausend, vielleicht Hunderttausend.“
„Hast du eine vage Vorstellung davon, wie viele Menschen das sind? Wie viele Schicksale?“
„Muss ich das denn haben?“ Camerons kleines Lachen erinnert mich an Beterras gezwungenes Amüsement, wenn ich mich aufgesetzt charmant in einem neuen Kleid drehte, die Arme leicht gehoben, als wollte ich die Flügel ausbreiten zu meinem Jungfernflug. „Krieg bedeutet Macht.“
„Wenn man gewinnt.“
„Das letzte Mal haben wir gewonnen.“

„Die ursprünglichen Vertragspartner haben wir verraten, um einen Pyrrhussieg zu erhaschen."
„Wir haben Gebiet und Vertrauen gewonnen."
„Wir haben Ehre und Vertrauen verloren", sage ich heftig und presse die Zehenspitzen fest auf den harten Steinboden. „Cameron, du wirst unzählige Männer darum bitten, ihre Familien zu verlassen, nur um sie in den Tod zu führen."
Kurz schweigt er, das erdbeerblonde Haar in der Stirn und die Sommersprossen kreuz und quer über den Wangen verstreut. „Ich werde sie nicht bitten müssen. Italien will diesen Krieg. Und er wird kommen."
„Italien kann den Kopf aus der Schlinge ziehen." Noch.
„Italien will wieder Teil der Weltmächte sein." Augenrollend stützt Cameron sich auf die Ellbogen. „Denkst du allen Ernstes, dass irgendjemand uns ernst nimmt, wenn wir uns aus diesem Konflikt raushalten?"
Seufzend lehne ich mich im Stuhl zurück. „Es wird nach diesem Krieg niemanden mehr geben, den man ernst nehmen kann. Sie werden tot sein."
Cameron zuckt die Achseln. „Menschen sind Ratten. Irgendwer überlebt immer."
Menschen sind wie Schmetterlinge. Ein Windstoß und man reißt ihnen die Flügel aus.
„Ist Irgendwer das, was du behalten willst?"
Cameron wendet den Blick ab. Dicke Tränen fließen über das Fensterglas. In der anbrechenden Nacht huschen Lichter. Sie verlieren sich im Nimmerland. „Du wirst einer der ersten sein, der fällt", erinnere ich ihn. „Du bist ein Sergeant." In Erinnerung an die brodelnde Gerüchteküche füge ich, als er nicht reagiert, hinzu: „Was wird aus deiner Ehefrau?"
Sein bitteres Lächeln ist die Desillusion eines Kindes, das begreift, dass die Weihnachtshexe eine Maske ist. „Menschen erzählen viel."

„Jedes Gerücht hat seinen wahren Kern.“
„Und dieser Kern heißt Amilia.“ Erschöpft wischt er sich über die Stirn, die Lippen zu einem bitteren Lächeln verzogen. „Ich habe dir von meinem Leben erzählt.“
Achselzuckend neige ich mich weiter vor. „Ich hielt es für eine Lüge.“
„Hast du mich nicht für vertrauenswürdig erachtet?“
„Ich vertraue dem Tod“, antworte ich sachlich, „und das auch nur aus diesem einen Grund, weil er früher oder später jeden holt.“
„Vertraust du nicht einmal dir selbst?“ Sich am Hinterkopf kratzend steht Cameron auf und streift durch das kleine Zimmer. „Deswegen wirfst du dich einfach weg? Weil nichts und niemand dich interessiert?“
Rasselnd atme ich ein. Der Sauerstoff scheint durch jede meiner Zellen zu sickern, ohne sie zu füllen. „Ich werfe nichts fort. Ich gedenke das vorhandene Potential auszuschöpfen.“
Fortunas Grinsen brennt sich in die Innenseite meiner Lider. Schließe ich die Augen, kann ich sie erkennen, als stünde sie neben mir. Das bleiche, von blutrotem Haar umrahmte Gesicht ist der Stoff für neue Finsterträume.
„Du verdammst dich“, sagt Cameron, mir den Rücken zugewandt. Erkennt er seine Kameraden in der Dunkelheit? Zählt er bis zehn und weiß genau, dass die neun ersten in einem Kugelhagel sterben werden? Einer Mine zum Opfer fallen? Von neuen Monstrositäten verschlungen werden, die über das Schlachtfeld kriechen.
Im Krieg gibt es keinen Gegner, keinen Kameraden. Dort steht ein Mensch auf Blut und Sand, der die Menschlichkeit verloren hat, und mit jedem Schuss, den er abgibt, verschenkt er einen faustgroßen Teil seiner Seele. Bis nichts mehr übrig ist.

Er durchlebt Höllenqualen, lässt den Körper vor durchwachten Wochen kapitulieren, frisst das Rattenfutter. Und entschuldigt die eigenen Handlungen mit einem Abenteuer, das er nicht missen will.
Irgendwann erreicht die Grausamkeit einen Punkt. Er ist bedeutend. Er ist weich. Er schneidet durch Mark und Bein. Dort verschwimmt sie zum Erträglichen, formt aus der Schmerzschwelle ein Foyer und füllt es knietief mit Wasser, um den Menschen niemals die blanke Verzweiflung erreichen zu lassen.
Wer den Krieg überlebt, der überlebt. Und wer zurückkommt, der kommt zurück. Nicht mehr. Nur weniger.
Cameron will diesen Handel billigend eingehen und für zahlreiche andere unterschreiben. Wenn er wüsste, was ihn erwartet, würde er in diesem Fall zurückweichen und die Dämonen bannen, anstatt auf ihren Rücken zu reiten?
Kopfschüttelnd geselle ich mich zu ihm. Zwischen Regen und Wind erkenne ich nichts als die Spiegelung meines eigenen Gesichts in der Scheibe. „Du verdammst dich“, flüstere ich. „Was auch immer ich mir auferlege, schrecklicher als das, was dich erwartet, kann es nicht sein.“
Das Karamellbraun meines Haares wirkt stumpf. Wirr stehen die Strähnen mir ab. Die Unterlippe habe ich mir zerbissen, eine Blässe, die um den Verstand kämpft, bleicht meine Wangen. Ich bin keine strahlende Königin. Das Collier liegt tief in der Tasche meines Mantels.
Dort wird es bleiben, bis die Engel es holen. Und damit tun, was sie zu tun bereit sind.
Ich spüre Fortuna und im nächsten Moment weicht das goldene Braun meiner Augen dem Grün der ihren.
In der Spiegelung des Glases treffen sich Camerons und meine Blicke. „Wir scheinen beide verschiedene Ansichten von dem Schrecklichsten zu haben, das man erleben kann.“

„Möglich. Nur ist meine Wahl nicht idealistisch verblendet.“
Als wollte er protestieren, öffnet Cameron den Mund. Schweigend wendet er sich der Nacht zu. *Schüsse erwachen. Ich meine zu erkennen, wie Projektile ihr Ziel suchen. Die Geräuschkulisse schmerzt mir in der Seele.*
Sie bereiten sich auf eine Sache vor, die sie nicht wollen. Nicht wirklich. Nicht, sobald sie zu Sinnen kommen. Der ewige Idealismus und der bittere Nationalismus haben sich gegen den Menschen verbündet. Gemeinsam schaffen sie einen Geist, der den Soldaten blendet und ihm Gold verspricht, das von den Dächern fließt. Wenn man nur gewinnt.
Ein einziger Sieg muss her.
Beterra glaubt, wir werden das Zünglein auf der Waage sein. Ich habe mir Hitlers Reden angehört, mir das schmale Bildmaterial besehen. In diesen kleinen, stechenden Augen steht weder Intelligenz noch die Zukunft geschrieben. Der Wahnsinn. Die Unzurechnungsfähigkeit. Beides meinte ich, mit Händen greifen zu können.
Wir werden kein Zünglein sein. Nur das Holz im schwelenden Feuer, das das Böse weiter anheizt, tiefer ins Unglück treibt und das Dorf ausräuchert.
Frauen werden ihre Männer verlieren, Kinder die Väter, Mütter die Söhne. Und wozu?
Wozu nur.
Während ich Cameron in die Augen sehe, die Scheibe des Fensters zwischen uns, flehe ich stumm um eine Antwort. Er kann sie mir nicht geben.
Kanonen knallen.
Um die Hölle auf Erden zu gewinnen?

18

Der Regen hat David bis auf die Haut durchnässt. Einen abfälligen Blick wirft er mir zu, dann holt die Erschöpfung ihn ein. Seufzend setzt er sich auf sein Bett.
„Muss ich mich auf sie einstellen oder verschwindet sie demnächst wieder?“, fragt er Cameron matt. Dunkle Ringe liegen unter Davids Augen und jede Bewegung wirkt eckig und angestrengt.
Ich rühre mich nicht. Hinter mir schweigt der falsche Krieg. Ahnen die Männer, dass all die Strapazen, die sie heute erleben, nur ein bedeutungsloser Vorbote ist?
„Sie wird bleiben.“ Cameron betrachtet mich und ich weiche seinem stechenden Blick aus. Ebenso hart wirkt er wie der Stahl einer Kugel. „Für eine Weile.“
„Du bist doch völlig gestört.“ Ächzend stützt David sich auf seine Unterarme. Das dunkle Haar trocknet. Einzelne Strähnen stehen wirr ab. „Suchst du die Frau, die dich am ehesten in der Nacht absticht?“
„Könnte man meinen“, erwidert Cameron trocken und stößt sich von der Wand ab. „Es regnet.“
„Was du nicht sagst.“ Mit beiden Händen fährt David sich ruppig durch die dicken Locken. „Wenn du nicht aufpasst, dann bist du die Jungs bald los. Du bist der, der weder mit uns durch den Schlamm gekrochen noch heute mit uns eingeregnet ist.“ Anklagend deutet David auf Cameron. „Du sitzt nur hier und knutschst mit deiner neuesten Eroberung.“ Mit einem grollenden Donnern huscht ein Blitz über den Himmel. *Feuerspeiender Drache*. Er erhellt für einen Wimpernschlag den Schießplatz. Der Boden wurde aufgelockert. Regen wäscht Fußspuren fort.
„Ich hatte bei Leibe keinen schönen Tag.“ Barfuß bewegt Cameron sich nahezu lautlos. Das Licht der nackten

Glühbirne fängt sich in seinem erdbeerblonden Haar. Quietschend neigt sich die Matratze, als Cameron sich neben David auf dessen Bett setzt. „Wie übel steht es?"
David hebt den Blick. „Übel?", schlägt er vor, schweren Spott in der Stimme. „Du bist unten durch. Die Jungs sind seit der Sache mit den beiden Engeln wütend auf dich. Du kannst nicht einfach zwei Boten Gottes vor den Augen deiner Männer verbannen."
Camerons Armmuskulatur tritt stark hervor. „Sie waren keine Gottesboten."
„Engel!", zischt David, die Augen gefährlich funkelnd wie Obsidian im Schlund des Vulkans. „Was sind Engel, wenn keine Gesandten Gottes. Jeder hat gespürt, was sie sind. Jeder! Sie hätten uns retten können vor unserer eigenen Schuld."
„Sie waren nicht das, wofür du sie hältst."
Die Luft scheint zu gefrieren. Diese Diskussion scheinen die beiden Männer zur Genüge geführt zu haben. Mehr als nur das. Der Zorn eines toddiskutierten Themas schwirrt durch den kleinen Raum. Einen Funken mehr und die flirrende Anspannung könnte den winzigen Gasherd hier im Raum entzünden.
„Ach, stirb doch in Ungnade gefallen", murmelt David und steht auf. Seine Knochen knacken. „Mir ist es inzwischen egal. Du machst ja eh nur, was dir schadet."
„Ich tue das Richtige."
Meine Brauen schießen in die Höhe. *Verblendung und Verleumdung. Beides glaube ich zu schmecken wie den Dampf einer guten Suppe.*
„Klar." David greift nach einem Handtuch. „Immer. Das Richtige liegt zu deinem Glück im Auge des Betrachters. Sobald du dir selbst nicht mehr glauben kannst, wird es richtig übel."

„Dazu wird es nicht kommen.“ Steif verschränkt Cameron die Arme vor der Brust. Wie in dem Versuch Lässigkeit vorzugaukeln, lehnt er sich gegen das Kopfende des Bettes.
„Dann ist ja gut. Dir laufen nur die Soldaten weg und beschweren sich in Scharen über dich. Aber dir geht es gut. Das ist völlig legitim. Mach nur weiter so, dann knallt dich irgendeiner deiner eigenen Leute ab, bevor wir auf das Schlachtfeld dürfen.“
Die Nackenhaare stellen sich mir auf. David spricht keine Drohung gegen seinen Freund, sondern eine nüchterne Tatsache aus. Fortuna kichert in meinem Hinterkopf. *„Du könntest die Waffe führen.“*
Unnatürlich Grün strahlen Camerons Augen, ehe er sie für einen flüchtigen Moment schließt. Die Sommersprossen scheinen zu verblassen. Angestrengt reibt er sich mit dem Daumen über die Wangen. Die Welt wird nicht besser. Nicht, während er mir ausweicht und David auch.
„Ich werde morgen dabei sein“, sagt Cameron nach flüchtigen Sekunden. „Mich haben die falschen Dinge abgelenkt. In letzter Zeit.“
David verzieht den Mund. „In letzter Zeit? Seit Jahren! Du jagst Mythen hinterher und alten Sagengeschichten. Pass nur auf, weiter kannst du nicht mehr degradiert werden.“
„Zum Soldaten“, murmelt Cameron.
„Klingt eigentlich nicht nach einem Teil deines Lebensplans auf dem Weg zur unsterblichen Militärlegende.“ Nachlässig schnürt David sich die Stiefel auf und tritt sie neben das Bett. „Sobald ich zurück bin, schläfst du. Ich habe es im Urin, dass die Übung morgen früh losgeht.“
Kurz betrachtet Cameron mich, dann nickt er gleichgültig. „Es wird mal wieder Zeit.“

„Marschieren bis die Füße bluten", flüstert Fortuna mir ein. *„Bis die Füße bluten und sie auf Knochen gehen und nur die Stümpfe zurückbleiben."*

Vage steht Cameron auf, verschwommen in jeder Bewegung, und gesellt sich zurück zu mir an das Fenster. Der Regen trommelt und ich meine, seine Kälte auf der Haut spüren zu können.

Das Oberteil streift David sich vom Körper, den Gürtel löst er, die Hose knöpft er auf. Abwesend wende ich den Blick ab. Aus dem Augenwinkel beobachte ich, wie David, nur in ein Handtuch gewickelt, den Korridor betritt. Fortunas Finger streifen meinen Nacken. Ihre Macht scheint mit jeder Minute Finsternis zu wachsen. Vladimir warnte mich, dass ich Fortuna nicht tragen könnte. Ich stelle mich gegen sie und als sie mir lächelnd einen Kuss auf das Schlüsselbein haucht, das Glück durch meine Adern schießt und sie schweigend um Camerons Leben bittet, strecke ich die Arme nach ihm aus.

„Deine Augen sind grüner als meine", stellt Cameron nüchtern fest. Kurz zaudert er. Als seine Fingerspitzen meine Wangen berühren, schnürt sich mir die Kehle zu. Das Herz donnert mir in der Brust, die Luft fließt durch meine Lungen, meine Füße sind taub. Ich fühlte mich selten lebendiger.

Er wird zu meinem Messias, in ein warmes Licht getaucht, während er sich zu mir neigt. „Wie lange wirst du gegen Fortuna bestehen können?"

Ich strecke mich ihm entgegen. Meinem Licht? Meiner Sonne? Er wärmt mich mit seiner bloßen Anwesenheit und das Gewitter verschwindet.

Camerons Hände ruhen auf meiner Hüfte und als die ersten Strahlen den Horizont erklimmen, sperrt das Paradies die Tore zu.

„Samantha?"

„So lange wie es mir beliebt", zwinge ich über meine Lippen.

„Also?“ Die zarten Falten in seiner Stirn wirken besorgt. Ich wische sie fort. Nur wenige Kilometer von hier entfernt, warten ein großes Bett und ein flackernder Kamin auf mich. Hier ist es klamm und kalt.
Ich möchte nirgendwo sonst sein.
„Lange.“ Meine Fingerspitzen wandern Camerons Schläfen hinab zu den Wangen, über den Bartschatten zu den Lippen. Dort verharren sie und das Einzige, was ich noch höre, ist das Donnern eines Herzens. Nicht meines Herzens. „So lange wie es dir beliebt.“
Ziehe ich Fäden, webe ich ihn ein?
Das Zaudern steht Cameron klar ins Gesicht geschrieben. Langsam schlingt er beide Arme um meine Taille und ich bette den Kopf an seine Schulter. Der leichte Geruch von Schweiß haftet an ihm und ich glaube, die frische Luft des auffrischenden Sturms an seinem Hals zu schmecken.
„Du bist mein Armageddon“, murmelt Cameron.
„Jetzt.“ Fortuna kämmt mir mit schlanken Fingern das Haar. *„Wenn du ihn beseitigst, wird David dich fürchten. Er nennt dir den Mann, der den Krieg beginnt.“* Nur ein weiterer Narr, den es zu verführen gilt. Ein Leben bin ich davon entfernt, eine Katastrophe zu vermeiden. Fortuna schwört es mir. Ich glaube ihr jedes Wort.
Cameron atmet schwer aus und lehnt seine Stirn gegen meine. „Ich sollte dich aus ganzem Herzen hassen. Warum gelingt mir das nicht?“
„Weil“, murmle ich, „um jemanden zu hassen, muss man ihn zuvor geliebt haben.“
„Jetzt“, wiederholt Fortuna. *„Nun, sofort. Es ist an der Zeit.“*
„Das hat Amilia auch gesagt.“
„Amilia war eine kluge Frau“, gestehe ich. „Andererseits würde sie noch leben.“

Zu einer weißen Linie presst Cameron die Lippen zusammen, die Stirn kraus und den Blick fort aus dem Hier gerichtet. Ich binde Fortuna die Hände. Heute wird sie ihn nicht anrühren und morgen nicht. Camerons Gegenwart wird mir den Kragen retten. Wenn es mir gelingt, ihn von der Boshaftigkeit des Krieges zu überzeugen, muss er nicht Mussolinis Neffe sein. Solange er nur versucht, unseren Diktator zu beeinflussen, genügt die Vertrauensbasis der beiden Männer. Eine, die zweifelsohne vorhanden sein muss. Warum sonst hätte Beterra mich durch diesen Mann testen sollen? Warum sonst dürfte Cameron Mussolinis Komfortzone betreten?

„Du bist nicht gut. Für niemanden." Behutsam, als bestünde ich aus Porzellan, streichelt Cameron mit seinen Daumen über meine Wange. „Beweis mir, dass du meine Hilfe wert bist, Sam."

Ich kann nur nicken. Fortuna bäumt sich auf und brüllt gedämpft ihre entrüsteten Befehle. Im hellen Licht der Glühbirne schimmern Camerons Wimpern. Langsam, als spielte ich mit dem Feuer selbst, lehne ich mich zu ihm. Halb erwarte ich, dass Cameron zurückweicht, halb hoffe ich es.

„Ich will dich küssen, Sam", murmelt er. Eine herzzerreißende Verwundbarkeit steht ihm ins Gesicht geschrieben. „Das möchte ich schon so lang."

„Das ist in Ordnung." Die Intrigen können warten. Für heute. Ein Sturm tobt. Er trägt die bösen Gedanken fort. Was bleibt, ist eine flirrende Ruhe, hier, in Sicherheit. Im Warmen. Im Trockenen. Ohrenbetäubend donnert der Regen gegen das Fensterglas. Tropfen zerspringen wie Granaten und Lichtstrahlen pusten durch Staub.

Ich erschaudere, als die Kälte über meine Arme leckt.

„Ist es nicht", flüstert Cameron. Seine Finger streicheln über meine Hüfte. Er löst eine Hand und ein unzufriedener Laut entweicht meiner Kehle. Bis er mir über die Lippen streichelt,

über den Unterkiefer, durch das Haar. Cameron atmet ein, als wäre es sein letzter Atemzug. Die erdbeerblonden Strähnen taumeln ihm in die Stirn. Die Sommersprossen sind zurück und alles ist gut.
Zögernd drücke ich mich an ihn. Camerons Atem geht schleppender. Als er schluckt, hüpft sein Kehlkopf. Hastig leckt er sich über die Lippen.
„Du bist mein Armageddon“, wiederholt er. „Du bist mein Armageddon.“
Sein Kuss schmeckt nach der weichsten und natürlichsten Erinnerung von allen. Die Lippen wärmen meinen Körper und seine Umarmung verspricht mir Geborgenheit. *Lügengesichter. Hohn in reinster Form.*
Ich gebe mich allem hin. Zwinge ich Cameron auf meine Wege? Wenn dem so sein sollte, bemerke ich es nicht, und wenn ich es doch bemerke, dann beabsichtige ich nichts davon.
Cameron ist Heimat. Ich fasse den Beschluss.
Dann endet der Kuss.
„Sam.“ Mein Name von seinen Lippen. Ich bade in dem kleinen Geräusch. Mühsam will ich mir eine Antwort entlocken. Ich möchte Cameron ein ähnliches Gefühl von Sicherheit und Freude schenken. Mein Herz stiehlt mir die Zunge. Schlägt es doch zu laut und unstet. „Du wirst mich eines Tages ins Grab bringen.“
Sein Name auf einem Stück Papier, geheftet an die Mauer der Stadt. Der Zauber, den ich nicht spürte, zerbricht in tausend Scherben. Geborgenheit und Sicherheit sind trügerische Versprechungen, gemacht von wankenden Seelen. Bei Licht betrachtet, bleibt nichts als Einsamkeit und bittere Macht.
Sanft streichle ich ihm mit dem Daumen über die Unterlippe und trete einen Schritt zurück. Cameron hält mich nicht bei sich.

Durch die geschlossene Tür höre ich Schritte. Lauter werden sie, fester. Momente später betritt David den Raum, das Haar wieder durchnässt, das Handtuch um die Hüfte gebunden. Einzelne Tropfen rinnen seine Brust hinab und verlieren sich in dem Stoff. Ein bekannter Anblick, der mich vor Jahren fesselte, einst Scham weckte, sich heute einreiht in Belangloses. An ihm vorbei gehe ich und setze mich auf Camerons Bett. Die erfrischende Dusche brauche ich dringend wie die beiden Männer. Vor Davids gleichermaßen gierigen und verächtlichen Blicken will ich mich weder entblößen noch daran denken.
„Spaß gehabt?", fragt er uns. Das Desinteresse in seinem Tonfall weiß mich nicht zu täuschen. Seine Augen sind zu klar, zu konzentriert auf uns gerichtet.
„Unbändig", erwidert Cameron trocken, greift in seine Kleidertruhe und verlässt vollständig bekleidet das Zimmer.
Kaum, dass er nicht mehr zu hören ist, streift Fortuna ihre Fesseln ab. Wie eine Klapperschlange stürzt sie sich auf mich, die Giftzähne entblößt. Ich verschwinde in Schatten und Dunkelheit. Heute wird sie mich sich nicht einverleiben.
Götterdämmerung.
David taxiert mich. Er hält den größtmöglichen Abstand zu mir und ich weiß es ihm nicht zu verübeln. Gleichzeitig lässt er das Handtuch fallen, als stünde ich nicht vor ihm. Er schlüpft in eine weite Stoffhose und in ein gelbliches Unterhemd. Erst als David auf seinem Bett sitzt, öffnet er den Mund.
„Du bist doch die Kleine, für die Cameron sich fast hätte abknallen lassen."
Ich setze mich auf einen der beiden Metallstühle. Der Tisch wirkt stabil genug, um mich vor David schützen zu können.
„Nicht meinem Kenntnisstand nach", sage ich glatt.

David hebt angewidert seine Oberlippe. „Du weißt ja eh nichts. Du bist so ein richtiges Engelchen. Die Unschuld vom Lande."
Plötzlich ist mir meine Kleidung nicht genug. David hat eine unangenehme Wirkung auf mich. Seine bloße Anwesenheit durchdringt meine Sinne und schärft sie. Ein Mann, der mit schmieriger Cleverness seinen Platz in der Welt erkämpft und ihn mit weicher Freundlichkeit hält.
„Kannst du nicht sprechen?"
„Ich erachte es nicht für notwendig", antworte ich. „Zumindest jetzt."
David zuckt die Achseln. „Von mir aus. Schläfst du auf dem Flur oder unter dem Bett?"
„Im Bett. Meines Wissens nach."
„Cameron ist doch bescheuert." Kopfschüttelnd hüllt David sich schwungvoll in die raschelnde, dünne Decke. Der Regen prasselt und es ist gut.
„Ich glaube ja, dass du Cameron in ein frühes Grab bringen wirst."
„Er ist Soldat. Sergeant. Die Unteroffiziere sterben zuerst."
„Dann wäre er ja fast klug, sich bis zum Putzjungen degradieren zu lassen", spottet David.
Es wäre nicht nur klug. Es entspräche der ehesten Lebensrettung. Cameron will diesen Krieg. Weil er sich *was genau* davon verspricht?
„Welchen Rang hat Cameron bekleidet, bevor er degradiert wurde?", frage ich und wickle mich in Cams Decke. Sie hält meine Körperwärme und lullt mich ein.
„Tenente Colonnello." Der Oberstleutnant? Meine Ohren klingeln. „Keiner versteht so richtig, warum das Wunderkind sich selbst dermaßen zurechtstutzt."

Oberstleutnant. Ein Offizier. Eine Frau wie Carmen würde sich lächelnd an seinem Arm zeigen. Der Sold hätte ihm genug einbringen können, um die besten zu bezahlen.
Die besten Ärzte.
„Wann?"
„Wie, wann?" David wendet mir den Kopf zu.
„Wann war er Oberstleutnant?"
Desinteressiert hebt David die Schultern. „Was weiß ich? Ist schon ein bisschen her. Als seine Schwester im Sterben lag, hatte er wohl einfach zu viel Zeit."
Zu wenig. Zu wenig Zeit.
Er braucht den Titel und den Sold nicht länger. Er hätte zu diesem Titel mit seinen jungen Jahren nie kommen dürfen.
„Was hat dich hierher verschlagen? Nur Camerons umwerfender Charme? Du bist doch Beterras kleine Trophäe."
„Die Pflicht."
Ich lausche in den Raum hinein. Von Cameron ist nichts zu hören. Eine gefährliche Leere breitet sich in mir aus. Fortuna bietet an, sie zu füllen. Ich stoße sie fort, aber sie kehrt zu mir zurück. Ein Faden verbindet uns und sie ist das Jo-Jo, das unaufhörlich auf und ab springt.
„Ach, komm schon. Hör auf damit und sei mal ehrlich. Weswegen bist du in echt hier?"
Mein Puls rast. Es juckt mich in den Beinen aufzuspringen und Cameron zu suchen. Minuten ist er fort und ich beginne zu begreifen, worauf Vladimir eigentlich hinauswollte. Ich kann Fortuna nicht bannen. Wenn ich allein bin. Wenn ich den Grund, sie zu halten, nicht berühren kann.
„Das würde deinen Horizont übersteigen."
David reißt die Augen auf, Spott verzerrt seine Mundwinkel. „Dann muss ich wohl dumm sterben! Ich werde es überleben." Er wälzt sich auf die Seite und wendet mir den Rücken

zu. Fortunas Fingerspitzen klopfen unaufhörlich gegen meine Schulterblätter.
„Ein guter Zug", säuselt sie. *„Wir sollten Hand in Hand arbeiten, Samantha."* Sie wünscht meinen Tod. Scheint die Sonne, ertrage ich Fortuna. Weicht der Tag der Nacht, vermag nichts Fortuna im Zaum zu halten. Zieht Fortuna meine eigene Kraft, um sie gegen mich zu verwenden? Das Rot meines Blutes scheint dem Gold des ihrigen zu weichen. Ich schmecke Metall. Ich höre einen fremden Puls.
Davids Atem geht tief und gleichmäßig.
Flackernd hängt die Glühbirne an der Decke, während Fortuna sich aus mir erhebt, bereit meine Waffen gegen mich zu heben. Sie erwächst zu meinem persönlichen Albtraum. Zu meinem Jüngsten Gericht.
Auf tauben Beinen taumle ich von dem Stuhl. Meine Schritte hallen ohrenbetäubend laut wider. David rührt sich nicht. Ich laufe. Und ich renne. Und ich komme nicht voran.
Ich stehe an Ort und Stelle. Kontrolliert Fortuna meine Muskulatur? Meinen gesamten Körper?
„Wir beide wollen die Welt beherrschen", flüstert sie. *„Wir sind dazu in der Lage. Hör mir zu, Samantha."* Zuhören bedeutet verlieren. Dieses Mal. Dieses Mal schon.
Cameron? Cam?
Ich weiß, worum ich ihn bitte. Ich begreife es in der Sekunde, als Cameron zurückkehrt, die alte Kleidung am Leib, aber das Haar feucht und zarte Tropfen im Gesicht, die Wangen glattrasiert. Kraft. Ich flehe ihn um die Kraft an, meinen selbstgewählten Kampf zu gewinnen.
Sein Blick huscht zu David. Dessen schlafender Körper ruht sicher unter der Bettdecke.
„Warum liegst du nicht im Bett?" Das Laken ist zerwühlt. Cameron streichelt mir abwesend über den Unterarm und

zieht mich aus meiner selbstauferlegten Bewegungslosigkeit.
„Sam?“
Ich bin nicht mehr Herr über mich. Ungelenk stolpere ich auf ihn zu und schlinge beide Arme um seinen Hals. Cameron duftet nach Seife und nach Sauberkeit. Nie hätte ich von ihm erwartet, mich zu halten. Er tut es dennoch. Die nassen Haare hängen Cameron in der Stirn. Seine Hände besitzen die Macht Fortuna in ein tiefes Loch zu stoßen. Vorerst ohne Wiederkehr?
Welchen Dämon habe ich auf mich geladen, um ein unmögliches Vorhaben zu bewältigen?
„Wo lebt Lancelot?“ Ein Flehen, das sich von meinen trockenen Lippen stiehlt.
Cameron stockt, dann hält er mich fester. Unsere Herzen schlagen im gleichen Takt. Meines verrät ihm, warum ich mich in diesem kleinen Zimmerchen verbarrikadiere, dem Rauschen des Gewitters ausgesetzt. Versteht Cameron die pochende Sprache?
„Nicht mehr heute“, murmelt er. „Wir brauchen beide Schlaf.“
Ich will ihm widersprechen. Wenn ich die Augen schließe, wird Fortuna mich in sich einsperren?
„Vermutlich sollte ich das nicht tun“, flüstert Cameron, die Lippen über meiner Ohrmuschel und den heißen Atem kitzelnd an meiner Wange, „aber ich werde auf dich aufpassen. Wenn du morgen aufwachst, wirst du immer noch du sein, Sam. Ich werde dich Fortuna nicht überlassen.“
Fortuna hat mich nicht verdient. Wenn ich die Überreste meines Stolzes zusammenkratze, dann erschaffe ich eine Frau, die sich dem Untergang verweigert. Ich webe mein eigenes Tuch aus Verderben, um Fortuna und Krieg zu bekämpfen. Gott habe mich selig.

„Und ich werde dich nicht der Vergangenheit zurückgeben." Ein zartes Versprechen, das mir ein dumpfes Gefühl entlockt. Ich wage es nicht, Cameron in die klaren Augen zu sehen. Sein Kehlkopf hüpft unruhig.

„Dann sind wir quitt", flüstert er. „Zumindest für diese Nacht." Als wären wir Freunde, zumindest vertraut, führt er mich zu seinem Bett und deckt mich zu. Heimelige Gelassenheit. Die Kerzen scheinen zu brennen, die farbigen Tücher sich in einem sanften Luftzug aufzubauschen.

Cameron löscht das Licht und kriecht zu mir unter die Decken. Er schlingt beide Arme um meinen Körper und für einen flüchtigen Augenblick, für gestohlene Atemzüge, da ist die Welt nicht nur in Ordnung.

Sie ist heil.

19

Träume schaffen Monster und Monster den Wahnsinn. Der Wahnsinn frisst die Seele auf und was bleibt, das bin ich.

Ich höre sie heulen und ich höre sie kommen. Schattengestalten. Dämonen der Angst und des Krieges. Sie donnern, sie fauchen und sie nehmen mich mit sich. Ein Fähnchen im Wind, mehr bin ich nicht, verzweifelt nach Halt suchend.

Keuchend wache ich auf, nur um festzustellen, dass ich noch schlafe. Fortuna jagt mich von Albtraum zu Albtraum und gewährt mir kein Entkommen. Sobald ich ihr nachgebe, befreit sie mich. Befreit sie mich, wird nichts mehr von mir übrig sein. Kein Staubkorn, kein Atemzug.

Kein Herzschlag.

Ich werde ihr gehören.

Mein Kampf ist blutig wie der auf dem Schlachtfeld. Ich bin siegreich. Zumindest heute. Cameron schlingt im Schlaf die Arme um mich und zieht mich aus dem erstickenden Teich der Irrationalität. Ich atme frische Luft und als ich die Augen öffne, kratze ich sie mir nicht aus. Meine Hände hat man mir gelassen und die Haut ist heil.

„Schlaf weiter“, murmelt Cameron, „sie kann dir nichts tun.“

Einen Lügner will ich ihn schimpfen. Als ich in mich hineinhorche, da ist Fortuna still. Beinahe als hätten meine Ängste sie gelähmt wie mich selbst.

Die Dunkelheit bleckt die Zähne. Sorgsam drapiert Cameron die Decke um meinen Körper und um seinen. Sie hütet unsere Wärme. Cameron schmiegt sich an mich. Ich spüre seinen Puls. Seinen Atem.

Der nächste Angriff erfolgt, als ich wegdämmere. Fortuna stößt mich von dem höchsten Turm. Während ich falle, fahre ich auf. Mein Atem geht rasselnd. Im Schlaf hat Cameron mir

den Rücken zugedreht. Schatten umgeben David. *Weben ihm sein Totentuch.*
Kopfschüttelnd vergrabe ich das Gesicht in dem Kissen und atme tief ein. Jeder Luftzug, der durch meine Lungen huscht, erinnert mich an Leben und an Freiheit. Schließe ich die Augen, bilde ich mir ein, dass ich sie nie wieder werde öffnen können.
Erschöpfung und Schrecken fechten einen wütenden Kampf, beide blutend, beide verstümmelt. Schlussendlich sticht der Schrecken die Erschöpfung nieder. Das Herz donnert mir in der Brust. Ich lausche dem pumpenden Blut in meinen Adern, spüre das Monster in meinem Inneren, das sich das dunkelrote Haar mit den Fingern kämmt. Abwartend. Ich habe Fortuna eingelassen. Und nun?
Die Uhr schlägt zwei, als ich mich aus dem Bett wälze und so leise wie möglich meine Schuhe anziehe, den Mantel überwerfe und mein selbstgewähltes Gefängnis verlasse.
Der Korridor der Mietskaserne ist menschenleer und hinter den dünnen Türen herrscht eine bedrückende Stille. Ich bin wieder Kind, unschuldig unbedeutend und winzig klein. Meine Schritte sind nur ein Tapsen und die Nacht behütet mich.
Die Stufen haste ich hinab, als wäre der Teufel hinter mir her. Der Sturm treibt den kalten Regen über das Land. Er klopft mit tausend Händen gegen das Tor. Ich stürze mich unbedacht in seine eisige Umarmung. Meine Füße tragen mich fort von hier. Den Spielplatz des Krieges lasse ich hinter mir und als die Olivenbäume mich ratlos betrachten, einen betörenden Duft verströmend, bin ich bis auf die Knochen durchnässt. Ich laufe und als ich nicht mehr kann, da laufe ich weiter. Laufe bis meine Beine versagen und darüber hinaus. Der Nachtwind zerrt an meiner Kleidung und die frische Luft, sollte sie mir doch Leben einhauchen, entzieht mir alle Energie.

Bäume verdichten sich zu einem Wald. Ich glaube zu schlafen, so weit entfernt sind meine Sinne, und ich glaube zu träumen, so weich fühlen sich die kratzenden Zweige auf meiner Haut an. Dornen bohren sich in meine Haut. Aus zarten Rissen fließt dickes Blut. Das warnende Brennen bleibt aus. Treibt Fortuna mich voran? Ist es eine Furcht, die bereits durch mich kroch, noch bevor sie Besitz von mir ergriff?
Ehe ich sie in mich ließ.
Das blinde Fliehen vor einer unbestimmten Angst endet vor einer kleinen Hütte im Wald. Groß wie ein Raum. Verborgen wie der wertvollste Schatz von allen. Das Blut sackt mir in Beine und Hände.
Ich bleibe.
Die Tür wurde nicht verschlossen. Der Sturm rüttelt an den Bäumen, aber bleibt mir fern. Ich verschwinde in den Kern einer Welt, die mir nicht gehört. Aber die Cameron mir anbot zu betreten.
Im Inneren der Hütte hängt noch immer der Duft von Kerzenrauch. Die Ballerine aus Porzellan tanzt auf dem Schränkchen neben dem Bett. Die Grazie spricht aus jeder ihrer Bewegungen. Eine prickelnde Schönheit. Zart wie die Blütenblätter einer Rose. Die Schuhe trete ich mir von den Füßen, ehe ich mich auf das Bett knie, ihr gegenüber, und die Hände vor sie auf das Schränkchen lege. Die Dunkelheit erdrückt mich und gleichzeitig lichtet sie sich vor meinen Augen genug, damit ich das Porzellanwesen erkennen kann.
Beobachten darf, wie es zum Leben erwacht. Die Porzellanballerine wird menschlich und steht auf dem Schränkchen vor mir.
Das Mädchen hebt den Kopf und sieht mich aus großen, grauen Augen an. „Was tust du wieder hier?“, fragt es mich, knickt die langen Beine ein und setzt sich mir gegenüber. Der blonde Haarknoten wurde streng an ihrem Hinterkopf fixiert.

„Ich suche etwas."
Sie verzieht spottend den Mund. „Und du denkst, dass ich dir dabei helfen kann, es zu finden?"
Ratlos hebe ich eine Schulter und lehne mich näher zu ihr. „Du gehörtest Amilia."
„Ich gehörte wem?" Lachend rollt das Mädchen die Augen. „Am ehesten gehöre ich Dem Spieler. Und nicht einmal dem. Ich bin nur mein eigenes Ding, verstehst du." Ruckartig lehnt sie sich zu mir, bis ihre Nasenspitze um ein Haar meine berührt. Ich kenne sie. Ich habe sie in fiebrigen Momenten gesehen. Wann. Ich weiß nicht mehr wann. „Zumindest, solange ich ihnen noch davonlaufen kann." Mir zuzwinkernd schlägt die Mensch gewordene Porzellanballerine die Beine übereinander.
„Hast du denn gar keine Angst?", wispere ich. „Ein Krieg wartet auf uns."
„Na und? Dann sterben halt ein paar Menschen. Wem tut das schon weh." Die Finger ihrer kleinen Hand winden sich durch ihr Haar, öffnen den Knoten und winden einen geflochtenen Zopf daraus. „Cathrin, sage ich mir immer, Cathrin, wenn es dich nicht erwischt, ist es herzlich egal."
Ich schlucke schwer. Kann ich ihr in dieser Hinsicht nicht zustimmen? Bedingungslos. Unter anderen Umständen. „Aber der Krieg wird mich verzehren", hauche ich. „Es fühlt sich an, als blieben mir nur gezählte Jahre. Wenn überhaupt."
Kichernd wippt sie mit den Füßen. „Dann fang mal an, von Tag zu Tag zu leben."
„Da sind Bilder in meinem Kopf", vertraue ich Finsternis und Ballerina an, „die wollen nicht verschwinden. Sie zeigen mir nicht heute." Mein Mund ist staubtrocken. „Ich habe dich tanzen sehen."
„Toll. Das haben viele. Wenn du glaubst, dass das bedeutet, dass du bald stirbst, muss ich dich leider enttäuschen."

Cathrin hebt die Arme. „Ich bin keine schwarze Katze oder was auch immer.“
„Nein“, sage ich. „Du bist eine Porzellanfigur und ich spreche mit dir.“
„Weil du mehr siehst.“ Ein Schatten huscht durch ihre grauen Augen. „Du siehst so viel, sogar Fortuna will sich mit dir verbünden. Ich meine, das sagt doch alles, oder?“ Grinsend wippt sie von links nach rechts. „Keine Ahnung, was du bist, aber du bist richtig abgefahren. Wenn du wirklich Bilder von Sachen im Kopf hast, die nicht gerade jetzt in dieser Sekunde geschehen, dann ist das doch der Wahnsinn!“
„Ich sehe Dinge, die ich nicht sehen will“, flüstere ich. „Mich überkommt der Eindruck, dass, so sehr ich mich auch bemühe, dieses Wissen mich nicht retten wird. Der Krieg wird kommen. Er ist in Stein gemeißelt. Kein Gott ist mächtig genug, ihn noch aufzuhalten.“
„Na, wenn du so denkst, dann mit Sicherheit.“
Meine Fingerkuppen pressen sich fest gegen das kühle Holz des Bettrahmens. Prüfend betrachtet mich die Tänzerin, im Herzen kalt wie ich selbst. Ihr hübsches, niedliches Gesicht wurde von Entschlossenheit geschliffen und mit Grausamkeit vervollkommnet. Sie scheint mein Spiegel zu sein und als ich verstohlen ihre Hand berühre, winzig klein wie mein Zeigefinger, glaube ich, mich selbst zu spüren.
„Welchen Ausweg kennst du?“, flüstere ich.
„Weniger Jammern, mehr Kämpfen.“ Ihre perlweißen Zähne blitzen auf. „Früher oder später sterben wir eh. Warum irgendwas festhalten, was schon fast weg ist?“
Das „Fast“ wird zu meinem mich verdammenden Zauberwort. Schwer schluckend schließe ich die Augen. Vor den hölzernen Wänden der Hütte tobt die Welt. Hier herrscht heimelige Einsamkeit vor. Ich lulle mich in ihr ein.

„Was?“ Sie wirkt genervt, so wie die Tänzerin mit der Zunge gegen ihren Gaumen schnalzt. „Denkst du jetzt: Ich muss aber alles festhalten, was ich eventuell festhalten kann?“
Mein Schweigen beantwortet ihr die Frage.
„Eigentlich willst du dich doch nur scheitern sehen“, wirft die Ballerine mir schnippisch vor und springt mit einem Satz auf die Füße. Fragil und zart ist sie. Jede Regung strotzt vor Kraft und Energie und mit jedem Schritt scheint sie zu wachsen. Bis sie menschengroß ist. Ich bin gefangen wie in einem Traum.
„Ich werde mich zum Erfolg tragen.“
„Mit dieser Einstellung?“ Cathrins Brauen schießen in die Höhe. „Na, hallo. So motiviert man sich wirklich.“
„Ich werde den Krieg verhindern.“
„Gut. Viel Spaß dabei. Mir ist das relativ egal.“ Sie nimmt ihre Pose wieder ein, hebt das Bein und streckt die Fußspitzen. Den Kopf hebt sie stolz, den Bauch spannt sie an. Die Ballerina wird zu Stein.
Schimmernd liegt ihr ein Zopf über der Schulter. Ein winziger Moment, dann verschwimmt sie dort, wo sie stand, und kehrt auf das Schränkchen zurück. Mein Puls will sich überschlagen. Mit bebenden Fingern berühre ich das zuvor zum Knoten gebändigte Haar. Es ist kalt und hart. Aus Porzellan gemacht. Unveränderlich. Und dennoch …
„Cathrin“, wispere ich, „eines Tages wirst du außerordentlich sein.“
Die Tänzerin rührt sich nicht mehr.
Plötzliche Stille betäubt mich. Ratlos lasse ich mich auf die Fersen zurücksinken. Die Matratze scheint mich in ihre Arme zu ziehen. Hier starb Amilia. Durch mein Verschulden.
Die Reue überkommt mich nicht.

Ein Kind bin ich. Ein Mädchen nur. Unter dieser Decke bin ich geborgen und sicher. Mitten im Wald wird man mich nicht suchen und finden.
Als ich die Augen schließe, höre ich meine Zofen. Wie sie von Verrat und Verschwörung wisperten. Lug und Trug meines Ehemannes, des Staatschefs und Camerons. Drei mächtige Männer verbrüderten sich in einem Test gegen mich. Ich habe bestanden.
Ich werde meine selbst auferlegte Prüfung überstehen. Fortuna mag eine Göttin sein, das Glück liegt in ihrer Hand.
Das Schicksal verkörpert sie nicht. Nur dieses wusste mich bisher in die Knie zu zwingen.
Die Ballerina aus Porzellan scheint mich zu bewachen, den Zopf über der Schulter, im wunderbarsten Tanz erstarrt.

Sonnenstrahlen läuten die Morgenglocken und tragen den Sturm fort. Der Schlaf entlässt mich aus seinen Klauen und ich bin noch da. Schwer atmend setze ich mich auf. Leise quietscht das Holzgestell des Bettes. Als wären sie übereinander gestolpert, liegen meine Schuhe am Boden, das raue Leder von Schlamm befleckt. Über meine Hände und Arme ziehen sich zahlreiche Schrammen, die von der Gegenwehr des Waldes zeugen. Durch das Fenster schimmert die Sonne. Blumen malt sie auf den bloßen Holzboden, Ranken, die die Tischbeine hinaufklettern und auf der Platte zu Rosen erblühen. Als könnte ich mich an ihnen verbrennen, strecke ich scheu die Hände nach dem Licht aus. Es umhüllt mich wie der schönste aller Düfte.
Das Ausmaß der nächtlichen Katastrophe bemerke ich erst, als ich mich halb zur Tür wende, um nach meinem Mantel zu greifen.
Einem Dämon gleich steht sie in der Tür, das blutrote Haar zu einem hohen Pferdeschwanz gebunden und ein unschuldig

weißes, an Schultern und Taille gerafftes Kleid am Leib. Das Grün ihrer Augen ist intensiv genug, um mir einen Strick um die Kehle zu legen, die Blässe ihrer Haut gerade golden genug, um ihr einen göttlichen Schein zu schenken. Die vollen, roten Lippen haben sich zu einem abwartenden Grinsen verzogen und die langen, dichten Wimpern sind pechschwarz wie die Nacht.

„Cameron hält seine Versprechen wie auch du", sagt Fortuna. Gibt man ihr einen Körper, klingt ihre Stimme melodisch. Als spielte man eine Bratsche, bereit die Dämmerung ausklingen zu lassen, die von Celli summend eingeleitet wurde. Sie spricht leise wie der Wind durch Zweige säuselt, ohne sie zu bewegen. Der Raum wird gefüllt von jedem Ton, der ihre Lippen verlässt.

Trügerische Schönheit.

„Du bist noch da", erwidert sie auf mein Schweigen hin. „Ich habe kein Interesse daran, eine wankelmütige Frau zu lenken, wenn sie mir meinen eigenen Körper zurückgeben kann."

„Das habe ich nicht getan." Ihr ihren Körper gegeben.

„Du fürchtetest mich genug, um mir Essenz zu schenken", sagt Fortuna. Mit gezählten Schritten durchquert sie den Raum und setzt sich zu mir auf das Bett. Keinen einzigen Laut gibt sie von sich. Der Duft nach Feigen haftet an ihrer Haut. Betörend. Ihr Lächeln wirkt erhaben wie der Schein der Sonne. „Am heutigen Tag sind wir beide Gewinner."

Verloren habe ich von meinem ersten Atemzug an.

„Dieses Gespräch in dieser Form zu führen, sollte nicht möglich sein."

Mit dem sachten Neigen ihres Kopfes stimmt Fortuna mir zu. „Du hast all meine Erwartungen übertroffen", gesteht sie. „Was auch immer es ist, was dich zu dem befähigt, was du tust, ich beneide dich darum."

Sie ist die Schlange, ich die Maus. Fortuna streckt die Hand in meine Richtung aus und ich weiß mich nicht zu wehren. Still sitze ich und warte darauf, dass ihre Fingerspitzen mich berühren und als sie es tun, schießt ein goldener Schimmer durch mich hindurch, der mir einen blutigen Spiegel vorhält.
„Wann immer ich versuche, dich zu veröden, sprüht die überschüssige Energie in mich selbst zurück“, sagt Fortuna. Konzentriert wirkt sie. Nicht besorgt. Nicht beunruhigt. Im Ansatz interessiert. „Du entziehst mir, was du benötigst, und das Übrige überlässt du mir.“
„Ich halte es für besser, wenn du dieses Land verlässt.“
Fortunas Mundwinkel heben sich. Als die Sonne sich in Fortunas Haar fängt, wird das Rot tiefer. Dunkler. Stechender.
„Deines?“
„Meines“, stimme ich ihr zu. „Du hast kein Recht, nur einen Fuß hierein zu setzen.“
„Weil ich den ersten Schuss abgeben werde?“
Jedes Wort, das mich hätte sicher fühlen lassen können, bleibt mir in der Kehle stecken. Meine Muskeln verkrampfen sich.
„Du hast mir geschworen, den Krieg mit mir gemeinsam zu verhindern.“
„Ich hätte dich glauben lassen, wir hätten unser Bestes gegeben, sobald er losbricht. Aber nun brauche ich dich nicht mehr.“ Der Moment ist ein Fiebertraum und doch schmeckt er real.
Die Ballerina scheint sich zu rühren. Eine Lichtreflektion in dem schimmernden Porzellan. „Wir hatten eine Abmachung“, erinnere ich Fortuna. Ich fühle mich wie in einem Traum. Einem dunklen Traum, der kein Ende finden will.
„Du und Cameron, ihr seid Menschen, die an ihrem Wort hängen. Ich suche die Erfüllung.“

„Den Verrat“, bringe ich über taube Lippen. „Wenn ich dir die Möglichkeit gegeben hätte, auf der Stelle hättest du mich getötet!“
Fortunas Lachen ist das Glucksen eines glücklichen Mädchens. „Der Tod ist relativ. Manchmal öffnet er die Tore, manchmal hält er sie geschlossen. Du solltest das am besten wissen.“
Ich höre mich selbst nicht mehr. Eine Welt aus entsetzter Taubheit sperrt mich in ihren gläsernen Käfig. „Du hast es mir versprochen! Du hast versprochen, wir würden diesen Krieg beenden, bevor er beginnt.“
„Und du schworst Mädchen, ihr Leben zu ehren, und hast es ihnen gestohlen. Du und ich, Samantha, wir sind Schwestern im Geiste. Bleib an meiner Seite und du wirst in den Himmel gehoben werden.“
Diese Göttin scheint mir wahnhafter zu sein als mein Gatte.
„Bleib du an meiner Seite und dir wird die Welt gehören“, erwidere ich kühl und kämpfe mich auf die Beine. Sie wollen mich kaum tragen.
„Das Angebot einer Göttin gegen das eines mittellosen Mädchens?“ Fortunas Spott weiß mich nicht zu kränken.
„Ein mittelloses Mädchen“, sage ich, „das dich ins Leben rufen konnte. Das dir einen Körper geben konnte.“
Ihr Lächeln gefriert. Dimmt die Sonne selbst ihr Licht? „Ein einmaliges Unterfangen.“
„Kannst du das mit Sicherheit sagen?“
Die Ballerine aus Porzellan hebt den Kopf. Mit tödlicher Eleganz bewegt sie die Glieder und setzt sich abwartend auf das Schränklein, die Füße baumelnd. Grinsend zwinkert sie mir zu.
Fortuna öffnet ihre Lippen. Ein geiferndes Raubtier. „Ja.“
Cathrin legt den Kopf schief.

„Du solltest mein Land verlassen“, beharre ich, „und nie zurückkehren.“
„Gib mir einen Grund, der von Belang ist.“ Das Grün von Fortunas Augen scheint heller zu strahlen als zuvor. Goldene Tupfen tanzen um ihre Pupillen, die Wimpern bewegen sich wie die Flügel eines Schmetterlings.
„Tust du es nicht, dann töte ich dich.“ *Im Stillen, zwischen Wispern und Ahnen, schenkte man mir ein Herz aus Eis. Lady de Winter nannten sie mich. Nennen sie mich noch immer. Die schwarze Rose unter den Mysterien des Hinterlandes. Ich habe alles zu verlieren.*
Fortunas abschätziges Heben der Mundwinkel erinnert mich an die üble Nachrede, ganz hinten zwischen den feinsten Damen. „Du kannst mich nicht töten, Samantha. Mit meiner Geburt hat man mich zur Göttin auserkoren. Der Göttin des Glücks.“
„Das Schicksal spielt gegen dich.“
In ihrem Rücken, vor meinen Augen, springt die Ballerine aus Porzellan zu Boden. Kaum berühren ihre Zehenspitzen das Holz, fällt der letzte Zauber von ihr ab. Die Figur wächst zu einer jungen Frau, kaum größer als ein Kind, die Arme trotzig vor der Brust verschränkt.
„Das Schicksal“, seufzt Fortuna, „ist tot.“
„Verlass Italien“, verlange ich ein weiteres Mal – ein letztes Mal. „Dein Glück brauchen andere Diktaturen dringender als die unsrige.“
„An welche denkst du, mein Mädchen?“
Schweigend presse ich die Lippen zusammen. An jedes Land, das gegen uns agieren wird. Jedes auf dieser Welt. Außer diesem hier.
„Soll ich der Sowjetunion meine Hand reichen? Einem Stalin?“

Wenn Russland brennt, ist das nicht meine Schuld – und nicht von Interesse.
„Verschwinde aus meinem Land“, wiederhole ich.
„Dein Land“, ihr Lächeln, kalt wie Eis, jagt mir tausend Schauer über den Rücken, „liegt längst hinter mir. Deine Wünsche sind gefährlich, Samantha. Sie werden Hunderttausende ins Grab bringen.“
Herausfordernd hebe ich das Kinn. Cathrin tritt näher an Fortuna heran. Spürt die Göttin die Gegenwart des Mädchens mit den großen, grauen Augen nicht?
„Ich werde Josef deine Empfehlung ausrichten. Womöglich mit einem Kuss?“
Sind die Gerüchte wahr, wird Stalin die Göttin des Glücks erschießen lassen, wenn sie nur einen Schritt hinter seinen Rücken wagt.
„Geh.“ Diese Hütte steht für mein Herz. Meine Seele verschrieb ich diesem Land. Für Italien und mich opferte ich mich auf bis auf das Letzte.
Fortuna macht einen winzigen Schritt zurück, nur um einen großen auf mich zuzutun. Die langen Strähnen umrahmen ihr blasses Gesicht. „Du erinnerst mich an das Mädchen, das ich einmal Schwester nannte“, sagt Fortuna. „Auf lange Hand hätte ich das Schicksal weit eher töten sollen, als ich es getan habe.“
Mir bleibt keine Zeit, Entsetzen zu empfinden. In einer winzigen Geste dreht Fortuna die Hand. Zarte Fäden aus purem Gold ziehen sich von Fingerspitze zu Fingerspitze. Die Sonne hat sie gefangen.
Cathrin macht einen Satz, schlingt beide Arme um den Hals der Göttin und reißt sie zu Boden. Dumpf schlagen Körper auf. Flink wie ein Wiesel huscht Cathrin unter Fortuna hervor und stellt sich breitbeinig vor sie. „Sag mal, was läuft eigentlich schief bei *dir*? Sind hier alle verrückt geworden?“

Die Luft entweicht pfeifend meiner Kehle. Fortunas Blick huscht zu dem kleinen Tischchen. Zurück zu Cathrin.
Langsam hebt sie die Arme. Meine Beine gäbe ich dafür, ihr in den Kopf blicken zu dürfen. Was lässt sie zurückweichen, sich knapp verneigen und mit steten Schritten die Hütte verlassen, ohne Anstalten zu machen, die Hand erneut gegen mich zu heben?
Kurz sehen Cathrin und ich Fortuna nach, dann zuckt die Ballerine die Achseln und dreht sich zu mir um. „Was ist schief mit der? Die verhält sich, als hätte man sie als Kind einmal zu oft Prinzessin genannt."
Die eisige Ruhe, die aus jeder von Cathrins Bewegungen spricht, beeindruckt mich. Wie ist es einem Menschen möglich, kühl zu sein wie sie? Distanziert wie sie? Und dennoch auf diese intensive Weise greifbar. „Fortuna betrachtet sich als Göttin."
Anerkennend pfeift Cathrin durch die Zähne. Der Zopf liegt ihr schimmernd über der Schulter. Fleisch und Blut hindern sie nicht daran, Arme und Beine mit einer unheimlichen Grazie zu bewegen. „Und du nimmst ihr das ab? So richtig? Also nicht nur im Spaß?"
Fortuna bündelte die Schatten zu einem flüchtigen Körper. „Ja."
Cathrins Brauen schießen in die Höhe. „Gut. Was bist dann du?"
Ihr Akzent. Ich weiß ihn einzuordnen, als sie eine kleine Melodie summt, den Blick hinaus in den Wald gerichtet, während ich nicht antworten kann, die Zunge gelähmt. „Du stammst aus der Sowjetunion."
„Kann sein." Gleichgültig schiebt Cathrin die Unterlippe vor. „Was bist du? Du hast mich lang flehend angesehen und schon stehe ich hier. Ich fühle mich wie die Märchenfee."
Cathrin mag vieles sein. Eine gute Fee aber?

„Ich bin Beterras Gattin.“
„Beterra klingt italienisch“, stellt sie fest.
„Er definiert mich.“ Eine bittere Wahrheit.
„Warum definierst du nicht ihn? Du kannst Porzellanfiguren zum Leben erwecken!“
Eine Unmöglichkeit, die eine Unmöglichkeit bleiben sollte. Lancelots Angebot klingt mir in den Ohren. Sollte ich Hilfe benötigen, wird er mir zur Seite stehen.
„Warst du der Existenz als Ballerina leid?“
„Welche Existenz denn?“ Schwungvoll setzt Cathrin sich auf Amilias Sterbebett. Das Holzgestell knarzt protestierend. „Als Porzellanfigur denkt man eher nicht. Ich könnte da seit Zehntausend Jahren gestanden haben und würde es nicht mitbekommen haben.“
Ein Sein in Bedeutungslosigkeit. Würde ich ihr Schicksal meinem vorziehen? Zweckentfremdet man Cathrin, bemerkt sie es nicht. Ich hingegen bin gezwungen jeden Schritt sehenden Auges hinzunehmen. Zu akzeptieren. Meine Hilflosigkeit entmündigt mich nicht nur. Sie bringt mich um.
„Du bist eher eine Göttin als die“, sagt Cathrin. Sie wiegt die Füße, die rosa Lippen leicht geöffnet und den Blick konzentriert auf ihre eigenen Gliedmaßen geheftet. Weil sie sich endlich rühren kann? Spüren kann.
„Ich bin eine Trophäe.“
„Von mir aus.“ Cathrin grinst mich schief an. „Dann aber eine verdammt mächtige. Ich wünschte, ich könnte das auch. Mit den Fingern schnippen und Figuren zum Leben erwecken.“
Etwas an ihren Worten klingt falsch. Blechern. Als würde man mich mit Schmeicheleien an der Nase herumführen wollen.
Lancelots ungeteilte Konzentration brachte mich aus dem Konzept. Sah er Möglichkeiten in mir, die ich mir nie hätte ausmalen können? Rüttelten er und Vladimir ungeahnte

Mächte wach? Die über die eines Menschen weit hinausgehen. Eines bin ich durch und durch. Menschlich.
Verschwommen huschen Momente vor meinem inneren Auge vorbei, in denen eine lebende Figur mir die Haut gerettet hat. Und wenn diese nicht, dann meine Seele. Vor Ewigkeiten. Damals, als ich kaum gehen konnte. Angst weckt meine Möglichkeiten nicht. Schrecken noch weniger. Nichts davon ist wahr.
Cathrin steht vor mir, badet in der Sonne und betrachtet fasziniert den eigenen Körper. „Kannst du noch andere Sachen?“, fragt sie. „Außer in andere Zeiten zu sehen und mich zum Leben zu erwecken?“
Zögernd setze ich mich zu Cathrin. „Wenn dem so sein sollte, ist es mir nicht bekannt.“
„Dein Beterra scheint ja ein wichtiger Wicht zu sein. Vielleicht bist du okay darin, Menschen zu becircen?“
„Ich breche ihren Willen.“ Indem ich sie in ihren schwachen Momenten aufsuche. Beterra blickte aus dem Fenster seines Westsalons, einen Scotch in den grauen Fingern, umgeben von dem schweren Qualm der Zigarre. Ich war seine Sirene auf hoher See. Das Irrlicht im tiefsten Wald. Meine Lippen, die über seinen Nacken wanderten, ließen ihn Träume fühlen. Düstere zwar, finsterste, aber intensive. Lebendige. Welche, die ihn von dem letzten Pfad abweichen ließen. Ein sanftes Streicheln über seinen Unterarm brauchte es, einen tiefen Blick. Einen lockenden Kuss.
Zarte Falten graben sich in Cathrins Stirn. „Vermutlich folterst du sie eher weniger“, stellt Cathrin fest.
„Folter sichert dir keine bedingungslose Treue.“ Angst und Zorn schwelen in jedem Menschen, dem man Schmerzen zufügte.
„Klar.“ Spottend verzieht Cathrin den Mund. „Du bist also eine Circe. So richtig. So mit allem Drum und Dran.“

„Ich bin Beterras Trophäe.“ Weil die Alternative ein Mädchen in den Tiefen der Bedeutungslosigkeit wäre, bis zu den Knöcheln im Schlamm stehend.
Cathrin zuckt die Achseln. „Wenn du willst.“ Sie schlägt die Knöchel übereinander. „Wirst du mich gleich wieder in eine Porzellanfigur verwandeln?“
Gebannt bin ich. Gefesselt. Sowohl von ihrer Lebendigkeit als auch von ihrer kühlen Grazie. „Nein.“
„Gut.“ Cathrin rückt noch näher zu mir. „Hand drauf?“
Nach einem kurzen Zögern schlage ich ein. Ihre Haut ist eiskalt.
Wie Porzellan in einem unbeheizten Raum. Mein Finger streift die Unterseite ihres Handgelenks. Stumm. Sie mag menschliche Größe besitzen, sprechen, atmen.
Aber leben, das tut sie nicht.
Ich weiche ihrem stechenden Blick aus. Ihre Hand schrumpft in meiner. Als mein Kopf herumzuckt, steht eine winzige Ballerina auf dem ungemachten Bett, den blonden Zopf über der Schulter und die Stirn in nachdenkliche Falten gelegt. Die Sonne küsst sie.
Die Sonne verbrennt sie.
Ich wickle die kleine Figur in Amilias Tuch ein und verstaue sie in der Tasche meines Mantels. Nicht mein Zauber hat sie zum Leben erweckt. Etwas anderes war es. Diese Macht besitze ich nicht. Ich weiß es so sicher, wie ich meinen eigenen Namen kenne.
Die Sonne bleicht meine Schrammen und das getrocknete Blut. Für den Bruchteil einer Sekunde scheine ich zu heilen.
Die Tür der Hütte schließt sich hinter mir und die ausgebreiteten Äste des Waldes heißen mich Willkommen.
Über meinem rechten Daumen fließt Blut. Die Haut ist ungebrochen. Einsam weinen die Tropfen zu Boden. Zahlen den Tribut.

Lancelot ist eine Legende wie Beterra. Wie ich selbst. Man munkelt, die Mönche aus den Bergen hätten ihm zur Strafe die Lippen zugenäht, so selten verlässt ein Wort seinen Mund. Dieses Gerücht mag unwahr sein. Das macht Lancelot nicht minder gefährlich.

Schmal, zwischen zwei schief stehenden, längst verlassenen Hütten, fügt sich sein Haus ein. Im Inneren brennt Licht.

Ich überquere die sandige Straße. Ehe ich klopfen kann, öffnet Lancelot mir.

„Du bist eher gekommen, als ich erwartet habe." Tiefe Ringe liegen unter seinen Augen. Ein verblassender Bluterguss zieht sich über seinen linken Wangenknochen.

„Der Streit zwischen dir und Vladimir scheint tief zu schwelen."

Lancelot winkt ab. „Er wirft mir einige Dinge vor."

„Einige, vor denen ich mich in acht nehmen sollte?"

„Solange du keine Schwester hast, die man mir versprechen könnte."

Stumm bittet er mich über die Schwelle und ich betrete den schmalen Korridor. Es riecht muffig, ein wenig nach Kerzenwachs, ein wenig zu sehr nach Tod.

„Öffnest du des Nachts Gräber?" Ein Gerücht, das sich hartnäckig zwischen Stadt und Land hält.

Lancelots Mundwinkel hebt sich schwach. „Schon seit einigen Jahrhunderten nicht mehr."

Links zieht das Collier mich zu Boden, rechts die Porzellanballerina. Meine Knie zittern. Ich bin ein Gespenst, an mein persönliches Finsterland gekettet.

„Darf ich dir den Mantel abnehmen?" Er greift danach, ehe ich dankend ablehnen kann. Schweigend lasse ich mir aus dem weichen Kleidungsstück helfen.

„Das ist zu freundlich."
„Was führt dich zu mir, Samantha?"
„Ungewissheit."
„Das glaube ich." Er deutet mit der Hand auf die angelehnte Tür zu seiner Linken. „Wenn ich bitten darf."
Seine Höflichkeit ist ebenso fadenscheinig wie seine Nahbarkeit. Ich husche durch den schmalen Spalt in das Innere des anliegenden Raumes.
Kerzen. Sie stehen überall. Das Wachs tropft von den Simsen und dunkle Rauchschatten verdunkeln die Tapete. Der Schaukelstuhl im Zentrum des Zimmers auf bloßem Holzboden wirkt ähnlich verloren wie sein düsterer, schattenhafter Besitzer.
Lancelot greift nach einem Streichholz. Er bewegt das Handgelenk. Das Köpfchen streift die Schachtel nicht. Hellblau huscht die Flamme das Holz hinauf und Lancelot entzündet einige Kerzen. Sie flackern gegen die Sonne an. Ihr Geruch legt sich schwer auf meine Sinne. Der Gestank nach Fäulnis bleibt.
„Wie ist es dir gelungen?", fragt Lancelot. Er setzt sich auf seinen Schaukelstuhl, ohne mir einen Platz anzubieten. Neben der Tür verharre ich und würde für nichts in der Welt einen Schritt weiter in den Raum hineinwagen.
„Dich zu finden? Es gibt nicht viele Menschen, auf die die Beschreibung eines schweigsamen, unheimlichen Mönchs besser passt als auf dich."
„Nicht viele?" Er hebt einen Mundwinkel. „Keine. Darauf wollte ich nicht hinaus."
„Fortuna", rate ich. „Du spürst sie nicht mehr in mir."
„Warum?" Bedächtig lehnt Lancelot sich zurück und beginnt vor und zurück zu schaukeln. Seine langen Finger krampfen sich um das Holz der Armlehnen.
„Weil sie Mensch geworden ist", antworte ich schlicht.

Ich warte auf ein spöttisches Lachen. Es bleibt aus. Ein leises Stöhnen entweicht Lancelots farblosen Lippen. Mit geschlossenen Augen lehnt er sich zurück. „Also hat Vladimir Recht behalten.“ Gedankenversunken berührt er mit der Rückseite seiner Finger seine abschwellende Wange.

Die Neugierde sollte in mir schwelen. Eine betäubende Anspannung schlägt sie nieder. Ich verlagere das Gewicht. Unter mir knarzen die Holzbretter. Der Geruch nach Fäulnis wird intensiver.

„Ich habe niemanden getötet“, murmelt Lancelot, als spürte er meine Angst und mein Unbehagen. „Ich wache nur über Fortunas Leichen.“

Ich presse die Ferse auf das Ende des Bretts. Es hebt sich ein Stück an und gibt den Blick frei auf einen aufgeblähten Fuß. Die Maden graben ihre Zähne in das faulige Fleisch.

Ruckartig weiche ich zurück. Das Bild raubt mir den Atem.

„Das war Fortuna vor ein paar Monaten“, sagt Lancelot nüchtern. „Sie zieht aus der Lebensenergie anderer Menschen die Macht, sich wieder einen Körper zu geben.“ Ich stehe über Leichen. Sie sind überall. Bretter wölben sich hier und da. Kerzenwachs, verbunden zu einer rissigen Fläche, kaschiert nur ein gigantisches Grab. „Reicht die Energie nicht aus, stirbt der Körper und sie setzt sich in dem nächsten Menschen fest.“

„Ihre Körper tötet sie selbst, alle anderen vernichtest du.“

Lancelot bestreitet das nicht. „Ich hätte dich nicht hierhergebeten, um dir das Leben zu nehmen“, sagt Lancelot nüchtern. „Es wäre zweckdienlicher gewesen, mit Fortuna sprechen zu dürfen.“

„Du hättest von mir verlangt, ihr die Oberhand zu lassen.“

Sachte neigt Lancelot den Kopf. „Für einen Moment.“

„Weiß Vladimir hiervon?“ Ich deute auf die Körper, die unter meinen Füßen verzehrt werden. Bewegen die krabbelnden

Maden die Bretter? Ich weiche zurück, bis ich auf der Schwelle stehe. Ein zweifelhaft sicherer Hafen.
„Vladimir hat schrecklichere Leichen im Keller."
„Weniger wörtliche nehme ich an."
Lancelot atmet tief ein und streckt die Hand in Richtung der Kerze neben sich aus. Die Flammen lecken an seinen Fingern. Verzehren seine Haut. Ich rieche verbranntes Fleisch und schmecke es auf meiner tauben Zunge. Als spürte er keinen Schmerz, zieht er die Hand langsam zurück und besieht sich der Blessuren. „Vladimir lässt die Toten am Leben", sagt Lancelot. „Lang genug, damit sie sich in seinem Auftrag selbst umbringen können. Er ähnelt dir sehr." Ein schwaches Lächeln. „Zumindest in dieser Hinsicht. Ich habe von dir gehört. Von der schwarzen Rose. Der blutigen Witwe."
„Ich bin nicht verwitwet."
„Die Herren, deren Betten du warm gehalten hast, waren es nach dem ersten Aufeinandertreffen mit dir."
Ich bestreite das nicht. Schöne Frauen blenden den Ehemann. Kummer öffnet einen hilfesuchenden Teil in seinem Herzen, den ich zu infiltrieren weiß. Ich fülle ihn mit Schwarzpulver, betäube die Sorgen mit Küssen und wenn ich des Mannes überdrüssig geworden bin, zünde ich ihn an.
„Was möchtest du von mir, Lancelot? Warum hast du mich hierhergebeten?"
„Warum hast du mich aufgesucht?"
Das Blut prickelt mir schmerzhaft durch die Venen. „Weil ich deine Hilfe brauche."
„Fortuna bist du vorerst los."
Bis sie mich ausgesaugt hat. „Sie bereitet mir keine Sorgen", sage ich.
„Was hat dich dann zu mir getrieben?" Die Kufen des Schaukelstuhls quietschen und kratzen über Bretter, die notdürftig ein Massengrab verschließen. Die Kerzenflammen neigen

sich einander zu. Dochte entzünden sich, ohne mit Feuer in Berührung gekommen zu sein. Ein düsterer Mönch. Ein Mann, der keine Frauen will.
Lancelots angebliche Affäre mit Fortuna spricht gegen dieses Gerücht. Es verstreut nichts von der Düsternis, die diesen Mann umgibt wie ein eigener Nebel.
„Eine Ballerina aus Porzellan ist zum Leben erwacht. Durch meine Hand."
„Eine Narretei Fortunas", murmelt Lancelot. „Sie macht Menschen gern Glauben, sie könnten, wovon sie nichts verstehen."
„Ich weiß, dass ich diese Figur zum Leben erweckt habe", lüge ich.
Lancelot hebt den Blick. Schatten und Licht malen schwarze Schemen auf seine helle Haut. Eine Leinwand, vom Teufel befleckt. „Warum bist du dann hier?"
„Weil ich lernen möchte, das zu beherrschen."
Sein Schaukeln hebt ein Brett. Einen Zentimeter, dann zwei, dann fünf. Blutrotes Haar. Ich starre aus dem Fenster. Die Sonne scheint von dem fleckigen Fensterglas abzuprallen. *Der Friedhofswächter stört die Totenruhe.*
„Selbstbeherrschung musst du selbst erlernen", sagt Lancelot.
„Ich bin beherrscht."
„Vielleicht." Das Feuer frisst sich seine Hand hinauf. Mein Innerstes krampft sich zusammen, das Blut sackt mir kribbelnd in die Beine. Die Luft scheint mir entzogen zu werden, während sich Lancelot vor meinen Augen in eine menschliche Fackel verwandelt. Empfindet er keinen Schmerz? Schwarze Hautstückchen regnen zu Boden. Ein blinder Hauch weht sie auf mich zu. „Samantha", murmelt Lancelot, „du solltest mich nur aufsuchen, wenn du begreifst, was du von mir verlangst. Für Zweifel und Tratsch musst du Vladimirs Haus betreten."

Mit einem abrupten Schütteln der Hand löscht Lancelot die Flammen, die über seinen Unterarm leckten. „Störe ich dich bei wichtigen Aktivitäten?“
„Darum geht es nicht.“ Lancelot betrachtet mich mit einem Verdruss, der älter sein muss als die Zeit. „Ich bin kein Mann, der sich die Zeit vertreibt. Ich suche die Erkenntnis und du bist nicht auf dem Weg dahin, sie zu finden.“
„Weil du mir dabei helfen solltest!“
„Wie soll ich einen Blinden das Sehen lehren?“
Bewegen sich die Leichen unter meinen Füßen? Ich weiche in den Korridor zurück. Der Bluterguss auf Lancelots Wange verschwindet vor meinen Augen und nimmt die Brandverletzungen mit.
„Weißt du überhaupt, warum du mir deine Hilfe angeboten hast?“
„Das tue ich.“
„Warum?“
Lancelots Lächeln ist das müde Verziehen des Gesichts eines Todgeweihten. Eines längst Verstorbenen. „Diese Frage, Samantha, musst du dir selbst beantworten.“
„Weil du es nicht kannst.“
Als erwartete ihn auf der anderen Seite eine Überraschung, wendet Lancelot die Hand. Über seine Handfläche huschen Flammen. „Wenn du meinst.“
Der Gestank der verwesenden Körper, stechend süßlich, erstickend ölig und kriechend bitter, mischt sich mit dem dichten Rauch der Kerzen. Die Kopfschmerzen bohren sich in meinen Schädel.
Benebelter Zorn übernimmt das Ruder. „Du und Fortuna seid füreinander geschaffen“, spucke ich.
Lancelot bestreitet das nicht. „Wenn du Figuren zum Leben erweckst, solltest du dir im Klaren darüber sein, welchen Vorteil du daraus ziehst.“

Cathrin tanzt in meiner Manteltasche. Befreite sie mich von Fortuna? Oder spielte sich mich Fortuna zu? Lieferte sie mich gar aus?
„Warum?“, frage ich.
Lancelot legt den Kopf in den Nacken und starrt an die Decke. Der Wahnsinn spiegelt sich in seinen stechenden, grünen Augen. „Weil ich für diesen Irrsinn gemacht wurde.“ Er beantwortet meine Frage nicht. Er beantwortet eine andere, die ich nicht kenne. „Wen ich auch immer finden sollte auf meinen Suchen, derjenige wird niemals sie sein und sie wird niemanden außer mir akzeptieren können.“
„Hast du denjenigen getötet? Von dem du sprichst.“
„Wahre Liebe endet nicht im siebten Himmel.“
„Sondern vor den sieben Teufeln?“
Lancelots entrücktes Lächeln ist Antwort genug.
„Du wirst mir nicht helfen, solange dieser jemand fehlt.“
„Eine Antwort auf eine von tausend Fragen“, murmelt Lancelot. „Beantworte tausendmal mehr und es sind ansatzweise genug.“
„Aber niemals wirklich genug.“
„Ein Genug kennt nur der fälschlich Allwissende.“
Spricht Lancelot von sich selbst? Die schwarzen, glatten Haare fallen ihm spannungslos in die Stirn. Er wirkt wie ein geschlagener Gigant. Ein König über sein einsames, dunkles Reich.
„Du willst, dass ich dich becirce“, wispere ich. „Du willst vergessen.“
„Erinnern.“
„Vergessen“, bestreite ich. „Du erinnerst zu viel. Du lebst wortwörtlich über den Leichen deiner Vergangenheit.“
Lancelots Fingernägel bohren sich in das Holz des Schaukelstuhls. „Ich hebe seit Jahrhunderten keine Gräber mehr aus. Heute kommen sie zu mir.“

Mir wird schlecht. Heute erschafft er sie. Heute behütet er sie. Eine traurige Existenz. Eine triste.
„Ich kann dir nicht geben, worum du mich bittest“, flüstere ich. Mein Leben schenke ich bereits Fortuna. Und sie zehrt an mir, bis ich kaum noch existiere.
„Du siehst nicht weit genug. Deine Liebe und Zuneigung möchte ich nicht.“
„Also?“
Lancelot räuspert sich und steht auf. Eine rote Strähne huscht durch einen schmalen Schlitz und schlängelt über die grauen Holzbretter. Kerzenwachs bricht auf und wird von neuem verklebt. „Du solltest gehen, bis du die Antwort kennst.“
Er besinnt sich seiner Manieren zu spät. Lancelot öffnet mir die Tür, geleitet mich vier Schritte den Korridor hinab bis zu dem antiken Kleiderständer. Er legt mir den Mantel um, penibel darauf bedacht, meine Haut nicht zu berühren. Kein freundliches Wort richtet er zum Abschied an mich. So aufmerksam er mir öffnete, so kühl entlässt Lancelot mich.
Die Sonne küsst mein Gesicht und scheint mich zurück ins Leben zu ziehen. Die leerstehenden Gebäude links und rechts von Lancelots Haus reißen die Mäuler auf und heulen ihr Trauerlied. Düster flackern die Kerzen im Inneren des Mausoleums und scheinen auf unerklärliche Weise der Umgebung jedes Licht zu entziehen.
Die Kühle der frischen Luft liebkost meine Lungen. Ich verstaue die Hände in den Taschen des Mantels. Stoff liebkost meine Fingerkuppen. Die Taschen sind leer.
Ich verharre an Ort und Stelle. Die Ballerina. Das Collier.
Ich wirble herum.
Lancelot wurde für Fortuna geschaffen. Als ihr Diener? Ich mache einen Satz über die Straße. Unsanft zerrt man mich zurück.

„Vom Regen in die Traufe?“ Vladimirs ungewöhnlichen Augen blitzen ähnlich unheilvoll wie Lancelots.
„Er soll sie mir zurückgeben.“ Mein Puls bricht mir den Brustkorb auf. Ich schmecke bittere Galle, die Knie beben und die Ballerina? Ich wollte Cathrin schwören, sie menschlich zu lassen. Nun hat man sie mir gestohlen.
„Sei froh, dass du so billig davongekommen bist“, sagt Vladimir trocken.
„Er soll sie mir zurückgeben!“ Die Leere der Taschen zehrt an meinen Nerven. Ich atme rasselnd ein. Was geschieht, wenn nicht ich Cathrin zum Leben erweckt habe, sondern sie sich selbst? Lancelot würde sie nehmen, töten, in sein Grab stoßen. Unter seinem Wohnzimmer verrotten lassen.
Das Wachs tropft von den Simsen.
Das Collier beherbergt eine Macht, die ich nicht begreife. Eine, die ich nicht aufgeben darf. Aber Lancelot, Lancelot scheint diese Macht genauestens zu kennen.
Vladimir rollt die Augen. „Hör auf, dich wie ein kleines Mädchen zu verhalten. Das ist lächerlich.“
„Lächerlich?“ Ich schnappe nach Luft. „Lächerlich? Man …“ Der Protest bleibt mir in der Kehle stecken. „Was tust du hier?“
„Unheil stiften?“, schlägt Vladimir vor.
„Du erwecktest am gestrigen Tag den Eindruck, Lancelot zu meiden.“
Vladimir hebt eine Schulter. „Dann habe ich ihm eins, zwei auf die Nase gegeben und jetzt ist es wieder ganz in Ordnung. Man muss nicht jeden Elefanten zu Eurydike[7] auf die Bühne schicken.“
„Nichts ist in Ordnung“, wispere ich.
„Weil du Fortuna hast laufen lassen?“ Vladimir feixt. „Sie hat an meine Tür geklopft, Mäuschen. Sie wollte, dass ich ihr deinen Kopf bringe. Ahnst du, was ich gesagt habe?“

„Ja."
„Fast richtig." Er beugt sich zu mir. „Unter einer Bedingung, habe ich ihr gesagt. Gib mir einen driftigen Grund, sie umzubringen."
Der Regen strömt vom Himmel und haftet in Camerons Wimpern.
„Welchen?"
Glockenhell lacht Vladimir auf und reißt die Hände in die Luft. „Sie hatte keinen! Herzlichen Glückwunsch, Mäuschen, du wirst deinen verräterischen Prinzen wiedersehen."
„Mein Collier …"
„Ja, komm, lass." Unsanft schiebt Vladimir mich auf die andere Straßenseite. „Ich kümmre mich um deinen Mädchenkram und bringe ihn dir vorbei, sobald ich kann. Du solltest aufpassen, dass Fortuna sich nicht mit gezücktem Messer unter deinem Bett versteckt."
Ihr blutrotes Haar umweht ihr Gesicht. Schüchtern berühren ihre Fingerspitzen die Schulter eines hochaufgerichteten Mannes. Beterra betrachtet sie mit angemessener Skepsis.
Der Regen haftet in Camerons Wimpern.
Scherben regnen zu Boden. Das Feuer wärmt die Stadt und wälzt sich rauschend die Straßen hinab. Rauschend und donnernd. Glühend heiß.
„Sie hat längst zum Dolchstoß ausgeholt."
„Na dann, Gratulation. Wo genau willst du beigesetzt werden?"
Ich hebe trotzig das Kinn. „Vor deinem Treppenabsatz."
Kühl lacht Vladimir auf. „Vielleicht im nächsten Leben, Mäuschen."
„Warum? Wovor hast du Angst?"
„Vor dir." Vladimirs Grinsen straft ihn Lügen.
„Wovor wirklich?"
„Vor mir?", schlägt er vor.

Wenn Fortuna Beterra die rechten Zweifel einflüstert, wird er mich eher erschießen, als mich noch einmal in sein Haus zu lassen. Sie entzieht mir die letzten Reste meines Einflusses und Collier und Ballerina ruhen in einem sterbenden Grab. Einem brennenden Grab, das von innen heraus verwest.
„Du solltest wirklich verschwinden, Mäuschen." Vladimir zupft an einer seiner Locken. „Wenn Lancelot sich erinnert, sollten wir alle soweit fortlaufen wie möglich."
Mit wenigen beschwingten Schritten hat Vladimir die Straße überquert und die Hand auf den Türknauf zu dem finsteren Mausoleum gelegt. Der Wind bauscht auf und fährt unter seine geöffnete, hellgrüne Jacke. Das schwarze Shirt darunter scheint das Kerzenlicht zu absorbieren.
„Geh, Samantha", wiederholt Vladimir. „Ich hole dein Mädchenzeug zurück. Du solltest nur wirklich verschwinden." Vladimir zögert und erstmals glaube ich die Ahnung einer echten Regung in seinem Gesicht ausmachen zu können. „Es verwundert mich, dass er dich hat gehen lassen."
Mich nicht. Lancelot badet in Wahnsinn und Einsamkeit. Auf Männer wie ihn hatte ich seit jeher einen mir in die Hände spielenden Einfluss. Solange ich die Fassung bewahre, führe ich die Zügel.
„Du hättest es an seiner Stelle nicht getan?"
Vladimirs Lippen verziehen sich zu einem breiten, charmanten Lächeln. „Was ich für richtig und falsch erachte, spielt im Moment keine Rolle. Samantha." Seine Verneigung ist galant wie spöttisch.
Als er das Haus betritt, gehe ich. Der Wind treibt Wolken vor sich her. Die leeren Gebäude rasseln mit Brettern und heulen durch Fenster.
Blinzelnd senkt Cameron den Kopf. Dicke Tropfen fließen ihm über die Wangen. Er scheint jeden und niemanden im Blick zu behalten, während er sich aus der Reihe löst. Der

Knall eines gelösten Schusses zerreißt die Luft. Er fährt zusammen, den Mund zu einem lautlosen Schrei verzogen. Blut sprüht und regnet verdünnt zu Boden.
„Zurück in die Reihe, Sergeant Izaret“, brüllt eine fremde Stimme. Cameron folgt dem Befehl.
Der Himmel verdunkelt sich. Als der Wind kühl auffrischt, verfalle ich in einen leichten Laufschritt.
„Wenn ich Ihnen sagen könnte“, wispert Fortuna, die Lippen nah an Beterras Ohr, „wer für Samanthas Verschwinden verantwortlich ist, würden Sie mir in diesem Fall einen Gefallen erweisen?“
„Sie sollten meine Ehefrau nicht durch Tricks auszustechen versuchen, die sie erfunden hat.“
„Glauben Sie mir, Signor Beterra, ich bin deutlich älter als ihre Ehefrau.“
„Si. *Sie sind alt wie das Übel. Wenn Sie mein Anwesen nicht allein verlassen, werde ich Ihnen Unterstützung bereitstellen.“ Bartolomeos Stimme klingt weich und charmant. Umschmeichelt er Fortuna nicht, setzt er ihr doch eine Pistole auf die Brust.*
„Signor Beterra, ich bitte Sie, mein Anliegen zu überdenken.“ Er klatscht zweimal in die Hände. Sein Fußsoldat öffnet die Türen.
Ehe er Fortuna mit sich führen kann, trifft ein dicker Tropfen meine Nasenspitze. Ich lege den Kopf in den Nacken.
Als ich die Tore zur Mietskaserne durchquere, regnet es in Strömen. Ein Schuss ertönt.
Er jagt mir durch Mark und Bein.
„Zurück in die Reihe, Sergeant Izaret“, brüllt eine fremde Stimme.
Zuflucht unter einem Vordach suchend, ringe ich um Atem.
„Sie werden brennen!“, brüllt Fortuna. „Ich werde Sie persönlich in Flammen aufgehen lassen.“

Beterras Soldat kommt seiner Pflicht nach und erschießt Fortuna an Ort und Stelle. Ihren Körper trägt er fort. Der Regen wäscht über die blutigen Schlieren.
Blitze jagen über den Himmel.
Ein aus dem Gebäude eilender Soldat öffnet mir die Tür und ich husche den inzwischen bekannten Korridor entlang, die Stufen hinauf bis hin zu Camerons winzigem Zimmer. Ich stehle mich hinein in den Raum und schließe die Tür fest hinter mir. Das Gewitter donnert lauter als das Gestrige. Die Schrammen an meinen Armen brennen wie Feuer. Ich will den Schmutz herauswaschen. Salz in die Wunde streuen.
Ich drehe den Wasserhahn der winzigen Küchenzeile auf, reibe über getrocknetes Blut und tiefe Schrammen. Mit Camerons Handtuch trockne ich mich ab, bevor ich mich in sein Bett schmiege. *Dort bin ich sicher, dort ist es warm.*
Es ist spät, als Cameron und David Seite an Seite in das Zimmer taumeln. „Das muss verdammt noch mal versorgt werden! Willst du dir die Pest einfangen?“
„Das wird wieder“, murmelt Cameron.
„Das wird nicht wieder! Das ist kein kleiner Kratzer. Du wurdest durchlöchert wie ein Schweizer Käse!“
Das Blut haftet an Camerons nassen Uniform. Die beiden Männer sind zu sehr aufeinander und die tiefe Wunde fokussiert, um mich zu bemerken. Ich rücke dichter an die Wand heran. Mit unruhigen Händen schiebt Cameron den rechten Ärmel seiner Uniform nach oben. Das blanke Fleisch ist blutverschmiert. Übelkeit schnürt mir die Kehle zu.
„So eine verdammte Scheiße, das muss genäht werden.“
Das Dämmerlicht des Sommers hängt über uns. Meine Fingerspitzen fahren über die tiefe Narbe. „Das wird mich immer daran erinnern“, flüstere ich.

„Woran?“, murmelt Cameron. Seine Muskeln sind entspannt, sein Atem geht ruhig und regelmäßig. Sanft streichelt er mir durch das Haar.
„Daran, dass die Zukunft in Stein gemeißelt ist.“
„Das geht schon. Es ist nur ein Kratzer“, beharrt Cameron.
„Du wurdest gelocht! Daran könnte man dich zum Trocknen in den Garten hängen.“ David schlägt die Hände über dem Kopf zusammen. „Sag mal, bist du so beschränkt oder sehen wir hier einfach nur zwei völlig verschiedene Sachen?“
„Ich wasche mir die Wunde aus, desinfiziere sie, verbinde sie mir und dann sollten wir beide schlafen.“
„Ob du völlig beschränkt bist, frage ich“, faucht David.
Ich lehne mich nach vorn. Cameron hat sich die rotblonden Haare geschoren. Nun sind sie ebenso kurz wie Davids. So kurz, dass man die Farbe kaum noch erkennen kann.
Mit routinierten Griffen reinigt er zuerst die Wunde, dann zieht er aus dem Schränkchen klaren Alkohol. Während er die beißende Flüssigkeit auf das bloße Fleisch träufelt, verzieht Cameron keine Miene.
„Du bist so bescheuert“, flucht David. „Das wird dich fertig machen. Dir wird der Arm abfaulen.“
Wortlos wickelt Cameron sich weißen Verbandsmull um den Unterarm. Wie viele Wunden er selbst versorgen musste? Ich bezweifle, dass er sie zählen kann.
„Wie willst du morgen weitermachen?“, fragt David. „Du kannst so nicht einfach schießen. Du kannst so nicht mitmachen!“
„Und wenn wir da draußen sind?“, erwidert Cameron. Er klingt auf fürchterlichste Weise gelassen. „Was dann?“
„Dann werden die Verwundeten rausgezogen“, sagt David eindringlich. „Lass dich versorgen. Lass dich richtig versorgen.“

„Und sobald es schlimmer wird? Irgendwann werden nicht mehr genug Männer da sein. Man wird jeden brauchen. So ein lausiger Arm, der wird niemandem mehr eine Auszeit bescheren. Die Männer werden sich selbst in die Gliedmaßen schießen, um wegzukommen!“
„Der Krieg wird lustig“, sagt David nach kurzem Zögern. „Du wirst schon sehen.“
„Zum Sterben witzig“, murmelt Cameron. Schwungvoll wirft er das gleiche Handtuch zur Seite, das auch ich benutzt habe, um das Wasser von meinen Armen zu tupfen.
„Das wird toll“, beharrt David. „Das wird das größte Abenteuer aller Zeiten.“
Cameron dreht sich um und schlüpft ungelenk aus seinem Hemd. Sein Oberkörper wirkt unnatürlich blutleer. Ich presse die Lippen fest aufeinander. Er hebt den Kopf und sieht mir tief in die Augen. „Klar“, sagt Cameron, ohne den Blick von mir zu nehmen. „Das wird das größte Abenteuer aller Zeiten werden.“
„Schau! Und jetzt lass dich versorgen. Das sieht übel aus.“
„Übel“, sagt Cameron, diese unnatürliche Blässe in den Wangen, „ist irgendwie das falsche Wort dafür.“
Er stützt sich auf dem Tisch ab. Seine Muskeln zucken unkontrolliert. Winzige Schweißperlen stehen ihm auf der Stirn. Sie rauben mir die Ruhe und ihm den Atem.

21

„Cam, alles gut bei dir?“ Unter zusammengezogenen Brauen begutachtet David seinen Kameraden.
„Klar“, murmelt Cameron. „Alles super. Alles einfach nur toll.“ Atemlos setzt er sich auf einen der beiden Stühle und vergräbt das Gesicht erst in beiden Händen, dann nur in der des heilen Arms.
„Du siehst aus wie die Wand.“
Cameron wankt leicht auf seinem Platz. Die Decke raschelt, als ich aus dem Bett schlüpfe. „Er benötigt einen Arzt“, sage ich. David zuckt zusammen wie der ertappte Sünder.
„Sag mal, wie bist du hier reingekommen? Kannst du fliegen? Da draußen laufen Männer Patrouille!“
Ich übergehe seine Frage und hocke mich neben Cameron. Unter langen, feuchten Wimpern hindurch sieht er mich an. Die Sommersprossen sind verblasst.
„Er braucht einen Arzt“, wiederhole ich.
David löst sich aus seinem Starren. „Doch ein Arzt“, sagt er. „Ich bin auf dem Weg.“ Hektisch kratzen seine Schuhsohlen über den nackten Boden. Mit einem donnernden Krachen fällt die Tür hinter ihm ins Schloss.
„Du siehst aus wie der Tod“, flüstere ich und streichle Cameron die Haare aus der Stirn.
„Du riechst so“, murmelt er. Sein Lächeln ist erloschen. Mein Innerstes krampft sich zusammen. Tiefe Falten graben sich in seine Stirn. „So wird es überall riechen, wenn es losgeht.“
„Du willst diesen Krieg nicht“, versuche ich diesen Moment der Schwäche beim Schopf zu packen.
Camerons Muskeln zittern, als er den Kopf hebt, um mich direkt ansehen zu können. „Wir begehen alle unsere Fehler. Das macht uns aus.“
„Diesen musst du nicht begehen.“

Sein rechter Mundwinkel hebt sich. „Der Krieg wird das größte Abenteuer meines Lebens werden.“ Eines, das er nie vergessen kann. Weil man ihm die Zeit nicht geben wird.
Die Bilder überschneiden sich. Die, die ich vor Lancelots gespenstischem Heim sah und die, die ich hörte. Das Loch in Camerons Arm macht meine Ahnungen furchtbar greifbar. Jeder Sorge wird Substanz gegeben. Weil sie begründet sein können? Mehr als ein fiebriger Wahn?
„Cam“, behutsam streichle ich über sein Kinn, die kleinen, hellen Stoppeln, die sich durch seine weiche Haut schieben, „du verstehst nicht, mit welchen Mächten du spielen willst.“
„Wer spricht hier von wollen?“ Heiser lacht Cameron auf. Es klingt nicht nach ihm. Spricht der Schmerz aus seinem Mund?
„Mir ist übel.“
„Das ist der Schock.“
Schwach hebt er eine Braue. „Klingt, als würdest du das kennen.“
Wer mit den großen Herren spielt, fällt ihrem unkontrollierten Zorn zum Opfer. Einige verlässt der Anstand, sobald die Türen geschlossen wurden und die Gesellschaft gegangen ist. Sollte ich einst mit gebrochenen Rippen an einem Sonntag nackt zum nächsten Hospiz kriechen, nur damit man mir vor Augen führt, wie tief ich gesunken bin?
„Du solltest dich hinlegen“, flüstere ich.
„Mir geht es gut.“
Cameron zittert wie Espenlaub. Unsanft lege ich mir einen seiner Arme um die Schulter und ziehe ihn mit mir zu Boden. Die Proteste gehen unter. Nach einem Kissen greifend hocke ich mich neben ihn. Schiebe es ihm unter die Füße und streichle mit den Fingerspitzen über seine Schläfen. „Der Arzt wird gleich kommen.“
„Mir ist kalt, Sam.“ Camerons Augen wirken heller denn je. Grüner denn je. Ich versuche in ihnen eine Ähnlichkeit zu

Lancelots zu finden. Oder Fortunas. Doch wo diese beiden Wahnsinn und Stumpfsinn ausmacht, steckt in Cameron eine lebensfrohe Energie, die selbst der Schmerz nicht zu dämpfen weiß.
„Gleich wird es dir besser gehen."
„Ich will nach Hause." Die Worte verlassen seine Lippen flehend. Wie die eines kleinen Jungen.
Sanft streichle ich ihm durch die raspelkurzen Haare. Sie fühlen sich falsch an. Nicht länger weich, nicht länger seidig. „Du bist daheim."
„Bin ich nicht." Mit dem Unterarm fährt er sich über das Gesicht. „Ich bin irgendwo in einem fremden Haus. Ich will zurück nach Hause, Sam."
Bilde ich es mir ein oder verlangsamt sich seine Atemfrequenz? „Halte noch ein paar Minuten durch", bitte ich ihn. „Sobald der Arzt hier war, bringe ich dich dorthin."
Die Falten graben sich tiefer in Camerons Stirn. Darauf wartend, dass er mich einen Lügner schimpft, einen Blender, verharre ich neben ihm. Sein Nicken löst die Anspannung in Nebelschwaden auf. „Bringst du mich auch in das richtige Haus?"
„Wenn du mir verrätst, wo es steht." Bedächtig lege ich die Fingerspitzen auf seine Halsschlagader. Flatterhaft pocht sein Puls gegen meine Kuppen. Wenn ich angestrengt in den Korridor hinauslausche, höre ich nichts. Nichts als Cameron und mich.
„Na, bei dir." Fast empört verzieht Cameron den Mund. „Du hast doch direkt unter mir gewohnt."
Der Junge mit den zerrissenen Hosen, der jeden Morgen viel zu früh aus dem Haus eilte und jeden Abend viel zu spät zurückkehrte. Die Locken standen ihm wirr vom Kopf ab. Die jungen Männer starben an Arbeit oder Krankheit. Dieser kleine Junge verschwand lautlos und spurlos aus meinem

Leben. Nie wechselten wir ein Wort. Manchmal wartete ich bis spät in die Nacht auf den Stufen, darauf hoffend, dass er zurückkehrt. Er tat es Mal um Mal, schnaufend und blass. Bis er nicht mehr kam und ich das Warten bleiben ließ.
Eine von zahllosen, bedeutungsleeren Erinnerungen. Eine, die mit zahlreichen anderen zu einem großen Klumpen verschmolz, den ich nicht mehr zu trennen wusste.
Die Wahrheit zerreißt mir das Herz. Ich neige mich vor und hauche Cameron einen kleinen Kuss auf die Stirn.
„Dann weiß ich, wohin wir gehen müssen."
„Hattest du das vergessen?" Cameron ächzt leise, als er versucht sich aufzurichten. Die Hände auf seinen Schultern drücke ich ihn behutsam zurück.
„Bleib still."
„Aber du hast jeden Abend auf mich gewartet", protestiert Cameron. „Du warst da."
„Nicht jeden Abend." Als die Tuberkulose Mutter in den Tod reißen wollte, da stand ich ihr zur Seite. Und als mich die Grippe quälte, lag ich allein im Bett und starrte auf die flackernde Flamme der Kerze.
„Du warst da", wiederholt Cameron stur und sucht mit diesen grünen, grünen Augen meinen Blick. „Du musst dich doch erinnern!"
„Ich erinnere mich", beharre ich. Nur eine halbe Lüge. Die Details mögen mir entfallen sein, der Kern ist geblieben. Das Frieren und das Schwitzen. Die Erschöpfung und diese leise Erleichterung, wenn ich seine Silhouette am Horizont ausmachen konnte.
Wir wechselten nie ein Wort. Kein Hallo, kein Auf Wiedersehen. Wir gingen nicht gleichzeitig in das Haus. Meistens verschwand ich Momente, ehe er mich erreichte. Manchmal, da war ich eingenickt, huschte ich nach ihm in das Gebäude,

um mich in die Sicherheit meines Betts zu schmiegen, geborgen in Mutters Armen.
„Dann musst du mich nach Hause bringen, Sam. Bevor der Krieg anfängt. Ich will noch einmal sehen, wo ich gelebt habe.“
Augenrollend streichle ich ihm weiter über die Stirn. Er wirkt wahnhaft, der kalte Schweiß steht ihm auf der Stirn. Wo bleibt David? „Fast verhältst du dich, als glaubtest du, bald sterben zu müssen.“
„Das werde ich!“, ruft Cameron aus. „Ich bin ein Sergeant. Die sterben zuerst. Jeder stirbt zuerst, außer die, die den richtigen Deal geschlossen haben mit den richtigen Frauen und Männern. Wenn ich kein Sergeant mehr bin, dann könnte ich einfach untertauchen, verstehst du?“ Hastig leckt er sich über die Unterlippe. „Wenn ich kein Sergeant mehr bin, dann bin ich nur ein kleiner Fußsoldat.“
„Als Mussolinis Neffe stehst du unter seinem Schutz.“
Ächzend legt Cameron sich einen Arm über das Gesicht. „Wenn ich morgen aufwache“, nuschelt er, „dann ergibt die Welt viel mehr Sinn. Du wirst schon sehen.“
„Das werde ich“, verspreche ich ihm. „Nur jetzt musst du noch wach bleiben.“
Ein Schatten seines Lächelns huscht über Camerons Gesicht. „Warum, Sam? Warum lässt du mich nicht hier und jetzt einschlafen.“
Weil er seinem Schicksal auf diese Weise nicht entkommen wird. Ich spüre es in meinen Knochen wie die bitterste aller Gewissheiten. Kein kleiner Schock wird Cameron aus seinem Leben reißen.
„Deine Zeit ist noch nicht gekommen.“
„Bestimmst du das oder was?“
Behutsam streichle ich ihm durch die kurzen Haare, die Schläfen hinab bis zum Kinn. Camerons Atmung geht

beunruhigend flach. Huschen Schritte über Treppenstufen? Hin zu uns. Hin zu Cameron. „Ich weiß es einfach."
„Das ist schön", flüstert Cam. „Weißt du, was ich weiß?"
„Was denn?" Ich bin wie hypnotisiert von seinem schönen Gesicht. Von diesen strahlenden Augen, die mich von der ersten Sekunde an berührten. Viel tiefer als es möglich sein sollte.
„Dass du mich liebst."
Mir schnürt sich die Kehle zu. „Bleib wach."
„Das hat Vladimir gesagt", murmelt Cameron. Er klingt fiebrig. „Er hat gesagt, dass er es in dir gefühlt hat. Wenn du mich ansiehst, dann bist *du* daheim."
Knarzend und knackend öffnet sich die Tür. „Da." Atemlos poltert David über die Schwelle auf uns zu. Sein Gesicht ist von hektischen Flecken übersäht. „Er hat einen Schuss abbekommen. Sein Arm sieht übel aus. Es blutet immer noch." Zu mir sagt David: „Sie sagt, sie ist Arzt. Ich weiß nicht, ob sie Arzt ist. Aber unser Arzt ist nicht da. Er sollte da sein! Sie sagt, sie ist Arzt."
„Nichts, was ein wenig Ruhe nicht kurieren könnte." *Ein Engel kommt, um uns zu retten.* Das blonde Haar wallt Adriana in offenen Wellen über den Rücken und umrahmt das hübsche Gesicht. Ihre himmlische Schönheit erschreckt mich bis ins Mark. Nur ihre Gegenwart braucht es, um mich zu erschüttern. „Die Füße oben. Du hast aufgepasst, Samantha."
Angespannt nicke ich dem Engel zu und mache Platz. Sollte ich Cameron einem Boten Gottes anvertrauen? Adriana lässt mir keine Wahl. Die schmalen Hände legt sie auf seinen Oberkörper. Ihre Berührung scheint ihn erstrahlen zu lassen.
„Kennst du sie?", fragt David schrill. „Ich meine, woher kennst du sie? Das ist ein Engel. Das weißt du schon, oder? Das ist ein Engel! Sie sollte nicht einmal hier sein."

„Aber sie ist es.“ Um Cameron zu retten oder mich zu strafen? Gelingt ihr womöglich beides in einem Atemzug?
„Das Übelste im Menschen zu sehen, tut der Seele nicht gut“, flüstert sie, als hätte sie meine Gedanken gelesen. Adrianas Hände wandern von Camerons Brust zu seinem Arm und verharren dort. Seine Atemzüge scheinen kräftiger zu werden. Der Schweiß trocknet.
„Du bist kein Mensch“, erinnere ich Adriana.
„Außergewöhnlichkeit schützt einem nicht vor dem Menschsein“, murmelt sie. „Kein Engel der Welt ist unschuldig und rein genug, um Gott ewig zu dienen.“
Ihre klaren, blauen Augen erstrahlen. Keuchend fährt Cameron auf. Den Zeigefinger auf seine Stirn legend, hält Adriana ihn aufrecht. „Ein ungewöhnlich gezielter Querschuss“, sagt der Engel.
Die folgende Stille macht jede Lüge überflüssig. „Ja“, sagt David schließlich, „das war schon sehr viel Pech.“
Adriana und ich tauschen einen Blick. Wissen wir es beide besser?
„Er sollte viel trinken“, sagt sie.
„Blut“, setze ich an.
„Wird überflüssig sein“, endet Adriana. „Dein Freund wurde von einem Engel geheilt. Es wird ihm an nichts fehlen.“ Kurz zaudert Adriana und schlägt die Augen nieder. „Fortuna, sucht sie dich heim?“
„Nein.“ Die Göttin hat neue Wege eingeschlagen. Gefährlichere. *Dunklere.*
„Bist du dann endlich bereit, uns das Collier zu geben?“
Selbst wenn ich es wäre, könnte ich es nicht. Lancelot hat es mir gestohlen. Ob in den wenigen Momenten, nachdem er mir den Mantel abnahm oder während unserer gespenstischen Unterhaltung, weiß ich nicht zu bestimmen. Im ersten

Moment waren Ballerina und Collier in Sicherheit. Kurz darauf verschwunden.
Schwer schluckend schüttle ich den Kopf.
„Gib mir Bescheid, sobald du deine Meinung änderst“, sagt der Engel. Sie steht auf, die hellen Strähnen in dem besorgten Gesicht. „Ahnst du inzwischen, mit welchen Mächten du spielst?“
Camerons und Davids wache Ohren sind mir überbewusst.
„Ich ahne“, sage ich langsam, „dass ich die Last werde tragen können.“ Zumindest so lang, bis die Zukunft in Stein gemeißelt ist.
Adriana kneift die Augen zusammen. „Wasser“, sagt sie dann. „Er braucht viel davon. Pass auf, dass er sich in den nächsten Stunden nicht verausgabt. Jemand sollte auf ihn achtgeben, solange er schläft.“
„Das mach ich schon“, sagt David. „Ich pass auf ihn auf.“
Adrianas Blick ruht auf mir, so sicher, so fest, dass sie mich physisch zu berühren scheint.
„Ich auch“, verspreche ich Cameron. Das kleine, jungenhafte Grinsen kehrt zurück. Er erwidert nichts, sondern presst sich nur das Kissen gegen die Brust.
„Was genau hast du gemacht, Engelsmädchen? Meine Blutzellen vermehrt?“
Adrianas Lachen klingt hell wie die Glocken im Frühling. „Ich habe dir Leben gegeben, du dummer Junge.“
„Ich wusste nicht, dass man das sich einfach impfen lassen kann“, scherzt Cameron.
„Nur, wenn der behandelnde Arzt Engel ist.“ Adriana knickst leicht vor ihm. „Für dich gilt das Gleiche. Sobald du die richtige Entscheidung gefällt hast, werde ich für dich da sein.“
Camerons Lächeln erlischt nicht, während sich düstere Sorgenwolken vor sein Gesicht schieben. „So ein Jammer. Ich würde viel lieber mit Casper reden.“

„Casper bevorzugt weibliche Gesellschaft." Mit erhobener Braue nickt Adriana mir zu. „Wer weiß? Wenn ihr euch beide gleichzeitig für das Richtige entscheidet, könntet ihr uns beide zu Gesicht bekommen."
Cameron rümpft die Nase. „So dringend ist es nun auch nicht." Ächzend kämpft er sich auf die Beine und taumelt zu seinem Bett. Spannungslos lässt er sich darauf fallen. „Lass dich nicht von bösen Dämonen fressen, Adri."
„Und du dich nicht von wütenden Generälen." Sie knickst erneut. „Hoffentlich sehen wir uns eher früh als spät." Erneut scheint sie mich zu berühren, ohne sich mir zu nähern. Ich schlucke schwer. *Wenn das ihr Wunsch ist.* Meinem liegt ein frühes Wiedersehen fern.
Die Decken rascheln. Cameron zieht sie sich bis unter das Kinn und vergräbt den Kopf in seinem Kissen. *Ein Junge, der sich in seiner Burg verschanzt.*
„Der Engel ist wieder da", zischt David, sobald Adriana verschwunden ist. „Weißt du, was das bedeutet?"
„Dass wir behütet schlafen können", murmelt Cameron.
„Dass wir …" Der Satz scheint David vor Empörung in der Kehle stecken zu bleiben. Er bläst seine Wangen auf, um die Luft klangvoll entweichen zu lassen. „Das letzte Mal wäre ich fast abgekratzt, als sie hier war!"
„Fast", sagt Cam und gähnt herzhaft. Ein Hauch von lebendiger Röte stiehlt sich zurück in seine Wangen. „Jetzt stehst du hier."
„Ja. Ist ja mein Zimmer wie deins auch." David kratzt sich an der Nase. Dann deutet er auf mich. „Bleibt die Kleine heute Nacht wieder hier? Obwohl Engel und Dämonen hier sind, sobald sie den Raum betritt?"
Der Regen wird wie gestern Nacht krachend gegen das Fensterglas getrieben. Beinahe fühlt es sich an, als hätte man mich um einen Tag zurückversetzt. Ein Blitz zerreißt die Finsternis

und der Wind heult. In anderen Teilen der Welt schneit es zu dieser Jahreszeit. Bei uns prasselt ausreichend Regen zu Boden, um Italien im Meer zu versenken.
„Da passt Sam doch super rein“, erwidert Cameron und klingt entspannt wie eh und je.
Kopfschüttelnd lässt David sich auf einen Stuhl plumpsen. Mit einem lauten Quietschen ratschen die Beine über den Boden. „Du bist doch völlig abgedreht“, murmelt er. „Engel und Dämonen und Ehefrauen. Du wirst umgebracht, bevor wir uns auf dem Schlachtfeld austoben dürfen.“
Wie ich Cameron betrachte, glaube ich, dass er es genau darauf anlegt. Auf ein jähes Ende vor seinem angeblich größten Abenteuer. Eines, das er zu fürchten scheint wie ich. Eines, von dem er vorgibt, dass er auf es nicht verzichten möchte. Aus welchem Grund?
Zu welchem Preis.
„Schläft sie bei dir oder bei mir?“, fragt David. Blitzt Hoffnung in seinen dunklen Augen auf?
„Bei mir“, antwortet Cameron. „Sie ist mein Gast.“
Beinahe erwarte ich eine kurze Auseinandersetzung. David überrascht mich. Ein kleines Lächeln hebt seine Mundwinkel. „Klar. Dein Gast. Ich versteh schon.“ Er zwinkert mir zu.
Ich war nie eine Frau, die errötend den Blick abwandte, wenn ein Mann sich entkleidete. Als David sich der Uniform entledigt, verspüre ich kein Verlangen, ihn dabei zu beobachten. Die Matratze neigt sich unter meinem Gewicht, während ich mich neben Cameron setze und ihm erneut über den Kopf streichle.
„Darf ich jetzt schlafen?“, neckt er mich.
Eine Wärme, die ich nicht begreife, breitet sich prickelnd in meinem Körper aus und bündelt sich über – in – meinem Herzen. „Wenn du morgen wieder aufwachst.“

Dieses Lächeln. Dieses anbetungswürdige, wunderschöne Lächeln, das kein Erwachsener außer ihm zu kennen scheint.
„Sag lieb bitte“, neckt er mich.
„Bitte!“, ruft David Cameron über seine Schulter zu. Das Kichern entweicht meiner Kehle, ehe ich es schlucken kann.
Camerons Lider gehen auf Halbmast und ich lehne mich zu ihm. „Bitte“, wispere ich und berühre mit meinen Lippen sein raues Kinn. „Sonst werde ich kein Auge schließen können.“
Schwer seufzend rückt Cameron an die Wand und schenkt mir damit einen knappen halben Meter Platz in seinem schmalen Bett. „Dann werde ich mal nicht so sein und auch den morgigen Tag noch auf mich zukommen lassen.“
Kurz rüttelt der Impuls an meiner Seele, ihm das gleiche Versprechen für jeden Tag der kommenden Jahre abzuringen. Stattdessen stehle ich mir einen winzigen Kuss, hauchzart, zu kurz, um ihn genießen zu können.
Das Collier, so rücksichtslos es mich jagte, fehlt mir, als ich in schmutziger, zerrissener Kleidung, die nach Tod und Verwesung stinkt, in sein Bett krabble.
Cameron rümpft die Nase. „Willst du das nicht ausziehen?“, fragt er skeptisch. „Du riechst wie ein Friedhofsgräber.“
Wie ein Gast in Lancelots Haus.
Ich hadere mit mir selbst. Nie schmerzte es mich, meine Kleidung abzulegen. Erkaufte ich mir auf diese Weise nicht Ruhm und Namen? Ein leises Schamgefühl beschleicht mich, während ich unter Camerons und Davids aufmerksamen Blicken mein Kleid öffne. Es kommt mir vor, als würde David sich seiner Manieren besinnen und fortsehen. Camerons Aufmerksamkeit haftet auf einer kleinen Narbe, die sich über mein Schlüsselbein zieht. Dort schnitt mir die Scherbe einer zerschlagenen Vase aus chinesischem Porzellan in die empfindliche Haut. Sie beendete eine blinde Raserei, die mir den rechten Oberarm anbrach und den gesamten Brustkorb prellte.

Reiche Herren besitzen Macht. Und sie zerbrechen an ihr. Um sich an ihrer trügerischen Gewissheit zu halten, blenden sie sich selbst und bekommt diese Scheinwelt Risse, ist jeder für ihr Übel verantwortlich, der sich in unmittelbarer Nähe aufhält.

„Ich könnte dir ein Hemd von mir geben“, bietet Cameron an, als ich im Unterkleid vor ihm sitze.

„Das erscheint mir sinnvoll“, gestehe ich. Die Kleidertruhe erwächst vor meinen Augen zu einem offenen Grab und ich bringe es nicht über mich, auch nur die Oberfläche zu berühren.

„Schwachsinn!“, ruft David quer durch den Raum. „Wenn ich schon mal wieder die Regeln brechen muss, will ich was zum Gucken haben.“

Lieber von einem Grab verschlungen, als von David begafft. Ich klettere aus dem Bett und stemme den Deckel der Kleiderkiste auf. Deutlich leichter als erwartet, öffnet sie sich quietschend. Überrascht rümpfe ich die Nase. Die Kleidung wurde penibel genau auf Falte gelegt. Perfekt geglättet liegt ein kleiner Stapel Pullover in der linken Ecke, daneben die rauen Leinenhemden. Hosen, Unterwäsche, Socken. Alles eintönig schwarz und grau und weiß. Kein einziger Farbtupfen sticht mir entgegen. Monochrom.

Ich greife nach dem obersten Hemd und ziehe es mir über. Der steife Stoff drückt gegen meine Haut, nach Seife duftend. Als ich die Truhe schließe, huscht ein schiefer Lichtstrahl hinein in das Reich der Eintönigkeit. Ein Glitzern. Ich lehne mich vor. Die Haare kitzeln mich im Gesicht und ich strecke die Hand nach dem Funken aus. Gebannt.

„Hast du ein Hemd gefunden?“ Der Klang von Camerons sanfter Stimme reißt mich aus meiner Starre. Der Deckel gleitet mir aus den plötzlich tauben Fingern und schließt sich krachend.

„Ja.“ Ertappt auf frischer Tat.
„Dann komm zu mir.“ Camerons Brauen sind zusammengerückt und fast schon bittend klopft er auf die freie Stelle neben sich.
„Ich hätte auch noch einen Platz frei“, ruft David quer durch den kleinen Raum. Donnernd tollen seine Worte von links nach rechts, spielen sich einen kleinen Ball zu, und verbergen sich schließlich schüchtern unter Betten.
Die wenigen Schritte zum Schalter gehe ich, lösche das Licht, und löse mein Versprechen an Cameron ein. Sein Körper hat das Bett für mich vorgewärmt und sobald ich zu ihm unter die Decke schlüpfe, vergesse ich die Welt. Davids Anwesenheit verschwimmt und der Geruch nach Tod, der sich in meine Haare gewoben hat, wird bedeutungslos. Leise raschelt meine Kleidung, als ich mir das Unterkleid über den Kopf streife und durch das Hemd tausche. Die Dunkelheit schützt mich vor gierigen Blicken.
Zurück in das Kissen geschmiegt, erwarte ich halb Fortunas Silhouette, die sich vor das Fenster und den blassen Schemen des Mondes schiebt. Ihr blutrotes Haar. Ihr Porzellangesicht. Ob sie vor ihrer Abreise quer durch Europa Lancelot einen Besuch abgestattet hat? Einen Schatz besitzt er, der um ihren Hals heller scheinen wird als um den jeder anderen Person.
Der Knall eines Schusses erfüllt meine Sinne. Ruckartig schüttle ich den Kopf. Fortuna wird nirgendwo hingehen. Und doch, sobald ich die Augen schließe, beobachte ich, wie sie einem Kutscher bedeutet, sie mit sich zu nehmen. *Der Regen hat das Blut fortgewaschen. Die Haare kleben ihr im Gesicht.*
Fast schon überstürzt steigt der Kutscher vom Bock und öffnet ihr die Tür. Ratternd und brummend fährt ein Auto vorbei. Fortuna nickt dem Herrn in der dicken Strickjacke dankend zu, ehe er sie vor den Blicken der Welt verbirgt.

Mit spitzen Fingern greift sie in die Tasche ihres dünnen Mantels. Halb erwarte ich zu sehen, wie sie das Collier hervorzieht.
Mein Rosenkranz. Hilflos baumelt er von ihrer Hand, das Kreuz schmaler denn je. Die Perlen scheinen unter ihrer Berührung zu schrumpfen und Gottes Segen sie zu verlassen.
Fortuna legt ihn sich um. Mein Magen verkrampft sich.
„Wohin soll es gehen, Signora?"
Mit der Gelassenheit einer stillen Siegerin schlägt Fortuna die Beine übereinander, den Kopf stolz gehoben. „Soweit fort wie irgend möglich."
Zügel schnalzen. Ich sitze neben ihr in dem kleinen Innenraum der Kutsche und bin allein Zeuge dessen, wie ihre Iriden golden zu schimmern beginnen. „Du wirst besser darin." Fortuna macht sich nicht die Mühe, ihre Stimme zu dämpfen. Das stolze Donnern der Pferdehufe übertönt sie. „Stell dir nur eine Frage, Samantha: Welchen Preis zahlst du für einen Blick in meine Gegenwart?"
Sie starrt an einen Punkt sich gegenüber, an dem ich mich nicht befinde. Selbst wenn ich bei ihr säße, könnte ich nicht antworten. Meine Lippen wurden versiegelt und das Herz pocht mir laut genug in den Ohren, damit ich sie kaum verstehe.
„Weder heute noch morgen noch in einer Dekade wirst du zu einer Frau werden, die einer Göttin ebenbürtig ist", sagt sie. „Du solltest deine Finger aus fremden Angelegenheiten lassen, ehe sie dich den Kopf kosten."
Regungslos und stumm wie ein Fisch verharre ich. Seufzend rollt sie die giftig grünen Augen. Der goldene Schimmer ist so schnell verschwunden, wie er gekommen war.
„So eine Verschwendung an Potential. Wenn sie wüssten, wie schwach du bist, wie ersetzbar, sie würden dir deinen Namen aberkennen." Ihre Lippen kräuseln sich zu einem winzigen

Lächeln, gefährlich wie der Biss einer Natter. „Ahnst du, was mit der Person geschah, die sie Lady de Winter tauften?“ Wir wissen beide um meine Unmöglichkeit, nur einen Ton zu formen. „Ich habe sie getötet.“ Fortuna faltet die Hände über ihrem Bauch. „Ich werde dich ebenso eliminieren wie die nächste und die letzte Bedrohung. Du musst nicht durch mich fallen, um meinetwegen zu sterben.“
Der Wind reißt an der Kutsche und die Pferde wiehern im Protest. Regen sprüht hinein in den winzigen Innenraum und Fortuna zieht sich ihre Kapuze über den Kopf. „Ich wäre nun gern allein, Samantha.“
Das Entsetzen fesselt mich an Ort und Stelle. Zwischen ihren Augen prangt ein scharlachroter Fleck. Dort hat die Kugel ihren Schädel durchdrungen und ihr Gehirn zerfetzt. Mit jeder verstreichenden Sekunde glimmt das Grün ihrer Iriden heller, wird golden, greift auf die tödliche Wunde über und zaubert sie fort.
Leer fühle ich mich. Furchtbar einsam.
Bedächtig neigt Fortuna sich zu mir. „Ich wäre nun gern allein“, wiederholt sie. Mit dem Daumen streicht sie mir über die Stirn, dann bin ich fort.
Schwer atmend wälzt Cameron sich auf den Rücken und drängt mich im Schlaf ein Stück der Kante entgegen. Kühle Luft stiehlt sich unter die Decke und auf meine nackte Haut. Als der nächste Donner tobt, sinke ich in mich zusammen. Werde ich mich unter dem Bett verstecken können oder wartet dort die nächste Dämonengestalt? Der Schlafentzug zehrt an meinen Kräften. Ich sollte mich von Gott in das Reich der Träume, so düster sie auch sein mögen, führen lassen.
David grunzt.
Regen schlägt gegen die Scheibe, klopft an und bittet um Einlass. Der Puls jagt mir das Blut rasend durch die Adern. Willenlos stehe ich auf und tapse zum Fenster. Leise quietscht

der Riegel, als ich es öffne und eine durchnässte Böe einlasse. Pfeifend fegt sie durch das Zimmer, verirrt sich zwischen Tisch, Betten, Stühlen und Wänden, und kehrt wieder aus. Wie bittere Tränen sprüht mir das Wasser auf die Wangen.
Worauf warte ich nur?
Worauf hoffe ich?
Der nächste Blitz bringt keine Antworten. Für einen Bruchteil erleuchtet er das Übungsgelände. Fußabdrücke wurden fortgewaschen. Camerons vergossenes Blut gehört der Vergangenheit an.
Der Mann, der durch das Unwetter streift, ist schlaflos wie ich. Die Kapuze hat er tief in das Gesicht gezogen. Gekrümmt versucht er sich vor der eisigen Nässe zu schützen.
Der nächste Windstoß entreißt mir den Fensterrahmen. Auf fliegt er, nur um krachend zurück zu fallen. Der Riegel erzittert. Hastig schiebe ich ihn vor.
Der Mann im Auge des Sturms ist verschwunden.

22

„Sam?“ Ein leises Wispern. „Warum schläfst du nicht?“
Mit schmalen Augen versuche ich mehr zu sehen als Regen und Wind. Die Nacht blendet mich.
„Samantha?“
„Mir war zu warm“, lüge ich und schleiche zurück zu Cameron in das Bett.
„Wovon hast du geträumt?“
„Von nichts“, lüge ich. „Es war nichts.“ Nur Fortunas Finger, der über mein Sein und Nichtsein entschied.
„Hast du überhaupt schon geschlafen?“ Im Licht des nächsten Blitzes kreidebleich setzt Cameron sich auf.
Als ich den Kopf in den Nacken lege, vermisse ich die silbernen Sterne über mir. Seufzend schmiege ich mich an Cameron. Ein Hauch von Wärme. Eine Ahnung von Heimeligkeit. Warum schickte Beterra Fortuna, die einzige Frau, die ihm einen absoluten Sieg garantieren kann, fort? Nicht nur das, er brachte Fortuna gegen sich auf. Mit einem Schuss, der Fortuna hätte töten müssen.
„Das werde ich jetzt tun“, flüstere ich. Zerrt die Müdigkeit nicht längst an meinen Knochen? Halb hoffe ich, halb bange ich, dass der Schatten des Unwetters, verborgen unter seiner Kapuze, an die Tür klopft. Es bleibt bedrückend still. Davids leises Schnarchen zeugt von einem tödlich guten Schlaf. Sollte er ebenso sicher auf dem Schlachtfeld ruhen, wird er verschwinden und es nicht bemerken.
Abgerissene Füße in intakten Stiefeln. Rattenkadaver, die sich darum häufen. Der betäubende Gestank von Fäulnis. Dem einen raubt es den Schlaf, dem anderen den Verstand.
„Was ist los mit dir?“, flüstert Cameron. „Du hast seit Tagen kaum ein Auge zugemacht.“

Ich widerspreche ihm nicht. In diesem Gebäude werden Soldaten gemacht. Fernab von hier in dem Herrenhaus meines Ehemanns sitzt nur derjenige, der die Produktion der Kugeln befiehlt. Diese mögen den Tod zwar bringen, aber sie beschützen auch. Zumindest unsere eigenen Soldaten.
Bis zu einem bestimmten Punkt.
Ich bin gefangen im Herzen meines größten Albtraums und niemand, am wenigsten Cameron, kann mir die Angst nehmen.
„Sam?“, flüstert Cameron erneut meinen Namen und es fühlt sich an, als würde er in meine Seele greifen und jeden Millimeter von ihr liebkosen. „Soll ich dich nach Hause bringen?“
Mein Innerstes krampft sich schmerzhaft zusammen, tunkt sich in Säure und zersetzt sich in tobenden Flammen. „Ich will nicht zurück.“ Nirgendwohin zurück.
„Aber hier geht es dir nicht gut.“
„Besser als bei Bartolomeo“, lüge ich.
„Warum?“
Weil ich hier meinen Unzulänglichkeiten und dem gescheiterten Traum nicht ins Gesicht blicken muss. An die Spitze wollte ich, um über meinen Mann zu herrschen und somit über ganz Italien. Doch wie ich es nicht über mich bringe, Claretta, Mussolinis Liebste, zu töten, kann Beterra mich nicht genug lieben, um mir Macht über sich zu geben.
„Du bist eiskalt“, wispert Cameron. „Komm her.“ Ohne auf meine Antwort zu warten, zieht er mich mit einem Arm an sich. Mit seinem heilen Arm. Aufmerksam zeichnen seine Finger die Risse nach, die Dornen und Zweige auf meiner Haut hinterlassen haben.
„Wohin bist du letzte Nacht verschwunden?“, fragt er mich. Die Finsternis hüllt uns in Tücher, die jedes unserer Geheimisse bewahren können.
„In den Wald.“

„In die Hütte?“
Ich nicke.
„Warum?“
„Weil ich dort sicher bin.“
„Sicherer als bei mir?“
Nach kurzem Zögern nicke ich erneut. „Dort gibt Amilia auf mich acht.“ Die Frau, die ich mit einem Herzen kalt wie Schnee tötete.
„Du scheinst den Toten mehr zu vertrauen als den Lebenden.“
„Die Toten sind tot“, spreche ich das Offensichtliche aus. „Sie können niemandem mehr Leid zufügen.“
„Was macht dich da so sicher?“
„Alles“ möchte ich erwidern. Die verheilende Schusswunde zwischen Fortunas Augen kommt mir in den Sinn.
„Viel“, antworte ich stattdessen und schmiege mich enger an ihn. Cameron riecht nach Sicherheit und Geborgenheit. Unter keinen Umständen möchte ich Cameron gehen lassen.
„Glaubst du mir, dass ich nicht zulassen werde, dass dir irgendwer wehtut?“, wispert Cameron in die Nacht hinein. Heftig nicke ich. Der Stoff seines Unterhemdes kratzt rau an meiner Wange. Ich inhaliere seinen Geruch. Seine Nähe. Ich schmecke die Ahnung von vergossenem Blut in der Luft.
„Bist du durstig?“, murmle ich.
Kopfschüttelnd bettet Cameron das Kinn auf meinem Scheitel. „Nein, nicht richtig. Du?“
„Auch nicht.“
„Dann können wir schlafen.“ Eine zarte Hoffnung schwingt in seiner Stimme.
Wenn die Dämonen nicht nach meinen Albträumen greifen und sie ans Licht zerren, sobald ich die Augen schließe. In die Kirche will ich laufen und vor Gott auf die Knie fallen und ihn um Rettung anflehen. Um Vergebung. Um Erbarmen.

Die Menschen liebt er nicht. Nicht einmal den eigenen Sohn wollte er retten.
Fröstelnd schließe ich die Augen. „Bist du müde?“
„Sehr sogar.“ Cameron gähnt. „Wir wurden kurz vor Drei aus dem Bett geprügelt und mussten marschieren. Den ganzen Tag lang.“ Kurz stockt er. „Ich musste an dich denken“, vertraut Cameron mir an. „In jeder Sekunde. Das hat mir einen ziemlichen Ärger eingebracht.“
Fühle ich mich geschmeichelt? Umworben? Verunsichert.
„Hat man meinetwegen auf dich geschossen?“
Cameron zuckt die Achseln. „Irgendwie schon. Ich hatte es verdient.“
Womöglich. Doch ich möchte nicht der Grund für sein Leiden sein. „Ich werde dich nicht ins Grab bringen.“ Diesen Schwur richte ich nicht an ihn. Ich richte ihn an mich.
„Das weiß ich doch.“ Gähnend legt Cameron etwas unbeholfen den zweiten Arm um mich. „Du könntest mich nicht töten.“
„Deine Schwester habe ich …“, setze ich an.
Cameron lässt mich den Satz nicht beenden. „Amilia war ein Kollateralschaden. Du hast sie nicht ihretwegen getötet. Das könntest du nicht. Ich wette“, noch ein Gähnen, „du hast sie nicht einmal als Mensch gesehen.“
Diese Behauptung sollte ich bestreiten. Es gelingt mir nicht.
„Warum hasst du mich nicht?“ Einsame Tränen brennen mir in den Augen. „Ich habe dir alles genommen.“
„Alles ist nicht genug.“ Ein hauchzarter Kuss auf meiner Stirn. Den ich nicht verdiene? „Schlaf, Sam. Ich passe auf dich auf. Versprochen.“
Nickend drücke ich mich an ihn, bis wir zu einer Person zu verschmelzen scheinen. Sein Herz schlägt über meinem, sein Blut rauscht in meinen Adern. Camerons unnachahmliche Ruhe umgibt mich wie ihn selbst. Ich rede mir ein, dass es so

gut ist. So bin ich geborgen, in Sicherheit, und darf mich der Ruhe hingeben, ohne dass sie kommen und mich jagen.
Er hebt die gesunde Hand und vergräbt sie in meinem Haar. Rhythmisch, langsam streichelt er mir über den Kopf. Ein leises Summen vibriert in seiner Brust. Beruhigend. Seufzend atme ich ihn ein. Hier ist es gut. Das hier ist richtig.
Ein wohliger Schauer huscht mir über die Wirbelsäule und zieht mich fort von hier, hin an einen anderen Ort.
„Du musst dich nicht fürchten", höre ich Cameron weit, weit entfernt murmeln. „Ich pass auf dich auf. Du bist in Sicherheit bei mir." Seine Lippen streicheln über meine Stirn. „Ich liebe dich", vertraut Cameron mir an. Entspringt dieser Schwur meiner Phantasie oder seinem Herzen? „Solange du bei mir bist, wird dir niemals Leid zustoßen. Das schwöre ich dir. Ich pass auf dich auf."
Und mit jedem verstreichenden Atemzug glaube ich ihm ein Stückchen mehr. Jeder Herzschlag überzeugt meine Muskeln, bis sie sich entspannen und ich mich katzengleich an ihn schmiege. Das Bett ist gerade breit genug für uns beide, während wir uns aneinander festhalten. Lasse ich Cameron los, ertrinke ich in der tristen Welt der brodelnden Ängste und Sorgen. Ich vermisse die kleinen Strähnen, die ihm in die Stirn gefallen sind. *Während ich träume, sind sie wieder da. Sie kitzeln meine Fingerspitzen. Die Sonne hat ihm die Haut gebräunt und seine grünen Augen schimmern intensiver denn je. Sein Lächeln bringt mich um den Verstand.*
„Du bist verboten schön." Dieses verschmitzte Grinsen. „Ich frage mich, was geschehen würde, wenn man dir die Augen verbindet."
„Ich wäre weiterhin schön", antworte ich. „Nur mit verbundenen Augen."
„Und wenn man das mit mir tun würde?"

„Ist das Gleiche der Fall?“ Ich schlage die Beine übereinander und atme tief ein. Die frische Luft schmeckt nach Frühling und Leben. Nach Neubeginn und flatternder Energie.
„Wie lange wird es noch so bleiben?“, murmelt Cameron. Summend lehnt er sich gegen die kräftige Zeder. Es fühlt sich nicht an, als suche er nach einer Antwort.
Das Lächeln blüht mir im Herzen. Ein kleiner Kuss entlockt Cameron ein Glucksen. „Es wird für immer so sein“, beantwortet er sich seine Frage selbst. Wir klammern uns beide an die spindeldürre Hoffnung. Keine Wolke verschleiert den Himmel.
Wir beide wissen es besser.
Meine Mutter streichelt mir das Haar. Ihre Finger massieren meine Kopfhaut und ihr Atem kitzelt mein Gesicht. Ich bin in mir angekommen. Erst lausche ich meinem Herzschlag, dann taste ich in das Heben und Senken meiner Brust hinein. Fühle alles und nichts. Wohlig rolle ich die Zehen ein und schmiege mich tiefer in die Matratze. *Fünf Minuten im Himmel.*
Durch das geöffnete Fenster säuselt eine leise Brise, gekühlt von der Nacht, und küsst meine Nasenspitze. Ich recke mich dem lebendigen Morgen entgegen, die Lider auf Halbmast. Das Paradies beginnt genau hier.
Und zerbricht jäh, ehe ich durch die geöffneten Tore schreiten darf.

„Sam“, flüstert Cameron und küsst meine Ohrmuschel, „ich muss aufstehen.“
Nur durch die Wimpern spähe ich in der Hoffnung, eine Ahnung der stillen Magie des weichenden Schlafes festhalten zu können. Die Wände sind grau, das Fensterglas angebrochen. Ein tiefer Riss zieht sich durch die sonst glatte Fläche. Die Nacht hat ihren Tribut gefordert, ohne ausgeklungen zu sein.

David steht im Licht der Glühbirne bereits in Hose und Hemd vor uns und wirft sich soeben die Jacke über die Schultern. „Wenn du dich nicht beeilst, peitscht er dich aus“, sagt David. Camerons Lächeln fällt mager aus. „Darf ich?“
Wie an Fäden hängend ziehe ich die Beine an die Brust und mache mich winzig klein. Ruft Gott mich auf diese Weise zurück zu sich? Führt er mich erneut vor die schimmernden Tore meiner perfekten Welt? Der Wind pfeift kreischend durch den Riss.
„Da ist wieder so ein Scheißvogel gegengeflogen“, flucht David, als er meinen Blick in Richtung des Fensters bemerkt. „Ich frag mich, warum die nie gutes Glas einsetzen. Ist doch ätzend sowas.“
Mit dem Daumen streichelt Cameron mir über die Wange, dann zieht er saubere Kleidung aus der Kiste an dem Fußende seines Bettes und kleidet sich routiniert und zügig an. Ich vermisse seine dichten Haare. Die Frisur eines Soldaten ist mir zuwider wie das Risiko, das jener auf sich nehmen muss.
„Das nächste Mal nehmen sie bestimmt besseres“, sagt Cameron.
„Du sagst dazu auch immer nur das Gleiche.“ Kopfschüttelnd schnürt David seine Stiefel. „Ich würde besseres Glas produzieren!“
Cameron und ich wissen beide, dass kein Vogel Schuld an diesem Schaden trägt. Ein Bild der letzten Nacht hat sich blitzartig in mein Gedächtnis gebrannt. Der Mann mit seiner Kapuze, der im Nichts verschwand, sobald der Wind auffrischte. Er bewegte sich mit ungewöhnlich festem Schritt, während er sich gleichzeitig dem Unwetter beugte. Etwas umgab ihn, ein Flimmern, ein Funkeln, ein Knarzen, ein Knarren, das mir eine Gänsehaut über den Rücken jagte. Und ihn realer wirken ließ als jeden anderen Menschen.

„Womit wirst du dir heute die Zeit vertreiben?“, fragt Cameron mich, während er selbst in die Jacke mit beschlagenen Knöpfen schlüpft.
„Einem Spaziergang.“
Sein Lächeln erhellt den dunklen Morgen. „Vergiss nicht, mir hast du auch einen versprochen.“
Schwer schluckend sehe ich fort. Ja. Einen in die Vergangenheit. Einen, den ich noch nicht bereit bin zu gehen.
Sich räuspernd richtet Cameron sich auf, den Arm bewegend, als hätte nie eine Kugel ihn durchbohrt, und hebt einen Mundwinkel. Seine Sommersprossen tanzen über dem Nasenrücken. „Wirst du heute Nacht wieder hier schlafen?“
„Wenn du Nein sagst, nimmt dir das keiner übel“, wirft David hastig ein.
Cameron und ich ignorieren ihn beide geflissentlich. „Vermutlich.“ Sollte die Wehmut mich nicht zurück in den goldenen Käfig locken.
Als Cameron sich über den Kopf fährt, zittert seine Hand kaum merklich. „Wie auch immer“, murmelt er, „du wirst hier immer willkommen sein.“
„Sprich ruhig für dich“, schnauft David und versetzt seinem Kameraden einen Schlag auf den Hinterkopf. „Es mag sein, dass es dir Spaß macht, dich löchern zu lassen wie einen Käse, aber ich bin gern pünktlich.“
Cam zögert. „Vergiss dein Versprechen nicht.“ Warum rückt er nicht von mir ab?
„Macht sie schon nicht.“ David nickt mir zu, die dunklen Augen selten ernst. „Wir müssen echt los. Ich will mir deinetwegen keine Kugel einfangen. So tief geht die Freundschaft doch nicht.“
„Das werde ich nicht“, schwöre ich ihm. „Man sieht sich, sobald das Schicksal es will.“

Camerons Mundwinkel zucken in die falsche Richtung. Tiefe Falten graben sich in seine Stirn, dann setzt er sich die Mütze auf und salutiert. „Samantha Beterra."
Wenn er mich mit dem Namen meines Ehemanns anspricht, schneidet es mir schmerzhaft ins Herz. Nein, tiefer noch. Hinab auf den Grund meiner pechschwarzen Seele.
„Cameron Izaret." Ich knickse leicht vor ihm.
Ruckartig wendet er sich von mir ab.
„Komm schon", sagt David leise. Einen undefinierbaren Blick wirft er mir zu. „Sie wird da sein heute Abend." Er verlangt es von mir, er verspricht es Cameron. „Jetzt denk an was Gutes. An den Geruch der Waffen oder an den schön weichen Schlamm unter den Sohlen."
An alles, nur nicht an mich.
Schützend verschränke ich die Arme vor der Brust. Die Uhr schlägt vier. Ein Befehl wird gebrüllt.
Heute schnalzt die Peitsche. Cameron akzeptiert Schlag um Schlag. Wenn ich heute zurückkehre, werde ich neue Wunden auf seinem Körper zählen können, die eines Tages vernarben und an vergessene Taten erinnern.
Es steht mir nicht zu, ihn rücksichtslos zurückzulassen.
Falsch. Das ist das Einzige, was ich immer konnte.
Gehen, wenn man mich brauchte.
Ich werfe mein Gewissen erneut über Bord, ertränke es mit dem Anstand, und verlasse das Gelände. Ein Schatten bin ich, der ein und aus huscht. Die einen mögen mich für eine Ehefrau halten, die anderen für ein leichtes Mädchen. Niemand erkennt in mir die Foltermeisterin, zu der ich mich erhoben habe.
Die gleichen Straßen führen zu Beterra wie vor wenigen Tagen, als ich vor ihm floh. Mutter warf mich vor, ließe ich mich einmal von dem Glanz des Ruhms und des Reichtums

einlullen, könnte ich ihm nicht entfliehen. Ganz gleich wie dringend ich es wollte.
Sie erweist sich als meine gnadenloseste Prophetin.
Cameron mag mir Sicherheit geben und, nun tatsächlich oder getäuscht, sein Herz.
Was erwartet mich bei Bartolomeo außer Schmuck und Prunk?
Ich ziehe das Edelmetall und das große Haus dem winzigen, stickigen Raum vor. Floh ich vor Jahren aus dem Sumpf von Armut, um mich in einer Kaserne zu verschanzen?
„Zwanzigtausend Lira!“, ruft mir ein Soldat zu.
Ich laufe dem Morgen entgegen.
Rufe. Befehle. Der Schlamm haftet an meinen Sohlen. Der Regen mag verschwunden sein. Die Nachwehen weichen die Straßen auf. Camerons wahnhafte Bitte geistert mir durch den Sinn. *„Bring mich nach Hause.“*
Ich hätte ihm die Wahrheit sagen sollen. Ich kann ihn nicht zurückbringen. Niemand könnte das.
Mein Herz ist kalt wie Stein und gefriert mehr mit jedem Atemzug. Wenn ich zurück in meine Heimat möchte, denke ich an flackernde Kerzenflammen und tanzende Tücher. An sichere Häuserwände und gedämpfte Rufe der Nachbarn, verwickelt in einen Streit.
Das Heute bietet mir nichts davon. Selbst wenn es wollte, könnte es das nicht. Camerons und mein Zuhause liegt in schwarzen Trümmern, die einstigen Bewohner begraben. Vereinzelte Räume sollen noch unter träge gewordenem Stein bestehen. Niemand lebt mehr dort.
Wer es aus den Flammen schaffte, die um das Haus tanzten? Das weiß nur der liebe Gott. Manchmal glaube ich, dass er es ist, der mich absichtlich in die Irre führt. Um mich von meinen eigenen Fehlern richten zu lassen.

Ich überquere die Straße, obwohl ich es nicht müsste. Gegen die Dunkelheit der schwindenden Nacht baut sich das Kirchengebäude auf. Die Tore werden nie verschlossen.
Das Herz in der Kehle husche ich in das sichere Innere. Zwei Kerzen flackern, beide auf dem Altar stehend. Die Bänke sind leergefegt, niemand predigt von der Kanzel. Keine Menschenseele befindet sich in dem nach Weihrauch duftendem Raum.
Blut läuft aus Jesus Händen und verklebt das Holz des Kreuzes. Schwer schluckend trete ich näher.
„Vater", flüstere ich in die Stille hinein. Meine Stimme klingt zu laut. Penetrant. „Vater, ich habe gesündigt."
Vor den Füßen seines Sohns sinke ich in die Knie. „Ich habe gesündigt und ich weiß nicht, wie ich meine Sünden begraben soll." Die Kehle schnürt sich mir zu. „Ich verstehe nicht, wie es aufhören soll. Nichts ergibt mehr einen Sinn. Wenn ich Gutes tun will, tue ich das Falsche. Welche Entscheidung ich auch treffe, sie bricht jemandem das Genick. Ich weiß nicht, was ich tun soll. Ich weiß gar nichts mehr!" Zitternd atme ich aus. Der Atem dampft zwischen mir und dem Sohn. „Bitte, bitte, selbst wenn ich nichts getan habe, es zu verdienen. Selbst wenn ich deine ausgestreckte Hand Mal um Mal ausschlage, bitte führ mich zurück auf den rechten Pfad. Hab Hoffnung in mich. Gib mir einen Sinn." Tränen, die ich nicht gespürt habe, rinnen mir über die Wangen. „Gib mir endlich einen Sinn. Mach mehr aus mir als eine mörderische Bestie."
Lass mich büßen. Zeige mir einen Weg, wie ich es wieder gut machen kann.
Der schwere Geruch von Blut liegt in der Luft. Schniefend hebe ich den Kopf und blicke Jesus in das regungslose Gesicht.
Die Krone hat man ihm aufgesetzt. Blutige Schrammen zieht sie über seine Haut.

Das Haar wirkt kurz, der Bart knapp.
Spannungsloser Körper. Zu viele Makel, um perfekt zu sein.
„Gott, vergib mir meine Schuld“, hauche ich.
Vor meinen Augen baumelt der Kutscher an das Kruzifix geschlagen. Mein Rosenkranz hängt ihm um den Hals. Das Gesicht ist bleich, die Lippen sind blutleer.
Der Dolch in seiner Brust stammt aus Beterras Haus. Liegt er nicht direkt unter dem rosenberankten Kerzenleuchter im Foyer?
Ich atme rasselnd ein. „Hilfe“, flüstere ich. „Wir brauchen Hilfe.“
Der Kutscher regt sich nicht.
„Wir brauchen Hilfe!“
Am gesamten Leib zitternd kämpfe ich mich auf die Beine und klettere auf den Altar. Das Tuch verrutscht. Um diese Zeit flaniert niemand über die Straßen. Nicht nach einem Regenguss wie dem der letzten Tage.
„Wenn das deine Prüfung sein soll“, wispere ich, „dann sei verflucht.“
Ich ziehe die langen Nägel aus dem Fleisch des Mannes. Sein schlaffer Körper wiegt schwer. Die Haut seines nackten Körpers fühlt sich wächsern an und kalt. Hinter ihm ruht Jesus‘ hölzernes Abbild.
Wie ich den Kutscher vor mich lege, verrenkt und weich und ihm den Rosenkranz stehle, verstehe ich, dass man ihn nicht retten kann. Der Dolch steckt gut. Nicht nur gut. Perfekt.
„Was willst du nur von mir?“ Schwer atmend lege ich den Kopf in den Nacken. „Was verlangst du von mir?“ Die Kerzen malen Kreise an die Decke, an der die Engel wachen. Doch keiner der Boten ist hier. Schluchzend schlage ich die Hände vor das Gesicht. Getrocknetes Blut hat sie rot gemalt.
Es ist ein verstohlener Blick aus dem Augenwinkel, der mir die Hoffnung nimmt, allein zu sein.

Mit einem gelassenen Lächeln steht sie dort, das Haar zu einem sanften Zopf gebändigt und die Hände auf den Rand der Kanzel gelegt. Fortuna lächelt mir zu. Goldfäden umspinnen ihre Finger. Nicht einmal der Tod könnte den Kutscher nun noch retten.

Hals über Kopf, geblendet von irrationaler Furcht, renne ich durch die schlafende Stadt. Der Gestank des Blutes verfolgt mich. Gott liebt alle seine Kinder gleich. Hing sein mächtigstes nicht gekreuzigt vor mir? Wo war Gott, als man seinem Sohn nach dem Leben trachtete? Wo war Gott, als Fortuna den Kutscher tötete und wo ist er nun? Wo ist er nun, da ich ihn brauche und auf Knien um Gnade flehe?
Der Schrecken verschwindet nie. Niemals. Nicht während Gott über diese Welt herrscht. Das Gegenteil ist der Fall. Das Böse wächst und gedeiht und man kann nichts dagegen tun. Weil nicht das Gute unter Gottes Schutz steht. Nein. Nein, das Dunkle behütet er. Den Sohn ließ er sterben und mich? Mich treibt er in den Seelenruin.
Fortuna scheint mir zu folgen. Wird sie mit erhobenem Dolch auf mich warten, sobald ich um die nächste Ecke biege? Das Gewitter donnert. Kein Tropfen fällt auf meine Haut. Die Sonne geht strahlend über dem Horizont auf, während um mich herum die Welt untergeht. *Jämmerlich glimmender Götterfunke.*
Die Straßen verjüngen sich, dabei werden sie breiter, und der Weg wird unstet, während er unter meinen Füßen gepflastert ist. Ich laufe um mein Leib und Leben, getrocknetes Blut an den Händen.
Kein Engel rettet mich.
„*Blin*!“ Keuchend, kreidebleich verharrt eine zerzauste, junge Frau vor mir, die grauen Augen weit aufgerissen. Eine Tänzerin, grazil genug, um sie in Porzellan zu bannen. „Es ist nicht das, wonach es aussieht.“ Sie hat die Hände gehoben, als wollte sie kapitulieren. Zwischen den geschlossenen Fingern funkelt es.
„Cathrin?“

Neckisch grinst sie mir zu. „Komm, wir haben beide Mist gebaut. Du rennst, als wäre der Teufel hinter dir her. Ich tue das Gleiche. Du …“ Sie stockt. „Ist das Blut?“ Wie ein kleines Kind verberge ich die Hände hinter dem Rücken. „*Bogom*! Bei Gott. Hast du jemanden umgebracht?“ Der Wind zerrt ihr die blonden Haare aus dem geflochtenen Zopf.

„Nein.“

„Dir klebt Blut an den Händen“, sagt Cathrin skeptisch. „Wortwörtlich.“

„Ich habe niemanden getötet. Jemanden zu retten, das entsprach eher meiner Absicht.“

Cathrin verzieht das Gesicht. Dann zuckt sie die Achseln. „War klar. Du bist ein gutes Mädchen, oder? Eine dieser braven Gattinnen.“ Schweigend weiche ich zurück. Da scheiden sich die Gemüter. „Wie auch immer.“ Cathrin lacht leise auf. „Ich habe jemanden umgebracht, aber das ist ja auch nur halb so schlimm. Der Kerl war im Herzen eh schon tot. Hat in einer verrotteten Hütte gelebt und das Massengrab mit Kerzenwachs versiegelt. Wie auch immer.“ Mit tödlicher Eleganz weicht Cathrin zurück. „Nett, dich noch einmal gesehen zu haben. Du verstehst sicherlich, wenn ich jetzt“, sie deutet hinter sich, „einfach davonlaufe, bis das Schicksal mich einholt. Oder so.“

Das Collier. Es baumelt zwischen ihren schlanken Fingern.

„Was tust du, Cathrin?“

Sie verzieht den Mund. „Rennen?“, schlägt sie vor. „Also eigentlich das Gleiche wie du. Du verstehst bestimmt, wenn ich jetzt“, sie deutet erneut hinter sich, „einfach die Biege mache. Man hört sich.“ Cathrin gibt mir keine Möglichkeit, sie zurückzuhalten. Wie ein Fischchen entwindet sie sich der Situation. Atemlos sehe ich ihr nach. Die anbrechende Dämmerung verschluckt ihre zarte Gestalt und das Funkeln des Colliers nimmt sie mit sich.

Ein Fluch weniger, der auf meinen Schultern lastet.
Mit brennenden Lungen schleppe ich mich voran. Die Füße schmerzen und jeder Muskel zerrt und zieht, als führte der Teufel die Strippen. Erste rosa Vorboten flattern über den Himmel wie zarte Tücher. Die Schönheit des Augenblicks kann die Angst in meinem Herzen nicht betäuben.
Die nächste Kreuzung, die nächste unwillkommene Begegnung, als ich um die Ecke biege.
„Hast du“, Vladimir wirkt weder angestrengt noch beunruhigt, „ein kleines Mädchen gesehen. Ein laufender Meter, ungefähr zwanzig Jahre alt, verschlagenes Grinsen, eine Aussprache, die die italienische Sprache schändet, wann immer sie den Mund aufmacht.“ Erwartungsvoll hebt er eine Braue und ich stehe nur da. Der erste Impuls befiehlt mir, die Hände hinter dem Rücken zu verbergen. Schmutzige Halbmonde haben sich unter meine Nägel geschoben.
Vladimirs Kopf fliegt herum. „Wenn ich diese Mäusepriesterin erwische“, murmelt er. Die Stadt erwacht quälend langsam zum Leben. Hinter geschlossenen Fenstern flackern Lichter auf. Schemen schieben sich durch erste Strahlen.
„Ich habe niemanden gesehen“, sage ich mit tauben Lippen. „Warum eröffnest du des Morgens eine Jagd?“
„Das kleine Miststück hat jemanden getötet, den sie nicht hätte töten dürfen. Das war meine Aufgabe. Mein Privileg!“ Gewichtig tippt Vladimir sich mit dem Daumen gegen die Brust. „Ich habe den doch nicht all die Jahrhunderte am Leben gelassen, damit so ein dreistes Mädchen daherkommt und ihn einfach absticht.“ Wie ein nasser Hund schüttelt er sich. Die wirren, weißen Locken fliegen. „Ich sag dir eins, Mäuschen, wenn ich jemanden verabscheue, dann ist es meine Aufgabe, diesen Jemand aus dem Weg zu räumen. Ich will nicht den Bonusmord verüben, sondern den ersten an ihm. Ist mir

egal, wenn er in fünf Minuten wieder lethargisch dasteht. Ich will der erste sein, der ihn umbringt. Versteht du das?“
Sollte Cathrin Lancelot eliminiert haben, ist dieses Ereignis an Freude kaum zu übertreffen.
Abwartend steht Vladimir vor mir. Seine athletische, große Gestalt hebt sich unwirklich gegen das Licht des Morgens ab. Seine Pupillen scheinen sich mit jedem Atemzug weiter zu verdunkeln, bis sie pechschwarz sind wie meine eigenen. „Du bist eine grottige Lügnerin“, schnaubt Vladimir schließlich. „Die schlechteste von allen. Will ich nur kurz klarstellen.“
Wenn er sich bewegt, dann gleicht es dem Tänzeln eines Luchses, beherrscht, anmutig, tödlich. Ein Jäger auf der Pirsch. „Wenn du das nächste Mal jemandem Zeit erkaufst, dann gib es zumindest zu.“ Ich erkaufe nichts und helfe niemandem.
Vladimir nickt auf meine besudelten Hände. „Wasser hilft.“
Dann verschwindet er auf die gleiche Weise wie Cathrin. Fort. In die falsche Richtung.
Wenn Cathrin lebt, aus Fleisch gemacht ist und nicht aus Porzellan, heute, jetzt, unter diesen Umständen, dann habe ich die Gewissheit, dass ich sie nie lebendig gemacht habe. Ich war zwar dort, in Lancelots Haus, aber sobald ich die schiefe Hütte, eingeklemmt zwischen Trümmern, verlassen habe, hätte Cathrin wieder zu Stein erstarren müssen. Stattdessen? Ich befinde mich in einem Laienspiel und begreife die Regeln nicht.
Ein unverwandter Blick verfolgt mich über die Straße. Die Hände gegen meinen Bauch gepresst, gehe ich weiter, bereit vor Beterra in die Knie zu gehen, wenn er dann nur Gnade walten lässt.

Das Tor zu seinem Anwesen steht offen. Ich schlüpfe hindurch wie eine Diebin oder Magd. Man hat sein Automobil

vorgefahren. Sauber glänzen die Kotflügel. Der Motor rattert. Weit und breit ist niemand zu sehen.
„Bartolomeo?“ Ich schiebe mich durch die angelehnte Tür. Meine Stimme hallt überlaut von den Wänden wider. „Bartolomeo?“ Die weite, strahlende Halle erstreckt sich vor mir. Die Kerzen sind erloschen und die Tischlein leergeräumt. Geistesgegenwärtig streife ich mir die schlammbeschmierten Schuhe von den Füßen und hänge den Mantel auf den Haken. Leises Tippeln. Über mir huschen Schritte. Sie gehören nicht zu ihm. Zu leicht sind sie, zu unbeschwert.
Die neuesten Schusswaffen liegen ausgebreitet vor dem Treppenabsatz. Blutspritzer besudeln den weißen, blanken Marmor. Sie scheinen eins zu werden mit den zarten Äderchen, sie anschwellen und platzen zu lassen. Die Galle steigt mir in den Mund.
Irrte ich? Erschoss man Fortuna in diesen Hallen?
Ein leises Klicken. Augenblicklich hebe ich die Hände. Zielt man mit einer Waffe auf mich, bleibt mir nur noch zu hoffen und zu beten. Während Gott mich verlassen hat?
Gleichmäßige Schritte. Der Räuber bewegt sich auf mich zu, die Sohle leise auf dem kalten Stein reibend. Ein erster Sonnenstrahl ergießt sein Licht in das Foyer.
„Samantha?“ Ruckartig hebe ich den Kopf und Beterra lässt die Waffe sinken. Er wirkt kreidebleich. Ein zarter Faden Blut rinnt aus seiner Nase. „Was hast du getan?“
„Er war schon tot“, sage ich hastig. Erst als er die Brauen zusammenzieht, ahne ich, dass ihm der Schmutz an meinen Händen entgangen war. Bebend räuspere ich mich. „Worauf möchtest du hinaus?“
„Ich habe Fortuna gesehen. Sie war hier.“
„Hast du nicht von mir verlangt, sie in mich aufzunehmen? Hättest du das nicht getan, wenn du die Gelegenheit dazu gehabt hättest?“

„Als ich ahnte, dass sie von dir Besitz ergriffen hat, sperrte ich dich fort", sagt Bartolomeo heftig. Die dunkelbraunen Augen funkeln gefährlich. „Fortuna wird nicht auf unserer Seite kämpfen."
„Hättest du sie vom Gegenteil überzeugen können?" Ein Schauer kriecht mir über den Rücken.
„Nein."
„Aber sie war hier."
Bartolomeo räuspert sich und legt die Waffe neben sich auf dem zarten Beistelltischchen ab. „Nachdem du sie verbannt hast. Es schien Fortuna ein tiefes Bedürfnis zu sein, mir deine Anmaßung vorzutragen."
„Ich hätte nicht erwartet, dass sie wirklich geht." Ich bin ein Niemand. Sie eine Göttin, die aus Schatten erwacht, meinen Lebensgeist nutzt, um sich Leben zu erhaschen und einen Körper zu spinnen, der ihr gehört. Und auch wieder nicht.
„Du hast eine Göttin aus einem ihrer Herrschaftsbereiche getrieben! Was glaubst du, was sie tut?"
„Ich habe sie zu nichts gezwungen." Dazu wäre ich nicht fähig.
„Ein Wort genügt." Als Bartolomeo auf mich zugeht, weiche ich zurück. „Ein Wort aus deinem Mund, sagte Fortuna, und ihr bleibt keine Wahl." *Ein Laienspiel. Ich begreife die Regeln nicht.*
„Natürlich bleibt ihr eine Wahl!" Was auch immer geschehen mag, es ist nicht mein Verschulden. War ich nicht die Hilflose, die um ihr Leben und ihr Wohl bangte? Fortuna kroch in mich hinein, um mich in meinem eigenen Körper und eigenem Verstand zu ermorden. In einen Käfig sperrte sie mich und senkte ihn hinab in eine Grube, immer dem Mittelpunkt der Erde entgegen. „Warum sollte es sie kümmern, was ich zu sagen habe? Ich bin die Frau an deiner Seite, nicht mehr. Kein bisschen mehr! Mein Wort wiegt keine Unze schwer

und meine Taten sind vergessen, sobald ich die Tür hinter mir schließe.“
„Fortuna erschien in meinem Haus“, flüstert Beterra. Eine Düsterness, eine Grausamkeit liegt in seiner Stimme, die mich zurückweichen lässt. Mein Ehemann braucht keine Kugeln, um seine Gegenüber zu treffen. Ihm genügen Worte. Und sie durchbohren mein Fleisch wie meine Sinne. „Sie kam hierher, um mich vor dir zu warnen. Sie sagte, des Erzengel Michaels Tochter hätte sie aus ihrem Land verbannt und sie würde das Gleiche mit mir tun.“
„Fortuna phantasiert“, wispere ich. „Sie ist von Sinnen.“
„Sie ist eine Göttin“, sagt Beterra brüsk. „Sie ist eine Göttin und sie erkennt eine mächtige Frau, wenn sie sie sieht.“
„Glaubst du ihr eher als mir?“
„Der Frau, die in der Lage dazu war, erschossen meinen besten Mann zu ermorden? Jederzeit.“
Er wird mich aus dem Haus jagen. Mich dem Militär vorführen, meinen Tod verlangen. Hängen wird man mich, exekutieren. In die Tiefen eines Arbeitslagers führen, damit ich dort verrotte.
„Du wirkst erschöpft, *ma belle*“, sagt er. „Bist du hungrig?“
Die Angst schnürt mir die Kehle zu. „Du wirst mich vergiften.“
„Das wären schlechte Schlagzeilen“, murmelt Beterra.
„Wären es denn die falschen?“ Ich bekomme kaum einen Ton heraus.
„Ja.“ Beterra reicht mir die Hand. „Das Haus fühlt sich leer an ohne dich.“ Das Herz zieht sich mir zusammen.
„Warum sagst du das?“
„Weil es der Wahrheit entspricht.“ Sein Lächeln ist beherrscht und einstudiert. Ich sehe ihn an und vermisse Cameron bis ins Mark. Mein Versprechen an ihn jagt mich. Mein Schwur. Ihn nach Hause zu bringen. Bei ihm zu bleiben.

Nur eine enttäuschte Seele von vielen. Ich sollte mich daran gewöhnt haben. An die Gedanken von sich verdüsternden Blicken und an das hilflose Schweigen. Das Gefühl, wenn die Zeit vergeht, es ändert sich nie. Manchmal stumpft es ab, aber verschwinden?

„Warum? Ich war dir gleichgültig genug, um mir Wochen fernzubleiben."

„Du hast nicht oberste Priorität", sagt Beterra.

„Aber nun?"

„Nicht im Mindesten." Beterra bedeutet mir, vorzugehen. Über uns wuseln die fleißigen Mädchen und die bedächtigen Herren. „Am heutigen Tag stehen lediglich keine Termine an. Um die Beisetzung meines treusten Wachmanns wird sich anderweitig gekümmert."

So schnell wächst keine Liebe. Weder durch eine Eheschließung noch durch die Drohung aus dem Mund einer Göttin. Wie schmerzlich ich mir Beterras Zuneigung wünsche, spüre ich in jeder Faser meines Körpers, als ich nach seiner Hand greife. Seine Wärme spüre. Und weiß, dass er nie zu mir gehören wird. Nicht mit Herz und Seele. Die Macht über ihn wird nur er behalten. Nebst dem Diktator, der über unser Land regiert und es in den Abgrund führen wird.

„Ich habe Hunger", beantworte ich seine Frage. „Seit Tagen habe ich keinen Bissen zu mir genommen."

„Sag mir, was du wünschst, *ma belle*, und du wirst es erhalten."

So weich kann Beterra klingen, so zuvorkommend und vertrauenserweckend. Tränen verbinden sich in meinem Hals zu einem undurchlässigen Klumpen, an dem ich nicht vorbeiatmen kann. „*Ti amo*", schwöre ich Beterra.

„*Grazie*." Einen jungen Herrn, angetan in Frack und Fliege, hält Beterra mit dem bloßen Heben seiner Hand an. „Bring der Signora einige unserer auserlesensten Speisen."

„Etwas Warmes“, bitte ich ihn.
„Fleisch oder Suppe?“, erkundigt sich Beterra, ohne mich anzusehen.
„Fleisch“, bitte ich. Am Morgen hing ein Mann am Kreuz und Fortuna veranstaltete ein Massaker. „Kein Fleisch“, berichtige ich mich hastig. „Bring mir etwas ohne Fleisch.“
Der Junge verneigt sich vor mir, dann vor Beterra.
„Kein Fleisch?“ Beterras Blick ruht fest auf mir. „Es scheint, als träfen wir am heutigen Tage die gleichen Entscheidungen.“
„Aus guten Gründen“, wispere ich.
„Aus den Besten. Einer Göttin wie Fortuna traue ich alles zu.“
„Du kennst Frauen wie sie“, murmle ich.
„Ja.“ Flüchtig sieht er mich an.
Seine stille Antwort liegt uns beiden auf der Zunge. Eine Frau wie sie hat er geehelicht.
Der Glanz des Hauses hat mir gefehlt. Ich betrete den Speisesaal und komme nach Hause. Beterra nimmt an dem Ende des Tisches mir gegenüber Platz. Die Sonne scheint und küsst die funkelnde Platte vor mir. Ich wünschte, nur einmal im Leben gäbe es ein Zurück.
„Ich werde dir ein Bad einlassen lassen“, sagt Beterra. Der Tisch wird eingedeckt.
„Dem wäre ich nicht abgeneigt.“
„Wirst du bleiben, *ma belle*?“
Ich bin zerrissen. Was bedeutet Liebe schon, wenn der Wohlstand wartet? Was ist schon ein warmes Lächeln, wenn es einen vor nichts und niemandem zu beschützen weiß. „Ja.“ Meine tiefschwarze Seele formt diese Antwort und spuckt sie aus. „Ja, ich bleibe.“
„Wirst du zurück an meine Seite kehren?“
Schwer schluckend halte ich Beterras stechendem Blick aus tiefen, dunkelbraunen Augen stand. Eine machtlose Ehefrau,

die auf den nahenden Krieg wartet. Was bleibt mir schon abgesehen davon? Ein schmales Bett in einem winzigen Raum.
„Ja."
Lobend nickt er. „*Molo bene*." Sehr gut.
Ich füge mich dem blechernen Schicksal in einer besseren Welt. Man trägt uns eine Suppe auf. Der satte Geruch steigt mir in die Nase. Hier ist es in Ordnung. Hier werde ich bleiben. Ein braves Frauchen sein, das nickt und glänzt und strahlt.
„Warum nimmst du mich wieder auf? Einfach so."
Beterra lehnt sich zurück. „Ich habe dir ewige Treue vor Gott geschworen. Nicht für dich werde ich ihn betrügen."
Weil ich es nicht wert bin. „Gäbe es jemanden, für den du das tätest?"
Die kurze Stille zerreißt mich.
„Die Gerüchteküche brodelt", sagt Beterra. „Es heißt, Cameron Izaret und dich würde eine Affäre verbinden."
„Ihm gehören weder meine Gedanken noch mein Herz."
„Aber deine Lippen und dein Körper?" Beterra tunkt seinen Löffel in die Suppe und ich tue es ihm gleich. „Das wäre genug, um Gott zu betrügen."
„Dich", verbessere ich ihn. „Gott spielt keine Rolle."
„Gott behütet uns."
„Ein lausiger Schäfer."
Beterra neigt sich in meine Richtung, weiterhin Meilen entfernt. „Zügle deine Zunge, *ma belle*."
„Du weißt es so gut wie ich."
„Rück von Gott ab und ich verleugne dich."
„Soll ich lieber mein Wissen verleugnen?"
„Dein Wissen ist keine Lira wert."
Ich versteife mich. Wenn die Sicherheit des Reichtums neue Lügen kostet, dann nehme ich das hin. „Verzeih mir", bitte ich.

„Das kann nur Gott."
Gott, den ich um Gnade anflehe. Gott, der mich mit einem toten Kutscher straft. Das Blut haftet an meinen Fingern, während ich mir die heiße Suppe einverleibe. Der Fisch zergeht mir auf der Zunge.
„Man reiche der Dame eine Schale mit Wasser", befiehlt Beterra mit Blick auf meine besudelten Hände.
„*Grazie*."
Er übergeht meinen Dank und lässt sich Weißwein einschenken.
„Möchte ich wissen, woher du das hast?", fragt er ruhig.
Wenn ich schweige, wird es Beterra nicht überraschen. Der Morgen jagt mich. Fortunas Lächeln. Das Feixen einer Siegerin. „Ich bin in die Kirche gegangen, um zu beten."
Beterra hebt eine Braue.
„Dort hing am Jesuskreuz ein Kutscher. Man hat ihn mit Nägeln über Gottes Sohn geschlagen und ihm einen Dolch durch die Brust gejagt." Wie dringend ich mir wünschte, ihm zu helfen? Einmal zu retten, nicht zu verdammen. Tränen steigen mir in die Augen. Ich blinzle sie fort. Hätte ich nicht alles dafür getan, ein einziges Mal nicht vorgeführt zu werden? Einmal einen Schritt tun zu dürfen, ohne weiter im Morast zu versinken. Der Mann wäre nur ein Mittel zum Zweck gewesen. Deswegen ließ Gott keine Gnade walten?
„Was ist wirklich geschehen?", fragt Beterra nach einigen stillen Momenten. Die Teller werden ab- und die nächsten aufgetragen. Auffällige Kreationen aus Käse und Obst. Mir läuft das Wasser im Mund zusammen.
„Das, was ich geschildert habe."
„Hast du den Mann getötet?"
„Nein. Ich wollte ihm helfen."
„Helfen?" Beterra kaschiert sein Lachen mit einem Räuspern.
„Die Samantha, die ich kenne, rettet und hilft ausschließlich

sich selbst. Warum solltest du ausgerechnet am heutigen Tag deine Gewohnheiten abgelegt haben?“
Weil ich alles für einen Funken von Vergebung täte. Ob Cameron mir den Tod seiner Schwester tatsächlich verziehen hat? Ich weiß es nicht zu sagen, doch selbst wenn, dann spielt es keine Rolle.
Weil ich Tag um Tag auf ihn wartete, bis er eines Tages nicht mehr kam. Bis er mich verließ wie jede Menschenseele.
Die Zeiten ändern sich. Heute greife ich nach den Emotionen der Menschen und spiele mit ihnen wie die Katze mit der Wolle. Cameron ist ein Mittel zum Zweck. Beterra ist ein Mittel zum Zweck.
Die einzige Person, die zahlt, die einzige Person, die verliert, die einzige Person, die nichts gewinnt … das bin ich. Und ich nehme es hin.
Schweigend esse ich. Mein Magen knurrt nicht länger.
Cameron wird nach Hause kommen und ich werde nicht auf ihn warten.
„Darf ich mit dir in deinem Schlafzimmer nächtigen?“, frage ich, als der nächste Gang folgt.
„Wenn du das wünschst.“ Beterra hebt sein Glas und prostet mir zu. „Meiner Frau will ich nichts geben als das, was sie glücklich macht.“
Eine bittere Lüge. Macht und Liebe enthält er mir vor.
In diesem goldenen Käfig bin ich ein mit Diamanten überhäufter Vogel. Gelähmt und einsam. Heute wird Beterra sich neben mich legen, ohne mich zu berühren. Den letzten Kuss tauschten wir vor dem Traualtar.
Auf seine Weise lässt er mich verkommen wie Fortuna es in meinem eigenen Geist versuchte.
Die Speisen erfüllen meine Sinne. Sie könnten mich kaufen. Sie taten es einmal. Doch haben die Aussichten sich verändert. An den Rosensträuchern sind wehrhafte Dornen

gewachsen. *Die nackten Zweige deuten zum Himmel. Knorrige Finger. Der Boden um den Dornenbusch herum ist durchweicht. Dieser Ort lohnt den Verrat nicht mehr.*
„Wirst du bis zum Morgen bleiben?“, frage ich.
Bartolomeo Beterra, der führende Waffenproduzent Italiens, schweigt. Die Antwort ist offensichtlich. Eher vergisst er den Schlaf, als mich in den Armen zu halten.
Zwei Küsse haben Cameron und ich bis zum heutigen Tag getauscht. Sie bedeuteten mir mehr als eine Eheschließung mit Beterra. Sie haben mir mehr Macht über Cameron gegeben als der Ring an Beterras Finger über meinen Ehemann
„*Ti amo*“, sagt Beterra in die Stille herein.
Ich lächle schwach. Die meisten Gerüchte mögen schrecklich und grausam sein – aber die meisten von ihnen sind wahr. Kein Ring kann darüber hinwegtäuschen. Ich tausche mein Leben gegen Wohlstand ein.
Mit Gottes Hilfe.

24

„Sam?“ Cameron leckt sich hektisch über die Lippen. „Was tust du hier?“

„Was tust du hier?“, frage ich ihn leise. Das Licht der einzelnen Kerze flackert über die hölzernen Wände der Hütte.

„Den Kopf freibekommen.“ Er trägt seine Uniform. Schlamm klebt an den Stiefeln und die Knöpfe sind staubig. Protestierend knarzt die Tür, als er sie hinter sich schließt. „Solltest du nicht bei deinem Ehemann sein?“

Schweigend halte ich ihm meine Hände entgegen. Die Brauen zusammengezogen betrachtet er mich. Dann meine Finger. Der Groschen fällt. Seine Lippen öffnen sich. „Gott hat sich von mir abgewandt“, sage ich. „Zweifelsohne verabscheut er den Weg, den ich eingeschlagen habe, und ohne seine Hilfe, werde ich ihn nicht weitergehen können.“

„Also suchst du was Neues?“ Cameron räuspert sich. Zwei Sekunden verstreichen, dann setzt er sich neben mich. „Glaubst du nicht, dass das ein wenig übereilt kommt? Du und deine Intrigen, ihr seid ganz oben angekommen.“

„Ich kann dich nicht nach Hause bringen“, platze ich heraus und bekomme kaum Luft. „Meine Mutter verfluchte mich, nachdem ich Bartolomeo das Ja-Wort gab, und ich wusste mir nicht anders zu helfen als …“ Ich wollte ihr alles geben, eine Heimat, ein eigenes Haus. Einen Stand und einen Namen in der Welt. Sie wies mich ab. Feuer und Schreie weiß ich nicht in Worte zu fassen.

„Jemand hat das Haus niedergebrannt“, sagt Cameron leise. „Das weiß ich seit einer ganzen Weile.“

Ich war es. Ich habe die knorrigen Hecken vor dem Gebäude in Brand gesetzt. Dieses Geständnis sollte ich über die Lippen bringen. Gelähmt bin ich von meinem eigenen Irrsinn und meiner eigenen Dummheit.

„Warum hast du mich dann gebeten, dich zurückzubringen?"
„Weil ich mein zu Hause vermisst habe", antwortet Cameron schlicht. Ich schlucke schwer. Eine plausible Antwort.
Aber nicht die Wahrheit. „Du wolltest mich bestrafen", wispere ich.
„Weil ich dich liebe", sagt er.
Mein Herz flattert. „Du liebst mich nicht."
„Du liebst mich nicht", sagt Cameron nüchtern. „Was ich für dich empfinde, das kannst du nicht bestimmen."
„Menschen an Fäden zu führen, das ist dein Leben."
„Ich will dich weder bestrafen noch quälen."
Das Grün seiner Augen schimmert im Kerzenschein. Als ich tief einatme, schmecke ich den Schweiß und den Schmutz auf Camerons Körper. „Warum nicht?", flüstere ich. „Dir habe ich alles genommen. Deine Schwester, deine Familie. Deine Wurzeln."
„Meine Schwester", verbessert Cameron mich, „und das sind alte Nachrichten."
„Deine Eltern …"
„Typhus", sagt Cameron schlicht. „Sie sind schon lange tot."
Ich schlucke schwer. „Warum wolltest du dann nach Hause?"
„Weil ich es hier bin." In dieser kleinen, abgeschnittenen Hütte im Wald. Er breitet die Arme aus und lächelt mich schwach an. „Hier habe ich Amilia dabei zugesehen, wie sie gegangen ist. Hier habe ich die schönsten und die schrecklichsten Momente meines Lebens durchlebt."
„Wie kannst du hier glücklich sein?", hauche ich.
„Weil das Leben mehr ist als Verlust." Cameron schlingt einen Arm um mich und schmiegt die Wange gegen meine. Unter der unerwarteten Zuneigung verkrampfe ich mich. „Die schönen Momente machen es aus und wenn du die wiederfindest, dann wird das Leben endlich gut."

Schöne Momente? Ich öffne den Mund, um Cameron zu erklären, dass es keinen einzigen davon gibt. Und die die da waren, die habe ich verbrannt auf dem Weg an die zweifelhafte Spitze.
„Sam?“, flüstert Cameron. Ich suche seinen Blick. „Es wird gut sein.“
„Ich bin nicht einmal Vergebung wert.“
„Aber ich habe dir vergeben.“
„Das spielt keine Rolle.“
„Warum nicht?“
Die Antwort auf diese Frage sollte ich kennen. Von mir selbst gelähmt hebe ich die Schultern. „Das alles fühlt sich unvollständig an. Als würde es nichts bringen. Weder eine Zukunft noch eine denkwürdige Vergangenheit.“
„Also?“
Cameron könnte zu meinem Felsen in der Brandung werden. Bis ich seinen Namen an den Mauern der Stadt lese. Der nächste Verlust und ich laufe ihm in die geöffneten Arme.
Irgendwo hier nimmt das hoffnungsvolle Kerzenflackern seinen Ursprung und fühlt sich richtig an und gut. Irgendwo ist nicht *hier* genug.
„Was glaubst du, wird das hier zwischen uns werden?“, fragt Cameron mich.
„Ein Abenteuer. Das Größte überhaupt.“
„Dann lass es uns beginnen.“
Kein Ring funkelt mehr an meinem Finger. Diese winzige Hütte im Wald nimmt mich gefangen und friert die Zeit ein. Hier ist es richtig, hier ist es gut.
Camerons Lippen schmecken nach Erinnerungen. Nach perfiden Plänen und trügerischen Tücken.
Ich wage den Schritt hinein in sein Spinnennetz. Es wird mir das Leben nehmen, ehe ich lerne, es zu genießen und das ist gerade gut genug für mich.

Nicht gut genug.
Genau das Beste, was ich bekommen kann.

Part III

Endgericht

Jeder kennt es. Ich werde dich lieben, immer und immer, einen Tag über die Ewigkeit hinaus, bis ans Ende unserer Tage.
Ich liebe dich mehr.
Ich werde dich nie verlassen.
Ich schwöre dir, du bist die Einzige für mich.
Ich könnte mich in deinen Augen verlieren.
Jeder kennt es, jeder glaubt es. Gottverdammt, jeder will nur das hören. Wenn wir von Anfang an ehrlich wären, was würde da schon bei rauskommen? Ich liebe dich, aber irgendwann findet jede romantische, herzzerreißende Geschichte ihr Ende? Ich vermisse dich, aber ich werde eine Neue finden?
Ich liebe dich, für immer und immer, einen Tag über die Ewigkeit hinaus, bis ans Ende unserer Tage. Ein wunderbar romantischer Schwur, gemacht betrunken vor den tanzenden Flammen des Lagerfeuers.
Natürlich erinnerte er sich daran, natürlich schwor er die ewige Treue auch danach noch und natürlich wich er mir nie von der Seite. Bis er es tat.
Komm, du hast doch nicht wirklich daran geglaubt.
Es ist nicht deine Schuld, es ist meine.
Du hast nichts getan, ich habe mich nur verändert.
Wir gehen getrennte Wege. Willst du mir wirklich böse sein, weil ich nicht ewig stehenbleiben will?
Versteh mich doch!
Ja, versteh mich doch. Zeig Verständnis für etwas, das du kaum begreifen kannst.
Ich liebe dich, für immer und immer, einen Tag über die Ewigkeit hinaus, bis ans Ende unserer Tage.

1

Cameron Izaret. Er liegt schlafend neben mir, während erste Sonnenstrahlen sein Gesicht berühren. Gleichmäßig und sacht hebt und senkt sich seine Brust. Ein winziges Lächeln liegt auf seinen Lippen. Vor dem kleinen Fenster wiegen sich die Bäume im Wind und schütteln ihre Nadeln ab. Traumhafter Morgen.

Er leitet ein neues Sein ein.

Der Ehering gehörte zu mir wie die Lüge. Ohne ihn fühlt mein Finger sich nackt an. Kalt. Zu leicht. Ich vermisse das Drücken des Metalls an meiner Haut und wie es sich warm an mich schmiegt. Das Funkeln des Diamanten fehlt mir. Das Schimmern des Goldes.

Wie kann ein einfacher Mensch diesen Verlust je aufwiegen? Wie kann eine Person schwer genug sein, um gegen Reichtum und Wohlstand anzukommen?

Ich glaube, den ständigen Hunger und die ewige Kälte zu spüren. Gemeinsam fressen sie sich in meinen Kopf und zerren mich zurück in ein vergangenes Jahrzehnt.

Schwer schluckend schließe ich die Augen. Sobald Cameron aufwacht, werden die Zweifel dann verschwinden?

Unsere Kleidung liegt kreuz und quer am Boden. Ich ziehe mich an, versuche meine dunklen Locken in einem Zopf zu bändigen und mich zu fühlen, als wäre ich bereit für den Tag.

In dieser Hütte steht die Zeit still. Keine Uhr. Keine Blume, die welken könnte. Nicht einmal eine Tänzerin, die am Boden zerschellt ist in ihrer eigenen Lüge.

Der einzige Bruchteil von Vergänglichkeit, das sind wir. Cameron und ich. In diesem Raum.

Ein leises Stöhnen. Er wälzt sich unter der Decke herum. Im Schlaf tastet er über die Matratze. Als seine Finger ins Leere

greifen, fährt Cameron auf. Der Blick aus den unwirklich grünen Augen heftet sich auf mich.
„Du bist noch hier.“ Er klingt überrascht. Das sollte mich nicht schmerzen.
Die Beine taub und die Hände kribbelnd setze ich mich neben ihn auf das Bett.
„Ich bleibe.“ Ein Versprechen, gesagt um es eines Tages zu brechen?
„Natürlich tust du das.“ Sein Lächeln wächst. Knacken vor der Tür Zweige? Ich stoße die Sanftheit der vergangenen Nacht fort und lausche in den Morgen hinein. Nur ein Reh, das Nahrung sucht?
Cameron schlingt einen Arm um meine Taille und zieht mich zu sich. Am helllichten Tag neben ihm zu liegen, fühlt sich seltsam an. Verwegen und feige zugleich. Sein Atem streift meinen Hals. Als er Anstalten macht, mich zu küssen, verberge ich das Gesicht an seiner nackten Schulter. Seine Haut ist warm. Ich will in seiner Berührung baden, bis sie mir in Herz und Blut übergeht.
„Du bist so schön am Morgen“, murmelt er. „Wie ein Engel.“
Augenrollend ziehe ich ein Bein an die Brust. Niemand ist von Gottes Gnade weiter entfernt als ich. Machte er nicht vielmehr deutlich, mich verflucht zu haben?
„Es ist Zeit“, sage ich. „Wir sollten aufstehen.“
Glucksend schlingt Cameron den zweiten Arm um mich und zieht mich an sich. Alles in mir sträubt sich gegen die umgarnende Sanftheit seiner Gegenwart. Wenn ich loslasse, ihm alles gebe, wird nichts mehr von mir übrigbleiben. Am wenigsten ein Mensch, der sich von seinem freien Willen leiten lässt.
„Ich hätte schon vor Stunden aufstehen sollen“, sagt Cameron. „Man wird mich degradieren.“
„Das scheint dich zu freuen.“

Sein spitzbübisches Grinsen erfordert keine weiteren Worte. „Komm, wer schießt schon gezielt einen Soldaten ab? Ich bin einer von Zehntausenden. Als Sergeant aber?“ Cameron tippt sich mit dem Zeigefinger auf die Brust. „Da bekomme ich den nächsten Schuss nicht in den Oberarm gedonnert.“
Das bestreite ich nicht. Halb wälzt Cameron sich über mich. Mein Herz setzt einen Schlag aus. Schützend hebe ich die Hände und presse sie gegen seine nackte Brust. Winzig wirken sie, zu schwach, zu zart. Seine Muskeln spannen sich an, während er auf mich hinabblickt. Woher stammt die Angst? Im Schutz der Dunkelheit noch konnte ich ihm nicht nah genug sein.
Der Tag zieht die Bitterness der Realität mit sich. Und ich unterwerfe mich dem.
Einen neuen Kuss will Cameron sich stehlen. Ich wende den Kopf und seine Lippen streifen meine Wange. „Was ist los?“ Eine drückende Ernsthaftigkeit breitet sich zwischen uns aus. Ich sollte sie abweisen. Ihn einlullen in seiner eigenen, heilen Welt, umgeben von Lächeln und Grinsen. Von vorgegebener Sorglosigkeit.
„Ich denke nur, dass wir aufstehen sollten.“
„Geht es dir nicht gut?“ Cameron weicht von mir zurück und ich kann wieder atmen. Schützend schlinge ich die Arme um mich und klettere aus dem Bett. Der Boden bietet mir Sicherheit. Ich halte mich an ihm fest. Angestrengt lächelnd sehe ich zu Cameron auf. Zarte Falten ziehen sich über seine Stirn.
Eine Uhr scheint zu ticken. Die Zeiger schieben sich krachend nach rechts.
Fröstelnd weiche ich vor ihm zurück. Gerade noch streckte Cam die Hand nach mir aus wie nach einem scheuen Kitz, nun erstarrt er mitten in der Bewegung.
Gewitterwolken ziehen auf.

„Du hast Recht“, sagt er und tritt in den Kegel aus Sonnenschein. Ich wende den Blick ab. Die Hitze in meinen Wangen lässt mein Herz rasen. Bebend atme ich gegen das an, was ich fühle. Was es auch sein mag. Cameron schlüpft in seine Kleidung. Das, was mich quält, ist es Wehmut?
Ein winziger Teil von mir möchte zurück unter die Decke schlüpfen und die gestrige Nacht zurückholen. Was geschehen ist, ist geschehen. Ich taste nach Reue und finde sie nicht.
„Der General wird mich aller Wahrscheinlichkeit nach eine Weile einbehalten“, sagt Cameron, als er in seine Stiefel schlüpft. Die Distanz, die sich zwischen uns aufbaut, ist unerträglich. Wenn ich nur die Kraft besäße, ihn zumindest anzusehen. Würde Gott mich unter diesen Umständen wieder lieben?
„Was bedeutet das?“
Steif hebt Cameron die Schultern. „Werde ich sehen.“ Er räuspert sich. „Du solltest zurück zu deinem Ehemann gehen und ihn um Vergebung bitten. Wenn du dich besser damit fühlst, lege ich Rechenschaft für das ab, was letzte Nacht passiert ist.“ Sollte jemals jemand davon erfahren, wird die Erinnerung verblühen. Jede Berührung, jeder Kuss. Es wird so falsch sein wie irgend möglich.
Ich straffe die Schultern und finde die Courage, ihn anzusehen. „Was ist denn geschehen?“
Für einen Wimpernschlag entgleiten Cameron die Gesichtszüge. Die folgende Maske aus Ablehnung und Gleichgültigkeit stößt mir einen triefenden Dolch in die Brust. „Nichts.“
„Wofür solltest du dich also entschuldigen?“, frage ich und stehe auf.
Mit stolz erhobenem Kopf wirft Cameron sich die Jacke über die Schultern. „Ich habe nie davon gesprochen, mich zu entschuldigen. Es gibt keinen Grund dafür.“

Überrascht blinzle ich. Den Ring mag ich abgenommen und auf Beterras Nachttischchen gelegt haben. Nichtsdestotrotz bin ich auf dem Papier und vor den Augen Italiens weiterhin seine treue Ehefrau. Wie kann Cameron nur glauben, nur eine Sekunde dessen, was der Mond allein beobachtete, könnte richtig gewesen sein? Eines weiteren Wortes wert?
„Genau", antworte ich beherrscht. „Es gibt keinen Grund."
Ich mache das Bett. Was geschehen ist, ist nie geschehen. Ich schlüpfe in meinen dünnen Mantel. Die tiefen Risse an meinen Händen, hineingeschlagen von Dornen und Zweigen, vergrinden. Verschwinden aber? Werden sie nie. Eine ewige Erinnerung an meine kopflose Flucht in das Heim einer anderen Person.
„Wird das hier unser Abschied sein, Sam?", fragt Cameron mich. Er rührt sich nicht von der Stelle. Seine Abzeichen sind dunkel unter dem Staub und dem Dreck des vergangenen Tages.
Ein braves Mädchen würde nicken und eine Intrigantin, die bekommen hat, was sie verdient, ebenfalls. Aber ich hänge zwischen den Seilen. Eine Marionette, die von Cameron geführt wird wie von dem Herrn. Während ich für Gott gestorben bin, ist Cameron noch hier.
An etwas müssen wir glauben.
An jemanden.
Seine grünen Augen versprechen mir Heimat. Seine Lippen geben mir Sicherheit und seine Arme Geborgenheit.
Cameron scheint auf der Hut. Jeder seiner Muskeln wirkt angespannt. Wenn ich meine Hand auf seine Brust lege, mit Sicherheit rast sein Puls. Sollte ich heute hier und jetzt gehen, ihm den Rücken zuwenden, wird es ihn schmerzen?
Mein Mund ist staubtrocken. „Wann sehen wir uns wieder?", frage ich und klinge Meilen entfernt.

Ruckartig sinken Camerons Schultern herab und das strahlende Lächeln kehrt zurück. „Wann immer es dir recht ist."
Heute? Morgen? Niemals. Ich schlucke schwer. Die tiefste, reinste Bitte liegt mir unschuldig auf der Zunge. „Bleib", flehe ich leise. „Die Strafe erhältst du auch noch morgen oder in einer Woche. Aber heute", ich stocke, „mich treiben so viele Fragen um. Auf keine von ihnen finde ich eine Antwort, ganz gleich wen ich aufsuche. Vladimir dringt in meine Emotionen ein und Lancelot zerreißt alles, was ich zu wissen glaubte. Fortuna verwendet mich gegen mich selbst und Cathrin", schwer schluckend strecke ich die Hände nach Cameron aus, „verschwindet schneller, als ich Vertrauen fassen kann. Die Engel? Sie wollen von mir die Erlaubnis, ein Collier", das ich nicht länger besitze, „zu zerstören, das diese Welt noch braucht", trug diese unumstrittene Königin über unsere Erde es doch stolz um den Hals, „und Carmen hat mich vergessen, sobald die Gerüchteküche überkochte."
Sachte greift Cameron nach meinen Händen und verschränkt seine Finger mit meinen. „Es wird dir nicht gefallen, aber wenn dich das umtreibt, von dem ich glaube, dass es dir den Schlaf raubt, dann", der tiefe Blick aus seinen grünen Augen entlockt mir ein Seufzen, „hat nur Bartolomeo Beterra die richtigen Antworten für dich."
Eine Rückkehr in sein Reich? Dieser Gedanke verlockt mich mal um mal. Eines Tages werde ich der Sehnsucht nach Gold und Prunk nicht mehr entrinnen können. Die Gier wird beginnen, sich richtig anzufühlen. Meinen Willen lähmen.
„Das geht nicht", sage ich. „Es muss noch jemanden geben, der mir Antworten geben kann." Der mich weniger verwirrt und allein fühlen lassen kann.
„Nicht, dass ich wüsste." Schief lächelt Cameron mich an. „Wir könnten gemeinsam zu ihm gehen."

„Damit er dich erschießt, weil du mir geholfen hast, Gott zu betrügen?“ Ich schüttle heftig den Kopf. „Nein.“
Camerons Lächeln vertieft sich. Seine kleinen Grübchen scheinen einen Schlüssel zu meinem Herzen bereitzuhalten. „Sorgst du dich etwa um mich?“
„Nein“, antworte ich prompt. Zu prompt.
Mit dem Daumen streichelt Cameron mir über die Wange. „Natürlich nicht. Unter diesen Umständen können wir ja Gott sei Dank zu Beterra gehen. Ich kann super auf mich allein aufpassen.“
Camerons Schädel gegen eine Kugel? Das einzige Stück Stoff, das er in der Nacht am Leib behielt, war der Verband um seinen Arm. Eine ständige Mahnung, dass niemand unsterblich ist. Auch nicht – erst recht nicht – wenn er sich unsterblich fühlt.
„Du kennst Beterra nicht.“
„Ich habe mit ihm öfter Scotch getrunken als du!“, ruft Cameron grinsend aus. „Glaub mir, Alkohol und Zigarren verbinden.“
Nicht genug, um über gekränkten Stolz hinwegzutäuschen. Beterra kennt seinen Stand in der Welt und er kennt Camerons. Ob er von Camerons Lüge weiß? Ob Beterra bewusst ist, dass Cameron ebenso wenig mit Mussolini verwandt ist wie ich?
„Du siehst niedlich aus, wenn du besorgt bist“, sagt Cameron. Er streicht mir mit dem Daumen über die Stirn. Ich mache einen Schritt zur Seite. Seine Mundwinkel kräuseln sich. „Zumindest könntest du das.“
Einen geheimen Tag inmitten des Waldes habe ich mir gewünscht, allein mit ihm. Blut und Konflikt bin ich überdrüssig geworden. Würde ich doch nur nicht an der Seite eines rücksichtslosen Soldaten stehen. Wenn Cameron nur noch der kleine Junge wäre, der bereits erschöpft hinauszog in die

Welt und völlig erschlagen zurückkehrte. Dann würde er die Arme um mich schlingen und bleiben.
Die Zeiten ändern sich.
Selbst der größte König, der erhabenste Gott, darf nicht zurück.
„Wir werden Beterra nicht aufsuchen“, sage ich. Wenn wir in Kellern nach Leichen graben, sollten wir nach dem Mann, Moreen, suchen, den man in Mussolinis Anwesen einsperrte – denn wo er ist, ist Aria. Und Aria, wenn ich Davids Faseln glauben kann, ist bedrohlich wie Fortuna.
Ein Glücksgriff.
In den Hinterhalt.

Du hast noch nicht genug? Dann wirf jetzt einen ersten Blick in „Götterdämmerung – Verlockung".

Gottes Gericht
Komm zu mir zurück. Bleib hier. Nur heute.
Nur ein einziges Mal.

1

Angespannt vergräbt Cameron das Gesicht in den Händen. Das Oberteil spannt über seinem Rücken. Er zuckt zusammen und entlastet seine Muskulatur.
„Möchtest du, dass ich dir ein wenig von der Salbe auftrage?"
Eine Bewegung, ein unterdrücktes Stöhnen. Ich öffne die Dose und tauche die Finger in die duftende, hellgelbe Creme ein.
„Wie lange kann sowas schon brauchen, um zu heilen?", flucht Cameron.
Wochen. Dass selbst nach neun Tagen die Schmerzen kaum abgeklungen sind, besorgt mich. Während ich ihm den dunklen Stoff des Pullovers über den Kopf streife, betrachte ich die Hiebe genauer. Die Schnitte wurden provisorisch verbunden, wirken jedoch sauber. Einige Hautfetzen sind stark gerötet. Die unberührten Stellen scheinen gesund.
Ich trage die Salbe auf, Stück für Stück. Fiebrig heiß spannt sich Camerons Körper unter meiner Berührung an.
„Fünfundzwanzig Hiebe, was soll das überhaupt?" Cameron knirscht mit den Zähnen. „Einer hätte es auch getan. Oder zwei. Warum fünfundzwanzig."
„Es sollte dir wohl im Gedächtnis bleiben."
„Oh, das bleibt es", schnaubt er. „Mit Sicherheit."

„Furcht vor Schmerz macht treu“, gebe ich zu Bedenken. „Deswegen stehe ich auch in vorderster Reihe und übe für den Ernstfall.“ Ich kann mir lebhaft vorstellen, wie Cameron die Augen rollt. „Schmerz ist schrecklich, das ist alles.“
Dass er ihm trotzt, macht Cameron zu Cameron. Zu einem Jungen, der von Kindesbeinen an Strapazen erfuhr, unter denen ein anderer sich beugen würde.
„Wann wirst du dich bereit fühlen, Aria gegenüberzutreten?“, frage ich. Der Verbandsmull ist schneeweiß. Ich fixiere ihn an seinem Oberkörper. Seine Muskeln spielen unter meinen Fingerkuppen. Eine inzwischen bekannte Nähe, die ich in mich aufsaugen möchte.
„Nie?“, schlägt Cameron vor.
Aria war seine erste Liebe. Eine stille Liebe. Eine, die er sah und nie mehr vergaß. Cameron nun in ihre Nähe zu führen auf der verzweifelten Suche nach Antworten, gleicht purer Rücksichtslosigkeit. Manch einer würde behaupten, ich gehe diesen Schritt, bereit Cameron zu verlieren. Dabei will ich ihn nur von Tag zu Tag näher bei mir wissen. Cameron mag mir nie einen Ring an den Finger gesteckt haben und selbst wenn er es täte, wäre er niemals glanzvoll wie der meines Ehemanns. In der kleinen Hütte im Wald spielt das keine Rolle.
„Dann gehe ich allein.“
Cameron schüttelt heftig den Kopf und legt seine Hand auf meine. „Allein zu Moreen und Aria? Ich werde dich den hungrigen Wölfen nicht zum Fraß vorwerfen.“
„Manchmal“, sage ich, „könnte man fast meinen, meine Idee wäre deinem Kopf entsprungen und du würdest mich mit eiserner Hand zum Handeln zwingen.“ Ich ziehe den dunkelgrünen Pullover zurecht und belohne Camerons Beherrschung mit einem kleinen Kuss auf seinen Kiefer. Seufzend

schließt er die Augen. „Was versprichst du dir nur davon?“, murmelt er. „Fortuna ist fort. Cathrin auch. Vladimir, wer weiß schon, was er als nächstes tut.“
„Ich suche Antworten auf mich, nicht auf sie.“
„Glaubst du wirklich, dass dir die jemand anderes als du selbst geben kann?“
Wenn nicht, werde ich unwissend sterben. Angespannt ziehe ich die Beine an. Leise quietscht das Bett. Wenn der ärgste Feind zur einzigen Chance wird, gibt es kein Heute und kein Morgen mehr. Nur noch ein Jetzt und ich will alles daran setzen, es richtig zu nutzen. Der Krieg donnert. Er kommt näher. In jeder meiner Fasern spüre ich es. Die mächtigen Männer heben ihre Fäuste und machen sich bereit, über Hunderte Schicksale zu entscheiden. Weil sie glauben, dass jedes einzelne davon ihnen gehört. Verstehen sie nicht, dass gerade diese Hybris unseren Untergang bedeuten wird?
Meine Hoffnung ist eine finstere. Womöglich könnte es mir gelingen, Aria und Moreen von einer Idee zu überzeugen. Von der diesen Krieg zu unterbinden und obwohl ich selbst nicht ganz weiß, warum ich meine Kraft in Ideen wie diese investiere, fühlt sie sich wie die einzige an, die mir bleibt.
Cameron ist kreidebleich. Wüsste ich es nicht besser, würde ich glauben, dass er einem Fieber erliegt und keinen Wunden. Der lächelnde, aufrichtige Soldat ist einem leidenden Geschlagenen gewichen. Ihn so zu sehen? Ertrage ich kaum. Seine Wunden zu riechen? Dreht mir den Magen um. Zu ahnen, dass wir wehrlos sind in einem Geschehen, das wir selbst nicht ganz begreifen? Frustrierend. Frustrierender als alles andere.
„Bleib hier, Sam“, sagt Cameron sanft. In die fiebrigen Augen ist ein warmer Glanz getreten und wie in Trance streckt

er eine Hand nach mir aus. „Das bringt doch alles nichts. Versuch die Situation realistisch zu sehen.“
„Realistisch?“, frage ich kühl. „Wenn ich mir das Ganze hier mit kühlem Kopf ansehe, dann liegst du völlig erschöpft hier. Weil man dich hat auspeitschen lassen wegen deines Ungehorsams. Vielleicht hätte man dich davor bewahren können.“
Erschöpft seufzt Cameron und dass er keine Widerworte gibt, ist schrecklicher als der eitrige Geruch seiner Wunden.
„Aria könnte uns helfen“, sage ich sanft. „Sie ist die Zeit. Mit ihr könnte ein Königreich aufgehen.“
„Oder unter.“ Camerons Wispern klingt geschlagen. „Hast du daran gedacht? Aria ist die Zeit. Sie ist kein Engel, sondern die Zeit. Sie macht gemeinsame Sache mit Moreen und ich schwöre dir, Sam …“ Schwach streckt Cameron eine Hand nach mir aus und ich greife danach. Dünne Schweißtropfen rinnen ihm über die Schläfen und das Grün seiner Iriden scheint stumpf. Seine Finger zucken, als stände Cameron unter Strom, und gleichzeitig sind sie so eisig kalt, dass ich meine, er erfriert.
Keuchend kratzen die Bäume des Waldes an der Hütte. Sie biegt sich im Wind und hätte ich in ihrem Inneren nicht bereits Stürme überstanden, womöglich würde ich mich fürchten. Die Sonne, die durch schlanke Äste fällt, gaukelt eine Ruhe vor, die in dem nahenden Unglück untergeht.
„Nicht sprechen“, flüstere ich und als er den Mund erneut öffnet, versiegle ich Camerons Lippen mit einem Kuss. „Du wirst nicht gesund, wenn du dich aufregst.“ Und dass Cameron gesund wird, das ist eines der wenigen Dinge, die ich wirklich will.

„Ich wäre viel ruhiger, wenn du diese unsinnige Idee verwerfen würdest“, murmelt er. „Das ergibt doch alles keinen Sinn!“
Will ich über Leichen gegangen sein, um nichts und wieder nichts zu erreichen? Einer Frau ist Einfluss nicht erlaubt. Sobald ich die richtigen Personen auf meine Seite gebracht habe … Ich weiß es. Ich weiß, dass es möglich sein kann. Wenn ich dafür Camerons Gesundheit aufs Spiel setzen muss, dann ist es so. Ein ganzes Land könnte von meinem Erfolg abhängen. Vielleicht wurde ich stumm geboren, den Mund mit Schlamm gestopft. Es ist mehr aus mir geworden, als ich damals war. Nennt man es nun Hochmut oder Wahnsinn, Ignoranz oder Verzweiflung, schlussendlich führt alles auf den gleichen Pfad. Den, auf dem ich hoffentlich die Chance erhalten werde, das Zünglein auf der Waage zu sein, damit der alles vernichtende, alles verschlingende Krieg einen Bogen um uns macht. Während sich unsere Männer bereits aufrüsten und die Frauen sich auf eine Versorgungsknappheit einstellen.
Warum will niemand sehen, dass uns die Ressourcen fehlen? Noch. Wir könnten neutral bleiben. Uns auf die richtige Seite schlagen, wenn alles vorbei ist und nicht vorbei scheint.
Während ich beobachte, wie Camerons Lider sich zittrig schließen und sein Brustkorb sich keuchend hebt und senkt, erinnere ich mich an Beterras Worte. Ein Krieg wäre das Beste, was uns passieren kann. Ein Krieg, der nichts übrig lässt als zerplatzte Träume.
Zögernd setze ich mich neben Cameron auf die Matratze und streichle ihm über die nasskalte Wange. Ich will nichts von dem Leid erleben, das zweifelsohne auf uns wartet. Wer muss sich in Zeiten wie diesen schon beweisen? Die Abenteuer

warten hinter der nächsten Biegung, muss man für sie wirklich Hunderttausende setzen?
Mein Nacken prickelt. Ich bin es leid. Ich bin es leid, mich von Königen schlagen zu lassen, wenn ich vier Ase auf der Hand halte. Einen zögerlichen Kuss hauche ich ihm auf die Wange. Selbst Camerons Sommersprossen scheinen ungesund blass. Die Ringe unter seinen sonst strahlenden Augen wirken pechschwarz und scheinen sich in seinen Schädel hineinzudrücken.
Dass ich gehe, bemerkt er nicht. Beinahe meine ich, die Blicke der Porzellanballerine auf mir zu spüren, aber sie ist verschwunden wie alle anderen auch.
Die Ratten verlassen ihre Höhlen und wuseln fort. Wenn Aria und Moreen das Weite suchen, hätten wir längst das Land verlassen sollen. Um wo unterzukommen? Die Welt tobt. Manchmal bebt die Erde, dabei befindet sich unser Land nicht in den blutigen Klauen des ungenügsamen Krieges.
Wenn sie angreifen, werden unsere Städte in die Knie gezwungen werden. Ob es nun die Deutschen oder die Alliierten sind. Wen kümmert es? Schlussendlich wird mein Italien in Schutt und Asche liegen.
Es sei denn, das Glück ist mir treu. Oder die Zeit. Oder ein Mann, dessen Macht ich mir nicht erklären kann. In Zeiten wie diesen braucht es mehr als nur einen Gott, um die Erde zurück in ihre Bahnen zu bringen.
Der Wind ist eisig, viel zu kalt für den anbrechenden Sommer. Die Bäume biegen sich um mich herum und scheinen ihre Nadeln verlieren zu wollen. Ich fröstle, während erste Schweißperlen sich auf meine Stirn stehlen. Juni. In vergangenen Jahren verbrachte ich diesen Monat in Beterras Garten und las. Vergnügte mich auf Festivitäten. Zum

Intrigenspinnen blieb im Winter noch genug Zeit, während sich die Reichen und Schönen trafen, um das Ungeheuerlichste zu diskutieren. Damals war ein Gerücht schnell gestreut und es breitete sich aus wie ein Waldbrand.
Die Zweige brechen knackend unter meinem Gewicht und die Vögel fliegen auf. Ich meine, Ruß und Asche riechen zu können. Irgendwann wird es losbrechen.
Heute? Morgen?
Mühsam versuche ich mich Beterras Ausführungen zu entsinnen. Deutschland müsse schon die halbe Welt eingenommen haben, damit man sich auf seine Seite schlüge. Dänemark. Norwegen. Frankreich. Vor wenigen Wochen sind sie alle unter der deutschen Wut gefallen. Die wohin führt?
Mussolini will auf der rechten Seite der Geschichte stehen. Ein Mann, dessen Name ewig bekannt sein soll. Ihm scheint nicht bewusst zu sein, dass dieses Schicksal ihn längst ereilt hat. Jeder wird Mussolinis Namen noch in hundert Jahren kennen. Ganz gleich wie er sich entscheidet. Warum also, warum nur beschleicht mich das ungute Gefühl, dass er binnen der nächsten Wochen seine Waffen zu Gunsten Deutschlands schärfen wird?
Die Brombeerhecken verströmen einen betörenden Duft und als ich wenige der schwarzen Früchte pflücke und sie mir in den Mund schiebe, breitet sich das süßliche Aroma betörend auf meiner Zunge aus.
Seufzend schiebe ich mich von Sonnenstrahl zu Sonnenstrahl, bis das Summen des Waldes dem Treiben der Stadt weicht. Ich habe mich kaum an dem letzten Baum vorbeigeschoben, als eine ältere Frau in blinder Hast gegen mich stößt. Ihr Kleid bauscht sich auf, sie wirft mir einen raschen Blick

zu – und läuft weiter. Einen unregelmäßigen Takt klopfen ihre Schuhe.
Blinzelnd verharre ich am Straßenrand.
Ich scheine mich in einem neuen Land wiederzufinden. An einem Ort, der seine Ruhe vergessen hat und gegen Angst tauschte.
Über unsere Köpfe hinweg sausen Maschinen. Schwarze Streifen malen den Himmel dunkel. Der schwere Geruch von Ruß liegt in der Luft. Ich fasse meine dichten Haare im Nacken zusammen und lege sie mir über eine Schulter. Der Magen verkrampft sich zu einem stechenden Klumpen. Ich bekomme kaum noch Luft. Unruhig stiebt der Staub und fängt die Sonnenstrahlen, um sie zu Boden zu zwingen. Männer jubeln, Männer weinen. Frauen rennen, Frauen reden. In jeder Regung liegt eine Aufregung, die mir die Galle in den Mund treibt.
Ich muss nicht bis ins Herz der Stadt vordringen. Die Neuigkeiten fliegen mir entgegen. Gemeinsam mit den Wortfetzen der Umstehenden.
Wir sollten lediglich den Ausschlag geben.
Sie erkennen nicht, dass der Endgegner noch bevorsteht.
Rasselnd atme ich ein und greife nach einer knittrigen Zeitung. Das Papier raschelt unter meinen Fingern. Die einzige Nachricht, die wirklich zählt, prangt auf dem Titelblatt.
Wir haben verspielt. Ich werfe einen Blick zurück in Richtung Wald. Sie werden Cameron einziehen. Früher oder später jeden Mann. Verdammt, dieser Krieg ist noch nicht gewonnen. Wir sind kein Zünglein. Wir sind Brennmaterial! Ich verfluche den geschlossenen Pakt. Ich verfluche die Gier.

Die Worte um mich herum sind tausend zu viel pro Sekunde. Lieder werden angestimmt. Lachen und der Geruch von Alkohol füllen die Luft.
Unbarmherzig brennt die Sonne auf mich nieder und ich sehe kaum mehr die Hand vor Augen. Sich in der Zeitung spiegelnd blendet sie mich. Mein Körper fühlt sich falsch an. Als müsse ich mich jeden Moment übergeben, um weiteratmen zu können. Schwarze Punkte tanzen vor meinen Füßen und scheinen mich zu verhöhnen.
Die Ratten verlassen das sinkende Schiff. Sie sind alle längst fort.
Cameron und ich werden an Bord sein, wenn die ersten Kanonen Löcher in das Holz schlagen.
Das Datum brennt sich in meine Augen. Der zehnte Juni 1940. Er wird als der schwärzeste Tag in meine persönliche Geschichte eingehen.
Soldaten mit ihren blitzenden, blanken Uniformen marschieren durch die Straßen. Man feiert sie, ehe sie sich wie Vieh auf die Schlachtbank begeben.
Dieses Mal wird man uns nicht Sizilien schenken, weil wir uns rechtzeitig für die richtige Seite entschieden haben. Dieses Mal werden wir bluten. Ausbluten bis zum letzten Mann. Das Glück scheint mir unser Unglück zuzuflüstern. Weit und breit nicht zu sehen.
Wenn ich es in meinen Körper hätte vordringen lassen, hätten wir dann bessere Chancen? Meine Augen brennen. Wenn ich mich dem Glück ergeben hätte, könnte Fortuna mein Land retten?
Mein Wort hätte keinen Einfluss auf die zigarrenpaffenden Herren gehabt. Damit versuche ich mich zu trösten. Mein Verschwinden trägt keine Verantwortung für dieses

Geschehen. Es ist passiert, was passieren musste. Haben wir die geballte Wut nicht alle gespürt? Konnten wir den Zorn nicht sehen, wenn wir die Soldaten patrouillieren sahen? Die kleinen Jungen wollen mitspielen. Dass ihr Kopf auf einen möglichen Misserfolg steht, sehen sie nicht. Solange man nur kämpft. Solange man nur schächtet. Solange man die Mütter und Töchter in der Heimat verhungern lässt.
Das Herz donnert mir überlaut in der Brust. Ein Teil von mir will hinauf in Beterras Haus hasten und ihn zur Rede stellen. Während ich angespannt einatme, weiß ich, dass es zu spät ist. Von nun an könnte uns nur noch die Zeit retten. Indem sie alles, was geschehen ist, zurückdreht.
Was sie nicht tun wird.
Man rempelt mich an, während ich wie erstarrt verharre. Ich spüre es kaum. In meinem Kopf spielen sich Horrorszenarien ab, die ich nicht in Worte zu fassen weiß. Blut wird fließen. Wir werden darin ertrinken. Wir alle.
Szenen blitzen vor meinen Augen auf und ich weiß nicht, ob sie wahr sind oder nur eine überdrehte Idee.
Während ich tief einatme, versuche ich mich zu beruhigen. Ich überdramatisiere. Was ich glaube, wird nicht eintreffen.
Es ist nur ein Krieg. Menschen sterben, foltern, morden. Klingt nach Alltag. Warum also sollten wir uns diese Möglichkeit entgehen lassen? Barmherzigkeit ist noch immer die wärmste Form der Schwäche.
Beterra hat Recht. Mussolini auch. Wir tun das Richtige. Dieses Land macht sich bereit für den richtigen Schritt. Hitler wird siegreich sein. Er wird siegreich sein.
Das muss er einfach.
Tränen brennen mir in den Augen. Weil, wenn wir nicht nur Hunderttausende Menschenleben verlieren, sondern auch

noch die Würde dieses Landes, ich weiß nicht, was dann noch von uns übrigbleiben wird. Ein Sieg ist unsere einzige Option. Wir haben nicht …
Wir haben mit Sicherheit, was es dazu braucht. Das müssen wir.
Meine Lider fühlen sich geschwollen an, dabei habe ich nicht geweint. Meine Glieder scheinen gefühllos und zeitgleich zu schmerzen, dabei hat man mich nicht geschlagen. Ich fühle mich auf eine Weise leer, die unmöglich natürlich sein kann. Menschen starben meinetwegen und es kümmerte mich weniger als diese Nachricht. Als hätte sie wirklich die Macht, über unser aller Zukunft zu entscheiden. Aber das stimmt so nicht. Oder? Es wird weitergehen wie bisher. Zumindest für eine Weile. Und wenn die Lebensmittel knapp werden, dann haben wir gewonnen.
Mein Blickfeld ist verschwommen, als ich mich umsehe. Diejenigen, die schweigen, spinnen sie sich die gleichen Gedanken wie ich? Sprechen sie sich Mut zu, wo es keinen Mut gibt? Keine Hoffnung.
Entschieden schüttle ich den Kopf. Es gibt immer Hoffnung. Immer und überall. Und gerade als ich mir selbst glauben will, sehe ich eine schluchzende, ältere Dame, die sich zittrig an der Häuserwand abstützt. Der helle Cremeton des Gemäuers hebt sich gegen ihre sonnengebräunte Haut ab und lässt sie unmöglich schmaler erscheinen. Tiefe, besorgte Falten liegen unter ihren Augen und beben an ihren Mundwinkeln.
Sie werden kommen, um Cameron zu holen. Keine geringere Strafe steht ihm zu, als auf dem Schlachtfeld zu dienen. Schaudernd wende ich der Frau den Rücken zu. Ich glaube nicht, dass Cameron dazu in der Lage wäre. Menschen zu töten und mit sich selbst im Reinen zu bleiben. Ich bezweifle,

dass er jemals fähig sein könnte, einen Mann zu töten und damit leben zu können. Cameron würde sich für jeden Tropfen Blut, der an seinen Händen haftet, verurteilen. Manche Männer wurden nicht für das Schlachtfeld geschaffen. Er gehört dazu. Und ich weiß nicht, ob ich ihn dafür lieben oder hassen soll.

Die nächste Maschine verdunkelt den Himmel.

Womöglich wird mir die Zeit fehlen, darüber zu entscheiden.

Die Zeitung vor meiner Brust gefaltet, verschwinde ich zurück in den Wald. Kennt jemand außer mir Camerons Rückzugsort? David vielleicht. Würde er seinen Freund verraten? Womöglich, wenn fünfundzwanzig Peitschenhiebe auf eine Antwort gesetzt werden.

Als ich erneut im Wald verschwinde, empfinde ich keine Erleichterung. Ich fühle mich feige. Rücksichtslos. Dreist. Dabei bin ich auf dem Weg zu Cameron, um unsere Würde noch tiefer zu vergraben. Es bringt uns doch allen nichts, auf die erste Bombe zu warten, die die Innenstadt zersprengt. Die Ratten sind davongeschwommen, wir müssen versuchen, ihnen zu folgen. Wer, wenn nicht die Zeit, kann dieses Dilemma richten?

Ich bin nicht bereit, auf diese Episode zurückzublicken und zu ahnen, dass alles Folgende davon abhing, dass ich zu spät gehandelt habe.

Dass ich mich nicht von dem perfiden Glück habe übernehmen lassen.

Dass ich versuchte, an der Seite der falschen Person Einfluss zu erlangen.

Dass ich wirklich glaubte, die richtige Position könnte einer Frau wie mir eine Stimme verleihen.

Die Vögel sind verstimmt. Die Sonne scheint mich zu verbrennen, dabei berührt sie mich kaum und es ist eiskalt. Der heftige Wind leckt unter die knisternden Seiten der Zeitung. Ich fliehe vor einem unsichtbaren Verfolger.
Lächerlich. Er hat mich doch längst gefangen. Und alle anderen, die hier kriechen und darauf warten, dass man ihnen die Gliedmaßen vom Körper sprengt.
Die Straßen in Blut tränkt.
Und nichts zurücklässt als eine trügerische, friedliche Erinnerung.

Danksagung

Die vorletzte Reihe der zweiten Phase meines 13-Jahresplans. Könnt ihr glauben, dass wir schon so weit gekommen sind? Für mich fühlt sich das gerade so unreal an. Damals, als ich Sams und Cams Geschichte auf die Liste gesetzt habe, schien sie Ewigkeiten entfernt und nun stecken wir mittendrin.

Ohne meine Mama, Lucky und Phlopsy hätte ich das nie geschafft. Alle drei – genau wie mein Papa – unterstützen mich so sehr mit meinen Büchern.

Meine Mama, die endlich, endlich den Pinsel entstaubt hat und wieder zu malen begonnen hat, um euch mit den wundervollen Bildern im Innenteil zu begeistern. Meine Mama, die abends Reziexemplare verpackt und verschickt und immer mit ermutigenden Worten hinter mir steht.

Lucky, die als letzte das Buch vor der Veröffentlichung liest und mir verrät, was ihm noch fehlt.

Phlopsy, der alles daran setzt, dass meine Website top aussieht, die Bücher alle eingepflegt werden und unsere Aktionen umsetzbar sind.

Ein ganz besonderer Dank geht an Franzi. Franzi zaubert für mich seit nunmehr vier Jahren die Cover und, ich weiß nicht wie, aber irgendwie schafft sie es, dass jedes neue Cover noch ein wenig schöner ist als das Vorherige. Dabei war ich mir schon bei der Märchendilogie sicher, dass Franzi sich nun nicht mehr wird übertreffen können! Sie ist so unglaublich talentiert und begabt und es ist die größte Ehre, dass meine Bücher ihre Cover tragen dürfen.

Moritz – ich weiß nicht, was ich ohne Dich tun würde. Du bist mein Fels in der Brandung und ganz gleich, was mich aus der Bahn wirft, Du bist für mich da, Du passt auf mich auf, Du unterstützt mich, selbst wenn die Unterstützung manchmal nur sein mag, dass Du mich fest umarmst, während ich

hysterisch weinend an allem zweifle, was ich je geschrieben habe. Ich liebe Dich über alles und bin so unendlich dankbar, Dich an meiner Seite wissen zu dürfen. Du bist die besten Seiten von Cameron, Du bist alles, was ich mir je erhoffen konnte und viel zu perfekt, als dass man Dich je in ein Buch pressen könnte.
Zuletzt möchte ich Dir danken, dem Leser, der Sam und Cam auf ihrer frustrierenden und hoffnungslosen und düsteren Reise begleitet. Ohne Dich würde das Buch nicht existieren. Nicht wirklich. Ich weiß nicht, was meine Bücher ohne Dich wären.
Danke, dass Du Dir die Zeit für sie nimmst. Danke, dass Du sie zum Leben erweckst.

Fühlt euch alle fest umarmt und bis Mai. Ich kann es kaum erwarten, den Folgeband mit euch zu teilen.
Eure Cel

Referenzen

[1] Bella Ciao entwickelte sich zur Hymne der antifaschistischen Bewegung während des zweiten Weltkriegs
[2] Babylonischer Mythos um ein unglückliches Liebespaar
[3] Referenz zu Heinrich Heines Gedicht „Die schlesischen Weber“
[4] Bezeichnet die euphorische nationalistische Stimmung in der Deutschen Bevölkerung zu Beginn des ersten Weltkriegs
[5] Referenz zu Georges Bizets Oper „Carmen“
[6] Referenz zu Georg V, dem letzten König von Hannover
[7] Referenz zum Mythos um Orpheus

1999 geboren, schreibe ich seit meinem fünften Lebensjahr Geschichten. „Götterdämmerung - Verschwörung“ ist mein fünfzehntes veröffentlichtes Buch des 13-Jahresplans und fügt sich als Auftakt der Götterdämmerungstrilogie wie die Poison-Trilogie, die Jahreszeitentrilogie, die Märchen-Dilogie, die Mitternachtstrilogie und die Dämonentrilogie ein in die Chroniken des Grauen Mannes.

Ihr findet mich auf Instagram als @cels_fabelhafte_buchwelt und könnt mich kontaktieren, wenn ihr eine eMail an celinaweithaas13@gmail.com schreibt.